CORAZÓN FUGITIVO

Amor y Aventura

CORAZÓN FUGITIVO

Johanna Lindsey

Traducción de Paula Vicens

VERGARA
GRUPO ZETA

Barcelona • Bogotá • Buenos Aires • Caracas • Madrid • México D.F. • Miami • Montevideo • Santiago de Chile

Título original: *Wildfire in his Arms*
Traducción: Paula Vicens
1.ª edición: mayo de 2016

© 2015 by Johanna Lindsey
© Ediciones B, S. A., 2016
   para el sello Vergara
   Consejo de Ciento 425-427, 08009 Barcelona (España)
   www.edicionesb.com

Printed in Spain
ISBN: 978-84-16076-03-1
DL B 7474-2016

Impreso por Unigraf S.L.
Avda. Cámara de la Industria nº38,
Pol. Ind. Arroyomolinos nº1
28938 - Móstoles, Madrid

1

—Creía que ya se había marchado, señor Grant.

Degan miró al *sheriff* Ross, que le sonreía, y se inclinó hacia delante para refrenar a su montura antes de que reculara. Al palomino no le gustaba tener a desconocidos cerca. Los disparos le daban igual, pero los desconocidos no.

—Me marcho hoy. Solo me aseguro de que no haya tiros en la iglesia.

—No se preocupe por eso. La enemistad terminó la semana pasada, en cuanto la feliz pareja se avino a casarse. Entonces ¿viene a la boda?

Degan miró hacia la iglesia situada al final de la calle. Las dos familias que se unían aquel día, los Callahan y los Warren, ya estaban dentro. Los del pueblo todavía se dirigían hacia allí para presenciar el feliz acontecimiento, y miraban fijamente a Degan, que permanecía en medio de la calle, a lomos de su caballo. Por mucho que le hubiera gustado hacer una cosa tan normal como asistir a una boda, sabía lo que su presencia provocaría. Además, ya se había despedido.

Así que negó con la cabeza.

—No quisiera que alguien se pusiera nervioso en un día como hoy.

Ross rio entre dientes.

—Creo que la gente de Nashart ya lo conoce lo suficiente...

—Ahí está el inconveniente: en que me conocen.

Ross se ruborizó levemente. Era raro que un *sheriff* tratara a Degan con tanta amabilidad. Por lo general, en cuanto un *sheriff* se enteraba de quién era, le pedía que se largara de su ciudad. Ross no lo había hecho, seguramente por deferencia a Zachary Callahan, que había contratado a Degan para mantener la paz hasta el día de la boda de su hijo. Desde luego, no había garantía alguna de que la boda se celebrara, puesto que la novia Warren se había criado en la opulencia en el Este e iba a casarse con Hunter Callahan, un vaquero nacido y criado allí, en Nashart, Montana, para ella un completo desconocido. Tiffany Warren había tratado de librarse del matrimonio concertado. En el rancho Callahan había incluso fingido ser ama de llaves para encontrar el modo de acabar con la enemistad entre las dos familias sin tener que sacrificarse en el altar.

A Degan le había gustado Tiffany desde el principio porque le recordaba el hogar, un hogar al que nunca regresaría. Sin embargo, había intuido que no era en realidad un ama de llaves. La joven trataba con mucho ahínco de evitar ser correcta y formal, pero no podía evitarlo. La verdadera Tiffany, elegante y sofisticada, se manifestaba cada dos por tres, aunque le había hecho dudar de su intuición haciéndose amiga de un cerdito y adoptándolo como mascota. Aquello lo dejó completamente confundido. Tampoco le había hecho ninguna gracia a Hunter. No era de extrañar que se hubiera enamorado de su futura esposa antes de saber quién era en realidad.

Habían contratado a Degan para frenar la matanza entre las dos familias enfrentadas. Había funcionado, su trabajo estaba hecho. Había llegado la hora de marcharse.

Pero el *sheriff* tenía la misma cara que unos días antes, cuando había tenido las narices de pedirle a Degan que lo sustituyera temporalmente mientras regresaba al Este para encontrar esposa. Las bodas en los pueblos tenían ese efecto sobre los solteros, por lo visto: conseguían que los que buscaban esposa quisieran todavía más encontrar una. Y en el Oeste era difícil encontrar alguna joven que no estuviese prometida.

Degan había declinado la oferta del *sheriff* e impidió que volviera a hacérsela.

—Si alguna vez llego a ser *sheriff*, tendrá que ser donde nadie me conozca —le comentó.

—Pero si es precisamente su nombre lo que mantiene alejados los problemas —insistió Ross.

—No, mi nombre los acarrea. Lo sabe perfectamente, *sheriff*. Hasta que los pistoleros sean una raza extinguida, habrá tipos que disparan rápido queriendo demostrar que son más rápidos que yo. Vamos, váyase o se perderá la ceremonia. Solo me quedaré hasta haber visto a la novia y al novio salir de la iglesia.

—Bueno, siempre encontrará un hogar aquí si usted quiere, Degan Grant. ¡Y podrá quedarse con mi trabajo también!

Degan sonrió levemente mientras el *sheriff* se marchaba. Nunca había tenido ganas de establecerse en ninguna parte hasta su llegada a Nashart, aunque por supuesto tampoco solía quedarse en un lugar tanto tiempo ni estaba acostumbrado a que lo trataran como a uno más de la familia, y eso habían hecho los Callahan. Incluso lo habían sentado a su mesa para cenar y le habían asignado un dormitorio de la casa. Por lo común, los patrones lo querían lo más lejos posible de la familia. Nunca se relacionaban con él, desde luego. Incluso había llegado a sopesar brevemente la oferta del *sheriff* porque la gente de por allí le gustaba y lo entristecía dejar de verla. No obstante, lo que acababa de decirle a Ross era cierto. Una vez resuelto el problema de la minería en Nashart y con las dos familias que habían estado enfrentadas unidas ahora por aquel matrimonio, el pueblo sería pacífico durante una temporada, tal vez indefinidamente. Pero no sería así si él se quedaba.

Mucha gente opinaba que el término «pacificador» era poco adecuado para referirse a un hombre capaz de desenfundar más rápido que nadie. Una vez desenfundada, un arma era un incentivo convincente, capaz de mantener la paz entre facciones enfrentadas incluso sin necesidad de dispararla. Degan había sido eso en Nashart: un pacificador. No había tenido que matar a nadie y solo había desenfundado una vez, para dejarle las cosas claras a Roy Warren, antes de saber que Roy era uno de los hermanos de Tiffany.

Una calesa se acercaba por la calle escoltada por tres jinetes. Degan había cabalgado hasta el pueblo con los Callahan y creía que ya estaban en la iglesia, pero por lo visto no era así. La novia iba en la calesa con su madre y su padre, que la conducía. Los hermanos iban detrás, para mantener el polvo que levantaban los cascos de los caballos alejado del vehículo.

Frank Warren detuvo la calesa y Tiffany se levantó y le hizo una elegante reverencia a Degan.

—Llega tarde a su boda —le comentó este.

Tiffany soltó una risita.

—A la novia se le permite llegar tarde, pero juro que no quiero que Hunter tema que me haya echado atrás. Quería estar perfecta para él en este día y he tardado un poco más de lo previsto, eso es todo.

—Lo ha conseguido. Hunter es afortunado.

Degan envidiaba a su amigo en aquel momento. Tiffany era hermosa y aquel día tenía un aspecto magnífico con el sofisticado vestido de novia y el velo de finísima gasa.

—¿Seguro que no quiere acompañarnos? —le preguntó.

Había cabalgado hasta el rancho Warren el día anterior para despedirse y le había dicho a Tiffany que no asistiría a la boda.

—Solo me quedaré hasta verlos salir a los dos de la iglesia convertidos en marido y mujer. Luego me iré a California.

—Hunter dice que su padre quiso volver a contratarlo para que vigile a su hijo Morgan mientras esté en Butte. ¿No va en esa dirección?

—En Butte soy demasiado conocido. Tomaré la ruta del

norte, la que pasa por Helena. Zachary quería que le metiera miedo a su hijo para que volviera a casa, pero es inútil si Morgan sigue con la fiebre del oro.

—Bueno, no puedo decir que no me alegre de que su trabajo haya terminado aquí. —Le sonrió—. Se ha asegurado de que no mataran a nadie mientras Hunter y yo descubríamos que estábamos hechos el uno para el otro, por lo que le doy las gracias de todo corazón.

—Y yo también —convino Frank Warren.

—De hecho —añadió Rose, su mujer—, mis chicos admiten que tenían miedo de...

—¡Ma! —la interrumpió Roy Warren, avergonzado.

—Bueno, el control en todos los frentes ha sido sin duda una bendición —terminó Rose.

Frank se aclaró la garganta.

—No creo que el señor Grant quiera que se le compare con una bendición, querida.

—Bobadas —refunfuñó Rose—. Él sabe a qué me refiero.

—Tenemos que irnos. —Frank indicó la iglesia.

Degan siguió su indicación y vio a Zachary Callahan a las puertas de la iglesia mirando ansioso hacia todos lados y haciéndole gestos a Frank para que se diera prisa.

Tiffany soltó una carcajada.

—Supongo que tengo a Hunter preocupado, ¡o solo a mi suegro! Cuídese, Degan, vaya adonde vaya.

Volvió a sentarse.

Frank puso en marcha la calesa y los tres hermanos de la novia saludaron a Degan con un breve asentimiento.

—¡Si alguna vez encuentra esta clase de felicidad, traiga a su mujer para que la conozcamos! —le gritó Tiffany volviendo la cabeza.

Degan estuvo a punto de reírse. «Confía en una mujer que piensa que solo una mujer puede hacer feliz a un hombre.» Degan sabía que nunca se enteraría de si era cierto porque las mujeres le daban miedo. Incluso Tiffany se lo daba. Además, no sabía cómo hacer que eso cambiara sin que su reputación se resintiera, así que no estaba dispuesto a intentarlo.

—¡Eh, señor! ¿No es capaz de decidir hacia dónde ir?

Degan volvió la cabeza y vio que un desconocido se le acercaba a caballo por el centro del pueblo. Vestía una gabardina amarilla sin abrochar para que se viera la pistola que llevaba al cinto, señal inequívoca de que buscaba problemas de algún tipo. A medida que el desconocido se aproximaba, vio que era joven, delgado, con el cutis tan terso que podrían haberlo tomado por una niña.

No tenía por qué responder a la sarcástica pregunta. Podía simplemente marcharse antes de ver a sus amigos felizmente casados saliendo de la iglesia, pero sabía que a los chicos como aquel no les gustaba que los ignoraran.

—¿Qué edad tienes, chico?

—No es de su incumbencia, pero diecisiete, así que no me llame chico. Me llamo...

—No me interesa.

El chico pareció contrariado.

—¿Todos los de este pueblo son tan malhumorados como usted?

¿Malhumorado? Degan arqueó una ceja. Lo habían llamado un montón de cosas, pero eso nunca. El chico había detenido el caballo a pocos pasos. Evidentemente tenía algo más que decir, y no había nadie cerca. En la calle principal no había un alma porque todos los asistentes a la boda habían entrado ya en la iglesia. Solo los tenderos seguían en el pueblo, la mitad de ellos por lo menos mirando por el escaparate. Los desconocidos no pasaban desapercibidos.

Degan se dijo que no debía ser tan suspicaz con todos los desconocidos que se le acercaban, fuesen o no pistoleros. Había mucha gente amigable en el Oeste y docenas de buenas razones para que un hombre fuera armado. No todos se dedicaban a hacerse un nombre desafiando a cualquier tipo rápido desenfundando del que tuvieran noticia. Así que se enderezó un poco.

—¿Necesitas ayuda? —le preguntó.

—Sí. Oí decir a unos mineros de Butte que Degan Grant vive aquí.

—Acaba de pasar por aquí.

—¿Llego tarde, entonces?

—Depende de para qué.

—¿Cómo?

—Si quieres un enfrentamiento cara a cara con él, hoy es tu día de suerte. Si quieres contratarlo, puede que siga siendo tu día de suerte. Para cualquier otra cosa, seguramente no es tu día de suerte. ¿Qué quieres de él?

—Entonces ¿sabe dónde puedo encontrarlo?

—Ya lo has encontrado.

El chico sonrió abiertamente, lo que hizo que Degan se preguntara por un instante si su instinto no lo había engañado. No lo había hecho.

—A mediodía, mañana, aquí mismo —dijo el muchacho, sonriendo confiadamente.

No hacían falta más explicaciones. La mayor parte de los duelos eran a mediodía, porque a esa hora el sol no deslumbraba a ninguno de los duelistas.

Degan miró hacia arriba para comprobar cuál era la posición del sol.

—Falta poco para mediodía, así que, si vamos a hacerlo, hagámoslo ya. Ata el caballo si no quieres que lo hiera una bala perdida —le propuso. Llevó su palomino hasta el palenque más cercano, desmontó y ató las riendas.

El chico lo siguió e hizo otro tanto, porque no esperaba que Degan rodeara los caballos con la pistola desenfundada.

El muchacho le lanzó una mirada asesina apartando despacio la mano de su arma.

—¿Cómo diablos se ha labrado la reputación que tiene si hace trampas? —le espetó, escupiendo las palabras.

—Matando a hombres, no a niños. Y esto no es hacer trampas, es salvarte la vida. —Le cogió el arma y fue tirando al suelo las balas del tambor. Luego se la devolvió—. Pero supongo que todavía no lo entiendes. Sigamos, pues. Si ganas, puedes recargar y te daré otra oportunidad. Si gano yo, te marcharás dando gracias de seguir vivo. ¿Te parece justo?

—Ni hablar. ¿Por qué no lo hacemos como es normal, delante de testigos?

—Mira a tu alrededor. Te están observando. Yo te ofrezco exactamente lo que has venido a buscar: la oportunidad de ver si eres más rápido que yo, pero sin derramar sangre en la calle, y sin que te mees en los pantalones de miedo pensando que estás a punto de morir. Pensándolo bien, es un modo mucho mejor de comprobar cuál de los dos es más rápido, de hecho. Estarás relajado, no tendrás miedo ni las palmas sudadas. El sudor puede volverte torpe. Y seguirás teniendo derecho a fanfarronear si ganas.

Degan se quitó la chaqueta y la colgó del cuerno de la silla de montar. Por el hecho de vivir en el Oeste no tenía por qué renunciar a las cosas buenas de la vida a las que estaba acostumbrado. Bueno, tenía que renunciar a unas cuantas, pero no a su modo de vestir. La chaqueta negra era de corte impecable, el chaleco de seda, la camisa blanca de lino fino. Llevaba las botas negras muy lustradas y las espuelas no de alpaca sino de plata de ley. Además la funda de la pistola estaba hecha a medida.

Salió a la calle, lejos del cruce. No quería que sus amigos vieran aquello si salían pronto de la iglesia. El chico había seguido su ejemplo y dejado el impermeable con el caballo antes de poner cierta distancia entre ambos. Seguía nervioso. Degan se preguntó si había hecho algo parecido alguna vez o si era su primer duelo. Era una pena que los chicos como él no aprendieran de sus errores y se volvieran a casa. A lo mejor aquel lo haría cuando hubiera acabado con él.

—¿No vas a vaciar el tambor como has hecho con el mío? —le preguntó el muchacho, indeciso.

—No. Hay testigos, ¿recuerdas? No soy un asesino, solo soy rápido con el revólver. Eso demuestra que sabes cómo hacer esto.

Pasaron varios segundos en los que el chico mantuvo la mano a milímetros de su arma. Seguía estando nervioso, a pesar de lo que le había asegurado Degan, que veía cómo le temblaban los dedos y suspiró.

—Voy a darte una oportunidad de desenfundar antes —le dijo por fin—. En cualquier momento a partir de ahora estará bien.

—Entonces ¿va a dejarme ganar?

—No. —Desenfundó y volvió a enfundar su revólver con la misma rapidez—. ¿Lo ves? Ahora, desenfunda.

El chico trató de hacerlo, pero todavía no había sacado el arma de la funda y Degan ya estaba apuntándole al pecho con la suya.

—La cuestión es, muchacho, que tampoco fallo nunca. ¿Damos este asunto por concluido?

—Sí, señor, se acabó.

2

—Max, despierta. ¡Max Dawson!

Abrió por completo los ojos oscuros y parpadeó varias veces antes de localizar a la bonita dama de la noche haciendo un mohín junto a la cama.

—No hace falta que grites, Luella, sobre todo no hace falta que proclames mi nombre completo a gritos.

—Perdona, cariño, pero no tendría que hacerlo si no te costara tanto despertarte. Es increíble que puedas dormir siquiera un poco en este establecimiento, con tanto gemido y tanto gruñido a altas horas de la noche.

Max sonrió.

—Mientras tú estés callada y no te importe compartir esta cama maravillosamente blanda, todo lo demás me parece el murmullo del viento.

—Me sorprende que todavía no te hayan pillado con lo profundamente que duermes.

—La puerta está cerrada con llave, ¿no?

—Sí, claro.

—Y nadie ha entrado jamás por la ventana, ¿no es cierto?

—Solo tú.

—Bueno, pues lo dicho, estoy completamente seguro descansando en una cama blanda. Solo aquí puedo dormir profundamente. En el campamento de las colinas, el menor ruido, por leve que sea, me despierta. Además, nadie me busca aquí.

—Entonces ¿por qué querías que te despertara al amanecer, antes de que los alguaciles hagan la primera ronda? Por cierto, eso ha sido hace media hora. La media hora que he tardado en conseguir despertarte...

—¡Maldita sea! ¿Por qué no me lo has dicho antes? No me gusta nada estar en el pueblo de día.

—Pero si nadie mira...

—Nadie mira a propósito, pero los carteles de SE BUSCA ya han llegado hasta tan al norte como aquí. Arranco los que encuentro, pero el *sheriff* de este pueblo vuelve a pegarlos. Por lo que se ve le han mandado un montón.

Max apartó las mantas. Iba completamente vestido. El sombrero y el abrigo eran lo único que no llevaba. Agarró ambas cosas. Tampoco se había quitado la funda con la pistola. A Luella no le gustaba dormir al lado de un Colt de cañón largo, aunque estaba acostumbrada a las armas y guardaba una pequeña derringer en la cómoda para las emergencias. Sin embargo, había otra cosa que le molestaba todavía más.

—Por lo menos podrías haberte quitado las botas para acostarte —le reprochó, mirando fijamente las botas gastadas que acababan de abandonar su cama.

—No por si tengo que marcharme a toda prisa... como ahora. —Abrió la ventana, se dejó caer al tejado del porche delantero del burdel y luego al suelo.

Luella lo observaba desde su ventana. Mientras estaba allí de pie en paños menores oyó un silbido proveniente de la acera de enfrente. No trató de cubrirse. Al fin y al cabo, parte de su trabajo era atraer clientes al burdel Chicago Joe. En Helena había muchas más casas de putas y la competencia era feroz.

Demasiados burdeles, demasiados millonarios, demasiados mineros, qué diablos, demasiada gente. Pero Helena era la población con más habitantes del territorio de Montana, lo era desde que habían encontrado oro en un barranco cercano, allá por 1864. Ochenta años después, la gente seguía mudándose a Helena mientras que la mayoría de las poblaciones florecidas gracias al oro se habían convertido en ciudades fantasma. Incluso la ciudad de Virginia, bastante más al sur, languidecía, y eso que había albergado una población de tres mil almas en su buena época. Helena, sin embargo, con centenares de negocios, no dependía únicamente del oro para ser próspera. Era también la capital del territorio y el ferrocarril pasaría por allí. Al cabo de un año o dos llegaría a Helena y eso aseguraría que la ciudad no tocara fondo cuando lo hiciera el oro.

Luella pensó que Helena sería un lugar agradable donde echar raíces si podía encontrar un hombre que la quisiera. Hasta entonces solo le habían propuesto matrimonio unos cuantos mineros, y los mineros no tenían casa propia ni ganaban mucho dinero, así que no tenían los medios para fundar una familia en aquel lugar. Normalmente, si un hombre tenía medios, no le interesaba tomar por esposa a una ramera: podía acostarse con ella por un puñado de monedas.

Luella miró a Big Al, el hombre que le había silbado. Estaba en la calle temprano, barriendo el porche de su salón, situado al otro lado de la calle. Era uno de sus clientes habituales y siempre la había tratado con amabilidad. De hecho, había sopesado la idea de considerarlo un marido potencial hasta la noche en que Max la había rescatado y se había enamorado de él. Que alguien como ella sucumbiera a tal emoción era bastante estúpido.

Big Al tenía tierras, un negocio y estaba soltero, así que seguía siendo una opción viable. Su salón era uno de los muchos de la ciudad que nunca cerraban. En el trabajo de Luella tampoco se cerraba nunca. Josephine Airey, *Chicago Joe*, como la llamaba casi todo el mundo, era la propietaria de aquel burdel y de muchos otros similares. En opinión de la madama, un hombre que no se veía sometido a un horario, al menos cuando se trataba de satisfacer sus necesidades amorosas, era un hombre feliz.

Big Al le estaba sonriendo a Luella, sin fijarse en lo que barría. El polvo flotó hasta uno de sus clientes, que estaba apoyado en una columna del porche, con una copa en la mano. Aquel tipo, un hombre elegante, seguramente era un hombre de negocios, se dijo la joven, hasta que vio el revólver que llevaba al cinto y apartó rápidamente los ojos de él. Supuso que Big Al también le tenía miedo, porque le había permitido beberse la copa en el porche, fuera del local, y Big Al nunca se lo permitía a nadie. Órdenes del *sheriff*: estaba prohibido beber en la calle. Al entró en su establecimiento antes de que el hombre se viera el polvo en las botas relucientes.

A Luella no le gustaban los pistoleros, aunque sabía Dios que se había acostado con un montón. Los pistoleros le daban miedo porque cuando perdían la cabeza no daban puñetazos sino que desenfundaban el arma. Seguramente Max también, pero Max era diferente. ¿Y qué no le gustaba de Max Dawson?

—¡Hasta la semana que viene, Luella! —le gritó Max.

—Claro, cariño —le gritó ella, y le dijo adiós con la mano, pero él ya salía al galope de la ciudad.

Luella cerró la ventana y volvió a la cama. Esperaba que el pistolero no la hubiera visto y que no le hiciera una visita.

3

Degan observó al muchacho marcharse al galope de la ciudad. Lo había visto saliendo del burdel, también. Cuando alguien se marcha precipitadamente por una ventana normalmente otra persona aparece pronto con un arma en la mano y se pone a pegar tiros, pero no pasó tal cosa. En vez de eso, una guapa rubia en paños menores se asomó a la ventana para despedirse.

La escena era tan inusitada que Degan se fijó en más detalles de lo habitual, y eso que siempre estaba pendiente de lo que pasaba a su alrededor. Sin embargo, no solía fijarse más que en lo que intuía que podía representar un peligro. El abrigo largo que usaba el chico por encima de los pantalones y la camisa blancos no era la típica gabardina sino una prenda cara de suave ante. El sombrero tostado de ala ancha que llevaba era nuevo o estaba muy bien cuidado porque no tenía abolladuras todavía. Las botas ligeras marrones gastadísimas y el pañuelo blanco demostraban que no tenía estilo. Con los ojos oscuros y el pelo corto, casi blanco de tan rubio, tenía cara de niño. Otro chico tan joven que todavía no le crecía la barba pero que llevaba un arma al cinto. ¿Por qué buscaban la violencia tan jóvenes?

Aquel, sin embargo, parecía amar la vida. Degan lo había notado por su expresión al saltar a su caballo y lo había oído en el rastro de su risa mientras se alejaba al galope. Una buena noche con una mujer hermosa podía surtir tal efecto, supuso Degan, o un amor de juventud. Y entonces se acordó de un detalle que solo había notado vagamente. Retrocedió un paso y se fijó en el cartel pegado a la columna del porche en la que había estado apoyado.

Ya lo tenía visto, solo que no le había prestado atención. Quien había dibujado el retrato tenía que conocer al forajido porque el parecido era asombroso. ¿Un forajido que visita un burdel situado al otro lado de la calle en la que han pegado un cartel ofreciendo mil dólares por su captura? Degan cabeceó, incrédulo. Los chicos eran demasiado osados, aunque aquel no era problema suyo. Lo contrataban como pistolero, pero no estaba dispuesto a hacerle el trabajo al *sheriff*.

Entró con el vaso vacío al salón y se acercó a la barra. Solo había otro cliente, que dormía con la cabeza apoyada en la mesa. Degan ni siquiera se habría parado en aquel salón de no haber pasado toda la noche cabalgando para llegar a Helena y de no haber sido el primero que había encontrado abierto a esas horas. Detestaba acampar al raso, en el monte, y lo hacía únicamente cuando dos poblaciones estaban demasiado alejadas entre sí. Tampoco le gustaba viajar de noche, pero la anterior no había estado lo bastante cansado para detenerse y el ansia de una cama y un baño caliente lo había mantenido en marcha.

—Me llevaré una botella de su mejor whisky, y un trapo para las botas.

El camarero, ruborizándose, le pasó el trapo por encima de la barra inmediatamente. La botella tuvo que ir a buscársela.

—Debo advertírselo: hay una ley aquí que prohíbe beber en la calle —le dijo sin aplomo en cuanto volvió.

—No tengo intención de hacerlo. —Después de pagar, añadió—: No considero que su porche sea la calle.

—Tiene razón. —El camarero se relajó al ver que Degan no se había ofendido.

—¿El mejor hotel de la ciudad?

—Seguramente el Internacional. Es un edificio de ladrillo. No tiene pérdida si se adentra en el pueblo. ¿Está de paso?

Degan no le respondió. Lo fastidiaba que una sola pregunta por su parte diera pie a todo un interrogatorio por parte del otro, aunque entendía que era una reacción nerviosa de las personas intimidadas que esperaban que mientras estuviera hablando no estuviera disparando. Cogió la botella y se acercó a la puerta.

—Debería presentarse ante el *sheriff* si quiere trabajo, señor —le dijo el camarero—. La gente le cuenta los problemas a él en primer lugar, pero no siempre tiene tiempo de ayudar a todos, a pesar de contar con ocho ayudantes. Es un pueblo grande. Muchos de por aquí contratan a un pistolero, si lo es usted.

Degan se tocó el ala del sombrero en un gesto de despedida y siguió su camino. Todavía no buscaba trabajo. Había ganado suficiente dinero en el Oeste como para retirarse diez años si quería. Para qué, sin embargo. Lo habían educado para hacerse cargo de un imperio, pero le había dado la espalda a eso.

Aquel pueblo era demasiado grande para su gusto, se dijo mientras lo recorría. Prefería los pueblecitos en los que uno veía venir los problemas desde un kilómetro. Aunque si estaba allí era solo para darse un baño, dormir en una cama y tomar una comida antes de volver a ponerse en marcha hacia California, hacia donde se dirigía cuando Zachary Callahan lo había localizado y le había ofrecido demasiado dinero para poder rechazarlo, simplemente para mantener la paz un par de semanas.

No era la primera vez que le pagaban más de la cuenta. De hecho, le sucedía más bien a menudo. Era una de las ventajas de que lo precediera a uno su reputación. La única otra ventaja de esa reputación era que podía hacer el trabajo sin derramamiento de sangre.

Solía fastidiarlo mucho poner tan nerviosa a la gente. Les aseguraba que no debían tenerle miedo. Aquello funcionaba solo hasta que lo veían desenfundar, y raras veces pasaba por un pueblo donde no tuviera que hacerlo por una u otra razón si descubrían quién era. Así que había dejado de ser sociable y de hablar con cualquiera con quien no tuviera necesidad de hacerlo; también había dejado de dar su nombre. Maldita sea, la mitad de las veces daba igual que supieran quién era. No podía poner un pie en un banco sin que todos se echaran al suelo, creyendo que estaban a punto de ser víctimas de un robo. Aquello sí que era un verdadero fastidio. A lo mejor había llegado la hora de volver al Este, aunque no fuera a su casa.

Encontró el hotel Internacional con facilidad, pero desde luego no esperaba toparse con un conocido en el vestíbulo.

—¡Vaya, dichosos los ojos, Degan Grant!

Degan dio un respingo al oír gritar su nombre.

—No grites —dijo al volverse, aunque sonriente.

No había hecho demasiados amigos en el Oeste, pero John Hayes se contaba entre ellos. John tenía ya cuarenta y tantos, aunque Degan lo había conocido poco después de llegar por primera vez al Oeste, cinco años antes.

—¿Qué te trae tan al norte, *sheriff*?

—Ahora soy *marshal* de Estados Unidos.

Degan arqueó una ceja.

—¿Debo felicitarte?

—Me permite viajar por el país más de lo que nunca creí que viajaría, pero no, no quería el cargo. Me propuse para él un viejo amigo que ahora es senador. El ferrocarril presiona mucho a los políticos de Washington para que limpien el Oeste. Contrataron detectives de la agencia Pinkerton hace unos años para que se ocuparan de los robos de trenes, pero no fue suficiente. Ahora nuestro gobierno también ha tomado cartas en el asunto. Pero, dime, ¿qué te trae por Helena?

—Acabo de terminar un trabajo de pacificación por esta zona.

—Entonces ¿no tienes trabajo?

—No.

—¡Menudo alivio!

Degan se estaba divirtiendo.

—Sigo respetando la ley, John. ¿De verdad crees que deberías arrestarme?

—No, claro que no, pero como no tienes trabajo me gustaría pedirte que me devolvieras el favor que me debes.

—¿Qué favor?

—Te salvé la vida.

Degan soltó un bufido.

—Me estaba curando. No hacía falta que me llevaras al médico.

—Estabas medio muerto y sangrando.

John era el *sheriff* de un pueblo en el que habían disparado a Degan. Un trío de ladrones de bancos se había abierto paso a tiros en su huida después de sonar la alarma. Había mucha gente en la calle aquel día. Degan había echado una mano para evitar que muriera gente inocente y había acabado recibiendo el impacto de una bala perdida. Se había marchado del pueblo herido y John le había seguido el rastro.

Debía admitir que habría muerto aquel día si hubiera seguido viajando. La herida no le dolía demasiado... todavía, así que no se había enterado de que perdía tanta sangre que iba dejando un reguero a su paso.

—Reconozco que ese médico tuyo hizo un buen trabajo cosiéndome —dijo—. Apenas me quedó cicatriz. ¿Qué favor necesitas?

—Solo será temporal. Necesito atrapar al menos a tres forajidos de mi larga lista durante los próximos dos meses. No solo me han encargado limpiar el Oeste sino que tengo que hacerlo dentro de un maldito plazo.

Degan estaba bastante sorprendido.

—¿Quieres convertirme en un cazarrecompensas? No soy rastreador.

—No te hace falta serlo. La mayoría de esos chicos se oculta a plena vista en pueblos populosos como este, o en otros demasiado pequeños para tener un buen *sheriff*. La paga es buena y dos de los hombres buscados han sido vistos por la zona. A un tercero lo vieron por última vez en Wyoming. Si lo prefieres, puedes escoger detrás de quién ir. Como te he dicho, tengo una lista muy larga.

—¿Y por qué no vas tú mismo tras ellos?

—Porque mi madre se está muriendo. Recibí un telegrama ayer. Ya he comprado nuestros billetes para marcharnos hoy mismo.

—¿Has dicho «nuestros»?

—Mi mujer y mis hijas están aquí conmigo.

—No sabía que estuvieras casado.

John sonrió.

—Felizmente desde hace ya diez años —se ufanó—. Las niñas tienen siete y seis años, y mi Meg espera otro bebé. Como me veo obligado a viajar tanto, cuando sé que voy a quedarme una temporada en algún sitio me llevo conmigo a la familia. El ferrocarril llega hasta tan al Oeste que lo hace posible. Este viaje a Virginia puede llevarme un par de meses porque tengo que dejar los asuntos de la finca de mi madre en orden. Podría costarme el trabajo si no consigo tachar al menos a tres forajidos de la lista en ese tiempo.

—Siento lo de tu madre.

John asintió.

—Sabía que estaba enferma, pero no que fuera tan grave.

—Supongo que ya le habrás pedido ayuda al *sheriff* local.

—Hablé con él ayer, pero está demasiado ocupado, cosa

que no me sorprende. ¡Demonios! ¿Cómo puede haber un pueblo tan grande en Montana? ¡Si ni siquiera es todavía un estado!

—Es por el oro.

—Seguramente —convino John—. Entonces ¿vas a ayudarme, Degan? Solo necesito capturar a tres forajidos durante los próximos dos meses. Si terminas antes, puedes seguir tu camino. Eso sí, tendré que nombrarte ayudante del *marshal* durante el tiempo que actúes en mi nombre.

—¡Ah, eso sí que no! Si hago esto no llevaré una placa de agente de la ley.

John sonrió.

—No tienes por qué decírselo a nadie si crees que empañará tu reputación. Será solo por si tienes que verificar que tienes jurisdicción, lo que, conociéndote, seguramente no tendrás que hacer. Te quedarás con las recompensas ofrecidas. Algunas son más lucrativas que los trabajos que sueles hacer.

—Lo dudo.

—Bueno, lo serán cuando las juntes. Además no te será difícil encontrar a esos hombres. He recabado mucha información sobre los bribones que te entregaré, mucha más de la que hay en los carteles: amigos, conocidos y familiares, todos los lugares donde han delinquido, cualquier socio que puedan tener o si actúan en solitario. Tengo un montón de notas y ya llevo haciendo esto un par de años. Solo te pido que me mandes un telegrama a Virginia cada vez que atrapes a uno, para que mis superiores sepan que, a pesar de estar ocupándome de los asuntos familiares, sigo cumpliendo el programa.

Degan asintió.

—Siempre y cuando tus superiores no me vayan detrás luego para tratar de que continúe con el trabajo.

John soltó una risita.

—Tu nombre quedará fuera de esto.

4

La cartera de piel que John Hayes le había dado a Degan era como una maletita fina sin asa, pero con cerradura y llave.

No la abrió cuando llegó a la habitación del hotel después de despedirse del *marshal*. Simplemente la dejó en el suelo con las alforjas y su maleta. Dormir era su máxima prioridad, pero cuando se tumbó en la cama, no se durmió de inmediato.

Daba vueltas a las palabras «agente de la ley» y «cazarrecompensas». No tenía temperamento ni para una cosa ni para la otra, pero sin embargo había aceptado el trabajo. Porque un amigo le había pedido que lo hiciera. No porque, aunque nunca lo había admitido, de hecho le gustaba ayudar a la gente. De ese modo su vagabundeo tenía un propósito. Además, John Hayes era una buena persona.

Cuando se despertó a media tarde, demasiado temprano para cenar pero demasiado tarde para comer, tenía hambre. Siguió ignorando la cartera de John y bajó. Tal como esperaba, el comedor estaba cerrado.

El mismo empleado que había registrado a Degan le dio el nombre de algunos restaurantes cercanos, aunque no estaba seguro de si seguirían abiertos.

—Pero si quiere esperar en el comedor, le traeré algo —añadió el hombre inmediatamente cuando vio la cara de enfado de Degan.

—¿Qué tal a mi habitación?

—Por supuesto, señor. Enseguida.

Degan volvió a subir.

Su habitación estaba decorada con gusto, con más elegancia que ninguna de las habitaciones de hotel en las que se había alojado desde su llegada al Oeste, así que no iba a importarle pasar allí unos cuantos días si hacía falta. Poder comer en la habitación era una ventaja añadida. Cuanto menos tiempo pasara con gente, mejor. Esperaba que el camarero al que había conocido aquella mañana no fuese un chismoso. Si lo era, a esas alturas el *sheriff* seguramente ya sabía que estaba en el pueblo y, aunque desconociera de quién se trataba, eso no impediría necesariamente que lo buscara.

Se quedó junto a la ventana unos minutos, disfrutando de una amplia panorámica de Helena, que se extendía por las colinas bajas que circundaban el centro del pueblo. Las calles, que no eran pocas, le recordaban su hogar porque a esa avanzada hora de la tarde estaban abarrotadas. El Oeste había sido siempre un lugar donde la gente podía empezar de nuevo, pero buena parte de la región todavía no era segura para los colonos. Pronto lo sería. La misión de John de atrapar a los forajidos que abusaban de los colonos era importante. El progreso, el verdadero progreso, estaba llegando al Oeste de la mano del ferrocarril.

Mientras esperaba la comida, Degan abrió el maletín de John y esparció su contenido sobre la cama. Contó veinte carteles de SE BUSCA. Cada uno llevaba adjuntas una o dos páginas de notas de John. Un cartel era el de Big Jim Mosley. Eso resultaba conveniente. A Degan iba a bastarle con capturar a dos forajidos. Podía tachar a Mosley de la lista, puesto que lo había matado el año anterior en Wyoming. No sabía entonces que buscaban a Mosley por asesinato, pero puesto que el tipo había querido dispararle por la espalda, no le sorprendía. Por lo visto el *sheriff* de aquel pueblo no había podi-

28

do confirmar su identidad y por eso Mosley seguía en busca y captura. Degan se preguntó cuántos otros de la lista de veinte nombres de John podían haber muerto también. Los tipos que quebrantaban la ley no podían contar con hacerse viejos.

Max Dawson, el de la cara de niño, no estaba muerto y le sería fácil encontrarlo, teniendo en cuenta que lo había visto aquella misma mañana en el burdel. Con Kid Cade, otro de la lista, Degan ya se había cruzado en Wyoming. De treinta y muchos, el niño ya no era un niño y lo había evitado, así que Degan no creía que fuera un pistolero sino más bien un simple ladrón. John mencionaba en sus notas que Cade había intentado hacerse con tierras, sin éxito; se había dedicado una temporada a los robos, con éxito, y perpetrado un asalto a un banco en el que había estado a punto de perder la vida porque había tratado de hacer el trabajo en solitario. Había logrado evitar que lo pillaran por ese y por los muchos otros robos que se le atribuían. Había sido visto en la zona de Butte, al suroeste, hacía pocos meses.

Degan no tuvo que leer más. Cade había evitado a propósito pasar por Butte y cabalgado hacia el norte, hacia Helena, gracias a que los mineros de Butte le habían dicho que Degan estaba por los alrededores. No era propenso a cambiar de opinión, pero Cade y Dawson seguramente eran los dos forajidos que John había dicho que estaban por la zona, y los dos a los que Degan podía apresar más rápidamente. Podría proseguir su viaje hacia California al cabo de una semana o dos.

En aquel momento otro cartel le llamó la atención. Era el único, aparte del de Max Dawson, en el que se ofrecía una recompensa de mil dólares. John explicaba en sus notas el porqué. Charles Bixford, alias Red Charley, había matado a tres mujeres, dos niños y quince hombres al volar el ayuntamiento de un pueblo de Nebraska porque su mujer estaba dentro. La esposa había sido una de las víctimas y los dos niños eran hijos suyos. Aquello, sin embargo, solo había sido el principio de un reguero de asesinatos que recorrió Nebraska hasta Colorado y acabó en Utah, donde había sido visto por última vez. Bixford no estaba loco, pero había matado a inocentes sin razón aparente. También había acabado de paso con la vida de un *marshal* de Estados Unidos que había tratado de apresarlo y había herido al siguiente que lo había intentado.

¿Y John tenía que atrapar a aquel asesino? ¿John, casado y con hijos a su cargo? ¿Qué clase de favor le estaría haciendo a John si solo capturaba a los forajidos menos peligrosos de la lista? Decidió pillar a los dos que estaban en las proximidades y encerrar a Bixford como plus antes de marcharse a California.

Degan metía otra vez los carteles en el maletín de John cuando llamaron a la puerta. La abrió y un joven con delantal blanco le entregó nervioso una bandeja de sofisticados bocadillos antes de retirarse precipitadamente. Era más comida de la que necesitaba y solo se comió la mitad. Luego usó el baño del final del pasillo, después de que el encargado del mismo le asegurara que lo limpiaban después de cada uso y le entregara una toalla limpia. Había una bañera pequeña detrás de un biombo en su habitación, pero no estaba conectada al sistema de cañerías y no quería tener que esperar a que le trajeran el agua.

Una hora después ponía las alforjas a su caballo en el establo de al lado cuando el *sheriff* de Helena dio con él.

—Aquí no queremos problemas, señor, así que espero que le esté poniendo las alforjas al caballo para marcharse del pueblo.

A Degan no le apetecía quedarse allí dándole explicaciones al *sheriff*.

—Soy amigo del *marshal* Hayes —se limitó a decirle—. Creo que lo conoce.

—Sí.

—El *marshal* me ha pedido que lo ayude a cumplir su programa, así que si le traigo a uno o dos forajidos para que los encarcele, supongo que tendrá dónde meterlos.

—Seguro que sí. Esa clase de ayuda siempre es de agradecer.

Degan montó, saludó tocándose el ala del sombrero y salió del establo antes de que al *sheriff* se le ocurriera preguntarle cómo se llamaba. Posiblemente su fama no había llegado tan lejos, pero no podía contar con ello porque la gente de Nashart y Butte sabía que estaba en la zona. Además el *sheriff* tenía que saber tan bien como él que su presencia atraería a otros pistoleros ávidos de gloria al pueblo.

Cabalgó directamente hasta el burdel que frecuentaba Dawson. Las mujeres ligeras de ropa apoltronadas en el salón se espabilaron cuando entró. Oyó saludos melosos y promesas salaces. Dos de ellas incluso se liaron a codazos para acercársele antes. Una tercera caminó seductora hacia él pero notó su actitud y su arma y cambió de opinión. Su expresión seguramente alertó al resto. Las mujeres dejaron de intentar atraer su atención. Unas cuantas abandonaron la habitación apresuradamente. Estaba acostumbrado a esa reacción. Las mujeres le tenían más miedo que los hombres y eran menos propensas a ocultarlo, incluso aquellas cuya compañía podía comprar cualquiera, como era el caso. Y eso que no lo conocían, que no sabían nada de él. Sin embargo, les había bastado echarle un vistazo para evitar instintivamente mirarlo a los ojos.

La madama, que también estaba en el salón, fue la única excepción. Su trabajo era asegurarse de que cualquier hombre que entrara en sus dominios saliera de ellos contento, pero incluso ella se le acercó intranquila, aunque no lo pareciera cuando le habló.

—Pocas veces conozco a un hombre que me haga lamentar estar casada. Me llaman Chicago Joe. ¿Qué se le ofrece, señor?

Había tres rubias en el salón, pero ninguna tan bonita como la tal Luella, a la que había visto asomada a la ventana aquella mañana, despidiéndose de Dawson, y era a ella a quien quería ver.

—Busco a Luella.

—¡Una de nuestras preferidas! —Chicago Joe sonrió—. Está arriba, pero ahora mismo no puede atenderlo. Puedo ofrecerle una copa mientras espera o tal vez a otra de nuestras encantadoras...

Degan no esperó a que terminara. Subió la escalera. Nadie trató de detenerlo. Luella había estado en la habitación de la esquina que daba a la calle. La puerta no estaba cerrada con llave, pero estaba con un cliente. Al menos solo ella estaba acostada entre las sábanas arrugadas. Su cliente se estaba desvistiendo para reunirse con ella. Los dos miraron inmediatamente a Degan en cuanto entró.

—Solo necesito tener una breve conversación con la señorita —le dijo al hombre—. Puede esperar en el pasillo o bien buscar a otra chica si no quiere hacerlo, pero de todos modos largo de aquí.

El cliente, que ya había recogido la camisa y las botas, salió como una exhalación con la cabeza gacha. Luella salió de la cama y se cubrió con una bata fina antes de volverse hacia Degan.

—Una breve conversación, ¿eh? No es usted guapo ni nada. Aparte ese revólver y nos llevaremos bien, señor.

Degan no supo si trataba de ser valiente. Las mujeres solían enrollarse con él cuando bajaba el arma, pero Luella iba directamente hacia la cómoda, donde seguramente guardaba un arma. Degan se desplazó para impedirle hacer alguna estupidez.

—No he venido por tus encantos. Vas a decirme dónde se esconde Max Dawson cuando no te visita.

La chica parpadeó sorprendida y frunció el ceño.

—No, no se lo diré.

—¿Estás segura?

Luella corrió hacia el lado opuesto de la cama para poner un obstáculo entre ambos. Degan se dio cuenta de que su modo de hablarle la había aterrorizado. No había sido su intención. Le habría gustado tranquilizarla, pero habría frustrado su propósito, así que volvió a hablarle.

—Si tengo que rondar el burdel una semana esperando a que Dawson vuelva a colarse por tu ventana, alguien recibirá un balazo durante el arresto, sobre todo Dawson, en caso de que intente huir. En su cartel de SE BUSCA no pone «vivo o muerto», pero tampoco dice que tenga que ser vivo.

—¿Cómo sabe que...? ¡Ah! Era usted el que estaba en la acera de enfrente esta mañana. Si quiere a Max, ¿por qué no lo ha seguido entonces?

—Entonces no lo quería. Lo quiero ahora.

Hubo un largo silencio antes de que la chica hablara.

—¿No va a dispararle a Max si no se ve obligado a hacerlo? —le preguntó dolorosamente esperanzada.

—No lo haré... si no me veo obligado.

Degan había supuesto que el joven Dawson sentía algo por aquella chica, pero le sorprendió que ella, al menos aparentemente, lo correspondiera o que, como mínimo, hubiera entre ambos algo más, porque ella no solo estaba tratando de proteger a un cliente solvente.

—Si me indicas hacia dónde debo ir para dar con él y consigo pillarlo desprevenido, puedo garantizarte que no habrá derramamiento de sangre. Pero si tengo que capturarlo cuando venga a verte, puede acabar muerto a tus pies. Sea como sea, voy a encontrarlo. Así que, ¿tratarás de salvarle la vida o no?

Ella se sentó al borde de la cama y volvió únicamente la cabeza para mirarlo y que viera que lloraba. Por educación, Degan no soltó un bufido, pero no iba a dejarse embaucar por unas lágrimas que podían ser fingidas. No lo habrían conmovido aunque las hubiera dado por auténticas. Tienes que sentir algo por una persona para que sus lágrimas te afecten y él no lo había sentido en mucho tiempo.

Tuvo que esperar mientras ella luchaba por decidirse, se mordía el labio inferior varias veces y le suplicaba con sus bonitos ojos azules inútilmente. Cuando por fin lo comprendió, soltó un bufido, frustrada.

—Max encontró una choza abandonada en las colinas. Algún minero loco la construyó hace años con la idea de encontrar oro por su cuenta, lejos del barranco donde todos los demás lo buscaban —le dijo.

—¿Y cómo sabes que estaba abandonada?

Luella le lanzó una mirada asesina.

—Max no ha matado al minero, si eso es lo que sugiere. Había herramientas de minería abandonadas dentro y hoyos alrededor, incluso una cueva polvorienta excavada en la colina junto a la cabaña. Max fue quien lo dedujo, no yo.

—Entonces ¿no has estado allí?

—No, nunca salgo del pueblo. Max simplemente me mencionó que la había encontrado el mes pasado cuando vino a verme y me dijo que la usaría una temporada. Aseguró que tiene buenas vistas de Helena, así que supongo que tiene que estar en un lugar alto, seguramente en las colinas boscosas que hay de camino hacia las montañas Big Belt.

—Pero no es más que una suposición.

—Bueno, tiene que haber caza cerca, porque Max nos trajo un ciervo la semana pasada y un montón de conejos la anterior.

—¿Es así como paga por tus servicios?

—No, lo hace por simple amabilidad.

—¿Un ladrón de bancos y un asesino amable?

Luella alzó la mandíbula.

—Max es inocente de esos cargos.

—Eso le corresponde decidirlo a un jurado, no a ti ni a mí —dijo Degan, y salió de la habitación.

5

Zachary y Mary Callahan tomaban café en el porche de su rancho cuando vieron a lo lejos una nube de polvo que se aproximaba.

—¿Esperas compañía esta mañana? —le preguntó Zachary a su mujer.

—No.

—Bueno, yo no tengo amigos que vengan a verme en calesa. ¿Ves a quien va en ella?

—No están lo bastante cerca —repuso Mary forzando la vista—. Pero me parece distinguir dos sombreros, así que supongo que son Rose Warren y su doncella.

—No. Los escoltas no son hombres de los Warren. Conozco sus caballos. Además, ¿no me habías dicho que Rose te visitó ayer mientras yo estaba en los pastos?

—Así es, pero Tiffany y Hunter se irán pronto a Nueva York y Rose está muy preocupada por su matrimonio. No la culpo por querer ver con sus propios ojos qué tal les va.

—Solo ha pasado una semana desde la boda y esos dos no salen de la habitación lo bastante para que nadie se entere de nada.

Mary ahogó una risita.

—De hecho, sería yo la preocupada si lo hicieran. ¿Tanto hace que ya no te acuerdas cómo éramos de recién casados?

Zachary se inclinó a besarla con ternura.

—Si no tuviera que ocuparme del rancho...

Mary se rio.

—Ya te recordaré esta noche lo que acabas de decir.

Zachary volvió a mirar la nube de polvo.

—Creo que tienes razón —admitió—. Uno de los sombreros lleva una pluma enorme. Nadie aparte de nuestra nuera se pondría un sombrero como ese, salvo su madre.

—He cambiado de opinión. No creo que Rose haya desembalado los sombreros todavía. Además, ella nunca se los ponía cuando vivía aquí. Prefiere los de ala ancha, como el que llevo yo, para que no le dé el sol en las mejillas.

—Pues me rindo.

—Bien, porque si refrenas la curiosidad unos minutos sabrás exactamente quién viene a visitarnos. —Sin embargo, cuando la calesa se detuvo frente al porche, Mary se levantó para recibir a los visitantes y añadió—: O no.

La joven no era de Nashart, eso seguro, ni de por los alrededores. Si no hubiera ido lujosamente vestida de seda azul, por el pelo negro, los ojos azules y la edad, que Mary supuso que era de unos veinticinco años, hubiera dicho que se trataba de Jeniffer Fleming, a quien Frank Warren había contratado en Chicago como ama de llaves, la chica que Tiffany había fingido ser mientras había sido su propia ama de llaves. Mary no podía apartar los ojos del elegante traje de la joven con una triple hilera de volantes desde los hombros hasta la cintura a ambos lados de la pechera de la chaqueta y otra de botones de perla en el centro. Una tercera hilera de volantes le bajaba por la falda recogida en un polisón. Era un conjunto de viaje, pero eclipsaba el vestido más elegante de cualquier fiesta de Nashart.

Se trataba de una dama, de una dama adinerada de ciudad, y Mary sintió más curiosidad incluso que su marido. Las damas como aquella no iban a Montana a no ser que tuvieran una buena razón.

La otra mujer era mayor y no iba tan elegante. Los dos escoltas que habían cabalgado a ambos lados de la calesa tampoco eran de la zona. Llevaban traje de ciudad, bombín y canana, así que eran sin duda escoltas de algún tipo. Uno de ellos desmontó para ayudar a las mujeres a apearse de la calesa. Zachary se levantó y fue hasta los escalones del porche, seguido por Mary. Solo la dama y su doncella se les acercaron.

—El señor y la señora Callahan, supongo —afirmó la joven.

—Hay muchos Callahan por aquí y más de uno casado —repuso Zachary.

La dama estuvo encantada a pesar de que no le había respondido directamente.

—Entonces he venido al lugar adecuado. Soy Allison Montgomery. Esta es mi doncella, Denise. Hemos viajado desde Chicago para reunirnos con mi prometido, Degan Grant. Los detectives que contraté para encontrarlo lo localizaron en su rancho.

—Llega un poco tarde —dijo Zachary—. Degan trabajó para mí, pero terminó lo que estaba haciendo. Se marchó la semana pasada, después de la boda.

Allison estaba consternada.

—Se... ¿Se ha casado?

—No. Nuestro hijo, Hunter, se casó —terció rápidamente Mary—, pero Degan no mencionó nunca que estuviera prometido.

Zachary soltó una carcajada.

—No. El tipo nunca hablaba de sí mismo.

Allison suspiró.

—No voy a negar que me decepciona que no siga aquí. ¿Saben hacia dónde se dirigía cuando se fue?

—Hacia el Oeste, pero el Oeste es muy grande. Podría estar en cualquier parte —admitió Zachary.

38

—Puede que Hunter sepa algo más. ¿Por qué no vas a buscarlo mientras preparo café? —le sugirió a su marido—. Entre. Puede esperarlo en el salón, señorita Montgomery. Dentro se está más fresco.

—Gracias, es usted muy amable. —Allison subió los escalones del porche con su doncella.

En el piso de arriba, Zachary llamó a la puerta de Hunter.

—Te necesito abajo, chico.

—¡Vete, pa, estoy ocupado! —gritó su hijo sin abrirle.

Zachary insistió, también a gritos.

—Pues deja de estarlo y trae a tu mujer. Tenemos que...

—Tiffany también está ocupada, y no tengo intención de interrumpirla —lo cortó Hunter—. ¡Vete!

Zachary pegó la oreja a la puerta y oyó una risita y luego un gemido de pasión. Puso los ojos en blanco y golpeó con fuerza la puerta nuevamente.

—La prometida de Degan está abajo y quiere saber dónde puede encontrarlo. El asunto es urgente.

Al cabo de un momento Hunter abrió la puerta, sujetándose los pantalones desabrochados y el resto del cuerpo desnudo.

—¿Degan está prometido? No me lo creo.

—Ven a verlo tú mismo.

Ya vestidos, Hunter y Tiffany bajaron las escaleras prácticamente corriendo. Se detuvieron en cuanto llegaron al salón y vieron a la mujer sentada en el sofá. Hunter pensaba que su padre les había contado una trola para que salieran del dormitorio porque llevaban toda la semana encerrados en él. Tiffany sabía que su suegro no bromearía acerca del hecho de que

Degan estuviera prometido, así que no se sorprendió al ver a la hermosa joven y se acercó para presentarse.

Hunter sonrió con timidez y besó la mejilla a Mary antes de que su madre dejara la bandeja que acababa de traer.

—Buenos días, ma... ¿Todavía es de mañana?

—Sabrías en qué hora del día vives si no hubieras decidido pasar aquí la luna de miel.

—Nueva York va a ser un frenesí de compras. Vamos a llegar, finalmente.

—Bueno, compórtate. Tenemos visita.

—Ya lo veo. —Hunter se sentó en el brazo del sofá, al lado de su mujer, pero no estuvo nada cordial cuando miró a Allison fijamente y le dijo—: Si Degan estuviera prometido no iría por todo el Oeste alquilando su pistola. ¿Quién es usted en realidad?

—¡Hunter! —lo reprendió Tiffany.

La joven se había puesto muy colorada. Acababan de tacharla de mentirosa.

—Creo que voy a tener que explicarme.

—Sí, no es mala idea —dijo Hunter.

Mary había servido café a las invitadas, pero Allison no había tocado la taza cuando habló.

—Tiene razón. Degan y yo ya no estamos prometidos, pero lo estuvimos, y si no se hubiera marchado de Chicago nos habríamos casado. No sabe que lo he perdonado.

—¿Perdonado? ¿Por qué motivo? —le preguntó Tiffany.

Allison tenía lágrimas en los ojos y parpadeó para serenarse.

—Somos amigos de la infancia y estábamos muy enamorados. Sin embargo, Degan hizo algo más que flirtear con otra joven la noche de nuestra cena de compromiso. No lo culpo. Todavía no estábamos casados y, bueno, entiendo que pasen esas cosas, pero mis padres no fueron tan comprensivos. Me hicieron romper el compromiso. No quería hacerlo, pero no podía desafiar su autoridad. Esperaba que mis padres transigieran al final y poder reconciliarme con Degan, pero se marchó de Chicago antes de que reconsideraran su postura.

—¿Por qué ha esperado tanto para venir a buscar a Degan y arreglar las cosas? —le preguntó Hunter, esta vez en un tono más amigable.

—Todos me decían que le diera un año o dos para divertirse con otras, que ya volvería. ¡Pero han pasado cinco años! He tratado de olvidarlo. He permitido que otros me cortejaran. He intentado enamorarme, pero no consigo olvidar a Degan. Nosotros dos estamos hechos para estar juntos. Solo tengo que recordárselo y decirle que sigo queriéndolo, que lo he perdonado.

—Jamás habría dicho que Degan fuera un tipo de ciudad —comentó Zachary.

—Yo lo suponía —dijo Tiffany.

—Le dijo la sartén al cazo —se burló Hunter de su mujer.

—¿Sabe alguno de ustedes dos adónde iba Degan? —preguntó Allison a los recién casados—. No lo busco solo por mí. Su padre está enfermo. Degan tiene que volver a casa.

—Iba hacia California pasando por Helena, por el camino del norte —dijo Tiffany.

—Pero podría detenerse en cualquier parte y seguramente lo hará —añadió Hunter—. Al fin y al cabo es un pistolero.

—Eso me han dicho. —Allison sonrió cálidamente—. Muchísimas gracias. Si me doy prisa, a lo mejor lo alcanzo antes de que abandone la zona.

—Nunca habría imaginado que la razón por la que vino al Oeste fuera un corazón roto —comentó Hunter cuando Allison Montgomery se hubo marchado.

—Yo no me lo imagino, a él precisamente, con el corazón roto —aseguró Tiffany.

Hunter arqueó una ceja.

—Creía que ya no recelabas tanto de él.

—Y no lo hago; aunque, francamente, ¿te imaginas a Degan Grant languideciendo por una amor perdido?

—No, pero me gustaba Degan, mucho. Si esa chica de ciudad puede hacerlo feliz, espero que lo pille. Hablando de pillar... ¿Subimos?

6

Degan tardó cuatro días y cinco noches en encontrar la barraca de las colinas. No confiaba en que Luella lo hubiera orientado en la buena dirección. El bosque de camino a las montañas Big Belt estaba demasiado lejos de Helena, a un día de viaje, y seguramente había que cruzar el río Missouri para llegar. Aunque habría un ferry en algún punto del río, dudaba que un forajido como Max Dawson quisiera pasar cerca de una hora en compañía del patrón, que podría identificarlo y dar parte al *sheriff* cuando visitara a Luella. Además, Degan no iba a perder tiempo localizando el ferry. Pasaría la semana en el pueblo esperando a que Dawson hiciera una visita antes de ir a buscarlo en esa dirección. Sin embargo, había unas cuantas zonas boscosas próximas a Helena, así que podía buscar a Dawson por allí de día y volver al hotel por la noche. La del sureste y la del suroeste eran bastante extensas, por eso la búsqueda estaba siendo tan larga.

Luego dos buscadores de oro de distintos lugares por los que pasó le mencionaron unos antiguos terrenos más arriba de una colina determinada y allí había estado buscando ese día. Empezaba a dudar de esa información también porque pasó dos cabañas de troncos y una casa de madera escondida entre los árboles antes de dar finalmente con lo que era sin duda una choza en la cima de la colina. Era ya de noche, tarde, y podría haber vuelto al pueblo sin verla si la luz de la luna no hubiera destellado en el tejado de lata. Se acercó y vio una tenue luz que salía por las rendijas de los tablones que hacían las veces de paredes. ¿Había un farol dentro? No lo sabría con seguridad hasta que no se acercara más, cosa que hizo.

Construida con pedazos de cajones, tableros de diversas longitudes y otros restos de madera, era apenas lo suficientemente grande como para albergar una cama pequeña y quizás una mesa y una silla. Con tantas rendijas en las paredes, seguro que el frío del próximo invierno se colaría dentro. Pero en los meses cálidos al menos mantenía a cubierto de la lluvia y era sin duda mejor que acampar a la intemperie.

Estuvo a punto de no ver la cueva que le había mencionado Luella, al final de un camino levemente empinado, porque estaba a la sombra de los árboles, a unos seis metros de la barraca. Fue lo primero que revisó. No era más que un agujero excavado en la ladera de la colina, oscuro como boca de lobo. Le preocupaba que Dawson durmiera allí. No imaginaba en qué estaría pensando el minero que la había excavado. ¿Quitar la maleza y luego cavar hasta dar con la roca, cuando podía incluso no haber roca bajo aquella colina?

Sacó una caja de cerillas del bolsillo de la chaqueta y encendió una, agachando la cabeza y entrando en la cueva. No era profunda, solo lo justo para que un caballo pernoctara en ella. El animal volvió la cabeza para mirarlo, pero no hizo el menor ruido, así que Degan salió del agujero y volvió al sendero de la barraca.

Caminó alrededor de la estructura hasta dar con la entrada. Habían limpiado la zona de árboles y matorrales. Vio los restos de una fogata, una sartén sobre una parrilla. Habían apagado el fuego. Había una silla de montar cerca, en el suelo. No le sorprendió. La barraca impedía ver el fuego desde más abajo de la colina. El minero había querido mantener oculto aquel lugar, sin duda.

Se acercó a la entrada. Si alguna vez había tenido puerta, ya no la tenía. La barraca no era de su misma altura, la entrada no. Tuvo que agacharse para ver el interior.

La luz procedía de un farol que había en el suelo, tan tenue que de poco servía. A pesar de todo le permitió ver que Dawson dormía en el suelo. Luella no había tratado de despistarlo. El amor de juventud, en aquel caso, se dijo, era condenadamente jodido.

Había pasado casi una hora desde que Degan había localizado el lugar. Había dejado el caballo al pie de la colina para que no se oyera desde arriba ningún posible ruido que hiciera el animal y se había movido despacio, con cuidado, para evitar pisar alguna ramita. Por eso había tardado tanto en llegar. Había montones de ramitas.

En cuanto puso un pie en la barraca, la madera crujió, algo inevitable porque el suelo estaba hecho de pedazos de cajón.

Dawson lo oyó, pero como dormía boca abajo, aunque se hizo con el arma tuvo que darse la vuelta para disparar.

—Tu espalda es un blanco fácil —le dijo Degan—, y eso que nunca fallo, dispare donde dispare. No intentes hacer lo que te propones: se tarda un solo segundo en morir, hijo.

—¿Puedo por lo menos volverme?

—Con ese revólver en la mano, no. Déjalo en el suelo, con cuidado, y cruza los dedos detrás de la cabeza.

El muchacho podría haber hecho lo que le decía, pero no lo hizo lo bastante rápido. Era evidente que seguía sopesando las opciones que no incluían la cárcel. Así que Degan avanzó y le pisó la muñeca derecha hasta que el arma se le escapó de los dedos y de la boca salió una sarta de improperios.

—Tienes suerte de que nunca pierda los estribos —comentó Degan como si tal cosa, recogiendo el Colt de cañón largo y metiéndoselo bajo el cinturón antes de apartarse—, pero me cabreo cuando estoy cansado y esta noche lo estoy mucho, así que no vuelvas a poner a prueba mi paciencia: sigo sin ver esas manos tuyas detrás de la cabeza.

Max estaba sacudiendo la mano derecha para asegurarse de que no tenía la muñeca rota, pero obedeció rápidamente y se llevó ambas a la nuca. El chico seguramente seguía maldiciendo, pero Degan solo oía un murmullo y le daba igual. Dejó caer el rollo de cuerda que llevaba al hombro y echó un vistazo al resto de la habitación. No había en ella más que el farol, dos alforjas con un rifle apoyado en la pared entre ambas y el sombrero tostado colgado de una estaca que sobresalía. El chico iba completamente vestido. Lo único que no llevaba era el abrigo, que tenía enrollado y le servía de almohada.

—¿Duermes sobre un montón de hojas? ¿En serio? —le preguntó divertido Degan.

—¿Se supone que tengo que convertir este cajón desvencijado en un hogar? No tenía pensado quedarme más que unos cuantos días.

—Pues te has quedado demasiados. ¿Por qué no has alquilado una habitación en el pueblo para disfrutar de unas cuantas comodidades? Helena es lo bastante grande como para ocultarse allí.

—No cuando mi cara está en tantos postes.

—Entonces eres Max Dawson. Gracias por confirmármelo tan rápido.

—¡Maldita sea! ¿No estabas seguro?

—Bastante seguro, pero aquí dentro no hay demasiada luz, ¿verdad?

Degan corrigió la situación agachándose para intentar sacarle algo más de luz al viejo farol. Consiguió que iluminara un poco más.

—Queda poco combustible —le advirtió Dawson.

—Sobreviviremos si se acaba. Ya puedes sentarte.

Max obedeció y se quitó las hojas polvorientas de la pechera de la camisa antes de abrocharse el chaleco de piel. A excepción del chaleco, iba vestido exactamente igual que como Degan lo había visto unos días antes, incluido el pañuelo blanco. Parecía que se había caído en el barro desde entonces. Bueno, el día anterior había llovido, recordó, así que podía haber resbalado en el fango mientras subía la colina. Tenía barro seco en una mejilla, una manga y en ambas rodillas. Incluso en el pelo rubio, que se le había quedado tieso en algunas zonas.

—¿Dónde está el cuchillo con el que te has destrozado el pelo? —le preguntó Degan, fijándose en los escalones de su corte.

—Ya no lo tengo.

—Si tengo que preguntártelo otra vez, tendré que desnudarte para encontrarlo.

Max se sacó el cuchillo de una bota, lo arrojó furioso hacia los pies de Degan y lo miró con el ceño fruncido.

Dejó de fruncirlo y abrió mucho los ojos oscuros, pero no de miedo. El miedo es fácil de reconocer, al igual que la sorpresa, que era precisamente lo que denotaba el rostro del muchacho en aquel momento.

—Nunca había visto a un cazarrecompensas vestido así. —Bajó de nuevo la mirada.

Degan se metió el cuchillo en una bota.

—No soy un cazarrecompensas.

—Tampoco había visto nunca a un agente de la ley tan elegante.

—No soy agente de la ley, solo le estoy haciendo un favor a uno.

—¿No podría encontrar otro momento para ser tan condenadamente generoso? —le espetó Max.

Degan soltó una carcajada. Dios mío, estaba realmente cansado si se le escapaba la risa. No podía permitirse demostrar emoción alguna haciendo aquel trabajo. Una sonrisa podía ser engañosa. Una carcajada hacía desaparecer el miedo cuando no quería que desapareciera. Un fruncimiento de cejas podía conseguir que alguien asustado desenfundara. Y Dawson todavía no parecía asustado, solo furioso, pero era un chiquillo. No aparentaba tener más de quince o dieciséis años. Los críos de esas edades pueden ser audaces hasta la insensatez y aquel lo estaba mirando con unos ojos abiertos como platos de la sorpresa porque se había reído.

Degan acercó de una patada el rollo de cuerda a Dawson.

—Átate los tobillos con un extremo. Si no aprietas el nudo, seguramente no te gustará cómo lo haré yo.

Otro ramalazo de rabia; la frente fruncida, los labios apretados. El chico tardó lo suyo en atar el nudo. Degan estaba demasiado cansado para apretárselo. En cuanto Dawson estuviera atado, podría dormir un poco.

—¿Por qué te has quedado por los alrededores de Helena, chico? ¿Por una muchacha?

—¿Qué muchacha? —preguntó Dawson sin levantar la vista.

—¿Visitas a más de una del pueblo?

Enojado, Max intentó levantarse, pero con los pies atados no lo consiguió.

—Si le haces daño a Luella...

—¿Parezco de los que hacen daño a las mujeres?

—¡Demonios, sí!

—¿Pudiendo enterarme de lo que quiero saber sin esforzarme siquiera?

—¿Porque parece peligroso? —bufó Max—. Parecerlo no significa mucho por estos lares.

Degan se encogió de hombros.

—Solo hablé con ella. No me dijo mucho. De hecho, intentó confundirme acerca de dónde encontrarte.

Dawson sonrió.

—Es una buena amiga, y sabe que soy inocente.

—No lo sabe, no; simplemente se cree lo que le dices.

—Pero soy inocente.

El muchacho no estaba siendo beligerante. Su tristeza conmovió extrañamente a Degan. Luego supuso que seguramente de aquella manera había convencido el muchacho a Luella y a cualquiera que hubiera podido reconocerlo de que no era culpable. Podía guardarse la comedia para el jurado.

—La inocencia no se publica en los carteles de busca y captura. ¿Tu amada es la única razón por la que te has quedado tanto tiempo por aquí o planeas robar otro banco de la zona?

—Iba hacia Canadá, pero me enteré de que la mayoría de los de allí habla francés y cambié de idea. Hablo español, pero francés no. A lo mejor debería ir a México.

—A la cárcel es adonde irás. Seguramente ya lo has entendido, ¿no?

—No soy estúpido, petimetre —refunfuñó Dawson.

Eso era discutible. Quebrantar la ley implicaba cierto grado de estupidez, o de desesperación. Al menos en el caso de los hombres, porque los chicos como aquel podían hacerlo por pura diversión, porque eran demasiado jóvenes y temerarios para tener en cuenta las consecuencias. Max Dawson llegaría finalmente a esa conclusión.

—Ponte de rodillas.

—¿Por qué?

Degan no le respondió. Se limitó a esperar. No tenía costumbre de hablar tanto. Nunca lo hacía. Lo más que le había dicho en años a alguien había sido recientemente a Tiffany Warren, cuando se hacía pasar por el ama de llaves de los Callahan. Pero Tiffany le recordaba muchas cosas a las que había renunciado y no paraba de hacer preguntas, a pesar de lo nerviosa que la ponía, así que le había sido difícil no hablar con ella.

Dawson había despertado su curiosidad desde que lo había visto escapar por la ventana del burdel en Helena, tan exuberante y risueño. Un forajido feliz. Aunque había supuesto que el amor de juventud explicaba tal contradicción.

El chico por fin se puso de rodillas. Degan se arrodilló detrás de él para comprobar el nudo y le pasó la cuerda alrededor de los tobillos unas cuantas veces.

—Ahora, las manos.

Al cabo de unos minutos tenía a Dawson maniatado, con la cuerda alrededor de los pies y atándole las manos y luego subiendo hasta el cuello, rodeándolo y bajando de nuevo hasta los pies.

—¿Tiene idea de lo incómodo que es esto? —le gritó Max furioso cuando Degan lo empujó para que se tumbara de lado.

—Digamos que sí. Pero yo no quebranto la ley, no dejo que me pillen desprevenido y ten por seguro que no me quejo como una nena. Así que cierra el pico, Dawson.

—¿No vas a prenderme ahora?

—Por la mañana. Llevo cuatro días sin dormir apenas, desde que empecé a buscarte.

Degan agarró el rifle del chico antes de salir de la barraca en busca del caballo para pasar la noche. El palomino lo advertiría si se acercaba alguien, aunque no esperaba compañía. Si Luella hubiera sabido dónde estaba Dawson, habría ido a avisarlo mucho antes.

Volvió a entrar en la barraca y vio que el chico estaba exactamente donde lo había dejado, acostado en el lecho de hojas, aunque había alzado los pies tanto como había podido para aflojar la tensión de la cuerda en su cuello. Esperaba que no se estrangulara antes de que él se hubiera dormido. No habría ningún peligro si el chico se quedaba quieto, así que Degan no tenía intención de aflojarle las ataduras. Se sentó y apoyó la espalda en la pared con precaución, temiendo que la barraca se derrumbara si se dejaba caer contra ella. Se quedó dormido inmediatamente.

7

Lo despertó el leve crujido de la madera. Degan abrió los ojos y vio a Dawson saliendo de puntillas con las alforjas en la mano. Se había puesto el abrigo y el sombrero. Que no hubiera comprobado el montón de hojas que el forajido usaba como colchón demostraba lo cansado que estaba después de atar al prisionero. Debajo de las hojas podía haber cualquier cosa escondida. Evidentemente había otro cuchillo.

—Yo en tu caso no lo haría —gruñó.

El muchacho lo hizo: huyó por la puerta. Degan soltó una maldición y fue tras él. Estuvo a punto de tropezar con las alforjas que el otro había dejado caer en el umbral. No desenfundó a pesar de que tenía un blanco perfecto a la luz de la luna. Nunca le había disparado a un hombre por la espalda y no iba a ser aquella la primera vez que lo hiciera. Además, tenía la sensación de que Dawson estaba demasiado desesperado como para detenerse por un arma, aunque le disparara.

El chico no fue a buscar su caballo. Hacerle dar la vuelta en la pequeña cueva en la que estaba oculto le habría hecho perder demasiado tiempo. Simplemente corría colina abajo para escapar, zigzagueando entre los árboles, seguramente con la esperanza de que Degan lo perdiera de vista, ocultarse y volver más tarde a por su montura. Podría haber funcionado. Había bastantes árboles tras los que esconderse, pero era bajo y Degan tenía las piernas largas. Agarró al chico por el abrigo de ante y tiró de él. Debería haber bastado para detenerlo, pero Dawson sacó los brazos de las mangas sin parar de correr y Degan se quedó con la prenda en las manos. La tiró al suelo y volvió a acortar la distancia que lo separaba de su presa. Esta vez lo agarró por el chaleco, pero el maldito muchacho volvió a zafarse del mismo modo. Sacó los brazos y Degan se quedó con la prenda de cuero y la risa del joven que le llegaba desde lejos. ¿Así que Dawson lo había planeado esta vez y se había desabrochado el chaleco al tiempo que corría? ¡Increíble! Aquello empezaba a parecer una broma de la que Degan era la víctima.

No había perseguido a nadie de aquel modo desde que era un niño que jugaba con sus hermanos pequeños. Desde su llegada al Oeste, nunca se había visto en la situación de tener que perseguir a alguien. Con el arma podría haber puesto fin a aquel sinsentido, pero no desenfundó. No volvería a caer en la trampa de Dawson, sin embargo. El chico seguramente se estaba desabrochando la camisa para escurrirse por tercera vez.

—¡Ríndete, petimetre! —le gritó Max sin mirar atrás—. ¡No vas a pillarme!

Degan se echó encima de Max, derribándolo al suelo. Dada la diferencia de peso entre ambos, seguramente lo dejó sin aire. El jovenzuelo estaba tan quieto que era incluso posible que lo hubiera dejado sin sentido. ¿O se trataba de otro de sus trucos? Degan ya estaba harto de juegos infantiles.

El sombrero de Dawson había rodado colina abajo en el momento de la caída. Degan agarró al chico del pelo tieso y lo levantó. Max dio puñetazos al aire. Volvió a empujarlo al suelo y, apoyado en una rodilla, lo mantuvo a la distancia de su brazo mientras buscaba el cuchillo que el joven había usado para cortar las ligaduras. Se resistía a puñetazos y a rodillazos. Con los puños no le alcanzaba la cara y apenas los notaba en el pecho, pero los rodillazos en el costado eran irritantes.

Luego Max cambió de táctica y trató simplemente de apartar la mano de Degan de su vientre, aunque sin éxito.

—¡Podría haberte rebanado el cuello mientras dormías, pero no lo he hecho! —le gritó.

—Dos puntos para ti, chico.

—¿Por tu vida? Eso vale cien malditos puntos, si quieres que te lo diga.

—No quiero que me lo digas.

El chico no llevaba el cuchillo en el cinturón, así que seguramente lo llevaba en una bota. Degan pensó que podía dejarlo sin sentido y cargar con él hasta la barraca para encontrarlo o arriesgarse a que le lanzara una bota contra la cara si se las quitaba allí mismo. Por las molestias que Dawson le había causado, optó por noquearlo. Estaba en una buena posición para darle un puñetazo sin dejar de sujetarlo con la otra mano.

Max, sin embargo, vio venir el puñetazo y usó todas las fuerzas que le quedaban para esquivarlo, tratando de volverse de lado y cubrirse la cabeza con ambos brazos. Con aquel movimiento brusco, a Degan le resbaló la palma de la mano hacia arriba y tocó algo blando.

Se levantó de un salto.

—¿Qué demo...?

El chico seguía encogido en el suelo... como una chica. ¡Demonios, no! Tenía que ser una bolsa de dinero o alguna otra cosa sujeta al pecho de Dawson lo que había tocado. ¡No se estaba peleando con una condenada mujer!

—¡Levántate! —rugió.

El chico obedeció, mirándolo con recelo. Degan lo agarró por la nuca y, manteniéndolo a la distancia de su brazo, lo llevó colina arriba. Degan no recogió las prendas tiradas cuando pasaron junto a ellas. Estaba furibundo, lo que le resultaba bastante desconcertante porque llevaba años sin enfurecerse tanto.

Metió a Max en la barraca antes de soltarlo. El farol seguía encendido y en aquel momento la mirada del chico era de miedo. Ya iba siendo hora.

—Esto es lo que vas a hacer —le dijo en voz baja—. Vas a quitarte la camisa.

—¡Y una mierda! —Max retrocedió apartándose de Degan hasta que la pared lo detuvo.

—Si tengo que hacerlo yo, no le quedará ni un solo botón. Si es la única camisa que tienes, mal asunto. No me interesas tú, solo me interesa lo que hay debajo de la camisa.

—Hay un par de tetas, ¿vale? No te hace falta verlas, ¡ya las has tocado!

—Basta de pretensiones por tu parte o de asunciones por la mía, chico. Enséñamelas o te las destaparé yo. Tú eliges.

Degan vio un relámpago azul en los ojos oscuros de mirada asesina. Tendría que haberlo sorprendido aquel atractivo matiz, pero estaba demasiado furioso y demasiado frustrado. Si Max era una chica, ¿qué demonios iba a hacer con ella?

Max se desabrochó despacio la camisa. De no haber seguido con aquella mirada asesina, habría dicho que trataba de seducirlo. Apartó un lado de la camisa negra dejando al descubierto un pecho. No era grande, pero sí pesado e increíblemente hermoso. Advirtió su insensatez al haber estado tanto tiempo sin una mujer. Ella empezó a descubrirse el otro pecho. Debía de haber estado mirando demasiado tiempo. Si ella no había estado tratando de seducirlo al principio, ahora trataba de hacerlo. Tuvo ganas de aceptar la oferta para demostrarle lo que pasa cuando se juega con fuego. No conseguiría lo que quería con aquello.

Le dio la espalda.

—Tápate.

Lo hiciera o no, le saltó encima y le dio dos puñetazos en la espalda.

—¿Ya estás contento, hijo de puta? —le gritó—. ¡Eso no cambia una mierda y lo sabes!

54

¿No?, se preguntó Degan. Tal vez no. Max Dawson, hembra, seguía siendo una forajida buscada por asesinato y robo de bancos. ¿Qué habría hecho John Hayes en aquella situación? Su trabajo, por supuesto, que consistía en prender y llevar a la persona buscada ante un tribunal para que este decidiera su culpabilidad o su inocencia.

Los puñetazos en la espalda no le hicieron moverse, y puesto que bloqueaba la única salida de la barraca, no se volvió inmediatamente para enfrentarse a ella. Le daría tiempo para abrocharse la camisa y se daría tiempo para olvidar lo que la camisa cubría. Cuando se volvió por fin, la joven iba de un lado al otro de la barraca de apenas tres metros, dando patadas a las cuerdas cortadas y al montón de hojas, las únicas cosas que había para patear.

El farol estaba en la esquina, a la derecha de Degan, y el rollo de cuerda a su izquierda, pero ella no se acercó a ninguna de las dos cosas. Se mantenía alejada de él por el momento, tan lejos como podía. Menos mal que había traído un rollo grande de cuerda, porque tendría que usar toda la que le quedaba.

—Quítate las botas.

Max se detuvo y le lanzó otra mirada asesina antes de sentarse y sujetarse una bota.

—¡Claro! ¿Por qué no? ¿Esta barraca todavía no huele lo bastante mal?

Cayeron al suelo dos cuchillos cuando se sacó la primera bota. Un tercero cayó cuando se quitó la segunda. Degan cabeceó, incrédulo. Sabía que uno de aquellos cuchillos había estado escondido debajo de las hojas. No podía haber llegado hasta las botas estando atada. Tomaba precauciones llevando tantas armas, de eso no cabía duda.

Le miró los pies y vio que llevaba los calcetines grises agujereados. ¿Se quitaba alguna vez las botas? Ya puestos, ¿alguna vez se bañaba? Supuso que sí, porque no olía mal, pero era evidente que no se había lavado desde la lluvia del día anterior. Su cara embarrada era como una máscara, y no precisamente bonita. ¿Se daba cuenta del aspecto que tenía? ¿Tenía siquiera un espejo?

Ahora que sabía que estaban, miró las dos curvas bajo la camisa. Aquel chaleco tieso de piel que llevaba le servía de corsé, porque aplanaba y sujetaba lo que escondía. Podría haber ido a recoger las prendas esparcidas por la colina para que volviera a ponerse el chaleco. Le seguía costando aceptar que hubiera una mujer detrás de aquella ruda y embarrada fachada. La repasó de los pies a la cabeza. Llevaba la camisa negra holgada remetida en los anchos pantalones, también negros, de manera que la cintura y la cadera quedaban disimuladas. Había escogido la ropa adecuada para esconder las curvas femeninas. Jamás habría pensado que Max Dawson fuera una mujer de no haber visto sus hermosos senos.

Recogió los tres cuchillos y los arrojó al exterior.

—Puedes volver a ponerte las botas, pero quédate donde estás —le dijo.

—Qué gran corazón, petimetre —repuso ella mordaz.

Degan recogió un pedazo de cuerda del suelo lo bastante largo como para atarle las manos a la espalda. No podía volver a atarla de pies y manos como antes, aunque sabía que atándole solo las manos no impediría que tratara de escapar otra vez. Así que cogió lo que quedaba del rollo de soga y le rodeó con ella varias veces los brazos y el torso para dejárselos sujetos a los costados. Luego la llevó hasta la pared del fondo y la sentó de manera que pudiera apoyarse en ella.

—Lo retiro —gruñó Max—. No tienes corazón.

—Cierra el pico —le espetó él—. Esto o te ato a un árbol de fuera.

—Elijo el árbol si implica no tener que estar aquí dentro contigo.

—No te estaba dejando escoger.

Iba a sentarse a su lado para asegurar la cuerda, pero lo reconsideró. Si le ataba un tobillo al suyo, estarían sentados juntos y, cuando se durmiera, posiblemente se apoyaría en él y le ensuciaría de barro la chaqueta. Salió a buscar la cantimplora. Le ofreció un trago de agua a la chica, que bebió con avidez, y luego le quitó el pañuelo blanco del cuello y lo humedeció. Ella intentó evitar que le limpiara la cara, pero no tenía espacio de maniobra y cayó de lado. La enderezó para terminar el trabajo.

—Tendré que ponérmelo antes de que me encierres.

Degan sostuvo en alto el pañuelo para que viera lo sucio que estaba.

—Antes habrá que lavarlo.

—Me da igual el aspecto que tenga. Me sirve para una cosa y no es protegerme la cara durante las tormentas de polvo.

—Me lo imagino.

—No, no te lo imaginas. Lo uso para ocultar que no tengo un bulto en la garganta como tú.

—Sí, ya lo había supuesto. Ese bulto que dices se llama «nuez de Adán».

—Como si a mí me importara cómo lo llamen. Simplemente, pónmelo otra vez.

—Podrás ponértelo por la mañana, cuando esté seco.

Degan colgó el pañuelo en la estaca de la pared. Cuando se volvió para sentarse al lado de Max, se detuvo un momento. Había hecho todo lo posible para no mirar lo que estaba limpiando, pero era difícil ignorarlo. No se culpaba por no haberlo visto antes. Se las había visto con demasiados chicos imberbes y aniñados para que una cara afeminada lo pusiera en guardia. Si no la hubiera llevado tan sucia, tal vez. Bueno, tal vez no. Una vez eliminados el barro y la suciedad, Max Dawson era una monada.

8

Max abrió los ojos y los cerró inmediatamente. No tenía intención de quedarse dormida. Quería otra oportunidad para escapar, aunque no le quedaba otra que forcejear hasta librarse de la cuerda y hacerse con uno de los cuchillos que su captor había arrojado fuera. La otra vez él no se había despertado hasta que casi había salido por la puerta. De no haber sido por aquellos malditos tablones prácticamente sueltos y que crujían, habría escapado y cabalgado hasta México. *Noble* habría corrido hasta el agotamiento por ella. Sabía perfectamente que tendría que haber sacado aquellos tablones al llegar, pero estaba harta de dormir en el suelo duro.

Echaba de menos la cabaña que había encontrado en Colorado. Había estado tan cómoda allí el primer invierno de su huida que se había quedado hasta el otoño siguiente y se hubiera quedado todavía más si el dueño no hubiera vuelto.

También echaba de menos su hogar. Llevaba fuera casi dos años y, cuando habían aparecido los carteles, había empezado a pensar que no podría volver nunca. Sin embargo, aquel tipo elegante iba a devolverla a Tejas. Para que la colgaran. ¿Quién demonios era, vestido como un petimetre de ciudad? De negro de los pies a la cabeza, menos por la camisa, blanca y con aspecto de ser más suave que ninguna de las que ella había tenido.

Era un hombre guapo, quizás incluso demasiado guapo, alto y ancho de hombros. La ropa le sentaba muy bien, como si se la hubieran hecho a medida. No llevaba barba ni bigote, pero aquella mañana ya le hacía falta un afeitado. El pelo, moreno y ondulado, no era largo ni corto. Los ojos grises eran inescrutables. Sin embargo, lo había oído reírse una vez, aunque había parado de golpe, y también lo había visto fruncir el ceño. Aparte de eso, no parecía tener emociones como las personas normales. Tenía la canana y la pistolera más bonitas que hubiera visto. ¿Con incrustaciones de plata? ¿Quién adornaba de aquel modo una canana a menos que quisiera lucirla?

Seguía dormido a su lado, con la espalda contra la pared y las piernas un poco dobladas. Cuando intentó levantarse vio por qué. ¡Mierda! Le había atado un pie al suyo, seguramente cuando se había quedado dormida. Ella tenía las piernas estiradas, pero él no podía estirarlas sin obligarla a apartarse de la pared. Se despertaría en cuanto tratara de moverse. O no. Se había quejado de estar cansado la noche anterior. A juzgar por la luz que entraba por la puerta abierta, el sol acababa de salir, así que todavía no había dormido mucho.

Se inclinó hacia delante para ver si podía sacar el pie de la bota atada a la de él. La cuerda estaba tensa. De hecho, notaba el cuero apretado contra el tobillo.

—¿Cuántos años tienes, Max?

Dio un leve respingo, asustada por el sonido de su voz.

—¿En qué mes estamos?

Degan soltó un bufido, como si le costara creer que no lo supiera. Ella apretó la mandíbula, frustrada. Ya se había despertado. No le quedaría más remedio que convencerlo de algún modo de que la dejara marchar. Sin embargo, no estaba segura de poder dejar de gruñirle el tiempo suficiente para lograrlo. La superaba. Nadie le había causado ese efecto hasta entonces, ni siquiera Carl Bingham, aquel viejo bastardo que la había metido en aquel lío muriéndose cuando no debía.

Todavía no sabía cómo había pasado. No conocía a nadie en quien pudiera confiar lo suficiente para ayudarla a escribirle a su abuela hasta que había llegado a Helena. Después de hacerse amiga de Luella, por fin le había escrito y le había contado que mandara su respuesta a Luella, que le entregaría la carta. No tardaría en recibirla, pero no podría ir a recogerla, ¡gracias a él!

Estaba tan frustrada que tenía ganas de gritar y tan furiosa que ni podía mirar a su captor, pero como él no había dicho nada desde que le había preguntado la edad ni se había movido, se sentó y le respondió.

—En caso de que sea julio, calculo que tengo veinte. En caso de que no, los tendré pronto. No tengo ningún motivo para llevar la cuenta de los días, solo de las estaciones. Además, no he visto ningún periódico desde el año pasado. Así que ¿por qué no te guardas tu escepticismo, petimetre?

—Usas el término «escepticismo» pero destrozas el inglés. ¿Dónde te criaste?

—En Tejas, y si me devuelves allí, será para mí la muerte. ¿Sobrevivirá a eso tu conciencia?

—No estoy seguro de tener.

Degan se inclinó hacia delante, desató su pie del de ella y se levantó.

Con las manos todavía atadas a la espalda y la cuerda alrededor del torso, ella no podía ponerse de pie sin esforzarse mucho, así que se quedó donde estaba. Él cogió el pañuelo de la pared y se lo lanzó al regazo. Iba a desatarle las manos para que pudiera volver a ponérselo, por lo que parecía. Pero no. En lugar de desatarla, salió de la barraca.

Max se levantó tan rápido como pudo y se acercó a la puerta. No lo vio por ninguna parte. Los cuchillos tampoco estaban. El caballo de Degan seguía allí, pero lo había desensillado la noche anterior, así que no podía montarlo sin desatarse las manos y seguía con la cuerda alrededor del cuerpo y de los brazos. Intentó aflojar el nudo de las muñecas para sacar una mano.

—¿Por qué adoptaste ese nombre, Max Dawson?

Suspiró, decepcionada. Solo había salido para aliviarse.

—No adopté ningún nombre. Me lo puso mi padre, Maxwell Dawson, porque era su primogénita y no estaba seguro de tener un hijo varón, aunque lo tuvo al cabo de unos años. En realidad me llamo Maxine, pero en casa me han llamado siempre Max, y la gente de Bingham Hills, donde vivíamos, me conocía únicamente por ese nombre, así que supongo que por eso lo usaron en los carteles.

—¿Y por eso vistes así? ¿No se te ha ocurrido que poniéndote un vestido ocultarías tu identidad mejor que con cualquier disfraz?

—Sí, lo he pensado, pero, por si no lo sabes, es más peligroso para una mujer ir por ahí sola que para un hombre que se parece a un forajido. Además, nadie se toma en serio a una mujer que lleva pistola y a mí me gusta llevarla. Me siento muy bien con ella, ¿sabes? Tienes suerte de no haber desenfundado todavía.

—¿Qué me dices del pelo? En el cartel lo llevas corto.

—Ya lo llevaba corto mucho antes de tener que marcharme de Tejas, pero la abuela me lo cortaba mejor. Pensé que me haría menos atractiva y que los chicos del pueblo dejarían de husmear a mi alrededor, pero no funcionó.

Degan asintió, como si estuviera de acuerdo en que el pelo corto no la hacía menos atractiva para los hombres. Era una desgracia tener una cara como la suya cuando no querías llamar la atención, pero desde que se había marchado de casa con la ropa de su hermano en lugar de la suya, normalmente le bastaba con ponerse el sombrero de ala ancha, llevar la cara sucia de barro y presentarse como Max para que la gente la tomara por un chico mono. Ni siquiera Luella lo había notado y había tenido que decírselo la segunda vez que se habían visto.

—¿Cómo es que conoces a alguien como Luella? —le preguntó su captor, como si le hubiera leído el pensamiento.

Max sonrió.

—Evidentemente, no del modo habitual. La rescaté la primera noche que pasé por Helena. Normalmente no sale del burdel, al menos de noche y sola, pero una de las chicas se había puesto enferma. La mandaron a buscar al médico y tres pendencieros pensaron que podían hacérselo con ella en un callejón. Yo había evitado ir por la calle principal y me movía por la parte posterior de los edificios. De no haber sido así, no la habría oído gritar.

Degan arqueó una ceja.

—¿Ahuyentaste a tres hombres o les disparaste?

Ella soltó un bufido.

—No tuve que disparar. Puedo parecer un crío, pero soy tan peligrosa como cualquiera cuando empuño un arma. Se largaron y acompañé a Luella hasta el burdel. Fue la primera vez que entré en uno, así que tenía curiosidad y la seguí hasta su habitación cuando me invitó a acompañarla. No sabía que quería recompensarme como tenía costumbre. Ahora que lo pienso, fue bastante divertido lo rápido que salí de allí.

—Entonces ¿no sabe que eres una chica?

—¡Oh, ahora sí! Y me guarda el secreto. Pero esa noche no lo sabía. Me supo mal dejarla sin ninguna explicación, así que volví a visitarla esa misma semana después de encontrar esta barraca. Le dije quién era en realidad. Era su noche libre y nos la pasamos charlando. Nunca había hecho una amiga tan rápido. Demonios, es la única amiga que he hecho desde que me marché de casa. Una vez a la semana, cuando tiene la noche libre, me deja dormir en su cama. Echo mucho de menos una cama blanda —apostilló, sonriendo.

Degan se paró delante de ella o más bien se cernió. Era alta para ser una mujer, medía un metro setenta y dos, lo que le permitía hacerse pasar por un chico, pero él llegaba al metro noventa. Max no iba a darle la satisfacción de echar atrás la cabeza para mirarlo, así que entró en la barraca.

Él la siguió y recogió el pañuelo, que se le había caído al levantarse. Ella le dio la espalda para que pudiera cortar la soga que le ataba las muñecas. No lo hizo. Le puso el pañuelo al cuello y se lo ató, lo que le hizo apretar de nuevo la mandíbula. ¿Iba a dejar allí el chaleco y el abrigo? No podía volver a ponérselos con las manos y los brazos atados.

—¿Por qué en tu cartel de busca y captura no se te identifica como una mujer?

Max se encogió de hombros, pero él podía no haberlo notado, estando tan cerca de ella, así que le habló.

—Ese cartel es de Bingham Hills, Tejas. Es gente de allí la que me quiere de vuelta. A lo mejor creyeron que ofreciendo tanto dinero por una mujer haría que no solo cazarrecompensas y agentes de la ley fueran tras de mí, ya me entiende. Es solo una suposición, pero me alegro de que se guardaran ese pequeño detalle, fuera por la razón que fuese, o tendría que haber matado de verdad a alguien.

—¿Esa es tu manera de tratar de convencerme de que no has matado a nadie... todavía? —le preguntó Degan, todavía de pie detrás de ella.

—¿Ha funcionado?

El hombre sentía bastante curiosidad por ella aquella mañana, pero no se molestó en responderle.

—¿Qué clase de comida tienes? —le preguntó en cambio.

Ella se apartó más.

—No tengo. Cazo cuando me hace falta.

—¿Has subsistido comiendo solo carne?

Parecía hambriento. Su desesperado intento de seducirlo con su cuerpo la noche anterior no había funcionado, lo que no era de extrañar teniendo en cuenta lo sucia y muerta de hambre que estaba. Y gracias a Dios, porque no quería pensar en lo que habría pasado de haber tenido éxito. ¡Pero la comida! Su abuela decía que se llega al corazón de un hombre por el estómago. Incluso llevaba especias en las alforjas que podía usar para prepararle algo especial.

Se volvió y le sonrió insegura.

—Para mí no es seguro ir al pueblo a comprar cualquier otra cosa, pero puedo cazar algo para los dos si tienes hambre. Yo tengo mucha.

—Tú y tu rifle os habéis separado para siempre.

Max apretó la mandíbula una vez más. No volvería a intentar encontrarle el lado bueno, porque evidentemente no lo tenía. Tendría que dar con otro modo de escapar cuando la llevaran a Tejas para el juicio, si llegaba a haberlo. Estaba acusada de matar al estimado fundador de Bingham Hills, que era además el alcalde y que financiaba a la mitad de ese pueblo y poseía la otra mitad... No, seguramente no la juzgarían. La mandarían directamente al patíbulo. Y ni siquiera le había disparado a aquel bastardo.

9

¡Increíble! Max echaba humo por las orejas. Aquel individuo la estaba arrastrando literalmente, tirando de aquella maldita cuerda, como si fuera un animal. Se la había apretado alrededor del torso y sujetaba el extremo con la mano. Había ido a buscar su caballo y lo había atado al lado de la cabaña antes de llevársela colina abajo para recoger el abrigo y el chaleco.

Del sombrero de la chica no había ni rastro y, al cabo de cinco minutos, Degan abandonó la búsqueda. Max estaba lívida de rabia. ¡Podría haber recogido sus cosas la noche anterior en lugar de esperar a que el viento se lo llevara volando!

—¿A ti cómo te llaman, petimetre? —le dijo entrecortadamente en el camino de vuelta a la cima de la colina—. Quiero saber a quién voy a matar en cuanto me suelte.

—Degan Grant —repuso él sin volver la vista atrás.

Max se había quedado de piedra.

—¡La madre que me...! ¿El pistolero?

Degan no se lo confirmó ni se lo negó, pero ¿quién iba a usar aquel nombre sin necesidad? La gente aseguraba que era el más rápido de todos, pero se dijo que aquella clase de rumores no solían ser ciertos. Ella era muy rápida, posiblemente más que él. Le habría gustado tener ocasión de demostrarlo.

De nuevo en la barraca, al lado del círculo de piedras de la fogata, no la desató ni soltó tampoco el extremo de la cuerda mientras ensillaba el caballo, así que siguió tirando de ella un poco hasta que terminó. Max no tuvo más remedio que quedarse de pie observándolo. No era del todo desagradable. Degan tenía las piernas largas y un torso fuerte; la musculatura se le marcaba bajo la chaqueta mientras trabajaba. Era un hombre muy apuesto, quizá demasiado. No era de extrañar que su primer impulso hubiera sido seducirlo para que la dejara marchar. Tal vez no hubiera importado, después de todo, si hubiera tenido éxito en su propósito. ¿Habría sido un trato conveniente entregar la virginidad a cambio de la vida? Todavía no estaba preparada para hacerlo.

Se preguntó si no tendría una amante en cada pueblo. La idea le hizo gracia, porque si no era quien decía ser, aquello bien podía ser cierto, pero si era realmente Degan Grant, el famoso pistolero, solo podría serlo si no revelaba su identidad. ¿Qué mujer iba a querer a un hombre destinado a morir joven o tan peligroso como él tenía fama de ser? Entendía, claro, por qué una mujer se sentía atraída por un hombre tan guapo, pero no por qué ninguna querría enamorarse de él. Era lo que su abuela llamaba un «rompecorazones».

—¿Te divierte la situación en la que estás? —le preguntó Degan viéndola sonreír.

—¡Demonios, no!, pero tiendo a ser afable. A veces incluso me río sola si se me ocurre algo gracioso. —Iba a darse unos golpecitos en la sien pero soltó un bufido de frustración. Había olvidado momentáneamente que no podía mover las manos—. Aunque no estarás conmigo lo bastante para darte cuenta, gracias a Dios.

—Entonces sigues creyendo que podrás escaparte —comentó Degan divertido, aunque no tenía cara de estarlo.

—Lo que creo es que la cárcel de Helena está a menos de una hora de distancia —le espetó.

—Cierto. Así que ¿por qué sonreías?

Max estaba lo bastante enfadada como para decirle la verdad.

—Porque, llamándote como te llamas, seguramente te cuesta estar con una mujer en cuanto oye tu nombre.

—No necesitan oírlo porque apesto a muerte.

—¿En serio? ¿Les basta con verte para huir corriendo? No me había dado cuenta de eso.

—¿Por qué no?

—Porque eso no es lo que me haría salir corriendo. Tú, petimetre, eres una sentencia de muerte que pende sobre mi cabeza, razón más que suficiente para no querer ni verte.

Degan fue enrollando la cuerda que le sujetaba los brazos a medida que la soltaba. Luego la obligó a darse la vuelta y ella supuso que era para cortar la ligadura de las muñecas, pero no. Se tomó su tiempo para desatar la cuerda. ¿Para poder volver a usarla? ¡Aquel maldito hombre pensaba en todo!

—¿Tienes que hacer tus necesidades antes de irnos?

Max parpadeó, incrédula.

—¿De verdad vas a dejar que me adentre sola entre los matorrales?

—No.

Estaba segura de que iba a desgastarse los dientes de tanto apretar la mandíbula mientras estuviera en compañía de aquel hombre.

—Ya me parecía... —refunfuñó—. Así que, si no te importa, me mearé encima. Será mejor que tenerte de pie a mi lado mientras orino.

—Puedes hacerlo dentro de la barraca. No volverás por aquí, así que da igual.

Estaba sorprendida. ¿Había un caballero detrás de aquella fachada de tipo peligroso? No le dio tiempo para que cambiara de idea. Se sacudió la rigidez de los brazos y casi lloró de dolor. Entró corriendo en la barraca mientras él ensillaba a *No-*

ble. Su castrado zaino no era asustadizo; echó apenas un vistazo a Degan y luego lo ignoró.

Cuando volvió a salir, Max vio el chaleco y el abrigo en la silla del caballo de Degan. Aliviada de haber recuperado su ropa, fue a ponérsela, pero el animal intentó morderla cuando se le acercó. Sintió el impulso de golpearle el morro, pero seguramente al petimetre no le hubiera gustado, aunque el golpe no hubiera sido fuerte. Así que se puso delante de la cabeza del caballo y le susurró suavemente mientras lo acariciaba con dulzura hasta que consiguió recuperar las prendas.

Se puso el chaleco y se lo abrochó antes de enfundarse el abrigo. No solía llevarlo en verano. No le hacía falta una prenda tan caliente. Solo se lo ponía cuando iba a tener gente cerca, y estaba a punto de desfilar por el pueblo a la vista de todos. Cuantas más capas le cubrieran el pecho, mejor. Seguía sintiéndose desnuda sin el Colt, porque estaba habituada a llevarlo desde hacía mucho. Incluso un revólver descargado puede pararle los pies a quien sea. Sin embargo, Degan no iba a devolvérselo.

Cuando se acercó a *Noble* vio a Degan de pie junto al cobertizo. Soltó una carcajada. La había estado apuntando con el revólver.

—No iba a escaparme con tu caballo.

—Mi caballo no te lo hubiera permitido.

—¿Qué te apuestas? —le preguntó sonriente.

Degan la ignoró.

—Si tienes algo guardado por aquí, es el momento de decirlo.

—No poseo nada que merezca la pena ocultar.

Por costumbre, recogió la sartén fría y la parrilla para meterlas en las alforjas. Luego se dio cuenta de que no iba a cocinar allí adonde iba. La enormidad de lo que iba a suceder a lo largo de la hora siguiente la conmocionó. La esperaban la prisión y luego una jaula en la que la llevarían hasta Tejas, donde la colgarían por un asesinato que no había cometido. Había visto un carro de prisioneros en la carretera de Utah. La jaula era diminuta.

Se volvió para mirar a su captor. Nunca había estado tan desesperada.

—No lo hagas. No te hace falta la recompensa. Sabes que no te hace falta. ¡Deja que me vaya!

Seguía apuntándola con el arma, evidentemente porque no estaba atada y además estaba de pie al lado de su caballo.

—Puede que hayas esquivado a los cazarrecompensas, pero ahora te persigue un *marshal* de Estados Unidos. Te he encontrado fácilmente sin ser rastreador. El *marshal* Hayes lo es.

—¡Pero soy inocente!

—Entonces deberías alegrarte de poder probarlo ante un juez.

—No habrá juicio. No lo habrá si Carl Bingham murió realmente.

—¿Si murió realmente?

Mantuvo la boca cerrada. Hablar con él era como hacerlo con un idiota. ¿Cómo iba a explicarle que una víctima de asesinato podía no estar muerta? Degan iba a creer eso tanto como iba a creer en su inocencia. Aunque supuso que le importaban un rábano ambas cosas. No era más que una buena recompensa para él y un medio para devolver el favor que le debía a su amigo el *marshal*.

—Está bien. Te acompañaré pacíficamente si me haces un favor.

—Ya te he hecho un favor —le recordó Degan—. No te he disparado.

—Bueno, ten en cuenta que sigues vivo porque yo no te rebané el cuello anoche. Te van a pagar una enorme cantidad de dinero por mí, así que por lo menos podrías hacerme un pequeñísimo favor.

Hizo un verdadero esfuerzo por soltar unas cuantas lagrimitas que acompañaran su ruego, pero Degan no hizo más que arquear una ceja.

—No te molestes. Las lágrimas no me conmueven.

No parecía indignarlo que tratara de manipularlo, pero tampoco divertirlo. ¿Estaba tan muerto por dentro debido a su trabajo que había perdido la capacidad de sentir algo? Ella no, y sonrió para demostrarlo.

—¡Menudo alivio! Yo también las detesto, pero comprende que tenía que intentarlo.

—Desde luego.

—La cuestión es la siguiente. Hace casi dos años que me marché de casa y no he tenido noticias de mi familia en todo este tiempo. Tampoco he podido hacerles saber que sigo viva. La única vez que volví, había ayudantes del *sheriff* en casa, así que no pude acercarme lo bastante para hablar con mi abuela. Incluso esperé en el bosque a que mi hermano fuera a cazar, pero aparecieron unos hombres del pueblo, así que no pude quedarme. Cabía la posibilidad de que Johnny no se presentara. A él no le ha gustado nunca cazar tanto como a mí. Tampoco puedo arriesgarme a enviar una carta con mi nombre a Bingham Hills ni a que me envíen una, y nunca había conocido a nadie en quien pudiera confiar para recibir mis cartas... hasta ahora.

Todavía apuntándola, desató el caballo rápidamente con la otra mano.

—No me quedo en ningún sitio lo bastante para recibir cartas, y tú seguramente tampoco estarás en Helena el tiempo suficiente para recibir una. Monta. —Sujetó de las riendas a *Noble*.

—No te estoy pidiendo que lo hagas tú. Luella es la primera amiga que he hecho desde que me marché de Tejas. Mandó mi carta hará ya más de un mes. Esperaba que le hubiera llegado la respuesta de mi abuela el otro día, cuando la visité. No la había recibido, pero es posible que ahora ya la tenga. ¿Podríamos por lo menos parar en el burdel para comprobar si es así y para que pueda despedirme de ella?

Degan no le dijo ni que sí ni que no, así que Max guardó silencio mientras iniciaban el descenso. Estaba sorprendida de que no hubiera vuelto a atarla para cabalgar hasta el pueblo y de que creyera que le bastaba con sujetar de las riendas a *Noble* para mantenerla detrás de él. Quizá le bastara, pero seguiría tratando de encontrar la manera de evitarlo. Si espoleaba el caballo para ponerlo al galope y lo adelantaba, las riendas se le escaparían de la mano. Eso si todavía las tenía agarradas. Podía haberlas atado al cuerno de su silla. Le resultaba imposible saberlo, porque tenía delante la ancha espalda de Degan. Desde luego, la de ella sería un buen blanco, o puede que le disparara al caballo.

Como si *Noble* fuera capaz de leerle el pensamiento, se inclinó a acariciarle el cuello.

—No te preocupes —le susurró—. No haré nada para que te disparen. —No le habría importado mandar unas cuantas balas contra Degan, sin embargo.

Él le había sujetado el rifle a la silla, probablemente porque no tenía anilla de sujeción en la suya. Los pistoleros no se molestaban en tener un rifle, y ella habría apostado su caballo a que Degan Grant no había necesitado jamás uno para cazar su comida. Seguramente se detenía para comer en todos los pueblos por los que pasaba, mientras que ella tenía que evitar la mayoría. Estaba tan segura de que el rifle estaba descargado que ni se había molestado en comprobarlo. Se inclinó con precaución hacia atrás para meter la mano en la alforja en la que guardaba la munición. La sacó vacía. ¡Incluso en eso había pensado el muy...! Pero podía cabalgar lo bastante cerca de él para golpearle en la cabeza con el rifle...

—Toma el sombrero y no cometas ningún error. No voy a matarte, pero no tendré el menor reparo en meterte una bala en la pierna si tratas de escapar otra vez.

Max miró al suelo y vio que su sombrero estaba entre ambos. Ella no lo había buscado, pero por lo visto él sí. Lo recogió rápidamente y montó de nuevo. Casi habían salido de las colinas. El sol había coronado las Big Belt, al este, y estaba hambrienta. Se preguntó cuánto tendría que esperar para comer en la cárcel.

¡Maldición! Lo había hecho muy bien evitando a todos menos a los granjeros con los que intercambiaba caza mayor por verduras, hierbas aromáticas y munición. Degan creía que solo comía carne y bayas, pero no era cierto. Sabía cómo arreglárselas sola, pero a veces no era tan fácil soportar la soledad que eso implicaba. Por eso había bajado la guardia en Helena, porque estaba contentísima de tener una amiga, y se había quedado más tiempo del debido.

Degan la condujo hasta el pueblo por el camino que ella solía seguir. Tal vez pasara por el burdel de Luella. Tal vez. Trató de no hacerse ilusiones. Pero si pasaba por allí y no se detenía, saltaría del caballo. Cuando él se diera cuenta ya habría entrado en Madam Joe's.

Sin embargo, Degan se detuvo, desmontó y ató ambos caballos al poste del porche. Incrédula, Max desmontó despacio, demasiado despacio. Él la agarró por la solapa del abrigo y la empujó dentro del burdel. La chica se acercó a las escaleras, pero se volvió a mirar a Degan, para ver si seguía en la puerta. Lo interrogó con la mirada. Él le hizo un gesto de asentimiento.

—Cinco minutos. Si tengo que lamentar haberte hecho este favor, no va a gustarte.

¿Iba de verdad a quedarse esperándola en el salón? Max subió corriendo las escaleras, exultante. ¡Tenía la huida a la vuelta de la esquina!

10

Max no cerró la puerta de la habitación de Luella con cuidado. Quería hacerlo, pero entró demasiado rápido. Al menos el ruido despertó a su amiga. Se volvió en la cama y sonrió, pero dejó de hacerlo enseguida y abrió unos ojos como platos.

—¿Qué pasa? No sueles...

—Necesito que me prestes tu arma.

Luella hizo un gesto hacia la cómoda.

—Está en el cajón de arriba, pero ¿dónde está la tuya?

—Me la quitaron... cuando me cogieron. Alguien se me echó encima y solo tengo un minuto para largarme o me meterá presa.

—¡Dios mío! ¿El pistolero? ¿Te localizó?

—Sí.

—¡Pero si lo mandé a las Big Belt! Estaba segura que se pasaría semanas allí arriba buscándote y que me daría tiempo a avisarte cuando vinieras a verme la semana que viene.

—Supongo que no te creyó más de lo que me ha creído a mí. —Max se metió la pequeña derringer en el bolsillo del abrigo.

Luella se había levantado de la cama y abrió unos cuantos cajones.

—Al menos deja que te dé una muda de ropa. Vas hecha un desastre.

Max rio entre dientes, imaginándose huyendo al galope con la descocada ropa de su amiga.

—No tengo tiempo, Lue, más que para esto. —Le dio un rápido abrazo a Luella que se convirtió en uno largo. Iba a echar muchísimo de menos a esa chica. Se echaría a llorar si no se iba. Le dio un último apretón, se apartó y se acercó a la ventana.

—No hagas ninguna tontería, Max. El pistolero tenía pinta de ser muy peligroso.

—No tendré que hacer ninguna si me doy prisa. Te devolveré la pistola cuando pueda, después de asegurarme de que se ha marchado de por aquí.

Max ya tenía medio cuerpo fuera cuando Luella la llamó.

—¡Espera! Esto llegó ayer. —Cogió la carta de la mesilla de noche y se le acercó corriendo. Max se la metió en el otro bolsillo del abrigo, sonriendo de oreja a oreja.

—Gracias. Si son buenas noticias, a lo mejor puedo volver a casa.

—Te echaré de menos —le susurró su amiga, pero Max ya bajaba por el tejado del porche.

Saltó por donde solía, se quedó colgada un momento, se dejó caer al suelo y se quedó de piedra. Degan estaba allí, interponiéndose entre ella y los caballos, a menos de un paso. ¿Su última posibilidad de librarse de él y había vuelto a adelantársele?

—No estés tan contento... —Max metió la mano en el bolsillo para sacar el arma pero se dio cuenta de que él ya había desenfundado, así que lo dejó—. Adelante, ya puedes estarlo. Pero dime cómo demonios lo has sabido.

—Si te lo hubieras pensado un poco antes de meter la pata, sabrías la respuesta. ¿Crees que pregunté a todos los del pueblo qué burdel visitabas y por qué ventana salías?

—¿¡Me viste!? —le gritó—. ¿Por qué no me detuviste el otro día, entonces?

—Porque el *marshal* Hayes todavía no me había pedido que le devolviera el favor que le debía. Simplemente vi a un chico alegre dejando a una... amiga.

La vergüenza se había añadido al resto de las turbulentas emociones que la embargaban.

—¿Por qué me has dejado subir sola? ¿Solo para probarme?

—Supongo que si lo hubiera hecho por eso en estos momentos estaría decepcionado.

—¿Es una broma? ¡Como si fueras capaz de sentir algo! Dime si no habrías hecho exactamente lo mismo en mi situación. ¡Dímelo, venga!

—Salir por una ventana del piso de arriba no habría sido mi primera elección, no, pero tengo otras herramientas a mi disposición de las que tú careces.

—Sí, bueno, yo no tenía más remedio.

—Te han hecho el favor que pediste. ¿Qué tal si dejamos las cosas así? Has salido con más de lo que habías entrado. Me quedaré con cualquier arma que le hayas cogido a tu amiga.

—No le he cogido ninguna. —Max retrocedió un paso.

—Tienes la mala costumbre de mentir.

La agarró por el abrigo y hundió la mano en un bolsillo. Ella le dio puñetazos con ambas manos. Degan cogió la derringer y la ropa interior que Luella por lo visto le había metido en el mismo bolsillo mientras la abrazaba para despedirse. Max no se ruborizó cuando se lo metió todo en uno de los suyos. En vez de eso le descargó un puñetazo en la mejilla y soltó un juramento, segura de haberse hecho más daño del que le había infligido. Para Degan fue la gota que colmó el vaso, porque se la cargó al hombro como un saco.

Aquello la sorprendió tanto que se quedó sin habla, aunque no por mucho tiempo. Luego gritó, se retorció, se sacudió y le golpeó la espalda, pero como sus golpes no lo molestaron siquiera, desistió y usó ambas manos para sujetarse el sombrero.

—Si sigues contoneándote, todo el mundo verá que eres una chica —lo oyó decirle en aquel tono suyo profundo que la exasperaba.

—¡Como si eso me importara ya!

—Bueno, pues entonces les parecerás una loca. ¿Eso quieres?

Max se quedó quieta. Seguramente había cogido a los caballos de las riendas, porque oyó que los seguían mientras la llevaba por la calle de aquel modo humillante a lo largo de dos o quizá tres manzanas. Cada vez que intentaba ver adónde iban, la hacía rebotar sobre su hombro, dejándola sin aire y sin ganas de volver a intentarlo. Como si no hubiera sabido adónde iban. No estaba completamente segura de dónde estaba la oficina del *sheriff*, pero no podía creer que fuera a llevarla hasta allí de aquella manera.

Degan entró en un edificio. Oyó gente que hablaba y luego un repentino silencio. Él la dejó en el suelo despacio, deslizándola contra su cuerpo, tal vez un poco demasiado despacio. De repente, fue consciente de que era un hombre y no solo un adversario. Al notar aquel pecho musculoso contra el suyo, como si se estuvieran abrazando, oliéndole el pelo y el cuello, su cercanía la desconcertó completamente. No estaba acostumbrada a estar tan cerca de un hombre.

Jadeó cuando notó las manos de Degan en el trasero y luego en la cintura. Fue un contacto tan íntimo que el estómago se le encogió y se le aceleró la respiración. Luego se dio cuenta de lo que había estado haciendo. ¡Comprobando si llevaba armas!

—Bastaba con que me lo hubieras preguntado —le dijo cuando por fin tocó el suelo con los pies.

—Contigo no sirve preguntar. —La apartó de un empujón. Sin aire, creyó que se caería de culo, pero aterrizó en la silla hacia la que la había empujado.

Max lo miró resentida hasta que se dio cuenta de que estaban en un restaurante. Había nueve personas desayunando que retomaron sus conversaciones. Notó que evitaban mirar a Degan. Tres de ellas incluso se levantaron y salieron apresuradamente del establecimiento. Unos cuantos la miraban a ella. ¡Ah, claro! De ella no tenían nada que temer.

—¿Vas a pagar tú? Porque yo estoy sin blanca —le preguntó descaradamente, acercando la silla a la mesa.

Él no se había sentado aún.

—Quítate las botas.

—¿Otra vez?

—Tenías razón, ha sido un error permitirte ir sola a la habitación de tu amiga.

—¡Te juro que...!

—Ha quedado más que claro que eres una mentirosa. Acabas de mentir otra vez cuando has dicho que estás sin blanca. He visto el dinero que llevas en las alforjas.

—No es mío. Podría estar muriéndome de hambre y no lo gastaría.

—Eso es un poco exagerado —repuso él con ironía. Le indicó con un gesto las botas—. Quítatelas, sacúdelas y vuelve a ponértelas. No comerás hasta que lo hayas hecho.

Max, aunque refunfuñando, empujó hacia atrás la silla e hizo lo que le pedía. Le extrañaba que fuera a darle de comer antes de entregársela al *sheriff*. Debería haberle estado agradecida, pero no podía evitar considerarlo su peor pesadilla y no les das gracias a tus pesadillas por atormentarte.

Cuando volvió a acercarse a la mesa, Degan se situó a su espalda y le quitó el sombrero. Max iba a protestar, pero vio que él también se lo quitaba y que dejaba ambos en el perchero del rincón. El «caballero» volvía a salir a la superficie. Su abuela siempre le quitaba el sombrero de un manotazo a Johnny, su hermano pequeño, antes de permitirle sentarse a cenar. Max sabía que su hermano no se lo quitaba para hacerle perder los estribos a la abuela. Dios, cuánto los echaba de menos a los dos. Era toda la familia que le quedaba.

Se sacó la carta del bolsillo. Sin embargo, aunque se moría por saber lo que le había escrito la abuela, era demasiado personal para leerla delante de aquel pistolero sin corazón. Tal vez la hiciera llorar lágrimas auténticas. No iba a dejar que aquel hombre supiera que a veces era... débil.

Degan se pasó la mano por el pelo oscuro antes de volver a la mesa. Max no se molestó en hacer lo mismo. Sabía que su pelo no tenía remedio. Ni siquiera tenía peine. El suyo se había roto hacía mucho y no lo había repuesto.

Él seguía sin sentarse.

—Dame el abrigo también.

—Ahora eso no es...

—Aquí dentro hace calor. Además, no tendrás que ocultar quién eres mucho más tiempo. ¿No se te había ocurrido?

Teniendo en cuenta lo que acababa de hacerle sentir al bajarla contra su cuerpo...

—Sí, ya lo sé —le espetó—, y no me consideres como tal.

—¿Como qué?

—Como una chica.

Degan no dijo nada, pero puso los ojos en blanco, o al menos estaba segura de que lo habría hecho si hubiera podido relajarse lo suficiente para demostrar lo que sentía. Pero él no insistió en el tema y se sentó a su derecha, en la silla orientada hacia las puertas del local. ¿Tomaba precauciones estuviera donde estuviese o solo siempre que esperaba problemas? Seguramente lo segundo, teniendo en cuenta que se notaba a la legua que era un pistolero.

Llamó al camarero y pidió para ambos sin preguntarle a ella lo que le apetecía. Le dio igual. Hacía tanto tiempo que no se sentaba en un restaurante que se contentaría con lo que le sirvieran.

—Dime por qué te consideras inocente.

Max se quedó inmóvil, mirándolo fijamente. Ya había dado a entender que le importaba un bledo si era o no culpable, que su trabajo consistía únicamente en apresarla, no en decidir su destino. Así que, ¿por qué se molestaba en preguntarle aquello sin no creía ni una palabra de lo que le decía?

11

—¿Juegas conmigo, petimetre? Ambos sabemos que te da igual cómo me metí en esto. —Max apretó los labios después de decirlo. Si la educación de Degan lo obligaba a mantener una conversación educada mientras comían, que encontrara otro tema con el que importunarla.

—¿Eso vas a decirle al jurado, señorita Dawson?

—No me llames así —le siseó—. Y ya te he dicho que no habrá juicio. La gente de ese pueblo solo quiere que vuelva para colgarme.

—¿Por qué?

—Porque Carl Bingham, el hombre al que me acusan de haber asesinado, fue el fundador de Bingham Hills, era el dueño del pueblo, el alcalde y el mejor amigo de todos... excepto de mí. Siendo dueño de la totalidad o de la mayoría de la gente del pueblo y un dueño benevolente, todo el mundo lo quería. De hecho, incluso yo lo admiraba. Hacen falta arrestos para construir un pueblo tan alejado de los demás, a varios días de viaje del fuerte más cercano y esperar que se llenara de gente. Por supuesto, Carl hizo propaganda en el Este y no quebró esperando a que apareciera. Ya era rico cuando vino a Tejas, así que no buscaba hacerse más rico. Quería dejar un legado, un pueblo pacífico y autosuficiente en un lugar que no solía ser tan pacífico. Muchos opinan que lo consiguió.

—Entonces ¿por qué lo mataste?

Lo fulminó con la mirada.

—¿Quieres oír esto o no?

Él no respondió y la miró de un modo más incisivo incluso.

—Se vivía bien en Bingham Hills en la época en que me crie —prosiguió Max a regañadientes—. Tenía montones de amigos, los niños y las niñas con los que iba al colegio, y nos divertíamos cazando, pescando y montando a caballo. Incluso disfrutaba del grupo de bordado, aunque era un desastre con la aguja, porque sobre todo cotilleábamos y nos reíamos mucho. Todo eso cambió, sin embargo, cuando cumplí dieciséis años, porque los chicos del pueblo no me dejaban a sol ni a sombra. Estaba llenita y tenía una larga melena rubia. Ya te conté por qué me la corté, pero no podía hacer mucho para ocultar el resto de mis atributos. —Se miró el chaleco y se ruborizó un poco—. La abuela insistía en que me vistiera apropiadamente, con falda y blusa, siempre que no estuviera cazando. Los chicos me prestaban tanta atención que mis amigas se pusieron celosas y dejaron de hablarme. La abuela los echó a escobazos en más de una ocasión, y mi hermano Johnny se escondía entre los arbustos y les tiraba piedras con el tirachinas. Ni siquiera eso los disuadió. Siguieron rondándome.

—Entonces no siempre has ido armada.

—Dios mío, no. Nunca se me habría ocurrido llevar un Colt bajo la falda por entonces. —Rio entre dientes—. Yo llevaba siendo la cazadora de la familia desde que mi padre se había largado para no volver. Nunca llevaba el rifle al pueblo, pero a los dieciséis empecé a llevar un arma pequeña en el bolsillo de la falda porque Bingham júnior se puso más agresivo que los otros chicos y se dedicó a hacer comentarios inapropiados y a insinuárseme.

—¿El alcalde?

—No, su hijo Evan. Yo solía ir a pescar con él y su mejor amigo, Tom, cuando éramos niños, hasta el día que Evan alardeó de que me casaría con él algún día porque su padre le había dicho que lo haría. No creí que el alcalde hubiese dicho tal cosa, pero desde aquel momento evité a Evan y a su amigo. Entonces empezó a pedirme que me casara con él. Ese año me lo pidió unas ocho veces. No le habría dicho que sí aunque no hubiese estado cortejando al joven recién llegado al pueblo por aquel entonces.

—¿Haciendo qué?

Lo miró fijamente.

—¿De verdad hace falta que te explique lo que es cortejar?

—Creo que sí.

—No me refiero a que le habría pedido a Billy Johnston que se casara conmigo, si es lo que piensas. Soy rápida, pero no en ese sentido. Billy, sin embargo, se marchó de Bingham Hills antes de que yo cumpliera diecisiete años, y entonces el propio alcalde me pidió en matrimonio. Seguramente no tendría que haberme reído al oír la proposición del vejestorio.

Degan arqueó una ceja.

—¿Qué edad tenía ese hombre?

—Diablos, es diez años más viejo que mi abuela. Hasta ella se rio cuando se lo conté. Carl tuvo a Evan siendo muy mayor. Se rumoreaba que trató de tener un hijo con cuatro viudas, hasta que por fin lo consiguió. Después de haberlo rechazado, seguramente imaginó que si comprometía mi integridad, la abuela insistiría en que hubiera boda.

—¿Lo hizo?

—He dicho que seguramente supuso eso, no que sucediera realmente. Pero lo intentó, el muy bastardo. Hizo que su *sheriff* marioneta me llevara a su casa una mañana, ya tarde. Incluso se deshizo de la mayoría del servicio ese día, menos de su cocinera medio sorda, que no me oiría gritar. No me habría enterado de que la cocinera estaba en la casa si Carl no me hubiera dicho que podía quedarme a comer cuando hubiéramos terminado y que la comida no tardaría en estar lista.

Creo que realmente esperaba que me portara civilizadamente después de lo que pretendía hacerme, como si mancillarme fuera para él algo común y corriente. Después de un breve forcejeo en el sofá, logré sacar el arma del bolsillo y tuvo que apartarse. Incluso le apoyé el cañón en la tripa para que supiera lo en serio que iba.

—Entonces, le disparaste.

—No, pero tendría que haberlo hecho, demonios. Resulta que mi hermano había visto al *sheriff* arrastrándome hacia casa de Bingham y nos había seguido. Johnny esperó hasta que el *sheriff* se hubo marchado y luego espió por las ventanas. Por una vio a Carl tratando de forzarme. Pero ese día no murió nadie. Al menos Carl seguía vivo cuando me marché. Ni siquiera le había disparado; fue mi hermano quien le disparó desde la ventana abierta para protegerme. Carl se miró y vio la sangre y se desmayó como una chica. Así que seguramente creyó que yo había abierto fuego contra él. Esperaba que así lo creyera. No iba a permitir que arrestaran a mi hermano por su buena acción. Huí para que me culparan a mí.

—Lo que, evidentemente, funcionó.

—Sí, que me culparan de haberle hecho un rasguño en el hombro, porque eso fue todo y apenas sangró. Lo comprobé, solo para asegurarme de que no se desangrara antes de que alguien lo encontrara. Iba simplemente a darle a Carl un poco de tiempo para que se tranquilizara después del incidente, tal vez para que se casara con otra joven, y que no me culpara por tratar de defenderme. Pero él o su hijo mandaron una cuadrilla tras de mí. Tardé meses en despistarlos. Carl pagaba bien cuando quería que se hiciera algo turbio. Su hijo Evan es igual que él. Sin embargo, antes de que acabara el año un cazarrecompensas me encontró y me enseñó el cartel de busca y captura por asesinato.

—¿Cómo saliste de esa?

Llegó el camarero con el desayuno, así que no le respondió. No podía apartar los ojos de aquellos platos con montones de tortitas de avena y salchichas y de la cesta llena de rebanadas de pan tostado y hojaldres. Estaba demasiado hambrienta para no ponerse a comer inmediatamente. Había vaciado medio plato cuando prosiguió su relato.

—Entonces usaba un revólver de seis tiros, pero el cazarrecompensas consiguió que lo tirara al suelo. Así que lo convencí de que cometía un error enseñándole que era una chica.

—¿Igual que me lo enseñaste a mí?

Se puso colorada. Sabía que le había tocado el pecho cuando estaba a punto de darle un puñetazo la noche anterior. No le había hecho falta que se lo enseñara. Se sofocaba cada vez que pensaba en ello, en la manera instintiva y seductora en que le había enseñado los pechos. Era muy embarazoso. Por eso echaba chispas cuando le respondió.

—No, solo tuve que flirtear un poco con él y quitarme el chaleco para que viera que no intentaba engañarlo. El chaleco, no la camisa. Luego le pedí amablemente que se largara de mi campamento. Me aseguré de que no me seguía cuando me fui.

—Estás mintiendo otra vez.

Max apoyó la espalda en el respaldo de la silla, resoplando.

—¿Por qué iba a mentir acerca de algo que no tengo por qué contar?

—Enseñarle que eras una chica no habría hecho cambiar de idea a un cazarrecompensas porque tu parecido con ese cartel es increíble.

Max sonrió de oreja a oreja.

—Lo es, ¿verdad? Al menos en el último cartel. El episodio con el cazarrecompensas tuvo lugar hace más de un año y el cartel que tenía no era tan detallado ni mucho menos. El esbozo parecía el de cualquier chico inmaduro de dieciocho años. Sin embargo, incluso después de ver aquel cartel seguí sin creer que Carl hubiera muerto por aquel rasguño que Johnny le infligió.

—Las heridas se infectan a veces.

—Sí, lo sé, pero a Carl seguro que lo cuidaron los mejores médicos del pueblo. Esté vivo o muerto, no puedo volver a casa porque seguro que me colgarán.

—¿Y te dedicas a robar bancos para ir tirando?

—Eso es de risa —refunfuñó—. Había hecho las maletas, decidida a marcharme aquel día. Paré en el banco para sacar mi propio dinero, los sesenta y cuatro dólares que había ganado vendiendo carne en el pueblo a quien quería comprármela. En Bingham Hills solo había un banco. El propietario también era Carl, por supuesto. Wilson Cox se ocupaba de llevarlo. Era demasiado pequeño para que hubiera más de un empleado, así que mientras Wilson hacía su pausa para comer, nadie atendía a los clientes. Ni siquiera se molestaba en cerrar. Seguramente suponía que todos los del pueblo sabían que no podían hacer ninguna gestión en el banco a mediodía. Pero ¿cómo iba yo a saber eso? No solía ir a menudo. Entré y pedí mi dinero. Wilson se negó a dármelo. Discutimos. Él siguió en sus trece. ¡Iba a hacerme esperar de pie media hora cuando estaba sentado ahí mismo, junto al cajón del dinero!

—Así que robaste el banco.

—¡No! ¡No lo robé! Solo saqué el arma y le dije a Wilson que dejara de comer dos minutos y me diera mi dinero. Tan enfadado estaba que lo metió en una bolsa y me lo lanzó. ¡Tanto como yo por su tozudez! Hasta una semana después, cuando vacié la bolsa, no me enteré de que tenía ciento tres dólares de más. No podía darme solo lo que le pedía, no. Con las prisas, metió mi dinero en una bolsa que contenía el dinero de otra persona. El error fue suyo, seguramente porque lo único que quería era que me fuera para poder seguir comiendo.

—¿Es ese el dinero que llevas en las alforjas y que te niegas a gastar?

—Sí, y voy a devolver hasta el último puñetero dólar... algún día.

—Tenías mucha razón. Es de risa. Eso si realmente fue así como sucedió.

—Tal cual, así que ¿por qué no te ríes?

Degan no le respondió. Evidentemente no se creía lo que acababa de contarle. De habérselo creído no hubiera supuesto ninguna diferencia, sin embargo. Ya le había dejado muy claro que no era cosa suya decidir su destino, que su trabajo consistía simplemente en entregarla a la justicia para que otros lo decidieran.

Se levantó y fue a buscar sus sombreros.

—Tenemos que irnos.

Max no se movió. Se acabó. La oficina del *sheriff* no podía estar a más de una manzana o dos de allí. ¿Le dispararía Degan allí mismo, delante de testigos, si intentaba escapar una vez más?

12

—Sea lo que sea lo que estés pensando, niña, olvídalo. Sí, te meteré una bala en la pierna y, sí, lo haré aquí mismo, por si lo dudabas.

—¿Así que ahora también puedes leerme el pensamiento? —le ladró Max.

Él dejó dinero en la mesa e hizo un gesto hacia la puerta.

—En primer lugar pararemos en mi hotel, así que, ¿qué tal si te comportas para que no tenga que llevarte sobre el hombro hasta allí?

¿Otro aplazamiento? Max se levantó y se dirigió hacia la puerta, pero no le apetecía que la llevaran a rastras otra vez, así que se detuvo para esperar a Degan, que chocó contra su espalda porque iba pisándole los talones. Oyó un suspiro de exasperación. ¡Dios mío! ¿Lo había hecho enfadar? ¿Era capaz de alterarse? Habría sonreído, pero aquel hombre iba a encarcelarla ese mismo día. ¡Para lo que le servía saber que era susceptible a ciertas provocaciones! Pronto sus caminos se separarían.

No montaron, sino que Degan se limitó a coger las riendas antes de llevarla calle abajo. Había más gente avanzada la mañana, muchos mineros pero también hombres de negocios y vaqueros a caballo. Descargaban mercancías de los carros delante de las tiendas y había mujeres con cestas haciendo la compra. Mirando a su alrededor, Max notó que ella no llamaba la atención pero que Degan sí. Todo el mundo lo miraba con disimulo. Achacó a la naturaleza humana el hecho de que la gente sintiera tanta curiosidad por alguien de aspecto tan amenazador como él.

Degan se detuvo en un establo de la manzana siguiente y pagó para que alimentaran y cepillaran a los dos caballos. Aunque no tardarían mucho en hacerlo, Max lo consideró otro aplazamiento para ella. Se sintió complacida hasta que se dio cuenta de que la cárcel estaba a pocos pasos. De hecho, tal vez no volviera a ver su caballo jamás. Se abrazó al cuello de *Noble* por última vez y le susurró que lo sentía, por si resultaba ser cierto. Habían pasado por mucho juntos. La había sacado de un montón de situaciones difíciles... Maldición, ¡no quería despedirse de él!

—¿Crees que le permitirán a *Noble* seguirme si...?

—¿A quién?

—A mi caballo.

—Bonito nombre.

—Se lo puse para darle ánimos. —Luego añadió susurrando, para que *Noble* no la oyera—. Era un poco patoso de pequeño. Pero ¿permitirán que me acompañe aunque me encierren en una jaula espantosa durante el viaje hasta Tejas?

Él le tendió las alforjas, pero se entretuvo mirándola con fijeza, seguramente porque le había parecido esperanzada y disgustada al mismo tiempo. Aunque ella nunca trataba de ocultar sus emociones y era bastante clara acerca de lo que sentía, la mirada de Degan seguía tan inescrutable como siempre—. Creo que te refieres a los transportes de prisioneros. A ti todavía no te han condenado.

—Entonces ¿cómo me llevarán a Tejas?

Él se encogió de hombros y cargó con sus propias alforjas.

—En tren, diligencia o a caballo, supongo. Pueden ponerte grilletes en dos de las opciones. ¿Te preocupaba?

—Me preocupaba la espalda, sí. Al final de un viaje tan largo la habría tenido destrozada. No puedes ponerte de pie en esas jaulas, ¿sabes?

Degan no dijo nada porque le daba igual. ¿Por qué iba a hacerlo? La chica no era más que dinero para su bolsillo, y además mucho. Le habría hecho rico aquel día si no lo hubiera sido ya.

El hotel estaba en la acera de enfrente del establo. Entrar fue como adentrarse en otro mundo. De repente, Max se vio rodeada de mullidos sofás y sillas de terciopelo, mesas labradas con hermosos floreros, cuadros enormes, suelos de mármol pulido y candelabros encendidos. Miró cuanto la rodeaba con unos ojos abiertos como platos, mientras Degan la empujaba hacia el mostrador de recepción. Ella creía que lo estaba haciendo rico con la recompensa, pero ya tenía que serlo para alojarse en un hotel tan elegante como aquel.

—Señor Grant —lo saludó el recepcionista educadamente—, han traído un telegrama para usted.

El hombre miró a Max con bastante curiosidad después de entregarle el papel a Degan. Ella se preguntó si había visto sus carteles en el pueblo o si era demasiado formal y educado para hacerle preguntas a Degan sobre su compañero vaquero. Estaba tan cerca de Degan como para poder leer el telegrama al mismo tiempo que él. Un detective de la agencia Pinkerton solicitaba una reunión al día siguiente por la tarde para hablar de un asunto confidencial.

—¿Un amigo tuyo? —le preguntó, dando golpecitos al papel.

—No. Seguramente tiene que ver con el trabajo que hago para el *marshal* Hayes. Me mencionó que los de la agencia Pinkerton estaban investigando los robos de trenes. —Pareció casi enfadado cuando añadió—: Se suponía que no iba a contarles a sus superiores que yo me ocuparé temporalmente de sus asuntos mientras esté fuera. Pero por lo visto lo ha hecho.

Ella sonrió.

—O a lo mejor creen que te has convertido en un...

Degan le lanzó una mirada tan asesina que no terminó la frase.

—Vale, ha sido una broma desafortunada. Además, los ferrocarriles quebrarían si tú empezaras a robar trenes...

La mirada de Degan le dio más miedo aún.

—Ya me callo.

La sorprendió que pidiera que subieran agua caliente a su habitación, pero no hizo ningún comentario. Hablar con él era peor que no hacerlo. Y ya había hablado demasiado. Seguramente hablaba tanto por los nervios. La ponía un poco nerviosa, pero solo porque no lograba entenderlo. Con la mayoría de la gente, te bastaba con tener cuidado con lo que pudiera hacer. Con Degan Grant, siempre te llevabas una sorpresa.

De camino a su habitación, sin embargo, empezó a preguntarse para qué el agua caliente. ¿Iba a darse un baño antes de meterla en la cárcel? Sería bastante raro. ¿Tan escrupuloso era? De hecho, iba tan acicalado que no la habría sorprendido que se bañara a diario, independientemente de las circunstancia, y que con toda seguridad llevaba uno o dos días sin hacerlo porque había estado buscándola por las colinas. Así que a lo mejor no podía estar ni un minuto más sin bañarse. Ojalá se lo dijera para reírse de él.

Ella había sido así, antes, en otra época. Ahora no podía darse el lujo y se había acostumbrado a la mugre. A medida que se acercaban a la habitación de Degan, que estaba en el segundo piso, se le quitaron las ganas de reír. Se estaba poniendo nerviosa. ¿Iba a desnudarse delante de ella? ¿Y si le ordenaba que le frotara la espalda? Entonces tendría que tocar aquel cuerpo fuerte y poderoso. No podía, no lo haría. Ya la había desconcertado bastante cuando la había dejado en el suelo después de bajarla sosteniéndola contra sí en el restaurante. ¿Qué se proponía, bañarse con ella en la habitación?

Max se quedó de piedra cuando Degan abrió la puerta. Habría sido el momento de echar a correr, pero, como si le leyera el pensamiento, él le puso la mano en la espalda y le dio un empujoncito para que entrara. La habitación era bonita, pero puesto que se trataba de uno de los hoteles más grandes que ella había visto, no era de extrañar. El mobiliario consistía en una cama grande con una hermosa colcha de brocado color borgoña, dos sillas tapizadas de un color rosa oscuro separadas por una mesita baja, un pequeño escritorio, un armario grande y una alfombra mullida. Estaba tan limpia y ordenada que, si el equipaje de Degan no hubiera estado ya en la habitación, Max habría dicho que no había puesto un pie en ella hasta ese instante. Dejó en el suelo las alforjas y se acercó a una de las dos ventanas. Las dos daban a la calle y no había porche desde cuyo tejado pudiera saltar. Maldición.

Cuando se volvió vio que Degan desnudaba la cama, a pesar de que las sábanas parecían limpias. Él cruzó la habitación y echó la ropa de la cama al pasillo. Ella lo miró extrañada, pero no tenía ningún interés en darle una explicación. Dejó la puerta abierta, sin embargo. Si entraba del todo en el cuarto, podría precipitarse hacia...

Entonces trajeron el agua. Dos jóvenes llegaron con cuatro cubos y los vaciaron en la bañera que estaba situada detrás de un biombo, en un rincón de la habitación. Max pensó que la habían llenado rápido. Sin embargo, no habían terminado. Al cabo de unos minutos volvieron con cuatro cubos más. Supuso que el agua provenía de algún lugar próximo de la planta baja. Dejaron un cubo lleno para el aclarado y le preguntaron a Degan si necesitaba algo más. Él negó con la cabeza y cerró la puerta antes de prestarle a ella toda su atención.

—Desvístete.

—Ni hablar. —Cruzó los brazos sobre el pecho.

—No te estoy dando a elegir.

El corazón se le aceleró. Alarmada, vio como Degan se apartaba de la puerta. ¡Quería que se lavara antes de llevársela a la cama! Por eso había quitado las sábanas, para que no quedara ninguna prueba en la cama después de...

Trató de alcanzar la puerta pero notó su brazo en la cintura antes de lograrlo. Se volvió y empezó a darle puñetazos, pero él la hizo caer en la cama con un leve empujón.

—Si no te quitas la ropa, te ayudaré yo a hacerlo, pero, de una manera o de otra, te la quitarás.

Con los ojos azules desorbitados, lo vio cerrar la puerta con llave, sacarse la chaqueta y dejarla con cuidado en una silla antes de acercarse a la cama.

13

Max tenía segundos para decidir su destino, eso si conseguía que el pánico no le impidiera pensar. Degan la quería, eso era evidente, así que, ¿por qué no sacar ventaja y hacer un trato con él? Su virginidad a cambio de la libertad. Saltó al otro lado de la cama para darse unos cuantos segundos más. ¿Podría hacerlo sin que él se diera cuenta de lo asustada que estaba? Al menos tenía que intentarlo.

Inspiró profundamente.

—Puedo desvestirme sola —le dijo con una sonrisa seductora, empezando a desabrocharse la camisa.

Él arqueó una ceja.

—¿Vas a volver a intentarlo?

Max se quedó helada. Las mejillas le ardían. Estaba tan avergonzada de haber malinterpretado sus intenciones que se había quedado sin habla.

—El baño es para ti —prosiguió Degan, como si no se hubiera dado cuenta de lo mortificada que estaba—. Puedes desvestirte detrás del biombo.

¿Todo aquello por un baño que le encantaría tomarse? Sin embargo, él debía tener un motivo, aunque no fuera el que ella había supuesto equivocadamente.

—¿Por qué quieres que me lave? ¿Temes no cobrar la recompensa si me entregas sucia?

—¿Te has mirado en un espejo?

Max sabía lo mugrienta que iba, pero no tenía intención de volver a ponerse colorada. Alzó la barbilla, tozuda.

—No voy a bañarme estando tú en la habitación.

Él empezó a rodear la cama. Ella rodó por encima del colchón, corrió hacia el biombo de la esquina y apretó la mandíbula cuando lo oyó.

—Pásame la ropa antes de meterte en la bañera.

Max se quitó las botas, se asomó por un lado del biombo y se las tiró. Solo una le dio en aquel pecho suyo tan ancho, pero vio que fruncía el ceño antes de esconderse otra vez.

—A lo mejor tendría que comprobar otra vez si no llevas armas.

—¡No!

Nunca se había desvestido tan deprisa. Arrojó las prendas una a una por encima del biombo, incluso las bragas, los calcetines y el cinturón. No iba a darle ninguna excusa para acercarse a comprobar si había hecho lo que le había ordenado. Hacía más de un año que no se desnudaba en una habitación para darse un baño decente. No iba a pelearse más con él; de no haberlo detestado tanto, tendría que haberle dado las gracias. En realidad, no lo odiaba en absoluto, solo odiaba el hecho de que la hubiera atrapado porque la esperaba la muerte.

Junto a la bañera había una mesa estrecha con toallas y jarras y crema de jabón. No una pastilla de jabón basto casero. Era un hotel demasiado elegante. Desplegó una toalla para ver de qué tamaño era y soltó un bufido. Era suave, pero no lo bastante grande para envolverse en ella.

Oyó que la puerta se cerraba y luego el sonido inconfundible de una llave girando en la cerradura. Se asomó por un lado del biombo. La había dejado sola en la habitación. Echando un vistazo a su alrededor, notó que se lo había llevado todo: las alforjas de ambos, su ropa, incluso la maleta, dejándole únicamente aquellas toallitas para taparse. Tampoco le había dejado nada con lo que pudiera fabricar una cuerda con la que escapar por la ventana. Entonces entendió por qué había echado al pasillo la ropa de la cama.

Degan había tomado todas las precauciones, como si no fuera la primera vez que hacía aquello, aunque le había dicho que no era cazarrecompensas. Simplemente, era demasiado inteligente y preveía todas las posibilidades. Habría sido demasiado escapar corriendo desnuda por el pueblo, aunque hubiera podido escapar por la cornisa después de salir por la ventana. Además, seguramente se caería y se mataría si lo intentaba, así que ni lo intentaría.

En lugar de tratar de escapar, se metió en la bañera y se recostó con una sonrisa soñadora. A veces, cuando estaba en continuo movimiento, pasaban semanas hasta que encontraba un abrevadero decente para darse un baño. Había un par de estanques en las colinas, cerca de su barraca, de los que obtenía agua para ella y para el caballo, pero no le ofrecían suficiente intimidad para bañarse, así que iba a caballo hasta el gran lago del este cada pocos días para lavarse y hacer la colada. Sin embargo, no era una experiencia ideal, sobre todo porque tenía que volver cabalgando a la barraca completamente mojada.

Se frotó todo el cuerpo. Ni siquiera recordaba la última vez que se había sentido tan limpia. ¡Y la cabeza! El jabón que usaba siempre le servía para lavarse y lavar la ropa, pero le irritaba el cuero cabelludo, así que hacía mucho que había dejado de lavarse la cabeza. Se la mojaba cuando se bañaba, pero no le dejaba aquella sensación de limpieza. No se notaba el pelo tan limpio. Ya lo tenía casi seco y cuando movía ligeramente la cabeza flotaba a su alrededor. Incluso se levantó para verlo flotar en el espejo oval que había para afeitarse. Se rio.

Degan merecía un poco de amabilidad por haberle hecho aquel regalo. Solo un poco. Bueno, al menos que no estuviera enfadada con él de momento, aunque todavía sintiera recelo.

—¿Te has quedado dormida en la bañera? —le preguntó Degan.

Al oír eso y sus alforjas deslizándose por el suelo hacia ella, volvió de golpe a ser consciente de su precaria situación. Había llegado el momento de ir... a la cárcel.

Max volvió la cabeza hacia la voz de Degan.

—No. Solo esperaba la ropa. —Vio que las alforjas no habían llegado hasta su lado del biombo y que tendría que solucionarlo. Rápidamente gritó—: ¡Ya las cojo!

Salió del agua, se secó deprisa y tiró hacia sí de las alforjas. Sacó la única muda que tenía y vio la camisola en el fondo. Era suave, de buena confección y delicada, así que no se la ponía mucho, pero por si le confiscaban la bolsa en la cárcel quería ponerse lo mejor que tenía.

—Me olvidaba de esto —oyó que decía Degan antes de que la ropa de Luella volara por encima del biombo. Consiguió atraparla antes de que cayera en el agua de la bañera. Ella también había olvidado que había sacado algo más del bolsillo aparte de la derringer. Se puso los bombachos, ruborizada. Degan había visto lo sedosos que eran, incluso los había tenido en las manos.

Terminó de vestirse y salió del rincón de la bañera con las alforjas y un par de calcetines limpios. Degan la siguió con la mirada. No tuvo que mirarlo para darse cuenta. El resto de su ropa estaba encima de la cama y las botas en el suelo. Las recogió y se sentó en una silla para ponérselas. No se sentaba en la cama por una razón. Solo con verlo se acordaba de lo estúpida que había sido al intentar seducirlo de nuevo. Aquel hombre era inmune a sus encantos. Pues bueno. De todos modos, prefería escaparse y hacerle la peineta... cuando se hubiera ido.

14

—Ahora tiene un aspecto menos desastroso.

Max se ruborizó levemente. El comentario de Degan acerca de su pelo demostraba que se había fijado en ella y que seguía haciéndolo. Sin embargo, siguiendo su ejemplo, no le respondió.

Habría cruzado la habitación evitando mirarlo. Cuando por fin lo hizo lo vio plegando el biombo y apoyándolo en la pared. Eso le pareció extraño, pero luego se paró delante del espacio destinado a afeitarse, junto a la bañera. Llevaba el pelo mojado, así que por lo visto se había dado un baño. Sin embargo, todavía no se había afeitado. Se dio cuenta de que había desplazado el biombo para que nada le impidiera ver toda la habitación ni verla a ella hasta que hubiera terminado de acicalarse.

Se acercó a la puerta como quien no quiere la cosa mientras él estaba ocupado en el rincón. Tenía que probar. Cuando trató de accionar el picaporte sin éxito, suspiró. Degan había vuelto a cerrar con llave. Estaba segura de que había visto lo que acababa de hacer, aunque no hiciera ningún comentario.

Dio unas cuantas vueltas por la habitación antes de ceder a las ganas de mirarlo y observar cómo se afeitaba. Aquel hombre era una verdadera obra de arte. Pero siempre sobra algo,

¿verdad?, puesto que nadie es perfecto. En su caso era demasiado guapo pero demasiado peligroso.

—Solía afeitar a mi padre antes de que se fuera —le dijo—. Le gustaba ir bien rasurado pero se dejaba bigote porque lo favorecía. Se me da bastante bien. ¿Quieres que te lo demuestre?

La carcajada de Degan fue espontánea, pero tan breve que Max dudó haberla oído. Luego se dio cuenta de que había sido su manera de hacerle saber lo que opinaba de que le pusiera una navaja de afeitar en el cuello. Sin embargo, le interesaba más el hecho de que se hubiera reído, aunque fuera para mofarse, cuando evidentemente no quería hacerlo.

—Te incomoda reírte, ¿verdad? —le preguntó.

No esperaba que le respondiera, porque Degan parecía más concentrado en su afeitado que en ella, pero obtuvo una respuesta.

—En mi profesión no caben las emociones.

—¿Porque matas a personas?

—Llega un momento en que eres tan rápido con un arma que no te hace falta matar a nadie. Por otra parte, he perdido la cuenta de a cuántos hombres he tenido que herir, aunque no suelen morir a causa de las heridas.

—Entonces ¿nunca has matado a nadie ni siquiera en defensa propia?

—Yo no he dicho tal cosa.

Tampoco dijo nada más al respecto. Por supuesto, era un asesino. Se había escrito mucho sobre él. Lo miró en silencio durante un minuto. Se afeitaba con lentitud y era metódico afeitándose, quizá porque ella lo desconcentraba. Sonrió con suficiencia. Lo habría afeitado más rápido y sin hacerle ni un solo rasguño.

—En realidad, ¿a qué te dedicas, aparte de a batirte en duelo?

—Acepto trabajos en los que mi particular habilidad es útil.

—Eres pistolero. ¿Y nunca has aceptado el encargo de matar a alguien?

—Eso no es un trabajo, es un asesinato.

Max arqueó una ceja.

—¿De verdad trazas un límite? Me alegro de saberlo.

Degan no hizo comentario alguno y ella dejó que terminara de afeitarse. Quería coger un poco de aquel jabón que le gustaba tanto antes de que dejaran la habitación, así que rebuscó en sus alforjas, que estaban al lado de la bañera, detrás de él, buscando su petaca de piel. Cuando la encontró, vació su contenido en la bañera.

Degan se había vuelto a mirarla, seguramente porque no le hacía gracia tenerla tan cerca de la espalda.

—¿De qué te estás deshaciendo?

—Es polvo de oro. —Cogió un frasco de jabón y vertió la crema de jabón en la petaca—. Estuve buscando oro poco tiempo la primera vez que pasé por aquí.

—¿Prefieres tener jabón que tener oro?

—Ese polvo probablemente no vale casi nada. El jabón tiene más valor... para mí.

—¿Por qué simplemente no coges un frasco de jabón?

—Eso sería robar.

—¿Y llevarte el jabón no lo es?

—Claro que no. ¿Cómo van a saber que no lo has gastado todo para lavarte ese corpachón tuyo?

—A lo mejor porque he usado la sala de baños de abajo y el asistente lo sabe.

—Ah. Bueno, pues te cobrarán unos cuantos peniques más. Lo hecho, hecho está. —Metió la bolsita en las alforjas. Luego frunció el ceño—. ¿Me dejarán bañarme en la cárcel?

Degan ya se había vuelto otra vez hacia el espejo ovalado.

—No tengo ni idea. Nunca he tenido ocasión de ver el interior de una celda.

Por supuesto que no. Seguramente había disparado a todos los *sheriff* que habían tratado de arrestarlo.

Se alejó de él yendo hacia el abrigo. Mientras estuviera entretenido, sería un buen momento para leer la carta de su abuela. Sacó el sobre del bolsillo y lo abrió. Se le llenaron los ojos de lágrimas cuando vio la escritura de su abuela.

Queridísima Max:

¡Qué preocupada me has tenido! Cuánto me alegro de tener noticias tuyas y de saber que estás bien. Imagino que los últimos veinte meses habrán sido más difíciles para ti que para mí y para Johnny. Te echamos mucho de menos. Estoy enferma. Por favor, vuelve a casa. A pesar de la tragedia que te impulsó a huir, sé que te tratarán justamente si vuelves y explicas...

A Max le dio un vuelco el corazón. ¿A qué se refería su abuela con eso de que estaba enferma? Y, cuando hablaba de «tragedia», ¿quería decir que Carl había muerto?

—Hay una cartera en mi maleta.

Las palabras de Degan cortaron el hilo de sus pensamientos.

—Cógela y dime si conoces a algún hombre de los que salen en los carteles de busca y captura.

Conteniendo las lágrimas para que Degan no la viera llorar, Max se metió la carta y el sobre en el bolsillo del abrigo. Terminaría de leerla cuando estuviera en la cárcel, a solas. Se volvió y abrió la maleta. Sacó la cartera de piel y vio que debajo estaba el Colt. También lo cogió.

—¿Te importa si lo llevo? —le preguntó volviendo solo la cabeza, sosteniendo el arma—. Me falta algo si no noto el peso de un arma en la cadera derecha.

—Me importa.

—Pero si le has quitado las balas.

—Sigue siendo un arma pesada.

Max hizo una mueca. ¿Tenía que pensar absolutamente en todo? Volvió a dejar el arma en la maleta y abrió la cartera sobre una silla. Cogió el taco de papeles y los ojeó.

Al cabo de un momento, volvió a echar un vistazo por encima del hombro.

—¿Por qué los estoy mirando?

—Tengo que atrapar a tres de esos forajidos antes de que el *marshal* haya vuelto a Montana.

—¿Te propones reunirnos a todos antes de encerrarnos? Por mí estupendo. —Sonrió de oreja a oreja.

Degan no respondió, como era de suponer. Encontró su cartel y leyó la página de notas adjunta.

—Aquí pone que no fui a la escuela. —Frunció el ceño—. No es verdad.

—Seguramente no es más que una suposición basada en tu espantosa dicción.

Max arqueó una ceja.

—Sabes que me importa un bledo lo que opines de mi modo de hablar.

—Ya me he dado cuenta.

Había curvado levemente los labios y ella no supo si sonreía realmente. Seguramente no, pero no cabía duda de que su tono había sido irónico.

—También pone que solo tengo quince años. Esta información no procede de Tejas. Tu amigo la obtuvo seguro de uno de los granjeros de por aquí con los que comerciaba.

—Puede que sí, porque sabía que estabas por esta zona.

—«Max Dawson —leyó ella en voz alta— es más peligroso de lo que aparenta ser.» ¡Qué gracia!

—Pero es muy cierto. —Degan se frotó la zona de la barbilla donde lo había golpeado con la bota.

Max puso los ojos en blanco y dejó de mirar los carteles. Se había cruzado con dos de aquellos tipos en sus viajes. A otros tres los conocía de oídas. Solo por uno ofrecían una recompensa tan elevada como por ella. Se trataba de Charles Bixford, un tipo que había asesinado a quince personas, también conocido como Red Charley. La enfureció que la compararan de alguna manera con aquel hombre tan cruel y peligroso. No tenía sentido, ni siquiera si Carl había muerto a causa de la herida del disparo. ¿Por qué estaban tan empeñados los de Bingham Hills en que volviera? ¿Y por qué le decía su abuela que regresara a casa si habían puesto un precio tan alto a su cabeza?

—¿Qué saco yo de ayudarte? —le preguntó malhumorada.

—Aún no lo he decidido.

¿Qué demonios significaba eso? Claro que no se lo diría aunque se lo preguntara, así que no se lo preguntó, pero no iba a ayudarlo tampoco, porque era evidente que aquel hombre significaba para ella la muerte. Así que devolvió los carteles a la cartera y la dejó junto a la maleta. Se cruzó de brazos, desafiándolo a pedirle de nuevo ayuda para poder reírse en su cara.

Degan no le dio ocasión de mofarse de él. Seguramente pensó que no iba a ayudarlo porque vio que había alzado la barbilla con terquedad, así que no volvió a mencionar el asunto de los carteles. Simplemente dejó los útiles de afeitado y recogió sus cosas y el abrigo de ella.

—Vamos —dijo luego.

Max empezaba a detestar aquella palabra, así que no se movió.

—Antes dame el abrigo —le pidió, tendiendo la mano hacia él.

—No. —Se puso el abrigo al hombro—. Vas limpia. Permanece así un tiempo. No te hace falta ocultar que eres una mujer cuando vas conmigo —añadió, viendo que ella seguía sin moverse—. Además, el chaleco sirve para eso.

Le daba mucha rabia que tuviera razón. De todas formas, el *sheriff* iba a darse cuenta de que era una mujer o, lo que era más probable, se lo dirían, así que no tenía sentido discutir por una causa perdida.

Cedió, pero puesto que parecía que Degan se marchaba definitivamente del hotel, le pudo la curiosidad.

—¿Te has olvidado de la reunión de mañana con ese detective? —le preguntó.

—Los desconocidos no dictan mi horario. Si es importante, ese detective puede alcanzarme. Si no, entonces no tiene importancia.

—Las cosas se hacen a tu manera o no se hacen, ¿verdad?

No le respondió, pero no la sacó inmediatamente del hotel. Una vez más, paró en el mostrador de recepción y Max aprovechó la última oportunidad de escapar. Tiró al suelo sus cosas y salió disparada por la puerta mientras Degan pagaba la cuenta y, quizá, le dejaba una nota al detective. Esperaba notar el pinchazo de una bala suya en cualquier momento. Incluso era posible que ya le hubiera disparado y que no lo notara porque el corazón le martilleaba en los oídos. Nada la detuvo, sin embargo, así que siguió corriendo.

En aquel pueblo había centenares sino miles de lugares donde ocultarse hasta que oscureciera. Luego podría colarse en el establo y coger su caballo. Estaría muy lejos antes de que amaneciera. Eligió el único lugar donde Degan no la buscaría, su propio hotel.

Se apresuró por la parte trasera del gran edificio y se aseguró de que Degan no la seguía antes de colarse por la puerta de servicio. Tardó un momento en normalizar la respiración y el pulso y sonrió de oreja a oreja. ¡Lo había logrado! ¡Había sido más astuta que el zorro!

—Qué predecible eres —comentó Degan a su espalda.

—¡No puedes haberme visto entrar! —le espetó Max sin volver la cabeza.

—No me ha hecho falta. Sabía que no te escaparías sin el jabón.

¿Estaba bromeando? Le pareció que el pistolero encontraba divertida la situación y eso le dio mucha rabia. Sin contestarle, giró sobre sus talones dándole al mismo tiempo un fuerte codazo para volverse luego del todo y arrearle un puñetazo donde más le iba a doler. Por desgracia, Degan paró el golpe que le hubiera permitido escapar otra vez. La sujetó con toda la fuerza de su brazo por los hombros y la obligó a caminar por el hotel. Max sabía que no lograría zafarse, pero aun así lo intentó, forcejeando a lo largo de todo el vestíbulo.

Suponía que tendría que haberle estado agradecida por no haberle disparado la bala prometida. Claro que no la había tenido en el punto de mira. ¿O sí? A lo mejor la había visto antes de que doblara la esquina del edificio, lo que le habría permitido deducir que volvería a entrar en el hotel. No había otro lugar en aquel callejón donde pudiera haberse metido. ¿Habría reprimido las ganas de dispararle? Aunque eso daba igual, porque de todos modos la había atrapado..., otra vez.

La soltó cuando llegaron al mostrador de recepción, pero la siguió con la mirada cuando ella fue a recoger las alforjas, que seguían en el centro del vestíbulo, donde las había dejado caer. Max calculó la distancia entre ella y Degan, luego miró la puerta. Así que fue la primera en ver a la monada que estaba entrando. Con un recogido de bucles y rizos coronado por un sombrerito adorable, vestida con numerosas capas de seda y encaje y un abrigo que formaba un polisón. Iba lo bastante elegante como para asistir a un baile. Era la primera vez que Max veía una mujer así.

La joven se detuvo de golpe cuando vio a Degan, con unos ojos abiertos como platos. Max se estaba acostumbrando a aquella reacción. La dama seguramente daría media vuelta para salir por...

—¿Degan? —preguntó en cambio—. ¿Degan Grant? Por fin te encuentro, querido.

15

Degan no creía lo que veían sus ojos. ¡Aquello era de locos! ¿Allison Montgomery en Helena? No estaba seguro de volver a verla nunca, pero allí estaba ella, mirándolo, tan hermosa como recordaba. Los recuerdos lo asaltaron, los buenos y los malos. Pero el último prevaleció porque lo había perseguido desde el principio. Se cerró a ese recuerdo, y a ella. Entonces se dio cuenta de que Max no estaba.

Corrió por la calle hasta el establo donde había dejado los caballos. Esperaba pillarla ensillando el suyo, pero tendría que haber previsto que no sería tan tonta. No se habría arriesgado a perder el tiempo que tardaría en hacerlo cuando no podía contar con que estuviera distraído lo suficiente, y no lo había estado. Sin embargo, la aparición de Allison Montgomery lo había desconcertado lo bastante para que Max se escabullera sin que lo advirtiera.

Le dijo al encargado del establo que vigilara a *Noble* y le dio más dinero para que se asegurara de que no lo robaran. Max querría salir del pueblo, así que tarde o temprano intentaría recuperarlo. No se llevaría ningún otro. Aquella chica se negaba a gastar un dinero que no era suyo, así que seguro que no robaría un caballo. Aunque, eso sí, podría engatusar a algún tío para que le permitiera cabalgar con él.

Aquella idea lo puso furioso, aunque nada en comparación

con la furia que sintió cuando Allison entró en el establo. No tendría que haber estado allí, en Helena. Se había marchado al Oeste para estar seguro de no volver a cruzarse con ella. Los recuerdos lo asaltaron de nuevo. «Piensa en Max», se dijo. Max, asesina o no, era una bocanada de aire fresco en comparación con su pasado. ¿Y dónde demonios se escondería a esperar que dejara de buscarla?

—Te marchaste sin decirme ni una sola palabra —le dijo Allison, incrédula—. ¿Por qué, Degan?

Degan le dio la espalda y fue hacia la puerta del establo.

—No sé qué haces aquí ni me importa. Vete a casa, Allison.

—Estoy aquí por ti.

—Entonces pierdes el tiempo.

—Éramos amigos antes de ser novios. Y sigo siendo tu prometida.

—¡Ni lo sueñes!

—No puedes seguir reprochándome lo de esa noche. ¿Después de todos los años que he estado esperando tu regreso?

—¿Esperándome fielmente? ¿Esa va a ser tu próxima mentira?

—¡Te he estado buscando! He contratado muchos detectives. Todos volvían con rumores estúpidos de que te habías hecho pistolero y que te dedicabas a matar gente. ¡Menuda memez! Ni te imaginas a cuántos he despedido por incompetentes.

—No es eso lo que se dice por ahí.

—Francamente, me da igual cómo quieras llamarlo. Nadie lo creyó, por supuesto. Bueno, tu hermano sí. Flint encuentra gracioso, irónico de hecho, que hayas elegido las armas cuando siempre las has detestado. Insistía en que eso confirmaba que jamás regresarías. Pero yo no lo creí.

Lo había dicho en un tono triunfal.

—Picaré. ¿Cómo has llegado aquí?

—Un amigo me dijo que seguramente me estaba equivocando con el modo de buscarte. Me recomendó la agencia Pinkers o Pinkerers...

—¿La Pinkerton?

—Sí, esa. Tienen empleados en todo el país, por lo visto. Me ayudó un hombre muy amable que simplemente pasó unos cuantos días mandando telegramas a sus colegas. Al cabo de una semana me informó de que podría encontrarte en Nashart, un pueblecito de esta zona rural. Sin embargo, cuando llegué allí, me enteré de que ya te habías...

—¿Fue el que me envió un telegrama pidiéndome que nos reuniéramos mañana? ¿Era uno de tus detectives de la Pinkerton?

—Sí, pero solo fue para evitar que te marcharas del pueblo antes de mi llegada, y no estaba segura de poder conseguirlo. Ha sido un viaje agotador. Los Callahan me contaron que tenías la intención de seguir hacia el Oeste, en esta dirección, así que aproveché la ocasión de alcanzarte. Y aquí estamos.

Degan se dijo que sería la última vez que contaba sus intenciones a nadie, fuese o no amigo suyo.

—Ya te lo he dicho, Allison, pero supongo que voy a tener que repetírtelo. Has malgastado el tiempo viniendo hasta aquí.

—¡Pero si te he encontrado! Y no es solo por mí. Tienes que volver a casa antes de que no tengas un hogar al que volver. Flint está...

La interrumpió con brusquedad.

—No quiero oírlo. Me importa un rábano lo que pase en casa. Cuando corté con la familia fue para siempre.

Allison lo miró horrorizada.

—No lo dices en serio.

—Lo digo muy en serio.

Degan vio que lo miraba de la cabeza a los pies y que se paraba en el revólver.

—Has... Has cambiado.

—Tú no.

—Solías atender a razones.

—Solía hacer muchas cosas, ser un montón de cosas, un hijo responsable, un hermano cariñoso... un prometido fiel. Sin embargo, tú me lo arrebataste todo, ¿verdad?

—¡No tendrías que haberte marchado!

—¿Ah, no? ¿Quieres saber lo que habría pasado si me hubiera quedado?

Se le acercó despacio y le puso las manos sobre los hombros. Ella inmediatamente lo abrazó y alzó la cara, creyendo que iba a besarla. Degan la apartó. Fuera lo que fuese que podría haber hecho, la sensatez prevaleció y simplemente se marchó.

Dispararon cuando llegó a la puerta del establo. Un proyectil se incrustó en la pared, a su lado, demasiado cerca para ser una bala perdida. Empuñando el revólver, miró lo que pasaba fuera mientras la gente corría a refugiarse. ¿Una emboscada a plena luz del día? Tenía pinta de ser lo que Jacob Reed haría, y aquel tipo ya llevaba varios años tras él. Estaba tan deseoso de venganza por la muerte de su hermano que estaba dispuesto a morir para cargarse a Degan.

Allison también había oído el disparo y corrió a su lado. La agarró por el hombro y la empujó detrás de la pared.

—Agáchate antes de que te peguen un tiro.

—¿Y tú? ¡Qué lugar más espantoso! Esto no pasaría en Chicago, donde deberías estar, por cierto.

La ignoró y siguió buscando al tirador. Los tejados del otro lado de la calle estaban aparentemente despejados, pero había lugares donde esconderse. También había unas cuantas ventanas, sobre todo en el hotel, aunque el que disparaba podía estar en cualquier parte. Incluso era posible que se hubiera tratado de un accidente del que nadie se hacía responsable por vergüenza. Salió del establo para comprobar la teoría, pendiente de cualquier movimiento, pero no se produjo ninguno. Si alguien trataba de matarlo, no estaba dispuesto a hacerlo estando Degan preparado para responder. Además, ya había perdido demasiado tiempo. Tenía que localizar a Max.

Allison fue lo bastante sensata para no seguirlo esta vez, aunque eso no significaba que pudiera olvidarse de ella. Seguía más que sorprendido de haberla visto en Helena. ¿Por qué había recorrido una señorita perteneciente a una de las familias más ricas de Chicago una distancia semejante para encontrarlo? No tendría que haberle permitido hablar tanto o quizá debería haber controlado su temperamento y haberle permitido decir más. ¿Qué significaba eso de que debía volver a casa antes de que no tuviera hogar al que volver? ¿Estaba arruinando Flint a la familia porque no sabía manejar el dinero? ¿Quería decir que su padre había muerto? Si esas eran las noticias de Allison, no iba a permitirle ver que lo afectaban. Cuando se había marchado de casa, esperaba no volver a ver a su familia ni tener noticias suyas. No le importaba lo que les pasara. No solo había cortado los lazos con ellos, había arrojado lejos de sí las malditas cuerdas.

Antes de ir al burdel preferido de Max, se detuvo para poner un telegrama a un viejo conocido de Chicago.

La placa de John le fue muy útil en el burdel, impidiendo cualquier protesta que la madama pudiera hacer acerca de que registrara su establecimiento. Tardó un par de horas en hacerlo porque fue concienzudo. Registró todas las habitaciones mirando debajo de las camas, dentro de los baúles, de las alacenas y de los armarios, asustando a un par de clientes y a la mayoría de las mujeres, que iban más o menos desnudas o se estaban vistiendo apresuradamente. Sin embargo, estaba en lo cierto. Max era demasiado lista para volver al primer lugar en el que la buscaría. Así que, ¿dónde demonios se escondía?

Antes de empezar a registrar bares, cafés y callejones, volvió a la oficina de telégrafos a recoger la respuesta a su telegrama. Ni su padre ni su hermano habían muerto, y ambos estaban tan ocupados como hacía cinco años. Tramara lo que tramase Allison Montgomery, era cosa de ella, no de su familia, o al menos no concernía a su familia de un modo que tuviera que ver con él.

Degan se pasó el resto del día buscando a Max. Su frustración iba en aumento porque nadie la había visto salir corriendo del hotel. Nadie la había visto entrar en un bar ni en una tienda ni meterse en un callejón. ¿Cómo era posible? Dejó de enseñar su cartel de busca y captura cuando dos tipos desagradables lo oyeron hablar con el propietario de un establo que había a cinco manzanas del que usaba Degan. Los hombres le dieron las gracias por la información de que Max Dawson podía estar cerca, porque seguro que podrían dar un buen uso a los mil dólares de recompensa. No le hizo gracia la idea de que nadie que no fuera él atrapara a Max. Era su prisionera.

Esa noche, cuando volvió al hotel, no se encontró con Allison, pero vio a sus perros guardianes sentados en el vestíbulo, observándolo. Viajaba con dos guardaespaldas corpulentos y armados. No le dedicó ningún otro pensamiento oscuro.

A la mañana siguiente, Degan se levantó pronto para buscar por la otra mitad del pueblo. Ninguna de las personas con las que habló le dijo haber visto a Max Dawson, pero todas parecieron emocionadas de que un forajido por el que se ofrecía una recompensa tan abultada hubiera estado en el pueblo y le aseguraron que también estarían pendientes de Max. A primera hora de la tarde, cabalgó hasta la mina de oro más cercana para hablar con los mineros. Obtuvo la misma respuesta: nadie había visto a Max Dawson. Incluso se llegó hasta la barraca, con la idea de que podía haber encontrado a alguien que la llevara hasta ella. Sin embargo, el lugar estaba desierto.

De vuelta en el hotel, los perros guardianes de Allison seguían en el vestíbulo. El recepcionista le entregó una nota, que rompió en pedazos en cuanto vio que era de Allison. Mientras cenaba en su habitación, llegó a la conclusión de que Max se las había arreglado de algún modo para marcharse rápidamente del pueblo. Tenía recursos suficientes para haberlo conseguido sin su caballo. Detestaba admitirlo, pero estaba decepcionado. Todavía no había decidido lo que hacer con ella, pero había empezado a disfrutar de su compañía. Trataba de parecer un muchacho, pero cuando había cambiado polvo de oro por jabón había sido toda una mujer.

No tenía nada de taimada, prefería la osadía descarada. Su primer intento de seducirlo había sido de risa, aunque se hubiera sentido tentado. No había vuelta de hoja: se sentía atraído por ella. Las bravuconadas y el temperamento fogoso que no parecía saber controlar eran divertidos. Era tempestuosa, pero adorable. ¡Oh, sí! Más que eso. Era demasiado hermosa para su tranquilidad, por lo que debería haber estado contento de no ser capaz de encontrarla. Pero no lo estaba.

Sacó la cartera de John y empezó a hojear los carteles. No perdería más el tiempo en Helena. Tenía que empezar a hacer progresos para devolverle el favor a su amigo.

Se marchó pronto del hotel y fue a recoger su caballo. Se quedó mirando el castrado zaino de Max. Estuvo a punto de llevárselo, pero había conseguido eludirlo. Había sido mejor que él, con todas las de la ley. No iba a dejarla varada en aquel pueblo solo por su mal carácter, eso si seguía en él. Le dejó también el abrigo y las alforjas. Llegaba a cualquier extremo para ocultar quién era debajo de aquella prenda. La comprendía. Él había hecho lo mismo, solo que con un arma.

Tenía una bolsa de comida del hotel, la suficiente para varios días, pero necesitaba una cosa más antes de marcharse del pueblo: una botella de whisky. No estaba acostumbrado a salirse de los caminos trillados, pero la búsqueda de Kid Cade iba a exigirle pasar una o dos noches durmiendo al raso. Los días se estaban volviendo molestamente calurosos, pero las noches seguían siendo heladas, y un trago o dos de whisky le darían calor, así que se dirigió a un bar que sabía que estaría abierto a aquellas horas: el de Big Al.

Antes de entrar en el local, echó un vistazo al burdel de la acera de enfrente. Todas las ventanas estaban abiertas, pero en el edificio reinaba la calma. Las chicas seguramente dormían hasta tarde. Dos hombres, que por lo visto habían pasado la noche en el establecimiento, salieron dando traspiés. Cruzaron la calle hacia el bar en lugar de irse a casa, conversando amigablemente.

Degan los ignoró y entró a comprar su botella, pero se detuvo cuando ya se marchaba porque oyó a los dos tipos hablando de cuál de los dos iba a estar con la chica nueva del burdel de Chicago Joe.

—¿Cuándo ha llegado la chica nueva? —le preguntó a uno de los dos.

—Hace dos días, señor. Ya hay una buena cola para estar con ella, y la encabezamos nosotros.

—¿La han visto?

—Nadie la ha visto todavía, pero la madama dice que es la zorra rubita más bonita que ha puesto jamás los pies en Montana.

Degan se marchó del bar, guardó el whisky y fue con su caballo hasta el otro lado de la calle. Madama Joe estaba en el salón. ¿Dormía alguna vez aquella mujer? Estaba sentada en un sofá, con una taza de café en la mano, flanqueada por dos de sus chicas, vestidas apenas con la ropa interior y una bata abierta.

Joe le sonrió. También lo hizo una de las chicas, repasándolo de la cabeza a los pies. Degan sabía que la familiaridad solía calmar a la gente, y ya había estado tres veces en el burdel por culpa de Max, y sin matar a nadie. Así que las mujeres ya no lo consideraban una gran amenaza. Además lo tenían por un agente del orden.

—Empiezo a pensar que le gustamos, ayudante del *marshal* —ronroneó la madama—. ¿Hoy ha venido por placer o por asuntos de trabajo otra vez?

—Depende.

—¿De qué depende?

—De si a su chica nueva la busca la justicia o solo los clientes.

Joe soltó una carcajada y le guiñó un ojo.

—Esa dulzura es tan inocente como vino al mundo. Si de algo es culpable, es de ser demasiado guapa.

—Pasaré el día con ella.

—Todavía no está preparada. Se está entrenando.

—Entonces le enseñaré unas cuantas cosas. No me gusta esperar.

La madama frunció ligeramente el ceño como si estuviera a punto de discutir, pero cambió de opinión, se encogió de hombros y le indicó la escalera.

—Sírvase usted mismo. Es la segunda puerta de la derecha, pero no se queje si no queda satisfecho.

16

—Sí que te hace falta que te enseñen, ¿verdad, cariño? Tienes que tirar hacia abajo, no hacia arriba.

Max dejó de intentar subirse el apretado corsé de satén y miró a Candy, que estaba apoyada en la jamba de la puerta, abanicándose con una larga pluma rosa. A Candy le encantaba el rosa. Lo tenía todo de ese color. La falda corta con volantes que llevaba en aquel momento Max era suya. El corsé rojo oscuro era de Scarlet.

Las chicas de Chicago Joe formaban una gran familia. Reían y bromeaban y se peleaban, pero se ocupaban todas de todas, y además se consideraban afortunadas. No en todos los burdeles era tan agradable trabajar. En algunos abundaban las luchas internas y la competencia era despiadada. Sin embargo, Luella le había asegurado a Max que allí eso no ocurría. Todas las chicas eran bien recibidas y muchas habían insistido en prestarle ropa hasta que ganara lo bastante para comprarse la suya.

Max disfrutaba probándosela. Nunca había usado colores tan vivos ni vestidos con la falda tan corta ni el cuerpo tan escotado. Tampoco ropa interior que le realzara las curvas. Con ella parecía una persona distinta, tan distinta de como era en realidad que no pudo evitar reírse... de sí misma. La mayoría de las prendas le quedaban demasiado apretadas, demasiado holgadas o demasiado cortas; solo unas cuantas le iban bien. Tuvo que recordarse que solo tendría que llevarlas unos cuantos días.

Las chicas no solo iban a verla para prestarle ropa sino también para aconsejarla acerca de cómo tratar y complacer a un hombre.

—No los vuelvas locos —le había advertido Scarlet en una de aquellas visitas—. A veces resulta interesante, pero normalmente no lo es.

—¡Y halágalos! —había añadido una chica gordita y bajita llamada Sue Annie—. A los hombres les encanta creerse especiales aunque no lo sean.

—Eso puede volverse en tu contra. —Candy había soltado un bufido—. Así que no te alejes demasiado de la verdad.

Max se había ruborizado y un par de veces se le había escapado un «¿en serio?». Luella había tratado de echar a las chicas de la habitación, insistiendo en que le enseñaría a Max el negocio. Las otras, sin embargo, solo intentaban ayudar, porque no sabían que Max solo usaba el burdel como escondite temporal. Así que no podía decirles que la dejaran sola sin más.

No era así como había pretendido esconderse allí cuando se había colado dentro después de escapar de Degan. Temía que aquella hermosa mujer que lo había llamado «querido» no lo distrajera el tiempo suficiente. Pero sí que lo había entretenido. Max había podido salir otra vez del hotel, aunque en esta ocasión se había puesto una chaqueta del vestuario de los empleados para tener otro aspecto cuando Degan la buscara. Manteniendo la cabeza gacha y yendo por los callejones traseros para que nadie la viera, se había dirigido directamente al burdel, por cuya puerta trasera había entrado. Luego había subido por las escaleras de atrás hasta la habitación de Luella.

Max seguía aterrorizada, segura de que Degan llegaría en

cualquier momento, pero tenía que pedirle dinero prestado a Luella para marcharse del pueblo. Su amiga la había desvestido y le había puesto un vestido, porque tenía un plan. Max se escondería donde el ayudante del *marshal* jamás iría a buscarla: entre las chicas de madama Joe. Max sabía que era arriesgado, pero lo habría sido cualquier cosa que hubiera intentado para evitar a Degan hasta que este se marchara del pueblo.

Luella había llamado a unas cuantas chicas para que la conocieran, pero sin contarles su plan. Lo había sincronizado todo perfectamente porque, cuando había oído que Degan se acercaba a su habitación, le había puesto sobre la cabeza un vestido a Max para que pareciera que estaba vistiéndose, y había funcionado. ¡Solo le había visto las piernas! Ni siquiera había visto a Luella esconderse detrás de las chicas que rodeaban a Max, de modo que tenía que haber creído que era a Luella a quien estaban ayudando a vestirse. Después de registrar su armario, se había marchado a otra habitación. Cuando por fin se había ido del burdel, Luella había terminado de vestir a Max y se la había presentado a madama Joe como una vieja amiga que quería empezar en el negocio. La madama había estado más que encantada de darle la bienvenida e incluso le había concedido a Max unos cuantos días de entrenamiento antes de ponerse a trabajar y le había asignado una de las habitaciones que sobraban.

Estando Max tan ansiosa por seguir escapando de Degan y de la justicia en general, la desconcertaba que las chicas entraran sin llamar en su habitación, como acababa de hacer Candy.

—Joe no va a esperar más —le advirtió esta—. Tiene una cola de hombres esperando por ti.

Max se puso pálida.

—Solo llevo aquí dos días.

Candy ahogó una risita, se le acercó y le bajó el corsé rojo.

—Así está mejor. No hacen falta muchos días para aprender cómo satisfacer a un hombre. No sé en qué estaría pensando Luella para sugerir que necesitarías tantos.

Max lo había querido así. Quería estar completamente segura de que Degan se hubiera marchado antes de largarse ella de aquel pueblo. A lo mejor debía irse aquella misma noche, antes de que la madama descubriera el engaño y le mandara a un hombre. Era una idea desalentadora, sin embargo. Tendría que marcharse a pie, y sin armas. Aunque el caballo siguiera en el establo, no se atrevía a ir a recogerlo, porque Degan podía haber dejado a alguien vigilándolo con la esperanza de que ella apareciera. ¡Maldito Degan Grant!

En cuanto Candy se marchó, Max se miró los pechos y vio lo que la chica consideraba «mejor». Soltó un bufido. ¡Casi enseñaba los pezones! Volvió a subirse la tela, tirando fuerte, enfadada de que ni siquiera así tapara lo suficiente. Habría dicho que un poco de misterio azuzaría el deseo de los hombres, pero no, era más que evidente que aquellas chicas creían que enseñar la mercancía era la mejor manera de seducirlos.

—No hagas eso por mí.

Max contuvo la respiración. Habría conocido aquella voz en cualquier parte. Alzó la vista y vio lo enfadado que estaba, luego inhaló despacio.

Ver a Degan mudo de sorpresa por la aparición de aquella dama elegante en el hotel no había tenido precio. Reía para sí cada vez que se acordaba, porque le había permitido escapar. Ahora no se reía, aunque él volvía a parecer sorprendido... por su vestimenta. Estaba evaluando sus piernas largas, prácticamente al aire porque la falda rosa le llegaba solo hasta medio muslo, los brazos y los hombros desnudos y medio pecho también. Había pasado un poco de vergüenza durante los últimos dos días con las bromas que le hacían las chicas y el modo franco en que hablaban de sexo, pero no había sido nada en comparación con lo avergonzada que estaba en aquel momento.

No se había puesto colorado solo de furia porque la hubiera atrapado de nuevo. Él también tenía que estar enfadado de que se le hubiera escapado y hubiera logrado eludirlo dos días enteros. No lo demostraba simplemente porque estaba demasiado ocupado desnudándola con los ojos. De no haberse tratado de Degan, habría jurado que lo atraía.

Cruzó los brazos.

—Se suponía que no ibas a volver.

—¿A volver? —Entró despacio en la habitación.

Habría sonreído de no haber estado tan enfadada con él.

—Pasaste por delante de mí el otro día, cuando registrabas el burdel.

Degan arqueó una ceja.

—¿Dónde estabas escondida?

No iba a decírselo. Si sentía curiosidad, se volvería loco tratando de descubrirlo. Pero pasó completamente.

—Me tapé la cabeza con un vestido, así que solo me viste las piernas —admitió por fin.

Él le miró las piernas.

—No sabía que las tuvieras tan torneadas. Tuviste suerte de no tener el pecho al aire, porque no me he olvidado de su aspecto.

Max no pudo evitar sentirse mortificada y enfadada al mismo tiempo, así que dejó de cubrirse el pecho el tiempo suficiente para darle un puñetazo. No le salió demasiado bien. La agarró. Ella forcejeó para soltarse. Todavía podría darle un puñetazo decente si conseguía apartarse lo suficiente de él, pero tampoco conseguía eso. Al final cayeron ambos en la cama, o él la empujó para que cayera y la siguió en la caída, no estaba segura. Inmediatamente se cubrió los pechos con los brazos, con lo que atrajo la atención de Degan precisamente hacia ellos.

—No escondas la mercancía por la que he pagado.

Max jadeó. ¿De verdad creía que estaba allí para eso?

—Si quieres una mujer, hay media docena al final del pasillo —le dijo rápidamente.

—¿Y si solo te quiero a ti?

Aquellas palabras la envolvieron como una brisa cálida. Habría sido demasiado fácil abrirle los brazos a aquel hombre, pero él no negociaría. Intentó que lo hiciera la noche que la había capturado y no le había interesado. Había estado dispuesta a cerrar un trato el día anterior por la mañana, pero lo único que había querido él había sido que se diera un baño para entregarla limpia al *sheriff*.

—¡Qué lástima!

Se apartó de él para levantarse de la cama. Él se lo permitió, pero antes de que pudiera darse la vuelta se situó detrás de ella y le acarició el vientre despacio, describiendo círculos con los dedos, atrayéndola hacia su pecho.

—Alza los brazos y pon las manos en la nuca —le ordenó.

—¿Me estás arrestando?

—Luego. Ahora quiero acceder directamente a tus... encantos.

Antes de que pudiera recuperarse de la impresión, Degan deslizó las manos hacia su pecho y se lo apretó con suavidad. ¡Dios! Una oleada de calor la inmovilizó momentáneamente. Las rodillas le temblaron. Tuvo que inspirar profundamente varias veces. Tuvo que hacer acopio de toda su fuerza de voluntad para darse la vuelta y que dejara de acariciarla de aquel modo, pero cuando lo miró a los ojos y vio la pasión en ellos se excitó todavía más. Retrocedió, vacilante, y se apartó de él para no ver aquella mirada sensual. De nuevo, él se lo permitió.

—Así que te estás entrenando pero no has practicado todavía con ningún hombre —comentó Degan.

Max notó que lo decía con sorna. Él quería que lo notara. ¿Se estaba burlando de ella o restregándole por la cara el escondite que había elegido?

Probablemente lo segundo, dado lo que dijo a continuación.

—¿Es así como te escondes? ¿Permitiendo que la madama anuncie que tiene una rubita nueva en el menú?

Se volvió y lo fulminó con la mirada.

—¡No tenía que hacerlo!

—¿Por qué no? Entiende de negocios. Pero si pensara en serio que te dedicas a este negocio te pondría sobre mis rodillas y te daría una buena tunda.

Ese era el Degan que conocía, frío y despiadado.

—De eso no vas a tener ocasión..., nunca.

—No puedes elegir, Maxie. Tenemos que irnos. Ponte tu ropa o te sacaré de aquí con lo puesto. La verdad es que da lo mismo.

—Me cambiaré —refunfuñó Max—. Sal un momento.

—Ni lo sueñes. La habitación tiene una ventana y una puerta. No vas a salir ni por una ni por otra sin mí.

Max no había apretado la mandíbula en el tiempo que llevaba lejos de él, pero volvía a hacerlo. En la pequeña habitación no había un biombo tras el cual pudiera cambiarse. Aquello era un burdel. Nadie escondía nada. Sin embargo, se negaba a darle a Degan el espectáculo.

Abrió de par en par el armario, cogió el sombrero y se lo encasquetó. Tenía ganas de gritar. ¡Había estado tan cerca de evitar la cárcel! Incluso había decidido marcharse ya del pueblo. Se habría ido esa misma noche.

Se preguntó si dando un grito madama Joe mandaría a dos matones al piso de arriba a darle una paliza a Degan. Su función era evitar los altercados. Podría escabullirse mientras lo tuvieran entretenido. Pero no, les pegaría un tiro en menos que canta un gallo.

De espaldas a Degan, se puso los pantalones y se los subió antes de quitarse la faldita para dejarla caer al suelo.

—¿Te importa si lo cojo prestado?

Max oyó a Scarlet y por un segundo creyó que se refería a Degan, pero cuando la miró vio que estaba recogiendo la falda rosa, aunque sin quitarle ojo a él. Ni siquiera dejó de mirarlo con admiración cuando le susurró:

—¡Buen trabajo! Cuando acabes con él, mándamelo a mi habitación.

Max protestó.

—¡No es mi cliente!

Sin embargo, Scarlet rio entre dientes y se marchó con la falda en la mano y los ojos aún puestos en Degan. Max trató de no rechinar los dientes y terminó de vestirse, poniéndose la camisa encima del corsé rojo antes de aflojarle los cordones y dejarlo caer al suelo también. Luego se abrochó la camisa y se metió los faldones dentro de los pantalones. Lo demás fue rápido una vez vestida. Recogió las alforjas antes de volverse hacia él.

—¡Qué decepción! —comentó Degan quitándole las alforjas de las manos.

¿Volvía a burlarse? Vestida con su ropa, se sentía nuevamente ella misma y no iba a permitir que la llevara a la cárcel sin luchar.

De repente, Luella entró en la habitación. Como una gallina clueca se interpuso entre ambos.

—¿Cómo eres capaz? —le chilló a Degan—. ¡No es ninguna delincuente! ¡No puedes dejar que la cuelguen siendo inocente!

Su expresión siguió siendo inescrutable, por lo que seguramente Luella supuso que estaba gastando saliva en vano. Agarró a Max y la abrazó y se echó a llorar, tan fuerte que atrajo a unas cuantas chicas a la habitación. Max intentó consolarla, pero también estaba al borde de las lágrimas, porque se daba cuenta de que nunca volvería a ver a su amiga. Las lágrimas eran contagiosas, porque las demás se pusieron a llorar.

Degan, más que exasperado, agarró a Max del brazo para apartarla de Luella y la sacó del cuarto. Todas los siguieron, sin embargo, llorando más fuerte. Entonces Max oyó el grito de Luella.

—¡No te atrevas a hacerle daño!

—No te preocupes. La señorita Dawson tendrá exactamente lo que merece —le respondió Degan en un tono que no prometía nada bueno, sin detenerse.

17

—Nos vamos a Butte —le dijo Degan al oído.

«¿Los dos?» Estaban a una manzana de distancia del bur-del. Max dejó de forcejear inmediatamente, aunque no tenía ni idea de a qué se refería. ¿Por qué no se lo había dicho antes? Dos días antes, cuando había dejado la habitación del hotel. Su falta de comunicación iba a ser su ruina, la de Degan, uno de esos días.

Pero no le estaba dando simplemente esperanzas para que dejara de resistirse. La llevó directamente al establo a recoger a *Noble*. No tuvo más que un momento para abrazar a su caballo y alegrarse de haberlo recuperado. Enseguida Degan le ató las manos con una cuerda. Le sorprendía que hubiera tardado tanto en atarla. Puesto que había escapado, sabía que no iba a confiar en ella lo bastante para no tenerla siempre al alcance de la mano. Podía montar, sin embargo. Él llevaba las riendas y la sacó del pueblo por el camino del sur, el que iba hasta Utah y se usaba para transportar suministros a Monta-na desde el lejano Oeste.

Esperó hasta que Helena quedó atrás para manifestar su curiosidad.

—¿Tú y el *sheriff* de Helena no os lleváis bien? ¿Me entregarás a otro?

—Esta noche llegaremos a Butte.

—¡Está a más de sesenta kilómetros!

—A unos treinta, más o menos. Si has leído las notas del *marshal*, sabrás que a Kid Cade se le vio por última vez por Butte.

—¿Vas a reunirnos a los tres antes de encerrarnos?

No le respondió, pero Max se dio cuenta que tampoco le había respondido a ninguna de las dos preguntas anteriores. De haber llevado las riendas, se habría detenido allí mismo. Sin embargo, no podía permitirse aquel lujo. Además, empezaba a darse cuenta que hablar con él no era solo muy exasperante sino más problemático de lo que merecía la pena. Así que lo dejó y se limitó a disfrutar. Por la razón que fuera, todavía no estaba en una celda.

Degan había dejado pacer los caballos después de ir un rato a medio galope y antes de ponerlos al trote y luego al paso. Iban por tanto a buen ritmo sin cansar a los animales, así que hasta media tarde no se detuvieron a descansar. A Max le protestaba el estómago de hambre desde hacía una hora, pero seguía sin decir ni pío y así tenía intención de seguir hasta que él se dignara hacerle alguna pregunta, para tener el placer de no responderle. Un plan escrupulosamente planeado...

Degan los llevó a un pequeño otero con bastantes árboles de hoja perenne y algunos más pequeños en flor, así como arbustos esparcidos aquí y allá. Estaba tan alejado del camino que no lo veían ya. Hasta el momento se habían cruzado con unos cuantos jinetes, la mayoría iban o venían de las minas de oro del sur de Helena, con unos cuantos carros, una carreta tirada por bueyes y, pasadas las minas, con un par de vaqueros que parecían más bien vagabundos y que se habían apartado del camino para evitar a Degan. Max se había reído disimuladamente; Degan no había dado muestras de notarlo.

Cuando le hubo desatado las manos, Max desmontó y estiró las piernas andando en círculos por el otero, para que Degan no creyera que estaba a punto de escaparse. En las zonas donde daba el sol, la hierba estaba llena de bocas de lobo de color púrpura y de rudbeckias. Max vio pasar una diligencia más abajo, en el camino. Afortunadamente, ella y Degan acababan de evitar que los pillara el polvo que levantaba. Se preguntó por los pasajeros. Aquella era una ruta importante para los colonos que llegaban al territorio. La etapa del camino iba desde la ciudad de Virginia, al sur, y Fort Benton, en el río Missouri, al norte. Habían pasado por el pequeño pueblo de Boulder hacía menos de una hora. La población había crecido alrededor de una de las paradas de la diligencia. Boulder se encontraba a mitad de camino de Butte, así que no llegarían allí hasta el anochecer, porque el sol se ponía cerca de las nueve en esa época del año.

Degan desataba un zurrón de la silla de montar. Max se habría ofrecido a cazar algo para comer de no haber estado completamente decidida a no volver a hablar con él. Olió el pan fresco antes de que sacara la hogaza del zurrón. Lo partió en dos y le lanzó la mitad. Luego sacó un queso y también lo partió.

—¡No me lo lances! —Max se adelantó para quitárselo de las manos.

Esperó por si sacaba algo más del zurrón, pero Degan se puso a comer, así que se sentó al pie de un roble y apoyó la espalda en el tronco antes de empezar a comer ella también. Era una comida sencilla, pero le supo a gloria. Pocas veces tenía pan y queso para comer, así que disfrutó hasta la última migaja.

Degan terminó antes y abrió la cartera de piel de su amigo para sacar los carteles. Se acercó al árbol bajo el que estaba sentada y se acomodó a su lado. Sus hombros casi se tocaban, pero Max no se movió.

Saciada y arrullada por el canto de los pájaros y el zumbido de las abejas, olvidó momentáneamente su voto de silencio.

—¿Qué intentas deducir? —le preguntó, mirando los papeles que Degan sostenía.

—Ya te dije que tengo que reunir a tres como tú antes de poder dar por saldada mi deuda con John y seguir mi camino.

Max decidió que redundaría en su beneficio que Degan tuviera otros forajidos a los que apresar en el caso de que consiguiera encontrar la manera de librarse de ser uno de los tres elegidos, así que renunció a su decisión de no ayudarlo y le quitó los carteles de las manos.

Los fue pasando y escogió uno.

—Este tipo se escondía en Colorado. Estuvo en el territorio el tiempo suficiente para que lo viera dos veces en ocho meses. Iba con una chica joven en ambas ocasiones. Me pareció más un hombre de familia que un ladrón de bancos.

—Las apariencias engañan.

Max lo miró enfurruñada, porque sabía perfectamente que lo decía por ella. Sin embargo, Degan estaba mirando el cartel que le había enseñado, así que le indicó otro.

—De este Bixford al que llaman Red Charley he oído hablar unas cuantas veces, con temor. El modo que tiene de matar, haciendo volar los edificios con la gente dentro... No lo ves venir. Por eso todos esperan que lo atrapen antes de que se deje caer por los alrededores.

—Es un método de asesinato poco común.

Degan no hizo más comentarios sobre el sanguinario forajido, así que sacó otro cartel para enseñárselo.

—Este compartió campamento conmigo a principios de esta primavera, cuando yo estaba recorriendo sin prisas Wyoming. Paré para cazar la cena antes de que oscureciera. Cacé un conejo y pesqué dos truchas que puse a asar. El olor lo atrajo.

—¿Pescas?

—Normalmente no, al menos desde que me marché de casa. Solía llevar una red pequeña encima hasta que tuve que levantar el campamento apresuradamente una noche y me la dejé. Sin embargo, todavía la tenía aquel día, cuando seguía un arroyo lleno de peces. Sea como sea, aquel tipo parecía hambriento y seguramente lo estaba, porque estábamos muy lejos de cualquier población y a mí me sobraba comida para compartir. No sabía que estuviera en busca y captura. No reconocí su nombre cuando me lo dijo. Parecía bastante inofensivo y viajaba solo.

—Así que tienes por costumbre acoger a cualquier solitario que se te acerque.

Max detectó un matiz de desaprobación en su comentario. Evidentemente no sabía lo que era tener que evitar a toda alma viva, no ver ni hablar con nadie durante meses.

—¡Dios, no! Pero, como ya habrás deducido, me gusta hablar, y llevaba una eternidad sin hablar con nadie excepto conmigo misma y con *Noble,* y no es que *Noble* me responda precisamente, así que hice una excepción. No pegué ojo en toda la noche. No soy tan confiada. Pero se marchó por la mañana y me quedé un día más en el campamento para recuperar las horas de sueño.

—Supongo que te enteraste de algo acerca de él, puesto que me lo has mencionado.

—En las notas pone que fue visto por última vez en Arizona, pero él me dijo que pasaría el invierno en Montana, para librarse del embrujo de la fiebre del oro. Vino del norte y se dirigía al sur cuando se marchó, pero dijo que se dirigía a casa, a Kansas, donde su hermano tenía una granja. Puedes añadirlo a las anotaciones de tu amigo, a menos que creas que también te miento sobre eso.

Degan no le dijo ni que sí ni que no.

—¿Algo más? —se limitó a preguntarle.

—Sí. Willie Nolan y su banda ya no asaltan trenes en Kansas. Ahora él y sus chicos prefieren la línea Northern Pacific, en el territorio de Dakota, al este de aquí.

Degan le quitó el cartel de las manos.

—¿En serio?

—¿Te resulta interesante?

—A una amiga mía le robaron en el tren de camino a Nashart este mismo año.

¿A una amiga? Así que tenía una amiga en cada pueblo, tal como había supuesto. Aquello la molestó, no sabía muy bien por qué. Desde luego, no le hacía falta ningún motivo para estar molesta con Degan Grant. Le costaba más encontrar uno para no estarlo.

Aquella mención a la amiga le recordó a la que, sin proponérselo, la había ayudado a ella a escapar.

—¿Quién era la dama elegante que se alegró tanto de verte en Helena?

Por fin la miró, aunque hubiera preferido que no lo hiciera. Notó la frialdad que emanaba de él de un modo casi físico.

—Nadie que importe.

—¿En serio?

Degan no tenía intención de darle ninguna explicación.

—¿Cómo sabes que la banda de Nolan está en Dakota? —le preguntó en cambio.

—¡No te atrevas a acusarme de robar trenes! —le gritó.

—Era una simple pregunta, Max.

¿Estaba siendo quisquillosa? Soltó un bufido.

—Oí a un par de mineros hablar de eso cuando fui a una mina de Helena a intercambiar caza por un poco de combustible para el farol. Uno de ellos se había trasladado a Montana por la Northern Pacific y fue testigo de uno de sus robos. Vivía en Kansas e identificó a dos de los ladrones como miembros de la banda de Nolan.

—Es a Will Nolan a quien persigue la justicia. ¿Lo vio el minero durante el robo?

—Ni idea. Solo lo oí contarle a su amigo, que se marchaba del territorio, que no llevara nada en ese viaje en tren que le importara perder o que tomara otra ruta para viajar. Por eso le contó toda la historia del robo que había sufrido en el tren y de quién lo había cometido.

Ambos oyeron a la cuadrilla por la carretera del norte al mismo tiempo. Fin de la suspensión de su ejecución. Uno de los agentes de la ley seguramente la había reconocido mientras se marchaban a caballo de Helena.

—No pongas ésa cara —le dijo Degan levantándose—. No te buscan a ti.

—¿Cómo lo sabes?

—Reconozco ese semental blanco. Jacob Reed tiene uno igual.

—Nunca había oído hablar de él. ¿Quién es?

—Le disparé a su hermano hace unos años. Fue un duelo justo. Jacob estaba allí y sabe que lo fue, pero siente un deseo irrefrenable de matarme a pesar de todo. Ese día lo intentó y me persiguió a lomos de su semental.

—¿Y sigue vivo?

Degan se encogió de hombros.

—Estaba furioso de pena. No iba a matarlo por eso. Esperaba que un par de heridas de bala lo hicieran entrar en razón, pero solo volvió al pueblo para ir al médico. Me enteré el año pasado de que desde entonces me ha estado siguiendo.

—Y de cerca, por lo que se ve. O a lo mejor hoy no va tras de ti.

—No cuento con eso. Llevo demasiado tiempo en Montana y mucha gente lo sabe. Alguien me disparó en Helena. Tengo el pálpito de que pudo ser Reed. Escóndete detrás del árbol. —Desplazó los caballos un poco más abajo, al otro lado del otero—. Será mejor que no me enfrente a Jacob y sus amigos mientras te lleve conmigo.

—¿Temes que me alcance una bala perdida?

—No. Temo que te aproveches cuando esté distraído, que huyas y verme obligado a dispararte.

Max soltó una risita.

—Claro que huiría, pero podría haberme ocupado de tu problema con ese Reed si me hubieras dejado alguna bala de rifle en las alforjas. Podría haberlos derribado a los cinco cuando pasaban.

—Entonces ¿eres una asesina?

¿Parecía decepcionado? ¿Él? Max bufó.

—Le doy a cualquier cosa contra la que apunto, y una herida los habría devuelto a Boulder, al médico más próximo.

—O dado pie a un tiroteo que habría durado hasta la noche.

Max tuvo que reconocer que esa habría sido una posibilidad si no hubiera disparado para herirlos de gravedad.

—Hay un sendero aquí cerca que nos llevará por las colinas directamente hacia el sur. Encontraremos un par de lagos de buen tamaño por el camino.

—¿Cómo conoces tan bien el oeste del territorio? Creía que habías venido de Wyoming.

—Así es, pero estamos a solo unas cuantas horas a caballo de la barraca donde me instalé. No podía arriesgarme a ir a Helena más de una vez a la semana, así que me mantuve ocupada explorando. Resulta útil saber dónde hay barrancos, grandes ríos y lagos. Puede que tardemos una hora más o así en poder volver a ir hacia Butte, pero por el sendero de las colinas evitaremos a esa banda que va por la ruta principal.

—También podemos esperar aquí un poco más.

—O puedes ir a matar a Jacob Reed y acabar con esto de una vez. Además, en realidad no vas a encontrar a Kid Cade en Butte. Sabe que está en busca y captura, así que evitará los pueblos como hacía yo. Si anda por la zona, estará cerca de donde haya agua, y hay mucha entre aquí y Butte, justo al este de la carretera por la que van tus amigos. Es probable que acabes buscando por esta zona de todas formas. Quién sabe. A lo mejor tienes suerte y esta noche puedes entregarnos a los dos al *sheriff* de Butte.

—Monta.

Max echó un vistazo al otro lado del árbol para asegurarse de que Reed y sus amigos se hubieran marchado antes de acercarse al caballo. Degan la agarró del brazo y tiró de ella hacia su palomino.

—¿Qué...?

—No puedes dirigir la marcha si voy tirando de ti.

¿Cabalgar con él? Retrocedió sin mirar dónde ponía los pies. Tropezó con una roca, se cayó y rodó un trecho, aplastando flores. Las bellotas caídas del roble se le clavaron. No solo eso. Oyó las abejas antes de notar los picotazos y le entró el pánico al primer aguijonazo. Se puso a dar saltos y manotazos, en la cara, en los brazos, en la cabeza, en las piernas. Creyó haberse librado de todas hasta que notó otro aguijonazo en la nuca y se quitó el chaleco para aplastar lo que hubiera a su espalda.

Otra picadura en el trasero la hizo gritar.

—¡Quítamela! —Se desabrochó la camisa y se desnudó los hombros—. ¡Venga!

Él le miró la espalda.

—Acaba de irse volando una.

—¿Tengo más? Tengo la sensación de que me han picado por toda la espalda.

—Ya no hay abejas, pero tienes unas cuantas ronchas en el brazo derecho, aquí detrás.

—Odio las abejas.

—No va a pasarte nada.

—No estoy tan segura. Mi abuela me contó que tuve una mala reacción a una picadura de abeja cuando era chiquitina. No me acuerdo, pero siempre insistía en que me mantuviera alejada de las abejas.

—A lo mejor tendría que haberte avisado de que no tropezaras.

¿Era una broma o solo intentaba distraerla del ardor de las picaduras? Fuera como fuese, el comentario le valió a Degan una mirada furibunda en lugar de su agradecimiento.

—Lo único que sé de picaduras de abeja es que hay que sacar el aguijón enseguida para evitar que entre el veneno. Quítate la camisa.

Max se quedó con la boca abierta.

18

Estaba siendo la cabalgada más desagradable de su vida, se dijo Max por enésima vez, y no por las ronchas de la espalda y del brazo. Le ardían, aunque no tanto como antes. Si la camisa no se las rozaba, casi podía ignorarlas. Casi. Además no le había dado vergüenza que le quitara los aguijones porque no se había quitado la camisa. Se había limitado a bajársela y luego a levantársela para que pudiera llegar a las picaduras. Sin embargo, tenerlo tan cerca...

Iba sentada delante de él, sin poder relajarse porque habría tenido que recostarse en su pecho. No podía evitar apoyar las piernas en las suyas porque no había otro espacio donde ponerlas. A pesar de que, supuestamente, ella lo guiaba, ¡ni siquiera le había dejado llevar las riendas! Además, le rodeaba los brazos mientras llevaba al animal por donde le decía.

Aquello era completamente innecesario. El camino que debían seguir estaba más que claro. Entonces Max empezó a sentir cosas que no debería haber sentido. Eso la pilló por sorpresa. El brinco del corazón cuando movió ligeramente una pierna debajo de la suya... como si la acariciara. La piel de gallina cuando su aliento le rozó la nuca al tirar de las riendas. Notó el roce de su hombro al volverse a mirar atrás y se puso colorada sin razón alguna. ¡Por qué no se estaba quieto de una vez!

—Deja que monte en mi caballo —le pidió finalmente—. Cuando tengas que desviarte gritaré para avisarte.

—¿Luella no había recibido tu carta?

¿A qué demonios venía eso? ¿Trataba simplemente de que se olvidara de las picaduras de abeja? Necesitaba que la distrajeran, sí, pero de él.

—La tenía —le respondió.

—¿Buenas o malas noticias?

—Sobre todo malas, pero confusas también. Además, no he tenido ocasión de terminar de leerla.

—Pues hazlo. A lo mejor sales de dudas.

Tenía razón. Aunque la carta fuese decepcionante, la abuela tenía que haberle puesto algo esperanzador para finalizar. Max se había quitado el abrigo cuando habían parado para comer en el otero, por eso la habían picado tanto las abejas, pero volvía a llevarlo, así que se sacó la carta del bolsillo. Poco después estaba al borde de las lágrimas. En parte la carta seguía sin tener sentido, pero cuando su abuela se refería de nuevo a la tragedia que había soportado Bingham Hills, el hecho de que Carl hubiera muerto la dejó completamente hundida. Se había aferrado durante tanto tiempo a la esperanza de que siguiera con vida, de que algún día pudiera regresar a casa sin que la estuviera esperando una horca. Esa esperanza se había esfumado y Degan se aseguraría de que no pudiera seguir eludiendo aquel destino.

Se metió de nuevo la carta en el bolsillo, demasiado abatida para decir nada. El resto de la carta hablaba de la abuela y Johnny y de cómo les iba. Johnny había asumido el papel de cazador de la familia y mano derecha de la abuela en la granja, ¿qué otro remedio le había quedado? Max y su hermano no se parecían en nada. Ella hacía de tripas corazón y no se quejaba... demasiado. Él era buen tirador, pero no le gustaba cazar ni el trabajo de la granja. Max sabía que Johnny era demasiado sensible para no sentirse culpable de haberle permitido asumir la culpa de haber disparado a Carl. Su hermano pequeño no habría sido capaz de sobrevivir solo en plena naturaleza como ella, así que le había prometido a la abuela impedirle cometer la locura de confesar su papel en el tiroteo.

Por supuesto, ni se le había pasado por la cabeza que llegaría tan lejos. Era ella quien tendría que haber estado cuidando de la abuela. Había asumido ese papel en cuanto había aprendido a disparar, es decir, justo después de la marcha de su padre. Johnny tenía grandes sueños acerca de ver mundo, de convertirse en marinero como su padre. Si nada de eso se había hecho realidad, seguramente a esas alturas ya se habría ido de Tejas. A lo mejor su deseo se haría realidad aquel mismo año...

—¿Sigues con dudas o las malas noticias son incluso peores?

El ancho sendero por una quebrada les había permitido cabalgar rápido. Sumida en sus pensamientos, se había salido de la vía fácil, frenándolos brevemente y obligándolos a ir a pie. ¿Por qué Degan sentía de repente curiosidad por su situación? Seguramente por aburrimiento. Aunque a lo mejor podía compartir con él las malas noticias. Si tenía un poco de conciencia bajo aquella fachada indiferente, quizás al menos lo hiciera sentirse un poco culpable por ser su emisario de la muerte, aunque no lo admitiera.

—Bueno, la abuela se alegró de tener noticias mías, porque no sabía si seguía viva. Quiere que vuelva a casa, porque me echa de menos y su salud es delicada.

—Lamento que no esté bien, pero ¿ha sido que te animara a volver a casa lo que te ha desconcertado?

—Pues sí. Dice que a pesar de la muerte de Carl está segura de que me tratarán con justicia si vuelvo y explico mis actos. Eso no tiene sentido, porque sabe que no le disparé a Carl y le hice prometer que no dejaría que Johnny hiciera la locura de confesar, así que sabe también que nunca diré que lo hizo él. Siempre ha tenido buena salud y, aunque hubiera enfermado, no se quejaría.

—Así que crees que no ha sido ella la que ha escrito la carta.

A Max le brillaron los ojos.

—Eso no se me había ocurrido. Estaba tan derrotada porque no eran las noticias que había esperado...

—¿Es la letra de tu abuela?

—Lo parece.

—¿Recibe cartas a menudo o la llegada de una es para ella toda una ocasión?

Max empezaba a notar una diminuta chispa de esperanza.

—Por eso le pedí a Luella que mandara mi carta, porque la abuela nunca recibe correspondencia y todo el pueblo se enteraría de que había recibido una antes de que llegara a sus manos.

—¿Quién se encarga de la estafeta de tu pueblo?

—Uno de los hombres de Carl, por supuesto.

—Las discrepancias sugieren que tu carta fue interceptada y que alguien te respondió con una misiva falsa para animarte a volver.

Max miró incrédula a Degan.

—¿Sugieres que puede que Carl siga vivo?

—No, ha muerto. En Bingham Hills se han tomado demasiadas molestias para que vuelvas, ofreciendo una cuantiosa recompensa por tu captura y falsificando el correo, para que no sea así. Mi conjetura es que tu abuela sigue teniendo una salud de hierro.

La alivió oír aquello, pero estaba irritada porque Degan había frustrado la chispa de esperanza de que no la estuviera esperando la horca cuando llegara a casa. Se recordó que era el hombre más escéptico que había conocido, sin embargo. Se preguntó si aquel escepticismo era inherente a su naturaleza o si lo había perfeccionado debido a su profesión.

Luego se dio cuenta de una cosa alarmante.

—Si tienes razón, entonces ya saben dónde encontrarme.

—Ya te han encontrado. Te he encontrado yo.

¡Cómo iba a olvidarlo! Cerró la boca y no dijo ni una sola palabra más, decidida a concentrarse en otra clase de esperanza que todavía le quedaba: la de escapar de él.

Al cabo de un rato, Degan habló.

—Olvidaste mencionar que habría un río en el camino.

Parecía molesto. A Max se le escapó una risita.

—Es uno de los dos que pasan por aquí, brazos ambos del Little Boulder, pero sé por dónde vadearlos.

Antes de que llegaran al punto para cruzar vieron a un hombre que pescaba la cena con un palo en una mano y un rifle en la otra. Degan se le acercó sin desmontar para enseñarle el cartel de Cade. El hombre negó con la cabeza pero miró fijamente a Max.

—Pero tu cara me suena —le dijo.

Degan prosiguió y volvió a detenerse junto a un minero que decantaba oro con un cedazo para enseñarle el cartel. Otra negativa y siguieron adelante. Se cruzaron con dos indias que lavaban a la orilla del río, pero esta vez Degan no paró.

Tras vadear el río pudieron avanzar a buen paso, porque en la otra orilla había muchos senderos bien marcados. De vez en cuando tenían que bajar el ritmo de la marcha porque se cruzaban con gente, en su mayoría mineros. Con tanto oro como se encontraba por los alrededores de Helena y Butte, los recién llegados persistían tratando de encontrar una zona propia. La mayoría buscaban unos cuantos meses y, si no tenían suerte, se ponían a trabajar en la parcela de otro o se marchaban a casa.

Cuando llegaron al segundo río, pudieron cabalgar incluso más deprisa por un largo tramo de sendero. Sin embargo, Max empezaba a pensar que había subestimado el tiempo que tardarían en llegar a Butte. Ya era por la tarde y ni siquiera habían llegado al primer lago. No lo diría, pero sospechaba que esa noche tendrían que dormir bajo las estrellas. De hecho, le daba miedo decirlo, porque el petimetre no era de esos pistoleros que gustan de acampar al raso.

Cuando llegaron a un amplio tramo de terreno llano, al norte del primer lago, Degan le permitió volver a su caballo. Estaba demasiado agradecida de poner cierta distancia entre ambos para señalar que les quedaban unos cuantos caminos que recorrer antes de volver a la carretera de Butte. Sin embargo, cabalgaban rápido y vieron la masa de agua al cabo de pocos minutos.

Alrededor del lago había varios campamentos, casi todos de mineros. Algunos seguían cribando oro aprovechando lo que quedaba de luz diurna; otros ya preparaban la cena. Pasaron junto a una familia de ocho miembros, la mitad niños, con pinta de granjeros. También había unos cuantos solitarios repartidos por la orilla. Max sonrió contemplando la escena. Se estaba formando una comunidad en aquel lugar. Había mucha más gente que la última vez que había pasado por allí. La brisa arrastraba el aroma de la comida y el sonido de una armónica.

A Max no le habría importado pasar allí la noche. Solo tenía que decirle a Degan que no llegarían a Butte antes del anochecer. Seguramente lo harían si se marchaban inmediatamente, pero podía mentir y decirle que era imposible. Así tendría una posibilidad de lavar la muda de ropa, y una posibilidad de escapar... si Degan no sabía nadar. Si no sabía y ella se adentraba lo suficiente en el lago donde ya no pudiera verla, podría salir a una distancia segura, lejos de donde él estuviera. No le gustaba la idea de largarse sin el caballo y sin los suministros, pero no estaba en condiciones de ser exigente.

Cuando desmontaron junto al grupo más grande de mineros, sin embargo, sentados alrededor de una hoguera, no estuvo segura de poder nadar. Se había olvidado de las malditas picaduras de abeja mientras cabalgaba, pero cuando la camisa le rozó el brazo al desmontar se las recordó dolorosamente. A lo mejor el agua le aliviaría el dolor. A lo mejor estaba lo bastante desesperada como para ignorarlo.

Se debatía tratando de decidir si aprovechar la ocasión cuando un hombre se dirigió a ella.

—¿No eres Max Dawson? —dijo en voz lo bastante alta como para que más de un minero se fijara en ella.

Instintivamente, Max trató de desenfundar, pero ¡el revólver no estaba! Sin embargo, Degan sí. De pronto, estaba entre ella y los mineros empuñando su arma. No tuvo que decir nada. Casi todos se sentaron, tratando de evitar su mirada. Uno le tendió el cartel que había estado pasando de mano en mano, pero sin aplomo alguno.

—Compruebe más abajo del lago, señor. Hay un tipo sospechoso que se presentó el otro día y aún no se ha marchado, pero tiene mala pinta.

—Gracias —repuso Degan, y le hizo un gesto a Max para que montara.

Lo hizo encantada, con una leve mueca cuando la camisa volvió a rozarle las ronchas. Era demasiado alojarse en aquella zona sin su arma... o sin la protección de Degan.

La guio hasta cerca de uno de los solitarios acampados. No le pareció haber visto la cara de aquel hombre en ningún cartel, así que se llevó una sorpresa cuando Degan lo saludó.

—¿Kid Cade?

—No —repuso el tipo con cautela—. Y no he oído hablar...

Degan desenfundó. El otro se rindió de inmediato, con los brazos en alto.

—¡Vale, vale! ¡Así es como me llaman! ¡Pero no dispares!

Max puso los ojos en blanco. ¿Producía aquel efecto Degan en todos los hombres o solo en los cobardes como Cade? Desmontó cuando Degan lo hizo y se quedó contemplando el lago mientras él ataba a Kid Cade. Su plan podría haber funcionado a pesar de las picaduras de abeja, pero no si los mineros estaban al corriente de quién era. No dudarían en ayudar a Degan a sacarla del agua. Suspiró.

—¿Pasaremos aquí la noche? —le preguntó.

—No. Haz algo útil y apaga ese fuego.

—¿Cómo sabías que era él? —le susurró a la espalda Max antes de hacer lo que le pedía.

—Por la edad, por su apariencia.

—¿A qué te refieres con eso de «su apariencia»?

—No es un asesino. Es más bien un ladrón chapucero.

—Te he oído —refunfuñó Cade.

Max echó tierra a la hoguerra con la punta de la bota mientras Degan ensillaba el caballo de Cade.

—Te gustará más la cárcel que esto —le dijo—. Tres comidas calientes, una cama que no se embarra cuando llueve. ¿Cuándo comiste por última vez?

—Hace dos días que me quedé sin dinero. Los mineros que buscan oro en la orilla están dispersos y pelean por los límites como si pudieran reclamar el derecho al maldito lago. Pero cuando aparecí, se unieron y empezaron a hacer guardia para proteger sus campamentos.

—Porque no tienes pinta de minero y no viniste con el equipo necesario para serlo —le sugirió Max—. Además, tenías intención de robarles, ¿no?

—Bueno, sí, pero he tratado de hacer lo mismo que ellos. Incluso he encontrado unas cuantas pepitas, pero no he ido al pueblo a venderlas todavía.

—Una temporada entre rejas tal vez te dé otra perspectiva de las cosas —le dijo Degan.

—¿Otra qué?

Max volvió a poner los ojos en blanco.

—Quiere decir que tal vez te ayude a entender que esta no es una buena manera de vivir.

Al cabo de pocos minutos, Degan los guiaba lejos del lago, sujetando tanto las riendas de Max como las de Kid Cade. A lo mejor a ella también le hacía falta otra perspectiva ahora que sabía que Carl había muerto y que la cuadrilla de Bingham Hills le pisaba los talones. Sin embargo, siguió mirando hacia atrás, hacia el lago, con melancolía.

19

—Ahora entiendo por qué llaman a este lugar la colina más rica de la tierra —comentó Max un poco sobrecogida cuando Degan detuvo los caballos para mirar la enorme ciudad minera—. Y yo que creía que Helena era la más grande de por aquí.

—¿Peinaste las colinas al norte de aquí y nunca habías estado en Butte?

—Evito las poblaciones y las carreteras. —Se encogió de hombros, pero Degan también estaba estudiando con interés Butte—. ¿Tú qué excusa tienes?

—Yo simplemente evito esta ciudad. Algunos mineros temporales del último pueblo en el que estuve eran de Butte y volvieron aquí para esparcir el rumor de que yo estaba por la zona. Ya he visto las consecuencias de eso.

—¿Quieres decir que ese tal Reed y sus amigos te seguirán hasta aquí?

—No solo ellos. Los rumores se extienden deprisa en el Oeste.

Aquello era una queja en toda regla. Aunque no lo hubiera dicho con vehemencia, a Max se le escapó una risita.

—¿De qué otra cosa iba a hablar la gente? Tú en concreto eres la fuente de jugosos chismorreos.

Degan la miró de reojo. Max lo miraba sonriente, desafiándolo a negarlo. Entonces Kid Cade refunfuñó al otro lado de Degan.

—Sigo muerto de hambre, agente de la ley. ¿Vas a meter mi culo en la cárcel para que pueda comer?

Degan no le había atado las manos a la espalda a Kid durante la cabalgada, sino delante. También le había dado media hogaza de pan sobrante cuando se habían ido del lago. Habría bastado para saciar a Max, claro que ella no llevaba dos días sin probar bocado. No obstante, no tenía ninguna prisa por entrar en la cárcel.

Habían tardado menos en llegar a Butte de lo que ella había calculado. Oscurecía, pero en esa época del año lo hacía mucho después de la hora normal para cenar, así que empezaba a tener hambre también.

—¿No vas a darnos de cenar antes? —le sugirió esperanzada.

Degan no le preguntó antes de qué.

—No —se limitó a responderle, y entraron en la ciudad.

Max suspiró. A lo mejor Degan no sabría encontrar la oficina del *sheriff*. A lo mejor por una vez estaría escondida en una calle secundaria en lugar de en la principal, a plena vista. Y, por supuesto, Degan no se rebajaría a preguntar una dirección. Podrían pasar horas buscando. Eso esperaba ella. Aunque en aquella ciudad había señales indicativas. Miró una que señalaba el camino hacia la estación del ferrocarril.

Se las estaba apañando para mantenerse al lado de Degan a pesar de no llevar ella las riendas.

—No sabía que la línea Northern Pacific hubiera llegado tan lejos. Luella dijo que en Helena no esperaban su llegada hasta el año que viene.

—La Northern Pacific todavía no ha llegado, aún están tendiendo las vías desde Billings —dijo Degan—, pero la línea de Utah llegó el año pasado. Tiene conexión con la Transcontinental.

—Si sabes eso, ¿por qué no la tomaste para marcharte del territorio?

—No se ve mucho del país yendo en tren, y no tengo prisa en llegar a mi destino.

—¿Que es...?

No obtuvo respuesta. Max estuvo a punto de soltar una carcajada. Que mantuvieran una conversación normal que no acabara truncada por su silencio, ¡Dios no lo quisiera! En esa ocasión, sin embargo, podía ser porque Degan había llegado. Max se puso tensa. Esperaba que aquella cárcel tuviera más de una celda. No la atraía la idea de compartirla.

Degan había desmontado y obligó a Cade a hacerlo de un tirón. Ella desmontó antes de que le hiciera lo mismo. El *sheriff* o el ayudante, era difícil saberlo porque no llevaba placa, estaba sentado en el porche, pero se levantó en cuanto se dio cuenta de que Degan estaba allí por trabajo.

—¿*Sheriff*?

—Soy el ayudante Barnes. —Se llevó la mano al sombrero para saludar—. Si tiene que ver al *sheriff*...

—No.

Le entregó a Kid Cade y el cartel de busca y captura de Cade a Barnes, pero el ayudante estaba mirando fijamente a Max, que permanecía al pie de los escalones, detrás de Degan.

—Su cara me suena.

Degan siguió la mirada del ayudante y le respondió antes de que Max lo hiciera.

—Nos lo dicen a menudo, pero ella va conmigo.

—¿Ella? —se extrañó el ayudante.

Incluso Cade se extrañó.

Max notó el rubor en las mejillas, pero Degan bajó los escalones y la empujó hacia el caballo antes de decirle al ayudante, volviendo solo la cabeza:

—Volveré a recoger la recompensa por la mañana.

Degan montó y esperó a que ella lo imitara. Muda de sorpresa, tardó un momento en coger las riendas y montar en la silla. *Noble* siguió al caballo de Degan sin prisas, ya acostumbrado a hacerlo, pero Max echó un vistazo atrás, hacia la cárcel, mientras se alejaban.

No tenía la menor idea de lo que acababa de pasar y no lograba entenderlo por mucho que se esforzara. ¡Ni siquiera le sujetaba las riendas esta vez!

Avanzó hasta ponerse a su altura para mirarlo inquisitivamente. Era la única vez que debería haber mantenido la boca cerrada, pero no fue capaz. La incredulidad pudo con ella.

—¿Por qué no me has dejado ahí detrás con Cade?

Degan no apartó los ojos de la calle, controlándolo todo. ¿Buscaba a Reed?, se preguntó Max. ¿O simplemente esperaba algún problema?

No estaba segura de que la hubiera oído siquiera e iba a preguntárselo de nuevo cuando él le respondió.

—Todavía no he decidido lo que voy a hacer contigo.

Max esperó un poco más, pero, como de costumbre, no obtuvo nada más. Sin embargo, esta vez no iba a dejar que se saliera con la suya.

—¿Porque ahora sabes que soy inocente?

—No. Porque eres una mujer.

Max le lanzó una mirada asesina. ¿Estaba de broma? ¿Renunciaría a mil dólares porque era un caballero y encarcelando a una mujer cruzaba un límite invisible al que se atenía? ¿Cómo era posible que un hombre de principios como aquel fuera siquiera armado?

Cabeceó, incrédula.

—¿Qué opciones barajas? —le preguntó.

—No son objeto de debate.

Estaba sorprendida de que hubiera dicho tanto, pero como iba respondiendo a sus preguntas, le planteó otra.

—¿Por qué le has dicho al ayudante Barnes que soy una chica?

—Por una razón más que evidente.

Max apretó la mandíbula.

—Evidente para ti pero no para mí, por eso te lo pregunto.

—Porque se acordará de por qué le sonaba tu cara, pero lo descartará. Pensará que te pareces mucho al chico al que buscan por asesinato, nada más. ¿Preferirías que atara cabos y saliera a buscarte?

—¿Por qué te importa? —murmuró.

—No me importa, pero ya hay demasiada gente buscándome. No quiero que un entusiasta ayudante del *sheriff* se una al grupo.

Max tuvo ganas de volver grupas y cabalgar en dirección opuesta. Tenía las riendas. Podía hacerlo. Claro que a él no le importaba. Hacía las cosas por razones que lo incumbían a él y solo a él, no por ella.

No obstante, algo la mantenía ligada a él.

—Supongo que si me largo al galope me dispararás.

—Sí.

—Así que esperas que me quede contigo sin darme ninguna explicación de por qué debería seguir a tu lado.

—Por el momento.

Max empezaba a entender que tenía que leer entre líneas o, en aquel caso, entre palabras, porque su «por el momento» significaba mucho. Significaba que podía acabar dejándola marchar.

Eso bastó para calmarla.

—¿Nos marchamos de la ciudad ahora para evitar a Jacob Reed? —le preguntó con amabilidad.

—No.

—¿Por qué no?

—Porque no duermo en el suelo si tengo una cama cerca.

Max parpadeó asombrada.

—¿Eso te parece más importante que evitar que cinco hombres te tiendan una emboscada?

145

—Sí.

Max se echó a reír. El petimetre era meticuloso hasta un punto increíble, vaya si no. Pero la estaba mirando duramente por reírse de él.

—¿Tienes algo más que decir? —le espetó.

—¡Qué va! —repuso Max, sonriendo de oreja a oreja.

Habían pasado por delante de un par de pequeños hoteles de camino a la cárcel, no más grandes que hostales. Degan se adentraba en la ciudad, seguramente buscando un hotel tan grande como aquel en el que se había alojado en Helena.

Llegaron a un barrio de aspecto nuevo con edificios de ladrillo que albergaban distintos negocios. Max supuso que habría habido un incendio hacía pocos años. Muchas ciudades se construían deprisa, y construir deprisa implicaba hacerlo con madera. Bastaba con que un incendio se propagara para que la gente quisiera reconstruir con materiales más duraderos que no ardieran en llamas antes de que alguien lograra reunir los efectivos necesarios para evitarlo.

Degan encontró lo que buscaba y se dirigió hacia allí: un hotel de dos plantas, lo bastante alto y grande como para tener al menos diez habitaciones en el piso de arriba, quizás incluso otra sala de baño comunitaria. Quería darse un baño a pesar de que seguramente se había bañado esa misma mañana antes de recogerla. Para ella un baño al día era ya un lujo, no necesitaba más.

Degan pagó una habitación y la comida, además de a un empleado del hotel para que fuera a la consulta del médico a buscar un medicamento para las picaduras. Incluso pagó para que guardaran sus caballos en el establo antes de acompañarla hacia las escaleras. Max estaba sorprendida por lo de la medicina. Creía haber ocultado las molestias bastante bien, pero por lo visto no. No podía creer cuántas tareas delegaba en otros cuando podría haberlas realizado él mismo. Tenía que haber tenido muchos criados a su servicio de pequeño, y ho-

146

teles como aquel, con mucho personal, seguramente se lo recordaban. El petimetre era un auténtico señorito, así que ¿por qué iba a renunciar a todo aquello?

—¿Es usted Degan Grant? —gritó un hombre a su espalda cuando habían subido la mitad de los escalones.

Degan se volvió con una rapidez asombrosa y la mano cerca del revólver. Estaba dispuesto a matar, se le notaba. El hombre que había hablado captó el mensaje sin duda alguna. Pálido, alzó las manos.

—Me ha parecido que debería saber que alguien vino preguntando por usted —tartamudeó.

—¿Jacob Reed?

—No, una dama. No dijo cómo se llamaba.

El hombre se marchó corriendo. No estaba claro si Degan se habría disculpado por haberlo asustado, pero se relajó. Max seguía con los ojos abiertos como platos. Para ser un hombre tan corpulento, era muy rápido.

—¿Otra amiga? —le preguntó mientras terminaban de subir.

—Seguramente no.

—¿Alguien que quiere contratarte?

—Ya tengo trabajo, así que da igual.

—En realidad no lo tienes, solo tienes que devolver un favor. Hacer uno de tus trabajos habituales paralelamente sería interesante.

—¿A ti te interesaría?

Max sonrió ampliamente.

—Sí. Solo he visto un duelo. En Bingham Hills nunca hubo ninguno. Estábamos demasiado lejos de los caminos transitados para que nos visitaran los pistoleros. El duelo lo vi en Colorado. Fue bastante aburrido, sin embargo. Un hombre recibió un disparo en una pierna, el otro en un hombro. Decidieron no hacer una segunda intentona y se fueron juntos al médico. Así que no me importaría ver al famoso Degan...

—Los trabajos que suelo hacer me retienen en un lugar determinado una temporada. Eso ahora no es una opción viable.

Max sonrió todavía más.

—Pero la mayoría de tus duelos vienen a ti, ¿me equivoco?

—¿Es así como quieres recuperar la libertad? ¿Viéndome morir?

Aquello Max no se lo esperaba. Por primera vez lo veía furioso. La furia emanaba de él. Tenía una mirada tormentosa, la mandíbula tensa, la boca apretada. Debía de estar agotado para permitir que se le notara, y no se equivocaba. Seguramente no había dormido mucho las últimas noches si la había estado buscando por Helena, o a lo mejor había bajado la guardia porque había estado a punto de matar a un inocente empleado de hotel.

En cualquier caso no iba a responderle, porque era cierto que su muerte representaría para ella la libertad. No la creería y a lo mejor se enfurecería más si le decía que no quería la libertad a ese precio.

20

Cuando llegaron a la habitación, Degan se había calmado. Había controlado completamente su furia. Max se preguntó cómo lo lograba tan rápido. Bueno, seguramente seguía furioso, pero no iba a permitir que ella volviera a notarlo. La estaba sorprendiendo mucho aquel día. Tenía que dejar de hacerlo o explicarse mejor. ¿Tan acostumbrado estaba a estar solo que había olvidado cómo comportarse cuando no lo estaba? Ella no pensaba quejarse. Si iba a viajar con él, podría incluso ser interesante. Siendo predecible no lo sería.

Max se puso tan cómoda como pudo con cuatro picaduras de abeja en la espalda y una en el brazo. Dejó el abrigo y el chaleco en una de las dos sillas, se quitó el cinturón, las botas y los calcetines y los dejó en el suelo, a su lado. Ojalá hubiera podido quitarse la camisa para que no le rozara las ronchas, pero no podía estando Degan en la habitación.

La única ventana estaba abierta. Daba a la parte delantera del hotel, pero no entraba demasiado ruido. Max no se atrevió a comprobar si era una posible vía de escape. Esperaría una ocasión mejor en lugar de saltar por la ventana de un segundo piso y romperse el cuello.

En la habitación había una cómoda y una mesita con la segunda silla, pero ningún mueble cómodo. Decididamente aquel hotel no estaba tan bien decorado como el último. La bañera y la zona para afeitarse del rincón ni siquiera estaban ocultas por un biombo, aunque a lo mejor aquella habitación no era doble a pesar del gran tamaño de la cama.

Miró la cama de matrimonio sonriente. Podía acostumbrarse a las exigencias de Degan si eso implicaba dormir en una cama todas las noches. Pero ¿dónde dormiría él?

Llegó la comida antes de que Degan hubiera terminado de encender las lámparas. Sirvieron en la mesita platos de pastel de pollo, una cesta de panecillos y mantequilla.

Otro camarero entró con una botella de vino.

—Por cortesía del hotel, señor, con las disculpas del cocinero. Si el pescado no se hubiera estropeado habríamos tenido algo más que ofrecerles.

Max cogió la botella.

—Ya no recuerdo cuánto hace que no tomo vino.

Degan se estaba quitando la chaqueta para colgarla en el armario.

—¿Estás segura de que quieres bebértelo?

Sonriendo, Max sirvió un poco en las copas.

—Relájate un poco, petimetre. No iremos a ninguna parte esta noche, ¿verdad? ¿Tienes programado algún duelo o solo nos acostaremos?

Degan no le respondió. Se sentó con ella a la mesa. Solo después de tomar un sorbo de vino se dio cuenta de que podía haber interpretado mal lo que acababa de decirle.

—¡No me refería a juntos! —exclamó.

Él puso los ojos en blanco. Se estaba relajando, efectivamente, pero no tomó ni un solo sorbo de vino. A Max no le sorprendió. Degan no se arriesgaba a perder reflejos porque de ellos dependía su vida, lo que seguramente implicaba que no se había emborrachado desde hacía años. Ella sí. El destilado era fácil de conseguir y la soledad era un buen motivo para colarse por la parte trasera de un bar para conseguirlo. Aunque de hecho a ella tampoco le apetecía el vino aquella noche. Estaba tan cansada que se dormiría antes de terminar de cenar si bebía.

—Háblame de tu familia.

Lo miró con el tenedor a medio camino de la boca.

—¿Tengo la obligación de hablar contigo mientras como? ¿Te ayuda a digerir o algo así?

—Eres la mujer más habladora que he conocido y ahora le pones pegas a que hablemos.

—¡Dios, no! Pero ¿por qué solo estás dispuesto a hacerlo mientras comes?

—Solo cuando como acompañado, a diferencia de una que yo me sé que admite que habla sola.

Max le rio la broma, hubiera o no tenido intención de que lo fuera.

—¿Tu madre te enseñó que es de buena educación?

—No hace falta que te lo enseñen si creces viéndolo. En tu casa no comían en silencio, ¿o sí?

—Mi hermano y yo solíamos pelearnos. Para pelearse hay que hablar mucho. —Ahogó una risita.

—Entonces ¿no te llevabas bien con tu hermano?

—¡Oh, sí! Bueno, casi siempre. Sin embargo, era mandona, la hermana mayor sabelotodo a la que le gustaba alardear de mis logros. Él era el hermano menor que todavía no había conseguido ninguno. Lo quiero con toda el alma, pero sabía cómo sacarme de mis casillas. Yo no llamaría eso un logro, pero se le daba bien.

—Pelearse sentados a la mesa está prohibido.

Max soltó una carcajada.

—¿Quién lo dice? Me refería a cuando Johnny y yo éramos pequeños. Travesuras de niños. Ahora no nos pelearíamos..., si estuviera en casa.

No iba a sucumbir a la melancolía por lo mucho que echaba de menos a su hermano. Guardó silencio, pero seguramente se le notaba en la cara porque Degan dejó de comer y se quedó mirándola.

—Conocí un cerdo que se llamaba *Max* —dijo, sin que viniera a cuento.

Max frunció el ceño.

—¿Me estás llamando cerda?

—Una dama se hizo amiga suya y le puso *Maximilian*, pero lo llamaba simplemente *Max*. No, no te estoy llamando nada.

Ella siguió comiendo. Después de dar unos bocados, el enfado se le había pasado.

—Un cerdo por mascota, ¿eh? No sé por qué me sorprende. A mí me gustaba un gallo. Le llevaba las mejores semillas, no me importaba si me despertaba más temprano de lo que quería. Lo animaba siempre que desafiaba a nuestro viejo gallo y lo consolaba siempre que perdía. Murió en una de esas peleas. Lloré como un bebé y casi mato al viejo gallo, pero la abuela me lo impidió y con razón. Es lo que hacen los gallos y solo puede haber un jefe. A partir de ese día no volví a encariñarme con ningún animal, excepto con *Noble*. No me gusta perder a nadie ni nada que me importe.

—Así que te criaste en una granja.

—En una granja de pollos. Mis abuelos construyeron la casa lejos del pueblo, así que no eran arrendatarios de Carl Bingham. Le pidieron permiso, porque era el dueño de casi todo el pueblo, y se lo dio. El pueblo creció en dirección a la granja, así que a lo mejor Carl se arrepentía de haberles permitido construirla allí.

Llamaron a la puerta.

—Será tu medicina. —Degan se levantó para abrir. Cogió la botellita que el empleado del hotel le dio y cerró la puerta.

—Si has terminado de comer podemos ponerte este ungüento en las picaduras.

Max se levantó y le pidió que parara con la mano.

—Puedo hacerlo sola.

—Lo cierto es que no. Así que ven aquí y túmbate.

Max miró la cama pero no se movió.

—Sé que estás acostumbrada a apañártelas sola —añadió Degan con paciencia—, pero para esto necesitas ayuda. No te llegas al centro de la espalda, y como soy perfectamente capaz de tirarte encima de la cama...

—¡Ya lo sé! Esta mañana lo has hecho —no pudo evitar echarle en cara Max. Inmediatamente lamentó haberle recordado aquel embarazoso encuentro.

—Si no recuerdo mal, me estabas dando puñetazos.

A Max le pareció que se le curvaban las comisuras de los labios un instante, pero no estaba segura.

—Bueno, te lo merecías —replicó, poniéndose colorada.

—Supongo que esas picaduras te están ardiendo. ¿Qué razón hay para que no aceptes mi ayuda educadamente?

Así planteado, parecería muy infantil si la rechazaba y, además, las picaduras la estaban matando. Se acercó a la cama y se levantó la parte trasera de la camisa antes de tenderse de barriga y esperar tensa el contacto de sus manos. No podía creer que estuviera haciendo aquello, ni podía creer que él estuviera haciendo aquello. Que Degan fuese amable le parecía... mal.

—Quítate la camisa.

Le pasaron un montón de cosas por la cabeza, pero ninguna la convenció para quitársela.

—No —dijo con rotundidad.

Degan suspiró.

—No estoy para bromas. La camisa chupará el ungüento que voy a ponerte. Puedes prescindir de ella una noche para que mejoren las picaduras.

¿Tenía que parecer tan lógico?

—Además, esto es un hotel, no un burdel.

¿Tenía que sacar de nuevo el tema?

—Ya te he visto la espalda, enterita, cuando hice que se fuera volando esa abeja.

Max apretó la mandíbula. ¿También iba a recordarle que le había visto el pecho?

—Es una espalda muy bonita, pero no la quiero para nada más que para ponerte el ungüento.

—¡Vale! Ponme el maldito ungüento. —Se debatió para quitarse la camisa sin incorporarse.

Degan la ayudó a quitarse las mangas y la apartó antes de sentarse en la cama junto a ella. Max apretó los párpados, preparándose para el dolor que sentiría cuando le frotara el ungüento. Sin embargo, cuando la tocó notó un fresco alivio, una sensación en absoluto dolorosa. Aun así no fue capaz de relajarse teniéndolo tan cerca y acariciándole la espalda ligeramente.

—¿Dónde estaban tus padres cuando eras pequeña?

Le pareció que intentaba distraerla. No funcionaría. Nada habría funcionado porque disfrutaba del contacto de sus manos.

—Mi madre murió al dar a luz a Johnny, así que no me acuerdo de ella. Papá nos llevó a vivir con sus padres a Tejas, para que me criara una mujer. Tampoco se quedó mucho tiempo. Al cabo de pocos años se fue y no hemos vuelto a saber de él. Siempre había dicho que el mar lo llamaba.

—Así que no sabes si está vivo o muerto.

—Murió en el mar. Nos entregaron un paquete que contenía sus pertenencias con una nota de un amigo suyo contándonos que se había ahogado. Anhelaba ser marinero, pero no sabía nadar. Eso sucedió unos cuantos meses antes de que muriera el abuelo, que fue cuando me encargué de cazar y empecé a ocuparme de la abuela.

—¿Está inválida?

—No, es una anciana resistente, pero no quería que viviera sola o que tuviera que hacer más de lo necesario. Tu turno, petimetre.

—Ojalá lo fuera... pero a mí no me han picado.

154

Max no se refería a eso, pero le hizo gracia el modo que tenía Degan de evitar hablar acerca de sí mismo. Disfrutaba de la deliciosa sensación de alivio. Le había calmado el dolor frotándole la espalda, el cuello y el brazo, y estaba demasiado adormecida y demasiado satisfecha como para insistir en que le revelara algo personal. Estaba prácticamente dormida cuando le pareció notar la caricia de unos labios en el hombro.

21

—De esta altura —le dijo Degan al dependiente, poniendo la mano a la altura de su pecho—, y delgado.

—Sería mejor que trajera al chico para que se probara la camisa.

—No. Mire a ver si tiene algo apropiado para alguien de esa talla.

Degan esperó mientras el dependiente desaparecía en la trastienda. Entró una mujer con una niñita. Cuando la pequeña señaló los grilletes que Degan llevaba alrededor del cuello, la mujer dio media vuelta y salió de la tienda.

Él se quitó los grilletes y los dejó sobre el mostrador. Si el tendero volvía con las manos vacías, al menos podría darle un zurrón por las argollas de hierro. No se sentía culpable por haberle pedido al *sheriff* los grilletes cuando había ido a recoger la recompensa por Kid Cade. Seguramente no los necesitaría, no para Max, o a lo mejor sí. Sin embargo, tenía que ponerse una camisa limpia para que no se le infectaran las ronchas y no estaba seguro de que tuviera ninguna.

Terminó lo que tenía que hacer en Butte, entre otras cosas mandarle un telegrama a John informándolo de la captura de Kid, y volvió al hotel. Max dormía cuando había salido, y aunque todavía era temprano, era posible que se hubiese marchado ya. Lo había dejado en manos del destino. Solo le había atado una muñeca al cabezal y, para no molestarla, con un nudo más flojo de lo debido.

No había dormido mucho teniéndola tan cerca, esta vez no. No después de verla con aquella ropa tan reveladora en el burdel y de haberle tocado el pecho. No después de cabalgar con ella en el regazo. Y la noche anterior, oyéndola suspirar de placer mientras le ponía el ungüento... No podía negar lo mucho que le había gustado aquello. Había bajado la guardia porque estaba herida y era vulnerable, pero eso no debía volver a pasar.

Entró en la habitación y cerró la puerta antes de mirar si seguía en la cama. Aunque lo había dejado en manos del destino, no estaba seguro de si le fastidiaría que se hubiera ido, pero seguía allí, durmiendo. Era increíble lo profundamente que dormía. Le había aplicado el ungüento varias veces por la noche sin que se despertara. Lo había disfrutado más él que ella, suponía, pero por lo visto había funcionado. Tenía las picaduras casi completamente deshinchadas.

Dejó los grilletes en el fondo de la maleta y puso la camisa nueva en una silla. Inspiró profundamente y se acercó a un lado de la cama. Se quedó mirando a Max un rato, un buen rato. Dormía boca abajo, cubierta con la sábana hasta media espalda, como se la había dejado, pero con la cabeza vuelta hacia él. Era encantadora. Era exasperante. No le sorprendía haberse enamorado de ella, pero lo desconcertaba haberse enamorado tan pronto.

—Despierta —le dijo, empezando a desatarla—. Nos están llenando la bañera.

—¿Nos? —le preguntó ella, medio dormida.

—La compartiremos.

—¿Compartirla?

Era increíble lo rápido que sacaba conclusiones erróneas y se enfadaba por ellas.

—Uno después del otro —le aclaró—. Podemos echar una

moneda al aire para ver quién se baña antes, si quieres, o puedes aceptar que por educación me inclino a dar prioridad a las damas.

Max arqueó una ceja.

—Realmente eras un caballero, ¿verdad? No, retiro lo dicho —añadió, dándose por fin cuenta de que llevaba una cuerda en la muñeca—. ¿Por qué me ataste otra vez? Dijiste que no ibas a meterme en la cárcel, así que, ¿por qué iba a huir?

—Porque no te gusto. Porque preferirías ir por tu cuenta. Porque no eres de fiar. Porque entregarte a la justicia sigue siendo una opción. Elige.

—Me quedo con todo. —Soltó un bufido y fue a darle un puñetazo en cuanto tuvo la mano libre. El brusco movimiento hizo caer la sábana y Degan le vio el pecho—. Debo haber soñado que anoche fuiste amable conmigo —farfulló.

Degan sonrió interiormente porque él podría haber dicho lo mismo. Pero no lo dijo. La observó mientras ella se daba cuenta de que iba desnuda de cintura para arriba y agarraba la sábana para envolverse como en un manto antes de sentarse. ¡Qué decepción!, pensó él. Era una pena que no fuera audaz con su cuerpo como lo era con todo lo demás.

—¿Qué sabes tú de caballeros? —le preguntó, acordándose del comentario que le había hecho antes.

—Bingham Hills no es un pueblucho. Tenemos nuestro cupo de caballeros, la mayoría sureños. Familias que lo perdieron todo en la guerra y se trasladaron al Oeste a lamerse las heridas. ¿Qué excusa tienes tú para haber venido al Oeste?

No le respondió.

—¡Ah, sí! Se me olvidaba. Nada personal. Y hoy no me hace falta darme un baño.

¿Iba a ser desagradable con él toda la mañana?

—¿Por qué rechazas el baño?

—El abrigo me protegió del polvo.

Degan se quedó mirándola.

—Vale —rezongó—. Yo primera.

Se llevó la sábana al levantarse de la cama y se desperezó debajo de ella. Luego lo miró con atención. Iba completamente vestido y llevaba el revólver.

—¿Adónde has ido, aparte de a encargar el baño? ¡Oh, un momento! ¿Ha llamado una mujer a la puerta? —Rio entre dientes—. ¿Cuál ha sido esta vez?

Degan tardó un momento en recordar por qué se refería a más de una. Solo había preguntado por la mujer que había intentado localizarlo allí, en aquel hotel. Lo habían contratado dos mujeres, una que solo necesitó su protección durante un viaje, otra que acababa de enviudar cuyo cuñado intentaba reclamar la propiedad que su marido le había dejado. Sin embargo, como le había dicho a Max la noche anterior, en aquel momento no aceptaba ningún trabajo, y no creía que la mujer que se había interesado por él hubiera sido su antigua prometida. Aunque Allison estuviera lo bastante loca para seguirlo, era muy improbable que hubiera llegado a Butte antes que él. En realidad, las diligencias viajaban bastante rápido...

Aquella idea lo puso tan furioso que le dio la espalda a Max y se acercó a la ventana antes de que ella lo notara.

—Esta costumbre tuya es insoportable —la oyó decir.

—¿Qué?

—Tu costumbre de no responder a las preguntas, por sencillas que sean.

Degan se volvió a mirarla con los brazos cruzados.

—Tus preguntas no tienen nada de sencillas. Intentas provocarme. No deberías dejar que tus intenciones resulten tan obvias.

Max sonrió.

—¿Lo consigo?

—Tengo una pregunta mejor. ¿Por qué quieres provocarme?

—Porque no eres tan frío como quieres que crean los demás. Te he visto patinar una cuantas veces. Y porque me gusta hablar, lo que ya ha quedado claro. He admitido que a veces hablo sola, pero, para que lo sepas, no disfruto haciéndolo.

—Y, todo este rollo, ¿para qué?

—Contigo tengo la sensación de hablar sola —refunfuñó Max—. No te morirías si revelaras al hombre que hay detrás de la fachada de pistolero. Cuando estamos a solas tú y yo, sin nadie más que pueda verte reír o huir aterrorizado si te ve enfadado.

—Dime una cosa...

—No a menos que me devuelvas el favor.

—¿Por qué no me tienes miedo?

Se quedó mirándolo un momento y luego se echó a reír.

—¿Me preguntas eso después de lo que acabo de decirte? ¿En serio? ¿O es tu manera de cambiar de tema?

—Desde la primera noche no has estado asustada. Una vez me pareciste desesperada, pero asustada no.

Max arqueó las cejas.

—¿Quieres que te tenga miedo?

¿Quería eso? En realidad no. Hacía tanto tiempo que no se relacionaba con nadie que había olvidado lo frustrante, lo molesto que podía llegar a ser, pero también, en ocasiones, lo divertido que era. Varias veces había tenido ganas de reírse de las cosas que Max decía y algunas había sido incapaz de reprimirse. No, no le importaba en absoluto no ponerla nerviosa, pero desde luego lo desconcertaba que nunca le tuviera miedo cuando todo el mundo se lo tenía, como mínimo.

—En mi oficio tengo que conocer a la gente y tú no encajas en ninguna de las categorías típicas.

—¿Me estás llamando rara? —dijo Max, gesticulando mucho.

—No. Más bien temeraria, o demasiado valiente.

Ella ahogó una risita.

—Pues no lo has pensado bastante. A decir verdad, suelo estar demasiado enfadada contigo para sentir nada más.

Degan cabeceó.

—El miedo no es una emoción excluyente. Puedes estar enfadada y demasiado asustada para remediarlo.

—¡Ja! Sabes que en mi caso no es así.

Cierto. Lo había atacado a puñetazos, le había dado patadas, le había tirado las botas, había arremetido verbalmente contra él y le había gritado a la cara su rabia y su frustración. No escondía en absoluto sus emociones, expresaba todo lo que sentía, y no tenía miedo. En aquel momento se le notaba en la cara que estaba encantada de que sintiera curiosidad, una curiosidad que tendría que haberse guardado.

No estaba satisfecho con la respuesta de Max. ¿Le estaba haciendo pagar por todas las veces que no había respondido a las suyas o estaba aprendiendo de él cómo evitar un tema del que no quería hablar?

Degan miró de nuevo por la ventana para darle a entender que no le iba a reír las gracias. Oyó la puerta del pequeño retrete abrirse y cerrarse. Le sorprendía que la habitación lo tuviera, puesto que el hotel no tenía ni siquiera sala de baños. Era un establecimiento nuevo que debería haberla tenido, aunque quizás el negocio se había resentido al tener que reconstruirlo después del incendio. La bañera ni siquiera tenía biombo. Sería interesante...

Max salió del retrete.

—¿No tardan mucho en traer el agua que has pedido? —le preguntó a Degan.

—Supongo que la están calentando —repuso él sin volverse.

Se colocó a su lado, frente a la ventana y él le miró la coronilla. Le había notado el pelo sedoso al tocárselo la noche anterior cuando se había quedado dormida. Sería mejor que no pensara en ello. Además, ya no iba envuelta en la sábana. Había encontrado la camisa usada y se la había puesto otra vez. No le habló de lo limpia que la había traído porque no tardaría en darse un baño.

Entonces, sorprendentemente, Max respondió a su pregunta.

—¿Sabes? No estoy segura de por qué no me das miedo, petimetre, pero puedo hacer alguna conjetura si tú quieres. Tal vez es porque eres muy guapo y eso no me deja ver nada más, o tal vez porque tengo claro que no eres un asesino. Has podido dispararme unas cuantas veces y no lo has hecho. Sin embargo, es sobre todo porque no me pegaste cuando ibas a hacerlo esa noche, en las colinas. Es evidente que no eres violento con las mujeres. Ahí tienes la respuesta, supongo.

Degan oyó que le encontraba guapo y ya no prestó atención a nada más. Le sorprendió lo mucho que le complacía eso.

22

Max vio a Jacob Reed pasar a caballo por delante del hotel. Iba solo y sin prisas, mirando a ambos lados de la calle. Había un montón de gente ocupándose de sus cosas. Parecía mirar a todos y cada uno, aunque en toda la manzana no había nadie parecido a Degan, si es que lo buscaba a él. Por lo que Degan había dicho, no tenía ninguna duda de que eso hacía precisamente. Pero ¿por qué iba solo? ¿Creía que Degan no se acordaba de él? Podía ser, ya que el tipo no tenía nada de particular. De pelo castaño y enmarañado, llevaba un bigote tupido; era flaco y no demasiado alto. Sin embargo, su semental blanco era digno de ser recordado.

—Parece que tu amigo anda buscando a alguien.

—No es mi amigo.

Degan parecía distraído. ¿Seguía meditando acerca de su conversación? ¡Le sorprendía que hubieran tenido una! ¿Que le hubiera mencionado a Reed lo había vuelto a enfurecer como la noche anterior, cuando ella había admitido que no le habría importado verlo batirse en duelo? Podía preguntárselo.

—¿Sigues enfadado conmigo?

—¿Parezco enfadado?

Max bufó. Como si no supiera que por su apariencia era imposible saber lo que sentía... normalmente.

—No tendrías que haber sido tan susceptible con mi deseo de verte en acción. Estoy segura de que ganarías. —Sonrió de oreja a oreja—. Excepto contra mí.

—Adelante, coge tu arma.

—¿En serio?

—Sabes dónde está.

Estaba demasiado encantada de demostrarle que lo que afirmaba era cierto como para preguntarse por qué se lo permitía. Cruzó corriendo la habitación para coger el cinturón con la pistolera y se lo puso. Después buscó el Colt en la maleta de Degan, se lo enfundó y se volvió hacia él. Daba la espalda a la ventana, pero no se había acercado. La retroiluminación era para ella una desventaja, aunque veía su revólver y que se había apartado la chaqueta para acceder a él. Era rápida, llevaba casi dos años practicando mucho, pero no se había enfrentado jamás a alguien en un verdadero duelo y Degan tenía un aspecto letal allí de pie, esperando, frío, completamente impasible.

Max empezó a sudar. Aquello no era tan fácil como había creído. Quería ser más rápida que él, pero tal vez no lo fuera. Además, ella llevaba el arma descargada y él no. ¿Y si disparaba por inercia, sin pretenderlo? Aunque fuese más rápida, acabaría igualmente muerta.

—Vale. Ha sido una mala idea. Olvídalo. —Le dio la espalda.

—Como quieras.

Max soltó el aire que había estado reteniendo y tiró la pistola a la maleta. Mierda. Los duelos por lo visto requerían unas agallas que ella solo había creído tener, ¡y no había sido ni siquiera uno auténtico! Al menos no le estaba restregando que se hubiera echado atrás. Al fin y al cabo, era una mujer. Seguramente esperaba que lo hiciera.

Por fin llamaron a la puerta. Degan dejó entrar a los empleados. En esta ocasión eran cuatro, así que seguramente traían toda el agua de una sola vez.

—En la silla tienes una camisa nueva —le dijo en cuanto se marcharon.

Aquello la sorprendió.

—¿Me la has comprado?

—Para que las ronchas estén libres de suciedad hasta que se te curen, aunque ya casi no las tienes hinchadas gracias al ungüento.

Y a sus tiernos cuidados, pensó Max. No habían sido un sueño. Degan Grant seguía sorprendiéndola. Le habría dado las gracias por su amabilidad, pero dijo algo.

—Cinco minutos, Max, y estaré de vuelta.

¿No iba a llevarse su ropa esta vez?

—Diez —negoció.

—Ocho. Ni un minuto más. —Salió al pasillo y cerró la puerta.

Max ni siquiera miró hacia la ventana. Seguía sin apetecerle romperse el cuello saltando por ella. Ocho minutos eran pocos para darse un baño y estaba segura de que Degan esperaba al otro lado de la puerta. Se quitó rápidamente la ropa y se metió en la bañera. En aquel hotel no había crema de jabón sino en pastilla, pero tenía forma de flor y olía muy bien, así que no sacó el otro. Se lavó deprisa de los pies a la cabeza.

Salió de la bañera y frunció el ceño al darse cuenta de que tendría que ponerse la ropa interior usada, aunque al menos tenía una camisa limpia gracias a Degan. Se la puso y le quedaba demasiado ceñida. No le servía. Sí, le serviría. Solo tenía que abrocharse el chaleco en lugar de llevarlo sin abrochar como de costumbre.

Necesitaba más ropa, evidentemente, o pasar menos tiempo en hoteles y más en el campo, a orillas de un lago o de un río donde poder lavar la que tenía. Viajando con alguien que siempre imponía su criterio no tenía tiempo para las cosas que necesitaba hacer. Sin embargo, no podía permitirse comprar ropa. Siempre que había ganado dinero comerciando lo había gastado en munición. Además, no ganaría nada mientras estuviera con Degan, porque no le permitiría cazar.

Todavía se estaba secando el pelo cuando Degan volvió a entrar. Fue directo a la bañera. No había cerrado la puerta. A Max le pareció raro hasta que lo vio colocar el revólver en el estante de las toallas, al alcance de su mano desde la bañera. Volvía a pensar que estaba realmente dispuesto a dispararle si escapaba mientras estaba completamente desnudo. ¡Podría haber cerrado la puerta con llave en lugar de tentarla de aquella manera!

Lo observó mientras se desvestía hasta que les llegó el turno a los pantalones. Abrió unos ojos como platos cuando vio que iba a quitárselos mientras ella miraba.

Apartó la vista.

—Esperaré en el pasillo como has hecho tú.

—No.

—No es apropiado que me quede.

—Nada de lo que haces es apropiado. Siéntate. Dame la espalda. Olvida que voy desnudo.

Max se ruborizó intensamente. ¿Ya iba desnudo? ¿Se había sentado al menos para que pudiera volver a mirar hacia la bañera? No se atrevió a comprobarlo. Instintivamente, sabía que su imagen se le quedaría grabada para siempre. Había visto a otros hombres desnudos. Los mineros con los que se cruzaba en los ríos o en los lagos no tenían ningún inconveniente en desnudarse por completo para meterse en el agua habiendo otros hombres alrededor. No se daban cuenta de que era una mujer, claro, y a ella no le había dado vergüenza verlos. Sin embargo, en aquel momento ni siquiera miraba a Degan y notaba el calor en las mejillas. No era lo mismo cuando se trataba de un hombre tan guapo, cuando deseaba tanto mirarlo.

Miró hacia todas partes menos hacia el rincón en el que estaba él, pero estaba tan aturullada por el hecho de que se hubiera desnudado tan cerca de ella que, sin querer, volvió la cabeza y vio de reojo cómo añadía los pantalones al montón de ropa que se había quitado. Se quedó sin aliento. Con la visión de aquella espalda poderosa, aquellos muslos firmes y aquellas nalgas apretadas, una oleada de calor la recorrió por entero. Hizo incluso un amago de tocarlo, pero apretó los párpados y lo evitó. No tenía que ver aquel hermoso cuerpo desnudo de ninguna manera. Tuvo que repetírselo varias veces. No dejó de contener el aliento hasta que oyó el agua y supo que la bañera lo tapaba al menos en parte.

No volvió a mirar, sin embargo. Inspiró profundamente sin apartar los ojos del otro lado de la habitación hasta que por fin consiguió calmarse. No tendría que afeitarse cuando se hubiera bañado. Por lo visto lo había hecho mientras había estado fuera cuando ella dormía. La alivió un poco saber que se vestiría en cuanto saliera del agua en lugar de estar un rato semidesnudo afeitándose.

—¿Nos quedaremos aquí hasta que Jacob Reed se vaya de la ciudad o lo bastante para que pueda lavar la ropa?

—No.

—Pero si está ahí fuera buscándote. Te has enterado, ¿no?

—Sí.

—Si tiene dos dedos de frente, lo siguiente que hará será buscarte en todos los hoteles.

—No he firmado en el registro y ya he advertido al personal que olvide que me ha visto.

—Tu presencia en la ciudad es un notición. ¿En serio crees que no alardearán de que te alojas en su hotel?

—La gente no suele cabrearme.

No le costaba creerlo. Mientras hablaba, Max conseguía no pensar en que estaba desnudo, así que siguió.

—Necesito un día para lavar la ropa. ¿Para qué me baño si tengo que volver a ponerme la ropa sucia? Cualquier sitio con agua me valdrá si no nos quedamos aquí.

—Ya puedes mirar hacia aquí, Max.

Miró con cautela por encima del hombro antes de volverse del todo. Llevaba el pelo mojado hacia atrás, pero iba vestido y armado como de costumbre. Pensó que también a él le convenía lavar la ropa. Tenía una maleta bastante grande, pero había mirado su contenido y sabía que no estaba a rebosar de prendas.

La miró con aquellos ojos grises suyos.

—Tenemos que conseguirte un vestido para que te lo pongas antes de entrar en los pueblos.

Max soltó un bufido.

—Va a ser que no. No puedo llevarlo por el camino, así que, ¿para qué?

—He dicho «antes de entrar en los pueblos».

Max negó con la cabeza.

—Demasiado complicado. Además, todavía no me has dicho por qué.

—Para evitar que algún cazador de recompensas te arreste o te dispare.

—Iré con la cabeza gacha, como hago siempre. Nadie me reconocerá.

—Lo decido yo, no tú.

Lo miró con terquedad.

—No si no me lo pongo.

—Será interesante ponértelo.

Max se quedó con la boca abierta.

—¡No!

—¿Esperabas que las cosas se pusieran interesantes o lo único que te interesa es que me peguen un tiro?

La vestiría a la fuerza; seguía cabreado porque le había dicho que le habría gustado verlo en acción. Aunque a lo mejor no. ¿Lo había dicho con socarronería?

Degan se puso el sombrero.

—Vamos —le dijo.

Max apretó la mandíbula. Siempre decía eso, «vamos», escuetamente.

—¿No podrías añadir algo más? «Vamos a la estación», por ejemplo, o «volvemos a Helena», o «vamos a desayunar». Algo para que supiera adónde vamos.

—¿Importa realmente adónde vamos?

Max alzó la barbilla.

—Cuando tengo hambre sí.

—¿De verdad crees que no voy a darte de comer?

Otra vez ese matiz burlón, apenas perceptible, pero ahora estaba segura. Se rindió, completamente segura de que se las arreglaría para no decirle adónde iban.

23

—Hay varias ciudades entre aquí y Billings. Podemos hacer una parada larga en alguna y buscar una lavandería.

A Max no le sorprendió que Degan le diera aquella información por fin. Estaban comiendo. Solo mientras comía no le importaba hablar.

El restaurante del hotel estaba casi lleno de otros huéspedes o de gente de la ciudad. Solo había dos mesas vacías cuando Degan entró. A Max le encantó que hubiera varias opciones para desayunar. Le habría gustado probarlo todo si hubiera sido capaz de comer tanto. Se había servido una salchicha, huevos y medio bistec.

—¿Por qué a Billings? —le preguntó.

—Allí tomaremos un tren.

—Creía que no te gustaba ir en tren.

—Si no me rijo por un plazo de tiempo no me gusta. Ahora tengo que ir a un sitio y puede que haya un robo en la Northern Pacific mientras vamos en el tren. Eso me evitará tener que buscar por todo Dakota el escondrijo de Nolan.

Por lo visto Max iba a estar en su compañía bastante tiempo. Tardarían más de una semana solo para llegar a Billings. Cuando tuviera a Nolan, si lo atrapaba, habría arrestado a dos forajidos y tendría que decidir si ella sería la tercera de su lista. Así que seguramente habría tenido que alegrarse de que estuvieran embarcados en un viaje largo. Tendría muchas más posibilidades de escapar.

—¡Diablos, no! —refunfuñó Degan de repente.

A Max la sobresaltó su tono iracundo, a pesar de que seguía con la misma expresión. Por lo menos aquella ira no iba dirigida contra ella esta vez. Volvió la cabeza y vio lo que él estaba mirando. ¿Otra vez ella? La monada morena iba tan elegante como en Helena, pero ese día el vestido, la chaqueta y el sombrero eran de tres tonos de azul. El adorable sombrerito, sin ala de ningún tipo, era completamente inútil. No la protegía del sol. Era puramente decorativo. Max estaba segura de que todas las mujeres del restaurante envidiaban a la joven y que hubieran querido vestir de un modo tan frívolo y encantador. Suspiró.

La joven se acercó a su mesa y tomó asiento. Max se fijó en que no era solo mona sino guapa, y había tenido el descaro de sentarse a su mesa sin que la invitaran.

—¿Hasta dónde me obligarás a ir a buscarte, Degan? —le preguntó con petulancia.

—No te estoy obligando a nada, Allison. Ya te lo advertí: no tengo nada que decirte.

—No te creo.

—Me da igual. —Se levantó y le indicó con un gesto a Max que hiciera lo mismo.

Ella echó un vistazo a su plato medio lleno todavía, pero se levantó rápidamente.

—Degan, espera —dijo Allison frustrada cuando él se disponía a marcharse—, tu padre...

—Está vivo, ya lo he confirmado, así que este juego tuyo se acaba aquí —le dijo sin siquiera detenerse.

La mujer insistió.

—Un hombre no tiene que estar muerto para no ser quien era. Él...

Max no oyó el resto de lo que le decía mientras salían

del hotel, pero la joven no se rindió. Lo siguió hasta la calle.

—¡Degan Grant! —le gritó—. ¡Vuelve aquí!

Degan siguió andando hacia el establo de la esquina de la manzana. Max intentaba mirar hacia atrás. La damisela estaba fuera de sí. No le sorprendía; era demasiado mona como para estar acostumbrada a que la ignoraran.

—¡Para, Degan! —chilló—. ¡Tienes que escucharme!

Max puso los ojos en blanco.

—Si alguien todavía no sabía que estás en la ciudad, ahora ya lo sabe. ¿Vas a permitir que siga gritando tu nombre?

Degan no le respondió, pero el daño estaba hecho. Max vio a Jacob Reed salir de un porche, calle arriba, y avanzar hacia Degan por el centro de la calle. Seguía solo, o quizá no. Iban con él cuatro hombres cuando el día anterior lo habían visto en la carretera de Butte. Max echó un vistazo rápido a su alrededor pero no vio a ninguno de sus amigos al principio. Luego los localizó. Seguramente Reed se había enterado de dónde se alojaba Degan y había apostado previamente a sus hombres para tenderle aquella emboscada. Ya sabía ella que los empleados del hotel serían incapaces de mantener la boca cerrada y no contar que un famoso pistolero era cliente de su establecimiento.

—Hay un hombre en el tejado de enfrente apuntándote con un rifle —le advirtió a Degan—. Es una trampa.

—Lo sé. Ya he visto a dos más.

—Pero a este no lo tienes a tiro mientras que él puede darte.

—Puede que eso dé igual si antes mato a Jacob. Es su lucha, no la de estos hombres.

No era el momento de parecer tan condenadamente tranquilo ni de hacer suposiciones. Además, ¿dónde estaba el cuarto hombre? La calle empezaba a despejarse. Que dos tipos caminaran el uno hacia el otro era un buen indicativo de lo que estaba a punto de suceder, y a Max un «puede que» no le bastaba.

—¿No te parece que sería mejor que nos pusiéramos a cubierto?

—Tú sí. Vuelve al hotel, y rápido.

No necesitaba que se lo dijera dos veces. Echó a correr hacia el hotel. La damisela también corría. Seguía persiguiendo a Degan, sujetándose la falda y mirando hacia el suelo para no pisar ninguna boñiga, así que seguramente no sabía lo que pasaba ni se daría cuenta hasta que sonaran los primeros disparos.

—Va a haber un tiroteo —le advirtió Max cuando pasó por su lado.

No esperó a ver si la otra cambiaba de dirección, pero entró en el hotel no para refugiarse. Se dirigió directamente al mostrador de recepción.

—Deme cualquier arma que tenga.

—Aquí no tenemos...

—La que tiene para protegerse. Miénteme y el señor Grant vendrá y destrozará esto a balazos.

Como amenaza era bastante buena. El hombre se agachó y sacó un rifle. Max lo cogió y se lo metió debajo del abrigo antes de volver a salir y marcharse rápidamente calle abajo.

—La última vez no te maté porque estabas entristecido por la pérdida de tu hermano —oyó que Degan le decía a Reed cuando estuvo a la altura de ambos, que ya se encontraban a escasa distancia el uno del otro—. Ya has tenido tiempo de superar el dolor.

Jacob soltó una carcajada.

—Menudo aplomo tienes para ser un hombre a punto de morir, Grant.

Max siguió avanzando y no se detuvo hasta tener a tiro a dos de los amigos de Reed, que permanecían en cuclillas en los tejados de dos edificios de la acera de enfrente. Sabía que en cuanto Degan sacara el arma lo acribillarían con los rifles. No iba a esperar a que él muriera para empezar a disparar; sin embargo, había empezado a sudar. Aquello no era como matar a un animal para la cena. ¡Los animales no devuelven los disparos! Pero no le quedaba más remedio. No compartía la opinión de Degan acerca de que el del rifle del tejado «puede que» no disparara. No había tiempo para tener escrúpulos, ya era demasiado tarde.

Los disparos sonaron en la calle, a su espalda. Sin quitarle ojo a uno de los hombres apostados en el tejado, no se atrevió a mirar hacia atrás para ver quién había salido con bien del duelo. Disparó en el momento en que el amigo de Reed se incorporaba para hacer puntería. Le dio en el rifle, se lo rompió y probablemente le voló unos cuantos dedos. El tipo se agachó para esconderse, pero lo oyó gritar. Apuntó hacia el segundo hombre, que ya había disparado una vez y se escondía detrás de una chimenea. Tendría que esperar a que saliera de nuevo.

Detrás de ella sonaron más disparos. Dedujo que Degan no podía estar muerto, a menos que algunos ayudantes del *sheriff* se hubieran inmiscuido. No quería mirar aún, no quería saber lo que sentiría si Degan había muerto. No iba a hacerle ninguna gracia, de hecho. ¿Por qué si no iba a estar tratando de ayudarlo en lugar de aprovechar para escaparse?

El que estaba detrás de la chimenea salió de su escondite y corrió por el borde del tejado. Max le disparó antes de que apoyara una rodilla en el suelo para ocupar una nueva posición. La bala lo desestabilizó. Cayó del tejado con una mueca de dolor. Intentó levantarse, pero no lo consiguió. Seguramente se había roto unos cuantos huesos en la caída.

Max hizo de tripas corazón para mirar hacia donde había tenido lugar el duelo y soltó el aire que había estado reteniendo. Degan no estaba. Jacob Reed sí, tendido boca abajo en el polvo. Aunque nadie disparaba, nadie se le acercaba para comprobar si seguía vivo. El ayudante Barnes y otro hombre corrían hacia ella desde el otro extremo de la calle.

—¿Qué ha pasado aquí? —se detuvo a preguntarle Barnes, con la pistola desenfundada y sin aliento.

Ella indicó con la cabeza a Reed.

—Él y sus amigos le han tendido una emboscada al *marshal* Grant. Todavía hay dos por ahí.

En el preciso momento en que lo decía, un cuerpo cayó desde el tejado del porche, sobre sus cabezas, y rodó hasta la calle, frente a ellos. El hombre no tenía ninguna herida de bala, pero sí la nariz bastante maltrecha.

—Pues ya solo queda uno por ahí, a menos que Grant ya se haya ocupado también de él —añadió, reprimiendo una sonrisa.

Al menos ahora sabía dónde estaba Degan. El ayudante empezó a comprobar el estado de los cuerpos. Max corrió por la calle para ver si localizaba al último hombre en los tejados de los edificios del lado de la calle donde había estado ella, pero un movimiento junto al establo le llamó la atención. Habría sido un buen lugar para esconderse o para coger un caballo y largarse en caso de que ninguno de sus amigos sobreviviera. Había unas cuantas balas de heno a un lado de las grandes puertas del establo y una carreta sin enganchar al otro. Entonces un hombre se asomó de la carreta y volvió a agacharse rápidamente.

Como el establo estaba en una esquina, Max dobló la de enfrente para colarse debajo de la carreta. Ya llevaba el rifle preparado cuando se acercó. Seguía sudando porque llevaba el abrigo y era pleno julio, no porque estuviera nerviosa.

—Levántese, señor. Tire el rifle por el borde de la carreta, muy despacio. Un disparo a esta distancia le abriría un agujero lo bastante grande como para meter el puño en él. Preferiría no hacerlo, pero lo haré si hace cualquier movimiento brusco.

—¡No dispare!

Arrojó el rifle desde la carreta y luego un Colt antes de

ponerse de pie. Max se volvió hacia la parte delantera para apartar el rifle de una patada y se enfundó el Colt. Cuando miró hacia arriba vio que el otro no era más que un niño, más joven incluso que ella, y que parecía aterrorizado.

—¿Eres uno de los amigos de Jacob Reed —le preguntó, reptando para salir de debajo de la carreta—, o solo te escondías del tiroteo?

—Jacob me salvó la vida. Se lo debía.

No había sido su intención darle una excusa como esa, pero el chico era demasiado tonto para aprovecharla.

—Deberías haber encontrado otro modo de devolverle el favor —le dijo—, uno que no implicara asesinar. Sabes lo que ha sido esto, ¿verdad?, lo que es una emboscada. Nada puede ser más cobarde.

—Creo que ha pillado la idea —dijo Degan a su espalda, quitándole el rifle.

Max se volvió. El ayudante que acompañaba a Degan se llevó al chico.

Degan no tenía aspecto de haberse visto metido en un tiroteo, ni de haber derribado a nadie de un tejado a puñetazos, dicho sea de paso. No se había despeinado. Aun así, seguía tenso, como si todavía no se hubiera serenado. Ella tampoco lo había hecho, aunque su nerviosismo se había convertido en enfado.

—¿Lo primero que se te ocurre es desarmarme? ¿En serio? ¿No me das las gracias por salvarte la vida?

—Recojo lo que sembré, así que debo afrontar las consecuencias. Este tiroteo no tenía nada que ver contigo. Tenías que estar a salvo, en el hotel.

—Sí, pero ha quedado demostrado algo, por si no te has dado cuenta —le espetó ella.

—¿Que no escuchas nunca?

Habría apretado la mandíbula, pero sentía demasiada curiosidad.

—Entonces ¿Reed se va a curar y volverá a perseguirte o le has matado?

—Hay un médico con él, pero le he advertido que la próxima vez lo mataré. Vamos.

—La famosa palabra —murmuró Max—. La recordaré para ponerla en tu lápida.

24

Max pensó que tenía que ser el día más caluroso del año. No había ni un soplo de brisa ni la más mínima nube en el cielo azul. De haber estado sola, habría encontrado una sombra junto a un lago o a un arroyo y esperado a que el calor cediera antes de proseguir su camino. No creía que Degan apreciara tal sugerencia.

Ya se había quitado el abrigo y lo había dejado en la grupa de su caballo antes de arremangarse. No le había servido de nada, así que se quitó el chaleco y lo colgó del cuerno de la silla. No era momento para preocuparse por lo que se le marcaba el pecho con aquella camisa nueva tan ajustada. Incluso se desabrochó unos cuantos botones. De nada le sirvió. Era como si se alzara vapor de la carretera de tanto calor y tanta humedad.

Habían tenido que apartarse del camino en dos ocasiones para dejar pasar una diligencia. Si Degan tenía tanta prisa para tomar el tren en Billings, debería haberse dado cuenta de que en la diligencia llegarían antes. Los conductores no dejaban descansar a los caballos, simplemente enganchaban los de refresco en cada parada. Degan podía dejar en un establo los suyos y recogerlos a la vuelta. Eso si volvían por la misma ruta. A lo mejor no. No compartía sus planes con ella, precisamente.

Seguramente también estaba agobiado por el calor, porque

se había quitado la chaqueta y el chaleco de seda y se había arremangado. Incluso sin su atuendo, siempre tan formal, seguía teniendo aspecto de ser peligroso. No era la ropa elegante lo que indicaba a la gente que era letal. Evidentemente, deducían por su apariencia que era un hombre al que evitar, un hombre con el que mejor no tratar, un hombre del que huir. Y ella le había salvado la vida aquella mañana. Había sido un ramalazo de locura, seguro, la peor idea que había tenido jamás, y todavía no había recibido ni las gracias.

Cabalgaba con el Colt confiscado en la pistolera, sobre la cadera derecha. Degan tenía que haberlo visto en cuanto se había quitado el abrigo. Era imposible que no lo hubiera notado, así que resultaba evidente que iba a permitírselo. ¿Era esa su manera de darle las gracias por haberlo ayudado en Butte o lo hacía porque sabía que no le dispararía al igual que él tampoco lo haría? Habría preferido recuperar su propia arma, pero si se la reclamaba de nuevo era posible que le quitara la que ya llevaba, así que mejor no comprobarlo.

No le había dicho ni una sola palabra desde que habían salido de Butte. El silencio, sobre todo el silencio innecesario, la sacaba de quicio.

—Suelo viajar por el bosque y las colinas. Al menos los árboles dan sombra —dijo finalmente.

—Yo prefiero las carreteras —repuso Degan.

—Tampoco suelo viajar si hace tanto calor. Mira el cielo. No hay ni una sola nube, así que esta noche habrá suficiente luz de luna para cabalgar. Normalmente me escondo en días tan calurosos como...

—No lo haremos. Dormiremos cuando duerme todo el mundo, así no nos pillarán desprevenidos.

Max soltó un bufido.

—Probablemente todo el mundo es tan sensible como yo al calor y se mantiene alejado de él en días así.

Al cabo de otra hora, volvió a intentarlo.

—Necesitamos agua. Me desmayaré si no me mojo pronto.

—Llegaremos al río Jefferson esta noche.

—Será tarde. Seguí este camino cuando iba hacia el norte. Hay un lago pequeño a un kilómetro y medio al sur de la carretera, más adelante. Te lo pasas sin darte cuenta si no sabes que está ahí.

Degan no le respondió enseguida.

—Llévanos hasta allí —dijo luego.

Eso hizo Max. Aquel hombre hacía demasiado pocas concesiones para no aprovechar inmediatamente la más mínima. Le gustaba hacerlo todo a su modo. Bueno, tenía que admitir que a ella también.

La tripa le decía que hacía dos horas que tendrían que haber comido cuando encontró el sendero de los venados que llevaba hasta el lago. Chopos de corteza blanca y unos cuantos pinos ponderosa crecían cerca de la orilla, con una alfombra de flores silvestres a sus pies, pero Max no se dio cuenta en un primer momento de lo hermoso que era el lugar porque no podía apartar los ojos del agua, de un azul intenso. En cuanto llegaron se acercó al lago, quitándose el cinturón y el sombrero por el camino y sin detenerse más que brevemente para sacarse las botas antes de meterse en el agua completamente vestida, calcetines incluidos. El agua no estaba helada, pero sí fría, exactamente lo que le hacía falta. Se quedó flotando boca arriba, suspirando de placer.

Degan no la imitó, aunque ella sabía que hubiera querido. Sin embargo, refrescarse en un lago un caluroso día de verano habría sido bajar demasiado la guardia y que Dios lo librara de hacer algo semejante. Se limitó a llevar los caballos hasta la orilla y a refrescarse la cara. Se mojó la camisa y Max se fijó en que el fino algodón se le pegaba al pecho musculoso. Apartó los ojos inmediatamente.

—La ropa se te secará enseguida. Ven al agua —le dijo.

Degan se la quedó mirando.

—A diferencia de ti, prefiero quitarme la ropa para nadar —le comentó.

—¡No lo hagas!

Él siguió mirándola, pero no se movió. Max empezó a imaginárselo desvistiéndose como había hecho aquella mañana y empezó a notar calor en las mejillas. Tuvo la sensación de que el vapor se elevaba del agua a su alrededor, aunque estaba fría. Se zambulló para quitarse de la cabeza la imagen de su cuerpo desnudo.

Se preguntó si Degan hacía alguna vez algo espontáneamente, algo divertido que lo hiciera reír. ¿A quién pretendía engañar? Por supuesto que no.

Cuando salió a la superficie, vio que estaba abriendo el zurrón de la comida, de espaldas a ella.

—Tírame el jabón, ¿quieres? Hay una pastilla en mis alforjas. Y la ropa también, ya de paso. Este es un momento tan bueno como...

—No, eso puede esperar. Esta noche tendrás tiempo para lavarla. Ven a comer. No nos quedaremos más de lo imprescindible.

Max no se movió. Estaba demasiado bien en el agua y, desde aquella distancia, podía ver a Degan a sus anchas, sin que él notara que no le miraba solo la cara.

—Sal del agua, Max.

—No.

—Max.

—¡No!

Dejó caer al suelo el zurrón y empezó a desabrocharse la camisa. Lo haría. Se desnudaría por completo, pero no se metería en el agua para disfrutar un poco sino solo para sacarla a rastras.

—Tú ganas, petimetre. —Riendo, salió del lago.

Se puso al otro lado de *Noble* para quitarse la camisa empapada y abrió la alforja para sacar una seca. Una seca y sucia.

Torciendo el gesto, sacó la de Luella en vez de la sucia y se la puso. No era tan delicada como las suyas, ni tampoco tan fina, así que seguramente resistiría un día caluroso como aquel.

—No pasaría tanto calor si te mantuvieras apartado de las carreteras para que pudiera cabalgar con esto.

Degan rodeó el caballo para ver a qué se refería.

—Ni lo sueñes. Tú irías más fresca, pero a cualquier hombre que te viera se le calentaría la sangre y hoy no estoy de humor para más de un tiroteo.

Max se ruborizó. No lo había dicho enfadado sino mirándole con ardor los pechos, que se le marcaban claramente bajo la camisa. ¿Se estaba refiriendo a sí mismo? ¿Se le había calentado la sangre? La suya empezaba a hacerlo.

Fue rápido, demasiado. La atrajo hacia sí, levantándola del suelo. Ella le rodeó el cuello y la besó. Nunca había sentido algo tan salvaje. Los besos de Billy Johnston eran dulces y divertidos, pero inseguros, porque ella lo ponía nervioso. Aquello era pura pasión. Se trataba de Degan, un hombre que seguramente ni siquiera sabía qué era estar nervioso. Era más emocionante de lo que había imaginado. El calor, la exaltación, fuera lo que fuese lo que lo había impulsado a besarla, no quería que parara. Sabía demasiado bien y le sentaba aún mejor. La besó más profundamente, con la lengua, con una sensualidad impetuosa que consiguió que algo en su interior se desatara, algo tan increíblemente agradable que gimió. ¡Ojalá no lo hubiera hecho! Fuera por el gemido o por otra cosa, Degan la tomó de la cintura y la dejó en el suelo, a cierta distancia. Se estaban mirando a los ojos intensamente.

—Esto es lo que puede pasar un día caluroso —le dijo únicamente antes de alejarse.

Max se quedó aturdida un momento. ¿Por qué había dejado de besarla? ¿Por algún código de honor de caballeros, dado que seguía siendo su prisionera? Si era por eso, ¡no tendría que haberla besado en absoluto! Estaba más decepcionada que avergonzada y ni siquiera lo había convencido acerca de lo que iba a ponerse.

La desilusión la llevó a gritarle:

—¡¡Este es el día de más calor que ha habido jamás por esta zona!!

—Es porque no corre la brisa.

—Me da igual por qué. Deberíamos quedarnos aquí que hay sombra y agua para refrescarnos hasta que haya pasado lo peor.

—No. —Sacó una de sus dos camisas de la maleta y se la lanzó—. Póntela.

Ella se la tiró de nuevo.

—Prefiero ponerme la mojada. ¡Me mantendrá fresca diez condenados minutos antes de empezar a echar humo!

Estuvo a punto de añadir «como yo», aunque seguramente él se dio cuenta.

—¿Por qué estás enfadada? —le preguntó.

¡Oh, Dios! No lo sabía. Tal vez porque había interrumpido de repente aquel beso que nunca tendría que haberle dado. Tenía que ser por el calor, y por la tozudez de aquel hombre. ¿Por qué era tan empecinado? Solo le había sugerido un pequeño retraso en el viaje. Sabía por qué, sin embargo. En cuanto le hubiera hecho el favor al *marshal* Hayes, se libraría de ella.

Max inspiró profunda y regularmente.

—No lo estoy —repuso luego—. Y no hace falta que te disculpes por lo que acaba de pasar.

Con una sonrisa en la comisura de los labios, Degan se le acercó de nuevo.

—No iba a hacerlo. —Seguía con la camisa en la mano. Como ella no la cogía, le hizo una advertencia—: El sol te quemará si solo llevas eso. ¿Quieres que vuelva a aplicarte el ungüento?

—No. Yo... Bueno, eso ha sido muy... Da igual. —Estaba segura de que se burlaba de ella.

183

—Pues ponte esta camisa, o te la pondré yo mismo —añadió con suavidad—. No me importaría nada hacerlo.

Max aceptó la camisa antes de que se lo demostrara, pero en cuanto metió los brazos en las mangas, se lo demostró igualmente, ocupándose de abrochársela. Ella no se lo impidió. Cada vez la tenía más confusa. De repente, su cercanía la intimidó. ¿Volvería a besarla? A lo mejor solo había parado antes por temor a que el sol le quemara la piel.

Su atracción por él iba en aumento. ¡Tendría que haber estado pensando en escapar, no en besarlo! Se quedó allí de pie, esperanzada, dejando que le abrochara la camisa, más enternecida de lo que quería. De hecho, le gustaba tenerlo tan cerca, teniendo una delicadeza con ella. No podía negarlo, aunque su lado amable la desconcertara.

Estaba tardando tres veces más de lo que ella habría tardado en abrochar aquellos botones, pero no hizo el menor amago de relevarlo en la tarea. ¿Le estaba mirando los pechos o miraba los botones que iba abrochando por encima de ellos? Se quedó sin aliento al notar los nudillos de Degan rozándole la piel. ¿Había sido un desliz? ¡Era tan agradable! Entonces la miró a los ojos largamente. ¿Para valorar su reacción? Sin poder evitarlo, se ruborizó.

Le dejó los dos botones del cuello sin abrochar, pero le alzó el cuello de la camisa, rozándole de nuevo la piel.

—Para que no se te queme el cuello —le dijo, antes de alejarse.

La dejó confusa acerca del cosquilleo que le había recorrido la espalda e hizo lo mismo que había hecho ella antes, acercarse al lago, pero quitándose toda la ropa. No soltó el revólver, sin embargo, sino que lo sostuvo por encima del agua mientras se sumergía. Fascinada, esta vez Max no pudo apartar los ojos de él hasta que salió y vio lo bien formado que era. Entonces le volvió la espalda, colorada otra vez.

25

Para variar, no hubo conversación durante el rápido almuerzo. Max no trató de cambiar la situación porque estaba demasiado ocupada con sus propios pensamientos y castigándose por haber sucumbido a los encantos de Degan. Intentó echarle la culpa al lago. ¡Se estaba tan bien allí! Habría querido que se quedaran más. Pero era solo por Degan. Aquel hombre la fascinaba. Le hacía sentir demasiadas cosas que no debería haber sentido. La hacía ser femenina y tímida y... la ponía a cien. Tenía que dejar de pensar en lo guapo que era y en lo mucho que le había gustado besarlo. Había tenido la amabilidad de darle una de sus elegantes camisas para que el sol no la quemara.

Había otro problema. Tenía que dejar de pensar que era amable y recordar con más frecuencia que era su prisionera, que todavía podía entregarla a las autoridades. Por mucho que empezara a gustarle, no podía confiar plenamente en él.

Por fin sopló la brisa cuando volvieron a la carretera. Sin embargo, no era fresca. Flotaba como si acabaran de abrir la puerta de un horno. Empeoró momentáneamente la humedad, pero por fin acabó con la ola de calor, llevándoselo consigo.

—Hoy no haces más que mirar atrás. ¿Oyes algo que yo no oigo? —le comentó a Degan cuando dejó de parecerle que tragaba calor con cada aliento.

—No.

—Pero te ocupaste de Reed. ¿O es que hay más tipos como él buscándote?

—Seguramente todos los que son rápidos disparando del país.

A Max le pareció que era su modo de bromear, aunque no sonreía.

—No me refiero a los que quieren desenfundar antes que tú para alardear luego de ello. Me refiero a verdaderos enemigos que quieran matarte como sea.

—Nadie puede hacer lo que yo hago sin ganarse enemigos. Por eso voy siempre hacia delante, nunca hacia atrás.

—Ahora estás volviendo atrás, ¿no?

—¿Cómo lo sabes?

Max soltó una carcajada.

—Ya te dije, petimetre, que eres todo un acontecimiento. Me enteré de que estabas al este de aquí incluso antes de que decidieras ser un grano en el culo para mí. Además, sabes de los ríos que hay más adelante, así que los has cruzado por lo menos una vez.

—Hice un trabajo en Nashart.

Max abrió unos ojos como platos. ¿Acababa de contarle algo acerca de sí mismo y no estaban comiendo?

—¿Nos detendremos allí?

—No, el tren no parará mucho rato. Quizá durante el viaje de vuelta.

¿De vuelta? ¿De vuelta para qué? ¿Había decidido ya lo que haría con ella? ¿De vuelta para meterla en la cárcel o para capturar al tercer forajido? Eso si capturaba a Willie Nolan en Dakota, que sería el segundo.

Aquella idea le estropeó el buen humor y no volvió a abrir la boca en toda la tarde. Ya había visto varios conejos, una comadreja y vislumbrado las astas de un ciervo entre la maleza, animales que no habría dudado en matar para la cena. Estaba bastante segura de que no llegarían al siguiente pueblo aquella noche, así que tendrían que acampar.

—Si me das el rifle, cargado, puedo conseguir carne para la cena antes de que oscurezca —le sugirió antes de que anocheciera.

Degan había vuelto a su costumbre de no responderle. Debía de llevar más comida en aquel morral suyo. ¿Por qué no se lo decía y punto? Al cabo de diez minutos, sin embargo, sin previo aviso, desenfundó y disparó. Max tuvo trabajo para calmar a *Noble*, que describió un círculo completo antes de que lograra tranquilizarlo.

Degan ya había desmontado y salido de la carretera para recoger el conejo que acababa de abatir. Regresó, lo ató al arzón trasero de la silla y volvió a montar, todo ello sin decir una sola palabra.

Max se echó a reír.

—Apuesto a que nunca has desollado ninguno.

—Ganas la apuesta. Eso se lo dejaré a la cazadora experta.

Seguramente no era consciente de que le estaba haciendo un cumplido, pero lo aceptó. Volvía a sonreír para sí. Había recuperado el buen humor. No obstante, Degan seguía echando vistazos hacia atrás con demasiada frecuencia, y aún no le había explicado satisfactoriamente por qué era tan precavido aquel día.

Al final volvió a preguntárselo.

—¿Quién esperas que nos dé alcance?

—Alguien me disparó en Helena. Si hubiera sido Reed, habrían sido muchas más las balas. Fue más bien un disparo de advertencia.

—Y crees que quien lo efectuó solo pretendía que huyeras para poder matarte lejos de cualquier testigo.

—Es una posibilidad.

—También pudo ser una bala perdida.

—Es otra posibilidad.

Sin embargo, obviamente Degan tendía a ser prudente y estaba preparado para lo peor, lo que limitaba que hubiera sorpresas. Max se preguntó si habría estado siquiera preocupado por aquello de haber ido solo o si su presencia lo impulsaba a tomar más precauciones de lo habitual. En ese momento él detuvo el caballo y se volvió hacia ella. Max tiró de las riendas y lo miró.

—¿Qué pasa?

—Creo que te gustará parar un momento para contemplar la puesta de sol. A las mujeres por lo visto les gustan este tipo de cosas.

¡Dios! Estaba siendo amable otra vez. Max ni se había dado cuenta de que, a su espalda, el cielo se estaba poniendo naranja y rosa. Era bonito, pero ¿cómo sabía que una mujer apreciaría un panorama tan bello y por qué se detenía para que ella lo disfrutara?

No estuvieron mucho rato parados, pero el gesto la había enternecido. Degan seguía sorprendiéndola con aspectos de su carácter impropios de un pistolero curtido. Tenían que ser reminiscencias del modo en que lo habían educado antes de que cogiera un arma. Ojalá lo hubiera conocido entonces. ¿Un caballero amable, quizá despreocupado, encantador incluso? Qué va, Degan no. No podía creérselo.

Oscurecía antes de que cruzaran el primero de los tres ramales del río, y era noche cerrada cuando cruzaron el segundo, junto a cuya orilla acamparon. En la zona había unos cuantos árboles y muchos matorrales, algunos de los cuales asomaban del agua, aunque encontraron un área despejada. Max encendió una hoguera mientras Degan desensillaba y cepillaba los caballos.

Se detuvo a contemplarlo mientras trabajaba. Los músculos de la espalda y de los hombros se le marcaban bajo la tela fina de la camisa blanca. Cuando Degan se agachó para comprobar el estado de una herradura del palomino, se fijó en el trasero y en los poderosos muslos. Se enfadó consigo misma al darse cuenta de que lo estaba mirando en lugar de hacer algo productivo. Tenía que dejar de pensar en lo atractivo que era. ¡Tenía que dejar de gustarle! Nada había cambiado. Seguía siendo su prisionera, no debía olvidarlo ni dejarse distraer por él tan fácilmente.

Max sacó lo que le hacía falta de las alforjas: la sartén, la parrilla de hierro, las bolsitas de hierbas aromáticas que recogía siempre que las encontraba en estado silvestre. Buscó un palo largo para asar el conejo en la hoguera y dos piedras grandes para apoyarlo. Después de desollar y eviscerar el animal, lo frotó con las hierbas y lo puso al fuego. Se quedó observando unos minutos hasta estar segura de que las llamas que alimentaba la grasa no lo quemaran.

Se lavó las manos en el río antes de pasar a la siguiente tarea: lavar la ropa. Degan se había sentado junto a la hoguera, reclinado en la silla de montar.

—¿Qué más llevas en el zurrón? —le preguntó Max.

—Pan, queso, condimentos, bocadillos, fruta. Puede que lleve incluso algo de postre.

—Entonces ¿no necesitábamos carne?

Degan se encogió de hombros.

—De hecho, no. Pero ese conejo que preparas huele bien.

Max miró dentro del zurrón de Degan y cabeceó.

—Si vas a saquear cocinas antes de marcharte de los pueblos deberías hacerte con una cesta para picnic. Así mantendrías los alimentos separados y no se te mezclaría toda la comida. —La idea de ver a aquel famoso pistolero cabalgando por un pueblo con una cesta de picnic le dio risa—. Da igual. Eso mancharía tu reputación.

Degan no le veía la gracia.

—Y además prefiero comer sentado a una mesa.

Pues claro que sí, al igual que prefería dormir en una cama. Sin embargo, se encontraban a casi cincuenta kilómetros del siguiente pueblo, así que por esa noche estaba lejos de tener esa suerte.

El aire se había enfriado tras ponerse el sol y Max sabía por experiencia que la temperatura descendería en picado durante la noche, aunque todavía no hacía demasiado frío para lavar la ropa que llevaba. Podría dormir con la camisa que Degan le había prestado.

Puso el primer conjunto de prendas ya lavadas a secar sobre unos matorrales.

—De paso puedo lavar la tuya —le ofreció a Degan.

—Mañana llegaremos a Bozeman. Puedo esperar.

No miraba lo que ella hacía sino el fuego, fijamente. Max se volvió de nuevo hacia la mansa corriente. ¡Qué tentación! Se sentiría mucho mejor después de lavarse el pelo y librarse del polvo y el sudor. Se situó detrás de los caballos y se lo quitó todo menos la ropa interior. Sacudió la camisa de Degan y la tendió para que se aireara en un matorral. Se puso la pastilla de jabón debajo de la camisola, se metió en el agua con la petaca de crema de jabón y sumergió la cabeza antes de enjabonarse la cara y el pelo. Luego tiró la petaca a la orilla y se restregó con la pastilla.

—Dormir con la ropa mojada no es una buena idea —dijo Degan a su espalda.

Así que sí la había estado mirando.

Le contestó sin volver la cabeza.

—Volveré a ponerme tu camisa en cuanto salga del agua. No quiero hacerte enfadar, ¿sabes?, normalmente me baño con más ropa.

—Hay otra camisa limpia en mi maleta. Puedes ponértela para dormir.

—Eso haré, gracias.

Cuando terminó de bañarse, salió del agua y se llevó la maleta de Degan detrás de los caballos para cambiarse. Cuando la abrió, vio el Colt. Sacó el arma del chico para vaciarle el tambor y usar las balas para cargar la suya antes de cambiar la una por la otra. Sin embargo, estaba descargado. Estuvo a punto de echarse a reír. Seguro que Degan las había sacado cuando estaba en el lago, en el agua, y no lo miraba. ¡Y pensar que había creído que empezaba a confiar en ella!

Tuvo que rebuscar en la maleta para dar con la última camisa limpia. Tocó algo de metal y sintió curiosidad, así que sacó el objeto para ver qué era. Desde luego no esperaba ver dos argollas de hierro unidas a una cadena de hierro corta.

Con los grilletes en la mano, salió de detrás de su caballo.

—¿Qué demonios es esto?

26

Max estaba furiosa. ¿Cómo podía Degan pensar siquiera en ponerle grilletes después de haberlo ayudado aquella mañana en Butte? Evidentemente, sin embargo, esa era su intención. Evidentemente tenía que proteger sus intereses. Ella equivalía a dinero en el banco para él, así que no quería que se lo robara largándose mientras dormía.

Como no le respondió inmediatamente, le tiró los grilletes, pero no le dio, por desgracia. Volvió a esconderse detrás de los caballos para cambiarse, pero tardó un poco en abrir los puños.

—No voy a usarlos si no me das motivos —oyó que le respondía por fin Degan.

—Pero crees que deberías —le reprochó ella por encima del lomo de su caballo.

—Eso creo.

La jornada había sido lo bastante movida como para hacerlo cambiar de opinión acerca de ponerle grilletes. Max todavía no se había serenado, ni mucho menos.

Con las botas, los calcetines que le sobresalían varios centímetros de la caña y la camisa blanca enorme de Degan hasta las rodillas, con el arma baja sobre la cadera y el chaleco, sabía que tenía un aspecto ridículo, pero no había nadie, así que nadie la vería aparte de Degan, y él no contaba. Entonces ¿por qué de repente deseaba haberse marchado de casa con al menos un camisón bonito? Nunca hasta entonces lo había pensado, y por una buena razón. Sola por los caminos, tenía que estar preparada para marcharse en cualquier momento, no acostarse como si estuviera a salvo en casa.

Seguía furiosa cuando se acercó a la hoguera. Desplegó la manta del caballo para sentarse y se cubrió las piernas con el abrigo para poder tenerlas cruzadas mientras terminaba de preparar la comida sin que Degan volviera a acusarla de intentar tentarlo. Se había abrochado la camisa hasta el cuello, además. Tuvo que arremangarse. Incluso con los puños abrochados, las mangas le cubrían las manos. Notó que él la miraba, sin embargo, como si esperara que siguiera despotricando. En lugar de eso, se comportó como si Degan no estuviera allí.

Apartó el conejo del fuego para que se enfriara y, después de buscar en el zurrón de Degan, sacó varias cosas, entre ellas dos melocotones. Cortó el pan en rebanadas sin apoyarlo en el suelo, acostumbrada como estaba a hacerlo sin tener una tabla de cortar. No podía cargar con muchas cosas y una tabla abultaba demasiado. Puso unas cuantas a calentar en la sartén y les puso un poco de queso encima.

Antes solía usar un plato de lata para comer, pero ahora comía directamente de la sartén. Una noche que el ruido de ramitas quebrándose la había alertado, se había marchado precipitadamente, dejándose tanto el plato como la red de pescar. Poco acostumbrada a verse sola, acampando al raso, estaba casi siempre como un flan. Había tenido que hacer un esfuerzo por superar aquellos miedos tomando precauciones dentro de lo razonable y mentalizándose para lo que pudiera pasar, pero no había contado encontrarse con alguien como Degan, que desbarataba siempre sus planes, demasiado perspicaz para dejarse engañar por sus trucos. Aunque el chasquido de una rama no la inquietaba lo más mínimo teniéndolo cerca. Se sentía protegida, completamente protegida, estando a su lado.

Era curioso, puesto que la había besado y a ella le había

gustado. No permitiría que eso volviera a suceder. ¡Ni hablar! ¿Besar a un hombre que la había atado, que tenía intención de encadenarla? Aquel hombre tenía suerte de que no le clavara el cuchillo en el corazón.

—Deja de estar de morros.

Max le tiró el cuchillo.

—Cógelo antes de que le encuentre otro uso.

Degan arqueó una ceja.

—¿También debería recuperar el arma que llevas?

Max soltó un bufido.

—¡Pero si le has quitado las balas!

Degan se encogió de hombros.

—Creía que habías dicho que te gustaba notar el peso de un arma, que te daba seguridad. Además, sé perfectamente que un arma, con o sin balas, puede ser un elemento disuasorio necesario para ti durante este viaje, aunque no contra mí.

Max recordó que le había dicho que echaba de menos el peso del arma. Además, sabía que Degan esperaba problemas porque se había pasado el día echando vistazos atrás. Había conseguido que pareciera que le estaba haciendo un favor a él llevando el arma, siempre y cuando no estuviera cargada. Porque no confiaba en ella. Porque, al fin y al cabo, era su prisionera.

Degan no recogió el cuchillo que le había tirado, pero lanzó al río los grilletes que tenía detrás.

—Me mantuviste despistado dos días enteros en Helena. No vuelvas a cuestionar mis motivos.

Si era una explicación, era muy corta. Nuevamente, puesto que no solía darle ninguna, a Max le pareció mucho. No obstante, entre los dos algo había cambiado sin ningún género de duda. Por lo visto, Degan no iba a explicar qué. A lo mejor no lo sabía.

—No veo que te deshagas de las cuerdas —le comentó.

—Las cuerdas tienen otros usos.

¿Era su manera de decirle que nunca más volvería a atarla? Aunque era hora de dar marcha atrás, tentó la suerte.

—¿Aún me dispararías si huyera?

—Echa a andar y lo veremos.

¿Ya no era un sí rotundo? Max lo consideró una mejora. Se ablandó, bastante de hecho.

Partió el conejo y le dio el trozo más grande a Degan. Por segunda vez aquel día, no entablaba conversación mientras comía. Por primera vez, ella lo hizo.

—Nunca me has dicho a cuántos hombres has matado.

—No.

Sencillamente, no iba a admitir el total de su cuenta. A lo mejor no sabía a cuánto ascendía, a cuántos había matado. Tal vez. Le había dicho que había herido a un montón, que había perdido la cuenta de a cuántos. Así que a lo mejor no se quedaba para ver si se curaban de las heridas que les había infligido.

—Tampoco me has dicho cuánto tiempo llevas solucionando los problemas de la gente.

—Nunca me lo has preguntado.

Max puso los ojos en blanco. Se le daba muy pero que muy bien eso de no responder a las preguntas acerca de sí mismo, ya fuera dándole la callada por respuesta, lo que la sacaba de quicio, o con rodeos.

—Te lo pregunto ahora.

Degan se encogió de hombros.

—Unos cinco años.

—No naciste en el Oeste, ¿a que no?

—Me crie en Chicago, fui a buenos colegios y me educaron para hacerme cargo de los negocios de mi padre.

A Max se le iluminaron los ojos. Era mucha información personal, aunque se la hubiera dado en un tono tan frío.

—Entonces ¿qué demonios haces aquí?

No le respondió. Max esperó unos minutos, por si Degan

estaba decidiendo cuánto contarle, pero siguió sin contestarle. Seguramente estaba molesto consigo mismo por haberle contado tanto.

Buscó otro modo de sacarle información.

—Entonces, al principio, solo eras un culo inquieto.

—Mi intención era conocer el país. Ya conozco la mitad.

—¿Ya has estado en Tejas?

—No, lo había dejado para después.

Max estuvo a punto de soltar una carcajada. Tejas era enorme. Se tardaban años en ver todo el estado.

—Pues a lo mejor puedo contratarte para solucionar el lío que tengo allí —le dijo, llevada por un impulso repentino.

—¿Eres rica?

Max rio entre dientes.

—Ya te he dicho que no tengo un céntimo, pero tengo otros activos —bromeó.

Degan fue a levantarse.

Max jadeó y se puso de pie con dificultad.

—Solo estaba bromeando, petimetre —le dijo rápidamente—. No te estoy ofreciendo mis favores a cambio de la libertad ni nada parecido.

Degan la ignoró. Se había acercado al fuego para coger una rebanada de pan. A Max le dieron ganas de abofetearse. No tendría que haberle recordado lo de «sus favores». Al menos no iba a restregarle por la cara lo que acababa de decir, al parecer. Sin embargo, al final lo hizo.

—Te recuerdo que trataste de hacer precisamente eso.

Logró no ponerse colorada.

—Eso fue antes de que empezara a gustarte lo bastante como para no entregarme al *sheriff* —fanfarroneó incluso.

Degan no le dio la razón.

—Ya te dije por qué —se limitó a responderle.

Sí, le había dicho que aún no lo había decidido, y evidentemente seguía sin decidirse o se lo habría dicho entonces. Volvió a sentarse cerca del fuego y siguió comiendo en silencio. Ya notaba el descenso de la temperatura. Nunca fallaba. Si de día no había nubes, la noche era fría. Tenía el abrigo y la manta, sin embargo, y ya se le había secado el pelo, así que no temía estar incómoda.

Todavía se estaba comiendo un melocotón cuando Degan fue a lavarse las manos al río. Al volver, le tendió un pañuelo a Max. Era de un blanco impoluto y suave como la seda, con los bordes delicadamente bordados. Alguien se lo había cosido con todo el cariño. ¿Su esposa? Hasta aquel momento no se le había ocurrido la idea de que pudiera haber alguien en alguna parte y eso le chocó. Ya era un hombre hecho y derecho a su llegada al Oeste, así que podría haber estado casado. En cualquier caso, era una pregunta que no estaba dispuesta a hacerle porque podría malinterpretarla y creer que le importaba. Aunque tenía que admitir que así era.

Se secó la mano con la manta antes de aceptar el pañuelo con una mirada inquisitiva.

—Tienes la cara y el pelo brillantes de polvo de oro —le comentó Degan, fijándose en sus mejillas—. A mí me da igual, pero llamarás la atención cuando lleguemos al próximo pueblo, así que puede que quieras limpiártelo.

Max soltó una carcajada. No tenía ni idea de que la crema de jabón absorbería el polvo que quedara en la petaca. Se lo sacudió del pelo con las manos, pero tuvo que quitárselo al pañuelo varias veces para asegurarse de que no le quedaba nada en la cara.

No le pidió a Degan que lo comprobara; simplemente le devolvió el pañuelo cuando hubo terminado. Él no lo cogió.

—Quédatelo —le dijo.

¿Aquel pañuelo no tenía para él ningún valor sentimental? Entonces no se lo había cosido su esposa, se dijo Max. ¿Tenía esposa? ¡Dios! Esa duda iba a tenerla en vilo. A lo mejor la conocía incluso. Degan había tratado con mucha familiaridad a esa tal Allison y ella se había comportado con él como si fuera su esposa. ¿Qué otra persona le habría gritado de aquella manera? Y una esposa abandonada sin duda le guardaría mucho rencor.

Max intentó no pensar en el estado civil de Degan dedicándose a las tareas pendientes. Recogió cualquier resto de comida que pudiera atraer a las bestias salvajes, añadió más leña al fuego para que durara buena parte de la noche y encontró un arbusto frondoso detrás del cual hacer sus necesidades. Cuando volvió junto al fuego, vio que Degan había trasladado la manta del caballo al lado de la suya y que estaba tomando un trago de whisky. Ambas cosas la inquietaron.

Cuando se le acercó, él le ofreció la botella.

—Para el frío.

Max se relajó. Si Degan se emborrachaba, podría volverse peligroso. Iba a declinar la oferta pero notó el aire frío en las pantorrillas, así que tomó un sorbo. Consiguió no toser. Era whisky destilado. Ya lo había tomado, pero desde luego no le gustaba.

Le devolvió la botella y pasó al otro asunto.

—Has acercado demasiado la manta a la mía.

—Tú decides. Puedes dormir junto a mí o en otra parte, pero si escoges lo segundo tendré que maniatarte.

Max se quedó con la boca abierta.

—¿En serio? ¡Si te he salvado la vida! —protestó, ofendida.

—Y creo que lo has hecho porque me estás cogiendo cariño, ¿verdad que sí?

—¡No! Solo te he ayudado porque detesto las peleas injustas. —Se levantó y apartó la manta de la de Degan. Luego se sentó y le tendió las muñecas porque desde luego no quería estar cerca de un hombre tan exasperante.

Degan le ató las manos. Cuando terminó, Max le dio la espalda y se acurrucó junto al fuego, con las piernas protegidas del frío por el abrigo. Si alguien iba a pasar frío esa noche sería Degan, que por lo visto viajaba sin manta de repuesto. Ella tampoco, pero la suplía con el abrigo, al menos eso haría hasta que llegara el invierno. ¡Ojalá pasara una noche de perros, temblando de frío!

De lo siguiente que se enteró fue de que él volvía a acercar la manta a la suya.

—¡No es justo! —se quejó, volviéndose a medias para fulminarlo con la mirada—. Has dicho...

—Te escapaste en Helena y tu explicación de por qué me has ayudado en Butte confirma que no tengo ninguna razón para creer que no volverás a intentarlo. Al menos no te ataré los pies.

¿Eso era un premio de consolación? Era un hombre odioso.

Max no se quedó dormida de inmediato. Era pronto y seguía furiosa. Tardaría mucho en conciliar el sueño, pero no volvería a hablarle jamás.

Por eso se sobresaltó cuando lo oyó.

—Si tienes frío, puedes aprovechar mi calor corporal.

Se puso intensamente colorada aunque sabía que Degan no lo decía en el sentido que parecía. Luego notó que le subía el abrigo hasta los hombros para arroparla. No le dio las gracias, porque podría haberlo hecho ella misma si no le hubiera atado las muñecas.

27

Max se incorporó de golpe, momentáneamente desorientada y sin saber qué la había despertado. Solía dormir como un tronco. ¿Había sido un ruido? En tal caso, Degan no lo había oído. Su respiración regular y suave indicaba que dormía. Echó un vistazo al campamento. En plena noche, con el fuego semiapagado, no veía mucho.

¿Debía despertar a Degan para que fuera a investigar? Los caballos estaban quietos, no emitían ningún sonido de alarma. Si la había despertado algún ruido, lo que lo había causado ya no estaba. Se estremeció, sintiendo el frío en el pecho y la espalda. El abrigo se le había bajado hasta la cintura al sentarse.

Cuando fue a subírselo se encontró con que tenía las manos atadas. Trató de subírselo de todas formas, pero no conseguía agarrarlo, así que acercó las manos a las brasas, pero el viento soplaba del este, del otro lado del río, y alejaba de ella el calor. Tuvo ganas de gritar de frustración. La camisa de tela fina de Degan la protegía del frío nocturno tanto como si hubiera ido desnuda.

Miró la botella de whisky que él había dejado al lado de la hoguera. Seguramente estaba tibia. Su contenido resolvería el problema, pero probablemente se marearía. De todos modos la cogió. Luego se rio de sí misma. ¡No podía descorcharla! En cualquier caso, la botella, aunque brevemente, le calentó las manos. El frío no tardó en volver a atormentarla.

Echó un vistazo a Degan. Dormía pacíficamente. No parecía en absoluto peligroso en aquel momento, solo un hombre guapo disfrutando de una noche de sueño. En cambio ella estaba completamente despierta y temblando. Seguramente también estaba calentito. ¿Por qué seguía resistiéndose? Se lo había ofrecido.

Se desplazó sobre la manta y se hizo un ovillo pegada al costado de Degan, tratando de no despertarlo. Mucho mejor. Incluso la protegía del viento. Pero el abrigo se había quedado lejos. Notaba el frío en las piernas. Intentó acercarlas más a él sin tocarlo.

De repente, Degan se puso de lado. Max quiso apartarse pero no fue lo bastante rápida y acabó acurrucada contra su pecho. Con aquel cambio de postura le proporcionó un brazo que le sirvió de almohada y le dio más calor, mucho más del que Max había previsto. Iba a suspirar de gusto cuando vio que Degan tenía los ojos abiertos.

—El abrigo se me ha escurrido —le explicó rápidamente—. Tengo frío, y has dicho que podía aprovechar tu calor corporal.

Degan se inclinó por encima de ella para recuperar el abrigo y le tapó las piernas antes de atraerla hacia sí y frotarle el brazo y el hombro unos minutos.

—¿Mejor?

—No. Sigo teniendo frío.

Degan le frotó la espalda.

—¿Ya has entrado en calor?

—Un poco.

La besó. Su boca era cálida y dulce. Max estaba asombrada de que un hombre tan peligroso, un pistolero desalmado, pudiera besar con tanta dulzura y a la vez de un modo tan apasionado y provocativo.

—¿Vas entrando en calor? —le preguntó con los labios pegados a los suyos.

Max no respondió enseguida porque disfrutaba de la delicia de su beso y su proximidad.

—Creo que funciona, pero a lo mejor deberías seguir intentándolo.

Eso hizo Degan. Le desabrochó la camisa. Ella fue a tocarlo, pero se quedó con las manos atadas entre ambos. Él se las desató sin que se lo pidiera y volvió a besarla.

No fue un breve fogonazo de pasión como el de aquella tarde. Aquel lento y continuo ardor aumentaba más y más. Sin embargo, despertaba en ella las mismas potentes sensaciones, aquello que se desataba en su interior, el agolpamiento de sangre que la aturdía. Degan le colocó una pierna por encima de las suyas para atraerla todavía más hacia sí. Seguía besándola con dulzura, profunda pero lentamente, en una exploración que los tenía a ambos en vilo. No tomaba nada, se lo daba. A Max el corazón seguía latiéndole con fuerza; le tocó la cabeza y le pasó los dedos por el pelo.

Otra cosa que la entusiasmaba de sus besos: no eran espontáneos. Eran deliberados, controlados, lo que implicaba que no se detendría. Dejaría que lo hiciera ella. ¿Lo sorprendería mucho si tampoco paraba?

Degan le acariciaba el muslo, las nalgas, subió por la espalda tratando aún de darle calor. Lo estaba consiguiendo, ya lo había conseguido besándola, pero no era el único efecto que le causaba. A través de la fina tela de la camisa, la mano de Degan acariciándola la estaba excitando.

—Ya has entrado en calor —le dijo sin apartar los labios de los suyos—. ¿Quieres que pare?

En lugar de responderle, Max se le puso encima, a horcajadas. Degan no sabía que no llevaba nada debajo de la camisa, porque había colgado la ropa interior mojada al otro lado de un matorral para que él no la viera. Lo que notó debido a la ausencia de ropa interior fue sorprendente. Un bulto duro sobre el que no pudo evitar frotarse.

Con las manos en el cuello de Degan, acariciándolo detrás de las orejas, siguió besándolo, ahora con más frenesí, con ardiente pasión. Cuando él metió las manos debajo de su camisa para tocarle la piel una sensación maravillosa de dulce calidez la invadió. Gimió y él le acunó los pechos, se los amasó. Notó un hormigueo y los pezones se le endurecieron. Se apretó contra él, sin aliento, mientras la tensión aumentaba en sus entrañas.

De repente, Degan le sujetaba la cara, obligándola a mirarlo. Tenía una mirada turbulenta, la voz ronca.

—¿Sabes lo que va a pasar si no paramos?

—Enséñamelo —le respondió Max en un susurro.

Con un gemido, la puso boca arriba y se situó entre sus piernas, luchando con los pantalones. Se los quitó precipitadamente. Entonces notó la presión de su sexo empujando para entrar, tentándola, incitándola, la cosa más maravillosa justo a su alcance.

Alzó las rodillas y juntó los tobillos sobre la espalda de Degan, pegada a él, tratando de tenerlo todavía más cerca.

—¡Enséñamelo!

La penetró. Fue como si la hubiera roto en pedazos y reconstruido, como si la hubiera quebrado pero estuviera completa. Entonces Degan inició un movimiento de vaivén. Nunca había sentido nada tan estupendo, tan explosivo. Fue cuestión de un momento. Una oleada de cálido y dulce placer le recorrió el cuerpo, desbordante, palpitante. Estaba casi segura de haber gritado. Sujetándole los hombros, se movió con él, sin permitir que se apartara hasta que no hubiera sentido lo mismo que ella o algo igualmente maravilloso. Cuando notó todo el peso de su cuerpo supo que lo había conseguido. Entonces se relajó, dejó caer las piernas, sonriente, orgullosa y satisfecha.

La gente no debería mantener cosas como esta en secreto,

se dijo. Luella había intentado que entendiera que estar con un hombre podía ser muy agradable, pero se había quedado corta.

Degan se tumbó de lado, tirando de ella, de modo que acabó arropada contra su pecho. Tanteó a su espalda buscando el abrigo y se cubrió las piernas con él. Estaba segura de que ya no necesitaba nada más. Se contuvo de decirle a Degan que era como un horno porque no habría podido reprimir la risa. Se sentía tan bien que cualquier cosa que hubiera dicho en aquel momento la habría hecho reír y, por una vez, el silencio de aquel hombre le gustaba. No le importaba en absoluto.

28

Max se despertó antes que él. Al menos, supuso que Degan seguía dormido porque estaba acurrucada contra él. Se puso colorada antes de abrir del todo los ojos. ¿De verdad que habían hecho el amor? Si no había sido más que un sueño ¿por qué estaba sonriendo como una tonta? Trató de borrar aquella sonrisa pero no lo consiguió. Las comisuras de los labios se negaban a obedecerla. Por tanto, no lo había soñado. Una de dos: podía mortificarse por haber cruzado todos los límites que podía cruzar la noche anterior o fingir que no había pasado nada.

Fue a incorporarse, pero el brazo de Degan se lo impidió.

—Tendré que casarme contigo, por supuesto.

Max se quedó atónita. ¿Matrimonio? Entonces recordó que en el fondo era un caballero y que le ofrecía matrimonio porque lo consideraba su deber, no porque deseara casarse con ella. Lo había dicho como si fuera una cuestión de negocios. ¡Claro! Le había contado que lo habían educado para que dirigiera un imperio. ¡Ja! Cuando ella se casara, si alguna vez lo hacía, sería con quien antes le hubiera declarado su amor y prometido felicidad eterna, demonios. Aquella proposición que más parecía un trato comercial, el cumplimiento de una obligación, no le servía.

Se apartó de Degan, recogió el abrigo para taparse y se levantó.

—No me hagas ningún favor, petimetre. Anoche necesitaba calor. Me viniste estupendamente. Eso fue todo. Así que no lo pienses más y yo tampoco lo haré.

Se alejó antes de ponerse a despotricar. ¿Cómo se atrevía a ofrecerle sacrificarse en el altar de la decencia e intentar que ella hiciera lo mismo? Seguía furiosa cuando volvió al campamento después de haber hecho sus necesidades. Degan se había ido a hacer lo mismo, así que cogió la ropa seca y se vistió antes de guardar la que le sobraba.

Se estaba comiendo un trozo de pan cuando él volvió. Tenía una expresión más estoica de lo habitual. Era imposible saber lo que pensaba. Max pensó que a lo mejor no se daba cuenta de que su desapasionada proposición la había ofendido. Mejor sería que siguiera así.

—No pretendía ser desagradecida —le dijo—, pero casarme contigo me parece que sería hacerlo por compromiso. Esperaré a tener una buena razón para casarme, si no te importa.

Degan no le respondió. Ni siquiera la miró.

—¿Propones matrimonio a todas las que se acuestan contigo? —le preguntó.

—Solo a las vírgenes.

Podría haber sido un intento de bromear si Degan no hubiera estado tan serio. Aun así, Max se rio.

—No digo que no lo fuera, pero no tiene demasiada importancia ahora que voy camino de la horca. ¡Qué diablos! Estaba dispuesta a dejar de serlo a los dieciséis.

—Pero no lo hiciste.

A Max le molestaba tener aquella conversación con él, que le daba la espalda y se había puesto a ensillar el caballo.

—Solo porque el hombre con quien me apetecía hacerlo se marchó del pueblo. Seguramente los Bingham lo ahuyentaron. Me habían reservado para uno de ellos incluso entonces.

—Eso lo dices tú.

—¿Todavía crees que miento?

—Creo que no estoy obligado a averiguarlo.

Se lo quedó mirando, incrédula. Volvía a estar furiosa, pero no picó. No iba a ser su caballo regalado ni a protestar.

—¿Eso significa lo que creo? —le preguntó, insegura.

—Iremos a Tejas cuando termine en Dakota.

¡Iba a ayudarla! Max estaba exultante. ¡Y no le había costado más que la noche más increíblemente hermosa de toda su vida! Por una maldita vez su suerte cambiaba.

Seguía sonriendo cuando Degan fue a recoger la manta sobre la que estaba sentada para ensillar también a *Noble*. Se levantó para echar tierra al fuego y evitar que las brasas se esparcieran. Luego recogió el abrigo y el sombrero. No se los pondría hasta que llegaran al pueblo. Hacía buen día, no demasiado caluroso a esa hora de la mañana, y corría una ligera brisa, así que esperaba que no fuera una jornada tan asfixiante como la anterior.

A media tarde llegaron a Bozeman. No era un pueblo minero, así que no era probable que desapareciera cuando el oro se agotara. Había soldados de Fort Ellis, que no estaba muy lejos de allí. El hotel era pequeño pero les dieron una habitación coqueta, con tapetes hechos a mano y jarrones de flores en las mesillas de noche, a ambos lados de la cama de matrimonio.

Degan la dejó allí después de decirle simplemente que volvería a tiempo para llevarla a cenar. Que se llevara la maleta le indicó que iba a buscar una lavandería. Ni siquiera cerró la puerta con llave. Sabía que ya no escaparía, no cuando le había puesto delante la zanahoria que ella quería.

Max ya había tomado la decisión de lavar solo una muda cada vez. Echaba la culpa a la fina camisa de Degan y a que llevaba las pantorrillas al aire del frío que había pasado la noche anterior y que la había impulsado a buscar calor entre sus brazos. Miró la cama. ¿Qué expectativas tenía Degan después de lo sucedido? No volvería a pasar. En adelante, dormiría con su ropa bien gruesa para dejarle claro que no necesitaba ni quería que nadie le diera calor.

Al cabo de más o menos una hora le entregaron un paquete y le trajeron agua para el baño. No lo abrió hasta que estuvo sola. Se echó a reír cuando sacó una falda, una blusa con volantes y unas cuantas cintas de diferentes colores. ¿Qué había hecho? ¿Se lo había comprado a alguien? Aparte de monos de trabajo y camisas de hombre, no era fácil encontrar ropa confeccionada, sobre todo de mujer, en los almacenes de la zona. Las mujeres solían coserse su propia ropa o ir a que se la hiciera una costurera.

Se bañó y se puso la ropa nueva antes de que Degan volviera y le dijera que lo hiciera. Daba igual. La falda era de un estampado muy bonito de flores amarillas y rosas y tenía espacio para una enagua de la que no disponía. La blusa blanca tenía un doble volante alrededor del cuello que bajaba por delante en «V» para unirse por encima del primer botón. Se puso la camisola por debajo ya que no iba a necesitar el chaleco. Escogió una cinta roja y se la ató al pelo. En la habitación no había ningún espejo de cuerpo entero para comprobar cómo le quedaba, pero se sentía guapa, como no se había sentido desde que se había marchado de Tejas.

También lavó la ropa que se había quitado, para que estuviera seca al día siguiente. Empezaba a aburrirse y tenía hambre. No tenía el zurrón de Degan para remediar eso último, porque él le había dicho al encargado del establo que se quedara con la comida cuando habían llegado al pueblo.

Estaba a punto de ir a buscarlo cuando la puerta se abrió. La miró de arriba abajo.

—Vámonos —fue lo único que le dijo, como siempre.

Tampoco le importó. Que Degan estuviera ayudándola en lugar de llevándola a la cárcel lo cambiaba todo. Debía tener cuidado para que no reconsiderara la idea de acompañarla a Tejas, así que no se quejó de su tardanza, ni de que el estómago le protestaba de hambre, ni de que apenas la había mirado, ni de que no le había dicho lo guapa que estaba con la ropa nueva, aunque lo pensaba sin duda. Puede que estuviera ayudándola, pero una cosa no había cambiado en absoluto. Seguía siendo condenadamente inaguantable.

El pequeño hotel no tenía restaurante, pero había uno en la acera de enfrente. Esperaron a que pasaran dos carros entoldados y un vaquero que llevaba una vaca al carnicero. Bozeman era un pueblo próspero que crecía. Max vio la redacción de un periódico calle abajo e incluso una biblioteca. Bueno, al menos el letrero del almacén indicaba que en el piso de arriba había una. No había visto muchos pueblos con biblioteca.

El restaurante estaba lleno de bote en bote. Por primera vez, Max notó que la gente la miraba tanto a ella como a Degan. Tal vez porque él se había abrochado la americana, ocultando el revólver. No había ninguna mesa libre en los rincones. Max sabía que Degan prefería sentarse con la espalda protegida. Si le importaba que tuvieran que sentarse en medio de la sala, no lo demostró.

Volvía a querer conversación durante la cena, porque no esperó siquiera a que les sirvieran la comida para entablarla.

—¿Es muy grande tu pueblo? —le preguntó.

—No tan grande ni tan populoso como Butte, pero más que este y menos disperso. Cuando Bingham Hills se fundó, en los años cuarenta, no era más que una calle larga. Ahora tiene más de una docena de calles, cinco bares, tres establos, dos hoteles y un puñado de pensiones. Carl Bingham está muy orgulloso de promover su expansión. ¡Qué demonios! Incluso construyó casas para los hombres de negocios que querían algo más para vivir que unas cuantas habitaciones en el piso de arriba de sus tiendas. Otra razón más por la que en el pueblo lo quieren tanto.

—Tienes que dejar de pensar en él como si siguiera vivo, Max.

—Lo sé, pero no puedo creer que muriera a causa de esa herida de bala.

Degan manifestó su frustración con un bufido.

—Tienes que aceptar su muerte, ya fuese a manos de tu hermano o de cualquier otro que lo matara y te echara a ti la culpa porque habías huido. No hay otra razón lógica para que hayan repartido tu cartel de busca y captura por todo el Oeste.

—Claro que la hay. Porque quieren...

—Escúchame. Los carteles se basan en hechos. El robo del banco pudo ser un malentendido, pero saliste de esa oficina con más dinero del que tenías. Alguien pensó que Bingham había muerto, o que estaba a punto de morir, y consiguió que el sistema del *marshal* de Estados Unidos repartiera ese cartel en el que constan ambos cargos contra ti. Puede que su hijo quiera venganza, ¿no?

—Sí, pero...

—Déjame terminar. Si no ha muerto, en tu pueblo lo sabrían, otros que pasaran por allí se habrían enterado y cualquier agente de la ley de la zona lo sabría, así que ese cartel tuyo habría sido retirado durante el primer año. Pero no ha sido así.

—A menos que en Tejas no lo hayan distribuido.

La miró con tanta reprobación que apretó los labios. Sabía que se estaba engañando, que estaba siendo poco realista, simplemente porque necesitaba estar en lo cierto. La alternativa era la horca. Ni siquiera Degan podría oponerse a todo un pueblo empeñado en que pagara por el asesinato de su queridísimo fundador.

Degan no había tenido eso en cuenta, evidentemente, porque prosiguió:

—Por ahora asumiremos que ha muerto. No sabremos exactamente cómo hasta que lleguemos. Si es cierto lo que has dicho acerca de por qué se inició el tiroteo, tiene que haber una razón por la que los Bingham estaban tan empeñados en convertirte en un miembro de su familia y dispuestos a llegar a tales extremos para conseguirlo.

Max se encogió de hombros.

—Supongo que querían bebés guapos. Ningún Bingham es demasiado bien parecido.

—Eso podrían haberlo conseguido de muchas otras maneras, sin que tú tuvieras nada que ver. A menos que uno de ellos estuviera enamorado de ti.

Max soltó un bufido.

—Si alguno lo estaba, tuvo un modo muy delicado de demostrarlo poniéndome una diana en la espalda.

—El cartel de busca y captura no pone «vivo o muerto».

—Tampoco dice «con vida».

Mientras les servían la comida permanecieron en silencio. Ambos iban a probar el plato recomendado por el chef, la empanada de pescado. Tres empanadas grandes y doradas llenaban los platos, acompañadas de dos salsas, con guarnición de zanahorias confitadas.

—¿Qué más tienes que los Bingham pudieran querer? —le preguntó Degan en cuanto el camarero se hubo marchado.

—¿La ropa con la que viajo?

Degan achicó los ojos.

Esta vez Max tuvo que reprimir la risa.

—No poseo nada que una familia rica como la de los Bingham pudiera querer.

—Tienes una finca que impide la expansión del pueblo, si lo que me has dicho acerca de que cada vez lo tenéis más cerca de la granja es cierto. ¿Podría extenderse hacia otra parte?

Max frunció el ceño.

—Quedan algunas otras vías de expansión.

—¿Las usan?

—Sí, supongo. Con colinas al fondo y un montón de terreno llano al otro lado, Carl utilizó sobre todo el terreno llano, pero hay una cantera al este a la que seguramente no quiere acercarse, y luego está el bosque. De hecho, los únicos terrenos despejados son los que hay entre el pueblo y nuestra granja.

—Entonces la granja de tu familia se interpone en el objetivo de Carl Bingham de convertir su pueblo en una ciudad.

Max sonrió.

—Una ambición excesiva incluso para él, aunque se decía cuando me fui que planeaba tender una vía férrea para comunicar Bingham Hills con Tejas y el ferrocarril del Pacífico en Fort Worth o Abilene. Si lo consigue, sí, la población del pueblo se duplicará rápidamente.

—Tal vez no fuera el plan inicial de Bingham, pero si es tan rico como dices, podría pagar cualquier precio que tu familia pidiera por las tierras. ¿Te hizo una oferta por la granja?

—No es mía, así que no puedo venderla.

—¿No la heredó tu padre?

—Lo habría hecho, pero murió antes que el abuelo, así que la heredó la abuela y ella se la dejará en herencia a Johnny.

—¿Intentó Bingham comprársela a tu abuela?

—Si lo hizo, ella nunca nos lo mencionó. Ha vivido en esa casa más de media vida. Es su hogar. No la vendería.

—¿Aunque le ofrecieran una fortuna?

Max negó con la cabeza.

—Las cosas que amas no tienen precio.

Degan no insistió, pero le había llenado la cabeza de ideas preocupantes. Siempre había creído que los Bingham estaban interesados en ella personalmente. Pero ¿y si se había tratado de la granja desde el principio? ¿Creía Carl que si Max formaba parte de su familia tendría el control de la granja? ¿Por qué un hombre al que todo el pueblo respetaba y quería iba a volverse despiadado por un pedazo de tierra? Incluso había estado dispuesto a raptarla para ponerle un anillo en el dedo. Y para que aquella propiedad fuera suya por matrimonio, el resto de la familia de Max tendría que haber muerto. ¡Oh, Dios mío!

¿Habrían hecho daño a la abuela y a Johnny los Bingham? Intentó calmarse y pensar con claridad. No, si los Bingham eran capaces de asesinar, lo habrían hecho antes de que ella se marchara de Tejas.

Suspiró. Degan le había dado mucho en que pensar. Estaba encantada de que quisiera ayudarla, pero ahora se preguntaba si conseguiría que lo mataran. Sabía que podía con los forajidos y los pistoleros, pero ¿podría con todo un pueblo? Quedaba todavía un largo camino hasta Tejas, así que de momento no se lo comentaría.

Cuando volvieron a la habitación, Max vio inmediatamente que les habían traído un gran edredón mullido. Lo habían dejado encima de la cama. Supuso que serviría de colchón.

—Dormiré en el suelo —le dijo a Degan.

—Es una cama grande. Si te envuelves en ese edredón la compartiremos. Si no quieres que te toque solo tienes que decírmelo.

Max supuso que funcionaría, pero le dejó las cosas claras.

—No debemos tocarnos. El edredón me dará calor. Gracias por pensarlo.

La miró como si fuera a decir algo más, pero se marchó de la habitación para que ella pudiera prepararse para acostarse.

Max se quitó la bonita ropa nueva y se puso la pesada camisa y los pantalones para dormir. Seguramente no hacía falta, porque tenía el edredón, pero no iba a correr ningún riesgo. Se acostó y se arrebujó en el edredón. Estaba mucho mejor allí que en el suelo, aunque esperaba no pasar calor.

29

Cuando se despertó, Max se encontró a Degan observándola, apoyado en un codo, sin camisa. Se quedó mirando su poderoso pecho desnudo, quizá demasiado tiempo.

—¿Has cambiado de idea sobre lo de tocarnos?

Lo miró a los ojos. Habría sido muy fácil decirle que sí, pero no podía renunciar a su decisión. Lo sucedido la otra noche no podía repetirse. Sin embargo, no le contestó con suficiente rapidez. Degan se inclinó hacia ella y le besó los labios. Ella quiso apartarlo, pero en cuanto le tocó la piel lo acarició en lugar de empujarlo. El beso se volvió más profundo. Max gimió. ¡Qué difícil era resistirse a aquel hombre! Pero tenía que hacerlo.

Haciendo acopio de la poca voluntad que le quedaba, rodó sobre sí misma, apartándose de él y levantándose. Estuvo a punto de tropezar con el edredón. No era de extrañar que hubiera pensado que había cambiado de opinión. Seguramente tenía tanto calor que se había librado de él en plena noche.

Lo oyó levantarse también. Luego se abrió la puerta.

—La próxima vez te conseguiré un catre.

Max hizo una mueca cuando cerró la puerta, pero esta vez había sido mejor, sin establecer lazos que él pudiera malinterpretar, sin poner en peligro su ayuda, sin sentirse tan unida a él que no pudiera alejarse al final, cuando él lo hiciera.

Durante el viaje en tren hasta Dakota no pasó nada, pero al menos no lo asaltaron. Tenía su gracia considerarlo mala suerte, pero a Degan seguro que se lo parecía. Max se limitó a disfrutar de su primer recorrido en ferrocarril. Era emocionante ir a tanta velocidad.

Todavía no le había dicho a Degan que su intención de ayudarla en Tejas tal vez no fuese buena idea. Probablemente no estaría de acuerdo, así que seguramente lo dejaría y volvería por su cuenta a casa para enfrentarse a lo que la esperaba, fuera lo que fuese. Ahora que parecía que confiaba en ella hasta cierto punto, no se lo esperaría. Sin embargo, seguía con él. Había desaprovechado todas las ocasiones que había tenido de escaparse antes de subir al tren en la estación de Billings. No estaba segura de por qué. A lo mejor porque le gustaba viajar con él. A lo mejor porque Degan podía tener ya un plan para desmentir sus temores y antes debía enterarse de cuál era ese plan. Al fin y al cabo, su oficio era solventar problemas. Quizá no le había preguntado si tenía un plan porque no estaba preparada para no volver a verlo, porque sabía que aún tenía tiempo. Una vez en el tren, ya no hubo posibilidad de escapar. Sus caballos iban en el vagón del ganado y allí permanecerían hasta que Degan llegara a su destino definitivo.

No habían decidido ese destino todavía, pero Degan se inclinaba por un pueblo del centro del territorio. Preguntaba a todos y cada uno de los empleados del ferrocarril, tanto a los que iban en el tren como a los que había en las estaciones en las que paraban. Se había enterado de que solo asaltaban los trenes que iban hacia el Oeste con la nómina del personal. Por eso no habían asaltado el tren en el que ellos viajaban y seguramente no lo asaltarían. Un trabajador se había avenido a enseñarle a Degan el punto de la vía en el que había tenido lugar el último robo, aunque eso no iba a serle de mucha ayuda para localizar el escondite de la banda de Nolan. Soldados, detectives del ferrocarril y otros *marshals* de Estados Unidos llevaban meses buscando a aquellos forajidos y ninguno estaba más cerca que antes de encontrarlos, ni siquiera teniendo un rastro fresco suyo que pudieran seguir.

—Necesitas un rastreador —comentó Max cuando por fin se apearon del tren en Bismarck, en la orilla este del Missouri, en el territorio de Dakota.

Degan y ella fueron hasta el vagón del ganado a esperar que descargaran los caballos.

—¿Una cazadora no sabe rastrear?

¿Estaba de broma? Seguro que sí. Max soltó un bufido.

—Sé rastrear una pieza, pero nunca he intentado rastrear a una persona.

—Da igual. Un rastreador solo sería de utilidad justo después de un robo. Lo que yo necesito es un explorador, o al menos alguien que conozca lo suficiente esta zona para sugerirme lugares donde un grupo de hombres pueda esconderse.

—¿Habías estado por aquí antes?

—Casi.

«¿Casi?» Se lo quedó mirando.

—Tuve que elegir en qué dirección ir cuando me fui de casa. Había oído que el ferrocarril había llegado bastante lejos por aquí. Sin embargo, el invierno estaba cerca, así que decidí renunciar a la ruta del norte. Luego decidí renunciar a los trenes por completo y fui hacia el Oeste.

—Me cuesta imaginarte como un principiante.

—Pues no lo hagas.

Max soltó una carcajada.

—Pero lo eras, ¿verdad que sí?

Degan no le respondió. Claro que no.

—¿Te fuiste de casa con el palomino?

—No. Tenía un purasangre, pero se quedó cojo mientras recorría Kansas. Me quedé tirado en una carretera, entre dos pueblos, hasta que pasó una anciana que conducía una carreta más vieja que ella. Adelaide Miller era la mujer más gruñona que he conocido. Mandona, discutidora y de ideas fijas, tan diferente de las mujeres de Chicago como la noche y el día. Tardé un poco en acostumbrarme a ella.

—Rescatado por una anciana. Jamás lo hubiera dicho —se burló Max.

Degan ignoró su comentario.

—Me llevó a su casa y me prometió llevarme al pueblo al cabo de una o dos semanas, cuando tuviera que volver allí. Nada de lo que le dije ni de lo que le ofrecí la hizo cambiar de opinión acerca de sus planes. Al final pasé en su casa un mes. No tardé mucho en darme cuenta de que solo quería que se hicieran algunas cosas en su propiedad que para un hombre resultaban más fáciles que para ella. Al menos era buena cocinera.

A Max le hizo gracia que aquello fuera importante para Degan.

—¿Vivía sola?

Degan asintió mientras un empleado del ferrocarril le entregaba las riendas del caballo. Ella seguía esperando a *Noble*.

—Criaba cerdos y unas cuantas vacas y tenía varios huertos. Era una propiedad grande, en medio de ninguna parte, sin vecinos cerca, a treinta kilómetros del pueblo más cercano. Su marido se había ocupado de la granja hasta el día de su muerte.

—No me digas que te tuvo arando. No me lo creo.

—No. Solo cultivaba el huerto y el jardín desde que se había quedado viuda. Hacía lo que podía ella sola, pero quería a alguien que diera una mano de pintura, hiciera algunas reparaciones y acarreara lo pesado.

Por interesante que a Max le pareciera aquella historia, simplemente por el hecho de que Degan se abría en contadas ocasiones, empezó a preguntarse por qué se la estaba contando hasta que él añadió:

—Disparando.

—¿Quería que le enseñaras a disparar?

—No. Me reprendía por no ir armado y no me dejaba en paz para que aprendiera a usar un arma. Me dio el Colt de su marido para que practicara y no paró hasta que fui capaz de darle a todo lo que apuntaba.

Max se echó a reír. No podía parar. ¿Una vieja le había enseñado a disparar al pistolero más rápido del Oeste?

Degan se apartó de ella, que tiró de las riendas de *Noble* y se apresuró a seguirlo.

—Espera. Tienes que admitir que es gracioso, así que no te enfades si me río.

—Adelaide me hizo un favor. No tardé mucho en necesitar aquel arma, la necesité incluso antes de irme de Kansas. Pero supones bien. Llegué al Oeste siendo un novato, solo que pronto dejé de serlo.

Max no podía creer que le hubiera contado aquello. Tenía la impresión de que nunca se lo había contado a nadie. ¿Por qué a ella? No pudo evitar sonreír. ¿Se estaba encariñando con ella tanto como ella con él? Era una idea interesante.

—¿Adónde vamos ahora?

—Un empleado de la estación me sugirió que la banda de los Nolan podría estar ocultándose en las tierras yermas de Dakota.

Max frunció el ceño.

—Pues quizá deberíamos dejar que se pudrieran allí. Es casi imposible viajar por una zona así, ¿sabes?

—No he dicho que vayamos a ir allí.

—Bien, porque no es lugar para vivir. He estado lo bastante cerca de las tierras yermas de Wyoming para saber que no quiero cruzarlas. Arenas movedizas, riscos escarpados, nada de vegetación. Dudo que las tierras yermas de aquí sean muy distintas. Además la banda lleva más de un año robando esta línea en los meses más cálidos: ha cometido ocho en total. No van a acampar al raso tanto tiempo, desde luego no en invierno.

—Todo eso ya lo sé, y que a la banda de Nolan solo le interesan los trenes que vienen hacia el Oeste cargados hasta los topes de nuevos colonos, o los que traen la nómina de los empleados del ferrocarril. La sugerencia de las tierras yermas no es más que la opinión de un hombre, y puesto que la zona está más atrás, en la zona occidental de Dakota, por la que ya hemos pasado, solo retrocederemos como último recurso. Aparte de eso, me inclino a creer que la banda está en la zona central. El territorio es extenso, al fin y al cabo, y los robos han tenido lugar a lo largo de toda la vía.

—Me gusta ir en tren. —Max sonreía—. Podemos subir a uno de los que llevan la nómina y esperar a que la banda nos robe como tú esperabas que hiciera.

—Esa esperanza se basaba en mi impaciencia y no tenía en cuenta la posibilidad de que gente inocente pudiera salir mal parada. Será mejor que los encuentre yo.

—¿Te das cuenta de que pueden estar ocultándose a plena vista, como intentaba hacer yo? Incluso puede que vivan aquí mismo, en Bismarck, y se comporten como gente normal. Quién sabe.

—Alguien de aquí lo sabría. Es el nudo ferroviario más importante del territorio. La información acerca de quién o de qué va en los trenes procedentes del Este llega con antelación. Alguien de este lugar está proporcionando dicha información a Willie Nolan.

—Entonces ¿tienes un plan?

—Algo así.

No le dio más detalles. De hecho, Max estaba asombrada de que le hubiera dicho tanto.

—Lo primero que tenemos que hacer es darnos un baño y disfrutar de una buena noche de sueño —añadió entonces Degan—. Si tengo suerte y encuentro al informador de la banda, podremos terminar rápido. Si no, mañana saldré a explorar los alrededores de Bismarck.

—Al menos podrías contratar a un explorador para eso.

—Ya me han advertido que el Ejército tiene contratados a todos los buenos y que no está dispuesto a prestarlos.

—Pues encuentra a uno malo. Ir con cualquiera que esté familiarizado con la zona será mejor que no llevar guía.

30

Jackson Bouchard no era explorador, pero conocía lo suficientemente los alrededores para hacer de guía unos cuantos días. Era medio indio. Al menos, se vanagloriaba de serlo. Max tenía sus dudas, sin embargo, porque tenía el mismo aspecto que cualquier otro hombre del Oeste. Próximo a los treinta, no era alto pero sí fornido, y guapo, con unos ojos azul turquesa notables y el pelo castaño corto. No llevaba pistola, pero cabalgaba con un rifle en una mano y las riendas en la otra, y cuando no iba a caballo lo sostenía contra el pecho.

Esperaba que le dieran de comer y no tener que cazar la cena. Esa había sido la condición que había impuesto aparte de la paga. Era ruidoso y no paraba de hacer preguntas. Era a Max a quien correspondía respondérselas o no, puesto que Degan no iba a hacerlo. Jackson sabía que Max era una mujer porque desde que habían salido de Bismarck ella no trataba de ocultarlo. En compañía de Degan se sentía segura. Sin embargo, Jackson no sabía que la consideraban una forajida. Su cartel de busca y captura no había llegado a Bismarck ni a ninguna estación de tren entre allí y Billings. Max lo había comprobado. El último lugar en el que había visto uno había sido en Billings, Montana.

El día anterior se había llevado aparte a Degan para preguntarle por qué había contratado a Bouchard si no era explorador.

—Porque conoce el territorio —le había respondido él—. Va a llevarnos a sitios donde él cree que una banda podría esconderse sin llamar la atención.

Max supuso que era una manera de localizarla.

—Entonces ¿anoche no encontraste al informador? —le preguntó.

—Fui a unos cuantos bares de mala fama y nadie encajaba, pero me dio la impresión de que Bouchard era el tipo. Se ofreció a ayudarme con demasiada rapidez. O quiere que encontremos a la banda de Nolan, o nos llevará por el camino equivocado, posiblemente hacia una trampa.

—No podemos confiar en él, entonces.

—No, no podemos, pero por si no estuviera mintiendo, veamos adónde nos lleva.

Jackson comía demasiado bien para no tener un trabajo normal y corriente en Bismarck, pero no había tenido que dejar ninguno para irse con ellos. Cuando Max le preguntó por su trabajo esquivó la pregunta rápidamente. De hecho, para ser tan preguntón, no daba demasiadas respuestas. Max tendía a estar de acuerdo con Degan en que podía tener motivos ocultos.

Hasta una o dos horas de Bismarck había unas cuantas granjas, fincas de colonos que seguramente habían llegado poco después de que lo hiciera el ferrocarril; pero, cuanto más al norte iban, menos haciendas veían. Muchas estaban abandonadas y unas cuantas habían ardido hasta los cimientos. Max supuso que los indios todavía campaban por la zona al inicio de la llegada del ferrocarril. De vez en cuando veían cabañas, la mayoría vacías. Jackson los guiaba hasta las que sabía que estaban habitadas para que Degan pudiera parar y hacer preguntas a sus ocupantes.

Se detuvieron a comer bajo un árbol solitario el primer día

de búsqueda. Degan llevaba lo habitual en el zurrón: víveres que durarían bastantes días sin estropearse. Había sido una cabalgada dura, así que cepilló el caballo antes de empezar a comer.

Max, por su parte, se había sentado con la espalda apoyada en el tronco del árbol a disfrutar de la comida. Se había quitado el abrigo en cuanto el sol había empezado a picar, así que se veía que iba armada. Jackson se sentó a su lado con el rifle en el regazo.

—¿Sabes usarlo? —le preguntó con curiosidad, mirando el Colt.

Max supuso que aquella era una de las ocasiones en que daba igual que llevara el arma descargada porque Jackson no lo sabía.

—¿Lo llevaría si no supiera? —se limitó a responderle.

Jackson se quedó mirando a Degan.

—¿Tú y él...?

Max había estado mirando a Degan también mientras permanecía de espaldas a ella, y a Jackson no se le había escapado el detalle.

—No. Lo contraté para un trabajo —mintió—. No lo hará hasta que termine este.

—Pero es *marshal*. ¿Por qué iba a trabajar para ti?

En aquel momento Max comprendió que Jackson desconocía la reputación de Degan como pistolero. Aquello la sorprendió, porque la otra gente de Dakota con la que habían hablado sabía exactamente quién era. Estuvo a punto de echarse a reír. Daba igual, de todos modos. Puesto que Degan le pagaba, Jackson no tenía motivos para recelar de él, a menos que fuese exactamente quien Degan creía que era, en cuyo caso debía recelar de un agente de la ley.

—Tenemos un trato —le explicó como si tal cosa—. Yo lo ayudo con esto y luego él me ayudará a mí con un problema que tengo.

—¿Qué problema?

—Es personal.

—Lástima.

Max lo miró porque no estaba segura de qué pretendía decir con aquel comentario. ¿Estaba interesado en ella? No lo había notado, hasta aquel momento.

Jackson se levantó.

—Deberías volver al pueblo —le dijo—. Puedo llevarlo donde necesita ir.

Lo dijo con exceso de confianza. Max ya no dudaba de que Bouchard tenía algo que ver con la banda de Nolan. O bien era su informador o era uno de sus miembros. Resultaba evidente que sabía dónde estaban. Su plan podía muy bien ser apuntarles con el rifle a ella y a Degan y entregarlos a Willie Nolan. Degan estaba preparado para eso, sin embargo. Jackson no podría llevarlo a cabo, por mucho que tuviera siempre el rifle a mano. Si lo intentaba, la rapidez de Degan sería para él una sorpresa.

Esa noche durmieron en el cobertizo de un trampero, en la linde de un bosquecillo. No había nada en él salvo unas cuantas trampas de metal sucias de sangre seca. El trampero, Artemus Gains, vivía en una cabaña pequeña, junto al cobertizo. Entre ambos edificios había cuerdas con pieles tendidas de todos los tamaños.

Deseoso de compañía, Gains los había invitado a compartir la cena y les había ofrecido el cobertizo para pasar la noche. Conocía a Jackson. Al menos hablaban como si fueran viejos amigos. Artemus incluso intentó que Jackson se quedara una semana o dos para vigilar el lugar y poder ir a Bismarck a buscar suministros y a visitar a su hermano. Max no entendía por qué le preocupaba tanto que alguien tratara de ocupar su cabaña de una sola habitación mientras estuviera fuera, pero Jackson le prometió volver cuando hubiera terminado el trabajo que estaba haciendo.

A la mañana siguiente cabalgaron durante horas sin ver ninguna casa. Cerca del mediodía, divisaron a lo lejos un pequeño rancho. Había reses pastando alrededor, unas cincuenta cabezas. Max vio un redil de caballos, un granero y unos cuantos edificios auxiliares más. No había nadie trabajando fuera, pero el humo que salía de la chimenea indicaba que alguien estaba cocinando.

Ella se había rezagado lo suficiente para no quitarle ojo a Jackson, así que fue la primera en verlo dar la vuelta y salir disparado en dirección contraria. Degan volvió grupas.

—Siento curiosidad. ¿Por qué llevarnos directamente hasta Nolan y su banda si no estuviera preparando una trampa? —fue lo único que dijo acerca de su guía a la fuga.

—¿Crees que están en el rancho?

—¿Por qué si no ha huido Bouchard? Por lo visto no eres la única que prefiere ocultarse a plena vista. Un rancho es una buena tapadera para un grupo nutrido de hombres, sobre todo porque no hay nadie que viva cerca para darse cuenta de si se ocupan o no del ganado. Ven.

Se apartó del camino que Jackson había seguido. Ella lo alcanzó.

—El rancho está por ahí —le espetó.

—Y tú ni te acercarás.

Max maldijo entre dientes.

—Dime que no vas a ir tú solo.

—No voy a ir.

Max se relajó hasta que él detuvo el caballo detrás de una arboleda y le tendió las alforjas. Toda la munición que le había quitado la noche que se habían conocido estaba en aquellas alforjas. Se las puso sobre el regazo y cargó rápidamente el rifle y el Colt antes de meterse los cartuchos sobrantes en los bolsillos y devolvérselas. Luego miró hacia atrás, hacia el rancho.

—Desde aquí casi no se ve —le dijo a Degan.

—Por eso es un buen lugar para que me esperes.

—¡Degan! Puedo ayudarte, lo sabes. Al menos si tengo a tiro el objetivo, cosa que desde aquí es imposible.

—¿Por una vez vas a hacer lo que te pido?

—¿Por qué me has dado balas si no quieres mi ayuda?

—Por si algo sale mal y tienes que volver sola al pueblo.

Aquella posibilidad la hizo palidecer y era una posibilidad muy real si se enfrentaba solo a toda la banda. ¡No tenía por qué hacerlo! Tenía otras opciones. Le mencionó la más evidente.

—Eres ayudante del *marshal*. Puedes reunir una patrulla en Bismarck ahora que sabes dónde se esconde la banda de Nolan.

—Si son demasiados lo haré, pero no lo sabré hasta que me acerque. Los que cometieron el último robo eran por lo menos diez, pero fue el primero que les salió mal. Ese día perdieron a seis hombres.

El pánico de Max cedió un poco.

—¿Crees que solo quedan cuatro?

—No. Habrán reclutado hombres para reemplazar a los que perdieron. Tal vez no a todos, pero sí a algunos. Sin embargo, no va a ser un enfrentamiento directo, Max. Si cuento un número de hombres razonable, rodearé la casa y los pillaré desprevenidos. Cabe la posibilidad de que no haga falta disparar un solo tiro. Y si encuentro a algunos en los edificios auxiliares, seguramente podré dejarlos fuera de juego antes de llegar hasta Willie Nolan. Ahora bien, no puedo hacer esto con eficacia si pierdo tiempo preocupándome por ti, así que quiero que me prometas que te quedarás aquí esperándome, lejos de cualquier peligro.

—Vale —murmuró Max, y desmontó.

—No te he oído.

—¡Te lo prometo! —le gritó.

—¿Puedo fiarme de ti?

Max lo fulminó con la mirada.

—Nunca te había prometido nada hasta este momento porque siempre cumplo mis promesas, pero voy a prometerte otra cosa: si mueres hoy, jamás te olvidaré.

—Me parece justo.

Max pateó una mata de hierba pensando que aquel hombre era una mula testaruda mientras lo veía alejarse para intentar hallar un lugar adecuado desde donde observar el rancho. Estaría bien. Sabía que lo estaría. Estaba acostumbrado a manejarse en situaciones como aquella. Ella no lo estaba. Conseguiría que lo... ¿De verdad le había dicho que habría estado preocupado por ella?

Se ablandó un poco. Ya no veía a Degan. Decidió ponerse cómoda porque la espera sería larga. Tomó un sorbo de la cantimplora y vertió un poco de agua en la boca de *Noble*. Se alertó cuando oyó un caballo acercándose. ¿Era Jackson que volvía? Deseó que hubiera sido él cuando vio a dos hombres cabalgando directamente hacia ella. ¿Qué posibilidades había de que no fueran miembros de la banda de Nolan? Escasas.

Rápidamente pasó una mano por el flanco polvoriento de *Noble* y se ensució las mejillas y la barbilla antes de bajarse el ala del sombrero. Estuvo a punto de coger el arma pero se alegró de no haberlo hecho cuando vio que los dos hombres habían desenfundado y la apuntaban. Decidió tomar la iniciativa.

—¿Qué tal, amigos? Soy Max Dawson. El señor Bouchard me dijo que viniera, que tal vez Willie Nolan tuviera trabajo para un hombre con mis talentos. ¿He venido al lugar adecuado?

—Podrías haberte acercado a averiguarlo —dijo uno de los hombres.

—¿Max Dawson? —dijo el otro. Sonrió de oreja a oreja—. ¿No te buscan por asesinato en Kansas? Estoy bastante seguro de haber visto allí tu cartel de busca y captura.

Seguramente la estaba probando, pero no tenía por qué mentir sobre aquello.

—Me buscan en Tejas, pero ese cartel está por todas partes. Y bien, ¿tenéis un trabajo bien pagado o no?

—Podría ser, pero es Willie quien decide. Ven con nosotros y te lo presentaremos. —Enfiló hacia el rancho, mientras que el otro esperó a que Max lo siguiera para no perderla de vista.

Max esperaba que Degan no estuviera viendo aquello y creyendo que había roto su promesa.

Desmontó delante del porche y no vio rastro de Degan. No acudía en su rescate, aunque a lo mejor no le hacía falta que la rescataran. ¿No confiaban los forajidos en otros forajidos más que en nadie? Al menos uno la conocía.

El porche daba sombra, pero no era elevado, de modo que no tenía escalones ni barandilla. ¡Ojalá que Degan saliera de detrás de la casa en este mismo instante con el arma desenfundada!, se dijo Max. Tenía que parecer segura, pero no lo estaba. Nunca se había visto en un trance semejante y no podía retrasar su entrada en la casa porque el hombre que la seguía la empujó adentro.

Entró en una habitación amplia con una cocina y una mesa de comedor a un lado y un sofá y varias sillas al otro. El pasillo del fondo seguramente conducía a los dormitorios, pero estaba oscuro. Había dos hombres sentados a la mesa jugando a las cartas. Un chico de la edad de Max removía el contenido de una olla puesta al fuego de la chimenea. Otro hombre con pinta de ser su hermano mayor estaba sentado contra la pared, cerca de él. Parecía enfadado.

A Max se le cayó el alma a los pies. Contó seis hombres. Degan no iba a dejar fuera de combate a ninguno como esperaba, porque la mayor parte si no toda la banda estaba dentro de la casa. Y ella tenía que asegurarse de que no le dispararan. Caminó por la sala hasta colocarse de manera que no tuviera a nadie detrás. Si Degan entraba y los distraía, al menos podría cargarse a unos cuantos antes de que se acordaran de su presencia. De momento, sin embargo, tenía toda su atención.

Uno de los dos que jugaban a cartas se levantó. Era larguirucho, de treinta y muchos.

—¿Quién es? —preguntó ceñudo.

—Lo envía Jackson.

—¿Desde cuándo Jackson nos envía hombres?

—Desde que se enteró de que busco un trabajo con una buena paga —terció rápidamente Max—, y que no me importa demasiado cómo la obtengo.

—¿Es así? —le preguntó el de más edad, todavía con el ceño fruncido—. ¿Y quién diablos eres?

—Max Dawson. Si no has oído hablar de mí, tu amigo sí.

—Le buscan por asesinato y por otra cosa, no recuerdo qué —dijo el que la había reconocido.

—Por robar un banco —dijo Max—. Si eres Willie Nolan, me gustaría participar en tu próximo robo.

—¿Te da igual matar a alguien para ganarte la paga? Últimamente en los trenes han doblado el número de guardias.

—Me da igual siempre y cuando la paga sea sustanciosa. Estoy harto de estar sin blanca.

—No vas a hacerte rico por aquí —refunfuñó el hermano del chico, el que estaba sentado junto al fuego.

—Cállate, Bart —le espetó Nolan.

Por lo visto en la banda de ladrones de trenes reinaba la discordia. Max se preguntó si podría contribuir a las desavenencias.

Lo intentó.

—¿De qué parte estamos hablando? —preguntó.

—Como miembro más reciente te llevarás la parte más pequeña del botín hasta que hayas demostrado lo que vales —le respondió Nolan—, pero aun así será un buen montón, siempre y cuando tengas aplomo.

Esto último lo dijo mirando con desaprobación a Bart, a quien se le contrajo la cara de rabia. Fuera cual fuese el error que habían cometido los dos hermanos, el jefe de la banda no dejaría que lo olvidaran. Entonces Degan hizo notar su presencia.

—¿Quién es el dueño de esto? —gritó desde fuera, desde delante de la casa.

Nolan miró inmediatamente a Max.

—Esto está muy concurrido hoy, ¿o has venido con alguien?

—No. Pero si quieres puedo ocuparme de esto.

—Quédate aquí. —Nolan se acercó a la puerta pero no tuvo que salir.

Degan apareció en el umbral. De pillar por sorpresa a la banda, nada. Se había quitado la chaqueta. Con el Colt a plena vista y cara de pocos amigos, parecía incluso más peligroso de lo habitual. Cuando le puso los ojos encima a Max, la chica tuvo miedo de que le interesara más sacarla de allí que enfrentarse a la banda. La cosa se pondría fea si permitía que vieran que se conocían después de haber dicho ella lo contrario.

Estaba a punto de hacer algún comentario para dejar claro que no tenía nada que ver con Degan cuando este saludó tocándose el ala del sombrero.

—¿Quién es el dueño de esto? —repitió.

Max se quedó sin aliento. Por supuesto. Le había bastado echarle un vistazo para determinar que no era una rehén, puesto que no la amenazaban con ningún arma ni la habían atado.

—Soy yo —dijo Nolan—. Y tú no tienes aspecto de vaquero, así que, ¿qué te trae por aquí?

—Me llamo Degan Grant.

—¿El pistolero? ¿Ese Degan Grant? —Nolan rio entre dientes—. ¿Buscas otra clase de trabajo?

—Si eres Willie Nolan, mi trabajo casi ha terminado.

Max hizo una mueca. Aquello era demasiado directo incluso para ella, y Nolan ya no parecía divertido, aunque sí todavía confiado. Los números estaban de su parte, al fin y al cabo.

—No tengo nada contra ti, pistolero. ¿Qué quieres de mí?

—Solo quiero hacerle un favor a un amigo.

—¿Por una mísera recompensa?

—La recompensa cubre mis gastos. Tú en la cárcel eres el favor. No tienes por qué morir, Nolan. Puedes acompañarme.

—Te daré el doble de la recompensa si te marchas de aquí y finges no haberme visto nunca. Es una oferta condenadamente generosa, teniendo en cuenta la alternativa.

—La cuestión es que nadie más tiene que morir. Solo tú —le dijo Degan con voz monótona—, si insistes en ello.

—Ni mi hermano Jimmy ni yo nos apuntamos —dijo Bart, levantándose de un salto y corriendo hacia la parte trasera de la casa.

No había llegado siquiera al pasillo oscuro cuando Nolan le disparó. ¿A su propio hombre? Jimmy, que seguía junto a la chimenea, gritó de rabia y desenfundó. Entonces todos empezaron a disparar.

Max se agachó detrás del sofá antes de sacar el arma, pero puesto que nadie cubría a nadie, el tiroteo duró apenas unos segundos, así que se incorporó y enfundó la pistola que no había tenido siquiera que disparar.

Los hombres estaban en el suelo. Jimmy seguía vivo y lloraba abrazado al cadáver de su hermano. Degan seguía en pie, gracias a Dios, pero los demás estaban muertos.

—Vámonos —dijo como era su costumbre Degan antes de salir de la casa.

Incrédula, Max corrió tras él. Había ido directamente hacia su caballo y había montado.

Max se le aproximó.

—¿No vamos a enterrarlos?

—¿Nolan está muerto? —le preguntó Degan en voz más baja de lo habitual.

—Sí, de un tiro en la espalda. Está muerto, sin duda. Creo que ha sido el chico, el que lloraba por su hermano. ¿No lo has visto?

Degan no le respondió. Volvió grupas y se alejó cabalgando. Fue entonces cuando Max vio la sangre en el suelo, allí donde había estado Degan antes de montar.

31

Max puso su caballo al galope para alcanzar a Degan. Intentaba convencerse de que no podía estar malherido si era capaz de cabalgar. Iba derecho en la silla de montar, tan erguido como siempre. De no haber visto la sangre en el suelo habría dicho que no le pasaba nada.

De hecho, eso no era cierto. Su repentina marcha había sido rara. Tendría que haber querido llevarse el cadáver de Willie Nolan a Bismarck para demostrar que estaba muerto. Aunque a lo mejor con mandar al *sheriff* a la granja bastaría. Jackson, aquel cobarde, podría acompañarlo hasta allí... si no le pegaba ella un tiro antes. Los había guiado hasta la guarida de Nolan para que los mataran y los habrían asesinado si el joven Jimmy no hubiera reaccionado como había hecho cuando Nolan le había disparado a su hermano.

Se adelantó un poco a Degan para mirarlo, pero no vio dónde tenía la herida. Tampoco tenía cara de dolor. Un hombre que jamás dejaba ver sus sentimientos ¿iba a permitir que se le notara que sufría? No había vuelto a ponerse la americana, y el chaleco era de seda negra. Si estaba ensangrentado, era posible que no lo viera a esa distancia. Así que refrenó su montura y se lo preguntó.

—¿Es grave la herida?

—No tanto como para no poder montar.

Aquello debería haberla tranquilizado, pero no lo hizo, porque había tenido la esperanza de que no hubiera recibido ningún disparo.

—Para y deja que te eche un vistazo.

—No. —Al cabo de un momento, añadió—: Si me apeo del caballo, puede que no sea capaz de volver a montar.

Eso significaba que la herida era grave. El miedo la invadió.

—Deberíamos volver al rancho. Tardaremos unos minutos. Allí habrá una cama. ¡Tienes que acostarte!

—No. Tengo que llegar al pueblo. Así que deja de darme la vara y cabalga.

Se alejó de ella al galope. Si estaba tan deseoso de llegar al pueblo era porque sabía que su herida era grave y que tenía que verla un médico. Sin embargo, el pueblo estaba a más de un día de distancia a caballo. ¿Llegaría tan lejos? No si seguía perdiendo sangre.

Cuando Degan bajó el ritmo, ya no se mantenía erguido en la silla. A Max se le encogió el corazón cuando lo vio bambolearse un poco.

—No irás a desmayarte, ¿verdad? —le preguntó bruscamente.

—Si lo hago, sabrás volver al pueblo, ¿verdad?

—Sí, pero no voy a dejarte solo en medio de... Así que no intentes siquiera...

—Puede que no tengas elección.

El pánico la atenazó. No podía estar herido de muerte. Degan no. ¿Qué podía hacer para ayudarlo? Nunca había tenido que vérselas con una herida de bala, solo con arañazos y magulladuras, y teniendo todo el arsenal de pomadas y remedios de su abuela a su disposición, aparte de los conocimientos de la mujer. ¡La abuela tenía solución para todo!

—Artemus Gains, el trampero, puede ayudarnos —propuso, desesperada—. Puede sacarte la bala. Tal vez incluso tenga algún medicamento para las emergencias, al menos algo para calmar el dolor.

—¿Quién ha dicho que me duele?

—¿No te duele?

—Ya no.

Max no supo si era una buena noticia o una noticia muy mala, pero le parecía que estaban a no más de una hora a caballo de la cabaña del trampero, y les quedaba de camino. Seguramente Degan sería capaz de llegar hasta allí. Seguramente estaría de acuerdo en parar allí.

Al cabo de media hora volvió a bambolearse en la silla, tanto esta vez que Max temió que se hubiera desmayado.

—¡Degan!

—¿Qué? —gruñó él.

—Creía que... Da igual.

—Vuelve a hablarme, Max.

—Casi hemos llegado a la cabaña. ¡Maldita sea! ¡No te caigas del caballo!

Le hizo una docena de preguntas sin importancia, solo para que tuviera que responderle, y le gritaba cuando no contestaba con suficiente rapidez. Cada vez que se inclinaba hacia la izquierda o hacia la derecha a Max le daba un vuelco el corazón. No iba a ser capaz de impedir que se cayera al suelo, y sabía que si lo hacía acabaría peor herido.

—Aguanta, Degan —le dijo, frenética—. Ya veo la cabaña. Sigue un poco más y luego podrás desmayarte a tus anchas.

—No voy a... desmayarme.

Se mantuvo en la silla el tiempo suficiente para llegar hasta la cabaña, pero cuando lo hicieron iba doblado sobre el cuello del palomino. Max desmontó rápidamente.

—¡Señor Gains! —gritó angustiado—. ¡Necesito que salga a ayudarme!

Pero fue Jackson Bouchard quien abrió la puerta. No preguntó lo que había pasado. Se acercó a Degan, lo bajó del caballo y cargó con él hasta la cabaña. Luego lo dejó en la cama del trampero.

Degan gimió. Max apartó a Jackson de un empujón.

—¡Podrías tener más cuidado!

Jackson se encogió de hombros.

—Estaba a punto de... Ya ha perdido el conocimiento.

Max vio que Jackson tenía razón. Degan se había quedado inconsciente. Entonces vio la sangre que empapaba el lado derecho del chaleco y los pantalones. Agarró una sábana de Artemus y la metió debajo de Degan para que la absorbiera.

Cuando volvió la cabeza, Jackson le tendía una bolsita.

—Para la herida. Una antigua receta india de mi abuela. Era una de las dos mujeres que mi abuelo trocó cuando vino desde Canadá.

—No me interesa la historia de su familia.

—Elimina el veneno.

—Degan no está envenenado.

Jackson volvió a encogerse de hombros.

—Ella decía que era buena también para curar las infecciones.

Max no la cogió. No se fiaba de Jackson. Estaba furiosa con él. Degan no habría resultado herido si aquel tipo se hubiera quedado para ayudarlos en lugar de huir como un cobarde.

—¿Dónde está el trampero?

Jackson lanzó la bolsa al pie de la estrecha cama.

—Artie se ha marchado al pueblo en cuanto he vuelto. Seguramente estará fuera una semana o más.

Max indicó la puerta con un gesto de cabeza.

—Tú también puedes marcharte. Yo vigilaré esto.

—Le he prometido...

Lo apuntó con el arma.

—Escucha. Tus amigos han muerto.

Él recogió sus cosas.

—No eran amigos míos.

—Pero trabajabas para ellos, ¿no? —Era una pregunta retórica.

Nuevamente, Jackson se encogió de hombros.

—Me pagaban bien por la información. Demasiado bien para no aceptar... al principio. Luego mataron a alguien en uno de esos robos de trenes. Entonces quise dar por terminado el acuerdo, pero Nolan me dijo que me darían caza.

—Había una recompensa. ¿Por qué simplemente no llevaste a la justicia hasta ellos?

—Porque me dijeron que me llevarían con ellos. No quise acabar siendo un fugitivo por una estupidez, solo porque necesitaba dinero.

Max arqueó una ceja.

—Así que esperabas que Degan resolviera tu problema.

—¿No lo ha hecho?

—Podrías haberle ayudado.

—Yo no mato a nadie, sea bueno o malo. Nunca lo he hecho ni nunca lo haré.

—¿Qué me dices de salvar a alguien? Tiene que verlo un médico. ¿El más cercano está en Bismarck?

—Sí, y no durará lo suficiente para que el médico de Bismarck llegue, si es que está en el pueblo.

No debería haberse molestado en preguntárselo. Aquel hombre no era de fiar.

—Vete. Tu secreto está a salvo conmigo y Degan solo perseguía a Willie Nolan, así que no le importará.

—¿Vienes conmigo?

Max amartilló el arma. Jackson cerró la puerta al salir.

32

—Destripas animales, puedes hacer esto.

Degan la sobresaltó. No se había dado cuenta de que había recobrado el sentido. Ojalá no lo hubiera hecho. Se había quedado de pie junto a él, petrificada, con el cuchillo en la mano, mirando fijamente la herida, que seguía sangrando. La tenía en el lado izquierdo de la cintura, justo por encima del cinturón. Iba a tener que extraerle la bala. No podía dejársela dentro. De hecho, empezaba a creer que sería capaz. Si conseguía que dejara de sangrar, a lo mejor podría llevarlo al médico de Bismarck.

Había tardado casi diez minutos en quitarle la camisa a Degan porque era un peso muerto. Había tenido que subírsela hasta los hombros para sacarle los brazos de las mangas. Lo había despertado haciéndolo, pero él no había emitido ningún sonido ni le había dicho nada hasta aquel momento.

Max lo miró a los ojos. Tenía los párpados entrecerrados, pero la miraba.

—Nunca... Nunca he hecho esto —le advirtió.

—Estoy seguro de que lo harás estupendamente.

¿En serio? ¿Por qué ella no lo estaba?

Salió, recogió las alforjas de ambos y la maleta de Degan y las metió en la cabaña. Encontró la botella de whisky. Estaba medio llena. Se la dio.

—Bebe.

—No me hace falta.

—Pero necesito que bebas. Si gritas podría vacilar y destriparte.

Degan siguió sin coger la botella.

—Antes échame un poco en la herida y en la hoja del cuchillo. Luego tomaré un trago. —Antes de que Max saliera por la puerta, añadió—: Y lávate las manos.

Eso era lo que iba a hacer fuera. Parecía que Degan sabía más acerca de extraer balas que ella. Cuando volvió a entrar, le vertió un poco de whisky en el agujero del costado izquierdo. Degan bufó apenas, pero para Max fue tan enervante como si alguien hubiera arañado una pizarra, así que tomó un sorbo de whisky antes de darle a él la botella. Con una mueca de dolor, se incorporó un poco, la cogió y le dio un buen trago.

—¿Ves la bala? —le preguntó.

Ella miró bien la herida y negó con la cabeza.

—Demasiada sangre.

—Localízala con el dedo.

—¡Dios, no!

—Max.

Max suspiró y acercó el índice al agujero de bala con los párpados apretados.

—Estás consiguiendo que confíe menos en ti.

Estaba bromeando. Tenía que ser una broma.

—Me aseguro de que nada me distraiga —refunfuñó antes de introducir el dedo en la herida.

Hasta la primera articulación, hasta la segunda. Temió necesitar probar de nuevo con un dedo más largo, pero no. Por fin dio con la bala. Degan no emitió ningún sonido, pero ella había seguido con mucho cuidado la trayectoria de la bala. Sacó el dedo y se lo secó con uno de los pañuelos limpios de Degan antes de coger la hoja que había dejado sobre su pecho.

—Sería un buen momento para que volvieras a desmayarte.

—Te diría que te dieras prisa y acabaras con esto pronto, pero... —le dijo Degan, con los ojos cerrados.

—Yo te diría que te callaras.

—Algo parecido.

—Por favor, no grites.

Metió el cuchillo en la herida. No era profunda. Como tenía mucho cuidado, tardó una eternidad en colocarlo para sacarle la bala, y luego se le escurría. Max sudaba mucho cuando por fin se la extrajo, a pesar de que Degan no se había quejado lo más mínimo. Le miró la cara y vio por qué. Por suerte había vuelto a desmayarse. Tenía que darse prisa y coserlo antes de que recuperara el conocimiento.

Buscó entre las pertenencias de Degan. Sin duda llevaba aguja e hilo en las alforjas. Con lo exigente que era, seguro que cosía los botones flojos y remendaba los rotos de su vestimenta. Eso creía ella, pero no encontró nada. Miró en el baúl del trampero y en todos los cajones, que no eran muchos. La cabaña era pequeña y estaba pobremente amueblada. Los únicos muebles eran la cama estrecha, una silla, una mesa pequeña, una alacena con provisiones en los estantes y un baúl donde el trampero guardaba la ropa y las sábanas. Tampoco tenía aguja. Solo conocía otra manera de cerrar la herida y detener la hemorragia.

Encendió un fuego en la chimenea, metió el cuchillo en las llamas y cerró los ojos. No sabía cuánto tiempo debía tenerlo allí ni cuánto tiempo debía mantenerlo contra la herida cuando estuviera al rojo. No podía preguntárselo a Degan porque estaba inconsciente, lo que, si no para ella, para él era una bendición.

Mientras la hoja se calentaba, rasgó una sábana de Artemus para hacer vendas. No podría reponérsela. A lo mejor no se daría cuenta hasta que se hubieran marchado. También le quitó toda la ropa a Degan para que estuviera cómodo. Le habría dejado la ropa interior pero la sangre le había atravesado los pantalones. Estuvo mirando al techo hasta que lo hubo tapado con una sábana. Por tentada que estuviera de echarle un buen vistazo, no se atrevió a distraerse hasta que hubiera terminado de curarle la herida.

Sacó de la cabaña la ropa ensangrentada de Degan, la metió en un cubo y bombeó agua del pozo para ponerla en remojo. Le sorprendía que el trampero hubiera excavado un pozo teniendo como tenía un estanque allí cerca. Supuso que cazaba cerca del estanque porque los animales iban allí a beber y que no quería que su olor los asustara. Tendría que comprobar su teoría antes de que anocheciera.

Estaba posponiendo una tarea que no quería hacer, pero que sabía que tenía que hacer. La hoja del cuchillo ya tenía que estar lo bastante caliente. Se envolvió la mano con una de sus camisas antes de sacarlo del fuego. Tenía el mango de piel, pero el metal que cubría podía quemar.

El mango no quemaba, pero aun así corrió hacia la cama y ejerció presión con la hoja sobre la herida de Degan. El siseo y el olor de la carne y la sangre quemadas le dieron náuseas. Degan abrió los ojos del todo y fue a levantarse, pero se derrumbó y volvió a desmayarse, gracias a Dios. Incapaz de soportar más aquel olor, Max apartó la hoja y salió corriendo a vomitar. Rogaba haber hecho lo correcto y haber mantenido la hoja del cuchillo sobre la herida el tiempo suficiente para cauterizarla. Si tenía que volver a hacerlo se moriría.

33

Aquella tarde, Degan abrió los ojos un par de veces pero volvió a dormirse enseguida. Max lo consideró algo bueno. El cuerpo sanaba durante el sueño y ella tenía mucho que hacer. Encontró una trampilla para acceder a la bodega situada detrás del cobertizo. En ella había más carne seca y salada que verduras, lo que no era de extrañar teniendo en cuenta el oficio de Artemus. Le había dicho a Jackson que lo ayudara a proteger la comida almacenada, pero ella tenía que alimentar a dos personas, así que ya la repondría. De momento, cogió lo que necesitaba para preparar un estofado.

Lavó la ropa de Degan y la tendió. Llenó de agua el abrevadero que había detrás de la cabaña, donde el trampero dejaba el caballo cuando estaba en casa. Incluso había construido un endeble techado que apenas daba para que se resguardara un animal. ¿Para qué? ¿Solo para mantener el abrevadero sin nieve en invierno? A lo mejor se había quedado sin madera para ampliarlo. Había un largo ronzal sujeto a la cabaña para que el caballo pudiera pacer en la zona de hierba. Ella también necesitaba un ronzal, así que improvisó uno para su caballo con las cuerdas de Degan. Dejó a los animales desensillados y cepillados allí detrás.

El estanque estaba justo al otro lado de los árboles, pero a bastante distancia de la linde del bosque en dirección a Bismarck. Había estado a punto de no verlo el día anterior, cuando habían pasado por allí con Jackson. Aquella mañana había querido escabullirse hasta allí y darse un baño, pero no había sido la primera en levantarse, así que no había podido. Ahora lo hizo. A la porra si se asustaban los animales que iban a beber al estanque.

Con Degan inconsciente, ningún vecino en kilómetros a la redonda y, lo más importante, nadie que pasara por allí a caballo, se desnudó para bañarse. Después se reprochó su falta de sensatez. Jimmy vendría por allí para ir a Bismarck después de enterrar a su hermano. Jackson también podía regresar por allí, por la razón que fuera. Además, ella no sabía qué había al otro lado del bosque. Podía haber casas. Decidió comprobarlo.

Volvió a vestirse y solo con el rifle se adentró en el bosque. Ya que el trampero había estado esperando a que Jackson volviera para ir a visitar a su hermano, supuso que habría recogido las trampas que tuviera por allí. Aun así, pisaba con cuidado por si se equivocaba. Lo último que necesitaba era quedarse atrapada con un pie en una trampa que no podría abrir sin ayuda.

Había muchos animales de pequeño tamaño en el bosque, pero ni rastro de ningún ciervo. Apuntó a una rolliza codorniz. La guardaría en la bodega para la comida del día siguiente. Otra codorniz huyó. Max buscó los huevos y utilizó el pañuelo que llevaba al cuello para llevarse cuatro. Vio una familia de pavos, pero no se les acercó. Desplumar aves tan grandes era engorroso y la carne de los pavos salvajes solía ser dura.

No llegó al otro lado del bosque porque se extendía más allá de lo que había calculado y era mucho más profundo que ancho. Sin embargo, no vio más casas. Recogió bayas en el camino de vuelta. Si Artemus tenía algo dulce con lo que cocinarlas, prepararía una salsa para la perdiz: eso si no se las comía todas antes de llegar a la cabaña.

243

Aunque el sol no tardaría en ponerse, Degan seguía durmiendo. Se detuvo junto a la cama y le apartó un rizo de pelo de la frente. Se quedó un rato mirándolo. Era demasiado guapo. Incluso hecho polvo como entonces, seguía siendo atractivo. Le había dado un susto de muerte con ese balazo. No le gustaba lo que había sentido, pero acabarían por irse cada uno por su camino. ¿Regresaría él a Chicago, donde vivía la hermosa Allison, ahora que sabía que la joven quería que volviera? Aquella idea tampoco le gustó y la descartó.

Solo lo había tapado con la sábana hasta las caderas. Sin ninguna pomada, no se atrevía a vendarle la herida, aunque torcía el gesto cada vez que veía la carne ennegrecida alrededor de la herida. Había conseguido cauterizarla. Tenía mucha sangre seca en el costado, pero afortunadamente había dejado de sangrar.

Humedeció un trapo y lo calentó entre las manos antes de limpiarle la sangre seca. Lo hizo despacio y con cuidado para no despertarlo. Pese a todo, se movió. Incluso trató de sentarse antes de desplomarse sobre la almohada.

—¿Qué demonios...?

Al oír aquel tono acusador, Max puso mala cara. Degan había alzado la cabeza lo suficiente para echar un vistazo a la carne quemada.

—He buscado aguja e hilo —se justificó ella rápidamente—, de verdad que sí. He buscado por todas partes y en tus alforjas. He estado a punto de tallar una aguja de madera. He empezado a hacerlo, pero me he dado cuenta de que podría clavarte astillas.

Degan se volvió de golpe hacia ella.

—Es una broma, ¿verdad?

Max sonrió de oreja a oreja.

—Sí.

—Me parece que te he dado muchos problemas. Deberías haber ido a buscar al médico.

—Lo he pensado, pero habría tardado dos días en ir y volver. Estoy segura de que te habrías desangrado.

Le miró la herida. Había intentado ejercer presión con la hoja del cuchillo solo en el agujero de bala, pero le había quemado casi tres centímetros de piel.

—¿Ya no la tienes adormecida? —le preguntó, esperanzada.

—¿Ya?

—Cuando veníamos me has dicho que no notabas ningún dolor. Eso me ha dejado muy preocupada.

—No necesitas preocuparte por eso ahora.

Max torció otra vez el gesto, imaginando el dolor que soportaba, y se volvió hacia el fuego.

—La comida está caliente si te parece que puedes sentarte para comer. O puedo alimentarte yo.

Degan soltó un bufido. Fue tranquilizador y algo que no había hecho nunca en su presencia. Seguramente había bajado un poco la guardia porque estaba débil.

Le trajo un cuenco de estofado y buscó en su zurrón el pan que quedaba para que Degan pudiera mojarlo en la salsa. Max tendría que revisar los suministros de Artemus y ver si tenía lo necesario para hornear más pan o si subsistía a base de carne, fruta y plantas silvestres como había hecho ella. Había visto muchos hongos y dientes de león en el bosque. Al día siguiente podría recoger algunos.

Degan había conseguido incorporarse un poco para comer, apoyando la espalda en la pared, con solo una almohada para sostenerse. La cama no tenía cabezal, solo el armazón, pero sí colchón. Era mejor que dormir en el suelo, que sería donde tendría que dormir ella. No tenía ni idea de cuánto tardaría en recuperarse Degan lo bastante para poder cabalgar, pero era un hombre fuerte y sano, así que tal vez no más de una o dos semanas. Verlo sentado y sosteniendo el cuenco la hizo feliz.

Llenó otro cuenco para ella y acercó la única silla a la cama para comer con Degan. Al menos tenía apetito. Eso era buena señal.

—¿Qué le has puesto a esto?

Max sonrió. ¡Conversación!

—Llantén, setas y carne seca de conejo, así que no esperes que esté tierna. Mañana recogeré algo de lo que hay por aquí y prepararé alimentos frescos. He pensado preparar sopa de perdiz para comer.

—¿Has ido a cazar?

—De hecho, no. Solo exploraba un poco el bosque, pero me he topado con unas perdices. He cazado una antes de que las otras huyeran. —Probó suerte. A lo mejor tenía la guardia lo bastante baja como para hablar de sí mismo—. ¿Crees que esa dama amiga tuya ha renunciado a ti y ha vuelto a casa?

—No es una amiga... Ya no.

—Pero lo era.

—Mis hermanos y yo nos criamos con ella.

Lo dijo en un tono glacial, así que Max cambió de tema.

—¿Cuántos hermanos tienes?

—Mi hermana murió siendo adolescente. Quedamos mi hermano Flint y yo.

—¿Se te parece?

—No, nunca nos hemos parecido.

—Entonces Flint se ríe, sonríe y su trabajo no consiste en matar a la gente —le dijo Max sonriendo, para que supiera que bromeaba.

Sin embargo, Degan seguía molesto.

—No trabaja.

—¡Ah! Es verdad. Tu familia vive en la gran ciudad y es rica. ¿En qué lo convierte eso, en un mimado sin iniciativa?

—¿Intentas sacarme de quicio haciéndome preguntas sobre mi familia?

—No. Simplemente no tengo ni idea de cómo es esa clase de vida. Me parece aburrida. ¿Lo es? ¿Por eso viniste al Oeste?

Degan no le respondió. Max supuso que consideraba a su hermano un tema más jugoso, porque le dijo:

—Flint es un encantador de serpientes. Podría sobrevivir con eso, rico o no. Sería un político estupendo si tuviera alguna ambición, pero nuestro padre nunca lo animó en esa dirección.

—Así que a ti te educaron para dirigir, como me dijiste, pero a él no.

—Deberían haberlo educado para eso, pero no lo hicieron. Seguramente ahora mi padre se arrepiente.

—Háblame de tu padre. ¿Por qué lo odias?

—No lo odio.

—Simplemente no te preocupas por él en absoluto.

—Nos peleamos, eso es todo.

—¿Por?

No le respondió de inmediato. Le devolvió el cuenco. Ella salió para lavarlo en el tonel de agua, así que apenas lo oyó cuando lo hizo.

—Me pidió que hiciera algo que yo no estaba dispuesto a hacer. Fue inflexible, pero yo también. Por eso me marché.

«¿Solo por eso?», pensó Max, perpleja. ¿Qué clase de desacuerdo entre un padre y un hijo podía ser tan grave como para que un hombre diera la espalda a la riqueza y a los privilegios, y a todo aquello para lo que había sido educado?

34

Degan besaba a Max, aunque sabía que no debía. Se había jurado no volver a hacerlo. Estaba decidido, pero... ¿Qué había pasado para que cambiara de opinión? No podía pensar, no quería pensar porque la tenía encima, toda dulzura. Entonces percibió un olor de rosas y de heno. Max no olía a rosas...

Levantó la vista y vio el heno esparcido alrededor de los dos, de él y de Allison, tendida a su lado. No tendría que hacerle el amor en el establo, pero lo había besado allí y era el día más feliz de su vida, el día en que ella lo había elegido, así que no podía remediarlo.

Ella era su primer amor, su único amor. Flint también la amaba. Habían rivalizado intensa pero amistosamente, aunque durante demasiado tiempo, desde que eran niños, cuando habían empezado a competir por su atención, hasta el presente, en que ambos querían casarse con ella. Allison había azuzado su rivalidad porque le gustaba tener a los dos hombres más codiciados de la ciudad detrás de ella.

Degan y Flint habían luchado por Allison, algunas veces habían llegado incluso a las manos. Sin embargo, a pesar de que los dos la querían, eran hermanos. El lazo que los unía era más fuerte. Degan habría quedado profundamente decepcionado pero se habría alegrado por Flint si Allison hubiera escogido a su hermano. Y Flint había cedido con elegancia cuando al final ella había elegido casarse con Degan. Degan no esperaba menos.

La felicidad de Degan perdió color. Adelaide Miller le estaba gritando: «Si no aciertas el blanco, mueres. ¡Presta atención, chico!»

No le gustaban las armas. La última que había sostenido había sido la de duelo de su padre. Después de lo que había hecho con ella, había jurado no volver a tocar otra jamás. Sin embargo, la tenía en la mano. Y ahí estaba otra vez, el grito que lo había hecho salir del estudio. Subió la escalera corriendo para ver quién gritaba; la escalera curva, la escalera interminable. ¿Por qué no conseguía llegar arriba? Y por todas partes el calor, tanto que le parecía que la casa se estaba quemando. ¿Era por eso que ella gritaba? El aire no olía a humo sino a rosas. El aroma de Allison que lo atraía al piso de arriba. Su grito. ¡Pero no conseguía llegar hasta ella por mucho que corriera! Tenía que salvarla. Lo era todo para él y las malditas escaleras no se terminaban...

—No quería dártelo —decía una voz de mujer—. No confío en ese hombre lo más mínimo. Podría haber sido un veneno. Pero estaba desesperada. La fiebre te subía en lugar de bajarte. ¿Me oyes? ¡Maldita sea, Degan! Creía que te despertabas.

Era Max. Su adorable enfado le hizo sonreír. Notó que le pasaba un trapo frío y húmedo por el pecho. No abrió los ojos. No estaba seguro de si seguía soñando. Si así era, prefería continuar con aquel sueño que con la pesadilla.

—¿En quién no confías?

—¡Oh, gracias a Dios! —gimió Max—. Tienes que comerte esto mientras puedas.

Abrió los ojos y la vio acercándole un cuenco.

—¿Qué es?

—Sopa de pavo y diente de león con tronchos de ortiga.

Degan se puso de lado con cuidado para comerse la sopa. Todavía no estaba seguro de no estar soñando, y ella seguía ansiosa.

—¿Ha pasado algo más?

—Llevabas dos días sin despertarte, Degan —lo reconvino—. Estaba muerta de miedo. Ahora, tómate la sopa. Tienes que recuperar fuerzas. Comer un poco te ayudará a dormir bien.

Así fue, y por suerte no volvió a soñar. Cuando se despertó de nuevo, la cabaña estaba prácticamente a oscuras. Solo el fuego de la chimenea daba un poco de luz a la estancia. Max dormía encima de las mantas de los caballos, en un rincón. No estaba tapada. Con las ventanas y la puerta cerradas, el fuego mantenía la habitación caldeada. Iba completamente vestida y estaba en posición fetal. El abrigo le servía de almohada. Seguramente estaba agotada de cuidarlo. Otra cosa que le debería.

Envuelto en la sábana, salió discretamente para hacer sus necesidades. No recordaba haberse sentido nunca tan débil. Se tambaleaba. Ni siquiera estaba seguro de poder volver a la cama. Estaba agotado y dolorido. Le dolía todo el cuerpo, no solo el costado izquierdo. Pero Max se enfadaría con él si por la mañana lo encontraba desmayado fuera, así que hizo un esfuerzo para acostarse otra vez.

Consiguió no despertarla y se quedó un rato sentado, mirándola. No solo estaba adorable allí tumbada inocentemente, acurrucada como una niña, descalza; estaba sexy, sin el pañuelo al cuello y la camisa desabrochada que dejaba ver la curva de su pecho. Nunca podría olvidar la noche que habían compartido en Montana.

Después de su primer beso, aquel día en Montana, no le había sorprendido en absoluto lo que había pasado por la noche. Demasiadas cosas habían dado lugar a ello, la había visto demasiadas veces escasa de ropa, demasiadas veces la había deseado, incluso cuando iba completamente vestida, como en aquel momento.

Había sido lo más difícil que había hecho en la vida pedirle esa noche si quería que parara. Y a la mañana siguiente no le había dejado hacer lo correcto, incluso se había enfadado cuando le había ofrecido casarse con ella. Que así fuera. Había sido un error y ella no iba a dejar que la llevara a cometer uno peor. ¿Qué le había dicho? Que esperaría a tener buenas razones para casarse. Tenía toda la razón. Esa era la única buena razón para casarse: haber encontrado la persona capaz de hacerte feliz y creer que esa persona sentía lo mismo por ti.

Probablemente Max le había salvado la vida extrayéndole la bala. Seguramente también en Butte. Resolvería su problema en Tejas. Le debía eso, no más complicaciones.

Volvió a dormirse y la pesadilla regresó, pero esta vez llegó al final de la escalera...

35

Max se despertó cubierta de sudor. No tendría que haber cerrado las ventanas antes de acostarse, pero las moscas no habrían dejado en paz la herida de Degan. Había tardado más de una hora en matarlas todas y además había temido que el aire frío de la noche le hiciera subir otra vez la fiebre.

Se fue al estanque con la pastilla de jabón para darse un baño rápido. Quería estar presente cuando Degan volviera a despertarse, porque seguía preocupada por él. ¡Había pasado dos días espantosos! Había creído que se moriría. Nunca había visto a nadie con tanta fiebre, y no poder despertarlo por mucho que le gritara le había dado muchísimo miedo. Incluso había llorado por lo incapaz que se sentía para cuidarlo. Había estado a punto de volver a abrirle la herida y volver a cauterizársela. Pasarle un paño frío por la cara y el pecho tampoco funcionaba. ¡Nada funcionaba!

Al final estaba tan desesperada que la tarde anterior había probado el polvo que le había ofrecido Jackson. Le había hecho efecto antes de lo que esperaba. El enrojecimiento de la herida había disminuido y aquella mañana los últimos síntomas de inflamación habían desaparecido. A los tres días se le estaba formando una costra, así que a lo mejor no lo había quemado tanto como creía.

Cuando volvió a la cabaña se sentía un poco revitalizada.

Degan seguía durmiendo. Sopesó la idea de calentar agua y lavarlo con un trapo antes de que se despertara. La noche anterior no había querido hacerlo. Por fin dormía plácidamente y no había querido molestarlo. El sopor de la fiebre los había agotado a ambos. En su delirio, Degan daba vueltas en la cama, hablaba, incluso había gritado. Ella no se había atrevido a apartarse de su lado y se había quedado dormida en la silla, junto a él, hasta que se había caído al suelo y se había hecho daño en un codo.

Pasarle por la piel un paño frío cuando estaba delirando era una cosa, pero hacer algo tan íntimo cuando podía despertarse y verla era completamente diferente. Decidió no lavarlo. Si estaba mejor, podía lavarse él, así que se puso a cocinar.

—Me hace falta un baño.

Max sonrió para sí. Estaba despierto y hablaba con normalidad. Podría recuperarse del todo.

—Nada de baños, petimetre. No querrás que se te ablande la costra. Te traeré agua para que te laves cuando te hayas comido esto.

Le dio un cuenco de papilla de maíz, se sirvió otro para ella y se sentó en la silla que había puesto junto a la cama desde que le había subido la fiebre.

—¿Cómo te encuentras esta mañana?

—Cansado, como si llevara un mes sin dormir.

—Sí. El sopor de la fiebre no aporta descanso. Yo tuve de niña, pero la abuela sabía cómo hacerla bajar rápidamente. Ojalá le hubiera preguntado cómo.

—¿Cuánto tiempo llevo con fiebre?

—Casi tres días.

—¿Me envenené?

—¿Qué?

—¿Dijiste algo de un veneno o lo he soñado?

—¡Ah, eso! ¿Recuerdas que Jackson estaba aquí cuando

llegamos? Me ayudó a acostarte y me dejó una bolsa que contenía unos polvos. Dijo que eran muy buenos para las heridas, pero, como no le creí, no los usé hasta que... Hasta que nada de lo que hice funcionó. Resulta que los polvos eran eficaces.

—¿Sigue aquí?

—No. Se marchó. Insistí en que lo hiciera.

—¿Por qué? ¿Porque es un cobarde y un mentiroso?

—Sí. Admitió que era el informador de la banda de Nolan. Dijo que trató de pasar cuando se enteró de que habían matado a alguien, pero que no se lo permitieron. Te utilizó para resolver su problema. Tendría que haberte pagado él a ti por el trabajo, en mi opinión, no al revés.

—Gracias por cuidarme.

Max se ruborizó un poco, incómoda por su gratitud.

—No hay de qué —repuso, y luego sonrió burlona—. Solo me aseguraba de que seguías vivo lo suficiente para ayudarme en Bingham Hills.

—Para eso no habría hecho falta tanta tierna dedicación.

Esta vez Max se puso roja como un tomate. No había sido tierna con él en absoluto. Estaba tan frenética y tenía tanto miedo de perderlo que incluso había llegado a pegarle para despertarlo. Cambió de tema rápidamente.

—¿Quién huele a rosas?

—¿Cómo?

—Has dicho que yo no huelo a rosas y es cierto, así que, ¿de quién hablabas que huele a rosas?

—¿Cuándo?

—En sueños.

—No me acuerdo.

¿Acababa de mentirle? Seguía con la guardia baja si resultaba tan evidente. Tal vez consiguiera que hablara de sí mismo otra vez si lo empujaba a hacerlo como quien no quiere la cosa, y si no era una carga demasiado pesada para él. Su recuperación era más importante que el hecho de satisfacer su curiosidad.

Sin embargo, fue él quien preguntó:

—¿Qué más he dicho?

—Poca cosa. Tenías tanta fiebre que farfullabas. Has dicho que detestas las armas. Me ha hecho gracia. ¿De verdad las detestas?

—¿Dónde está la mía?

Riendo entre dientes, Max cogió su Colt y lo puso en el cajón que había junto a la cama y que el trampero usaba como mesilla de noche.

—No creas que vas a librarte de contestarme —lo reprendió con sorna.

Degan se la quedó mirando. ¿Estaba de verdad tratando de decidir si responderle? Si así era, no le respondería.

—En Chicago nunca había tenido motivos para pensar en las armas. En la ciudad solo van armados los agentes de la ley... o los delincuentes —le dijo sin embargo—. Mi padre tenía un par de pistolas de duelo. Las guardaba en su estudio, cargadas, pero solo para aparentar, eran un bien preciado que había pertenecido a su padre en la época en que batirse en duelo por honor era una práctica todavía habitual. Mi padre no había tenido nunca ocasión de usarlas. Entonces mi hermana Ivy murió a causa de un disparo. Se vio en medio del fuego cruzado de un ladrón que escapaba y del agente de la ley que lo perseguía por una calle de la ciudad.

Max jadeó.

—Lo siento.

—No tendría que haber pasado. Mi madre la había llevado de compras. Ivy acababa de salir de una tienda. Mi madre estaba justo detrás de ella y lo vio todo. Se culpaba de lo sucedido.

—¿Por qué? Algo así es una tragedia, pero...

—Porque aquella mañana Ivy tenía que haber ido a cabalgar con Flint y conmigo por el parque Lincoln. Mi madre solía ir sola de compras, pero aquel día quería compañía e insistió en que Ivy fuera con ella. Supongo que yo detestaba las armas porque mi hermana murió de un disparo.

«Pero iba armado cuando llegó al Oeste, incluso se ha hecho famoso gracias a las armas», pensó Max. Por tanto, tenía que haber odiado otra cosa incluso más, algo que lo había llevado a hacer una vida completamente diferente.

—¿Tu madre aún vive?

—No. Murió menos de un año después. Dejó que su salud se fuera deteriorando. Simplemente, perdió las ganas de vivir. La culpa pudo con ella.

Max suspiró. Nunca habría dicho que Degan pudiese haber vivido semejante tragedia. No era extraño que mantuviera a raya sus emociones. ¿Llevaba tanto tiempo haciéndolo que había perdido la capacidad de sentir algo? Bueno, ella lo sabía capaz de sentir pasión todavía. Podía poner la mano en el fuego sin temor a equivocarse. Aunque eso era más bien una reacción natural, un instinto más que una emoción. A lo mejor estaba dando demasiada trascendencia a la muerte de su hermana. A lo mejor no demostraba sus sentimientos por lo que le había dado a entender antes, porque su trabajo no se lo permitía.

Cogió el cuenco de Degan y volvió a llenárselo. Se lo dio y se sentó otra vez.

—Has dicho que probablemente tu padre ahora lamenta no haber educado a tu hermano como te educó a ti —le comentó—. ¿No podría haberlo remediado enseñándole a él todo lo que te enseñó a ti? Nunca es tarde para aprender.

—Lo es si has crecido sin responsabilizarte de nada y esperando no tener nunca responsabilidad alguna. Las decisiones más importantes que toma Flint son a qué fiesta asistir... y con quién acostarse después. Lo asusta cualquier cosa más seria que eso.

—Parece que lo envidias por su naturaleza un tanto despreocupada.

—En absoluto. Mi hermano y yo estábamos unidos.

—¿Estábamos?

—Cuando yo vivía en casa.

—Eres consciente de que no estamos tan lejos de Chicago, ¿verdad? Con la ampliación del ferrocarril, Chicago seguramente queda a no más de dos días de distancia. No me importa un ligero retraso si quieres enterarte...

—No.

Creía que le estaba haciendo un favor al sugerírselo, pero evidentemente no era así.

—Oí lo que tu amiga te gritaba, aunque tú no lo oyeras. Dijo que un hombre no tiene que estar muerto para no ser el que era. Suena como si le hubiera pasado algo a tu padre.

—A Allison se le da bien exagerar. Es su punto fuerte.

—¿Por eso la ignoraste, porque no la creíste?

—Si mi padre quisiera que volviera habría venido a buscarme, no habría mandado a Allison Montgomery.

Max puso los ojos en blanco.

—Eres muy raro, ¿lo sabías?

—No, no lo soy.

—Claro que sí. No tienes emociones. ¿Tampoco sientes curiosidad? ¿Por qué no le preguntaste simplemente lo que le pasa a tu padre?

—He comprobado que vive. Cualquier otra cosa es irrelevante puesto que no voy a volver. No volveré jamás.

Dejó de mirarla para concentrarse en la comida. Max supuso que era una pista relativamente buena el que hubiera dejado de hablar de su familia. Era como si se hubiera divorciado de ellos de la manera en que un hombre se divorciaría de...

—¿Estás casado?

Degan volvió a mirarla.

—¿Te habría pedido que te casaras conmigo si lo estuviera?

—No me lo pediste. Me dijiste que tendrías que casarte conmigo. Hay una gran diferencia, petimetre.

Max salió de la cabaña porque no soportaba lo desesperante que podía llegar a ser aquel hombre. Se alejó lo bastante para que no la oyera mascullar.

36

Llevaban diez días en la cabaña. Max esperaba que el trampero volviera en cualquier momento, a menos que Jackson hubiera encontrado a Artemus y le hubiera contado que tenía otros huéspedes. En tal caso tal vez no se diera prisa en volver. Quizá quisiera esperar hasta estar seguro de que podría usar su cama. Esperaba que así fuera.

Degan ya hablaba de marcharse, sin embargo. Era capaz de andar a paso lento pero sin titubear, aunque se le notaba dolorido. No se lo había dicho, pero lo había pillado a menudo haciendo muecas de dolor. Cabalgar era mucho más extenuante que andar. Aunque lograra evitar que el caballo se pusiera al trote, a Max le preocupaba que el movimiento pudiera abrirle de nuevo la herida, así que lo convenció para quedarse hasta que Artemus volviera, o al menos unos cuantos días más.

Se hacían compañía. Hablaban de temas que no les hacían perder los nervios a ninguno de los dos y habían adquirido la costumbre de ver juntos la puesta de sol todos los días. Dakota tenía unas puestas de sol muy hermosas que llenaban el cielo de tonalidades intensas de rojo y naranja, sin árboles ni colinas que ocultaran el panorama desde donde ellos estaban.

Max sacaba la silla para él y se sentaba en el suelo, a su lado. Degan siempre la miraba sonreír justo cuando el sol se hundía detrás del horizonte y ella alzaba la vista hacia él. Le gustaba cómo la miraba en aquel momento. Por alguna razón, cuando se miraban a los ojos, tenía más intimidad con él que besándolo.

Habría sido un buen momento para advertirle que ayudarla tal vez no iba a ser tan fácil como él creía. Ella contaba con que Carl siguiera vivo, pero Degan estaba convencido de que no, y no podía seguir aferrándose a su esperanza de que estuviera equivocado.

Lo que Degan no sabía era cómo reverenciaban a Carl los del pueblo, tanto que nadie necesitaría un juicio para convencerse de su culpabilidad. Seguramente en cuanto la vieran la arrastrarían hasta el primer árbol y la lincharían. Ni siquiera Degan podría protegerla de centenares de personas furiosas decididas a lincharla. Evan Bingham no iba a tener la suerte de ponerle un anillo en el dedo entonces, ¿a que no? Bueno, al menos al final los Bingham no tendrían lo que querían, aunque ella no estuviera allí para regodearse. Era un tema que la alteraba mucho, sin embargo, así que seguía evitándolo. No obstante, tenía que decírselo a Degan antes de partir hacia el sur. No quería apartarlo de su camino para luego convencerlo de que la dejara seguir sola, o simplemente escapar de él. Eso seguía siendo una opción, y se evitaría una discusión.

Había estado pensando mucho en esto último. ¿Cómo podía no pensar en escapar si era el momento perfecto para hacerlo? Degan estaba mejor. Podía cuidarse solo. Incluso podía volver a Bismarck para recuperarse cómodamente. Le hubiera gustado dejarle una nota dándole las gracias por su oferta de ayuda y explicándole que podía perder la vida en el intento. Al convencerla de que Carl había muerto, la había convencido también de que su apuro no tenía solución. Sin embargo, no se lo diría. Por desgracia, el trampero no tenía nada para escribir. Al final, no se atrevió a marcharse sin dejarle a Degan una nota.

Aquel día había ejercitado a los caballos llevándolos de un lado para otro por el tramo de camino que llevaba a Bismarck y luego había ido a cazar y preparado la comida y horneado pan. Casi había oscurecido y decidió llevar a *Noble* hasta el estanque. Después de bañarse quería ir a caballo hasta el otro extremo del bosque para ver qué había allí. Iba a enfadarse mucho si encontraba un pueblo que Jackson hubiera olvidado mencionar.

Ya le había servido a Degan la cena: faisán asado, setas estofadas y unos rudimentarios panecillos de harina de maíz que había conseguido hornear en una lata de Artemus. Él había comido tanto que se había quedado dormido antes incluso de que ella hubiera recogido los platos, así que seguramente aquella noche no verían juntos la puesta de sol, y podría estar de vuelta a tiempo por si se despertaba.

Max se desnudó y se metió en el estanque con la pastilla de jabón. Degan sabía dónde iba a bañarse todos los días. No le gustaba que fuera hasta allí sola y la había estado acompañando desde hacía unos cuantos días, otro síntoma de su mejoría: volvía a dejar claro lo que quería y se salía con la suya. A pesar de no estar en plena forma, Degan era inflexible. Se quedaba a veinte pasos del estanque, a un tiro de piedra, para no invadir su intimidad.

Caminaba hacia la orilla para salir cuando vio que no estaba sola. Se quedó helada. El hombre, alto y fornido, había desenfundado y la estaba apuntando. Había salido de entre los árboles por el sur. Los del oeste le daban sombra, de manera que ella no le veía la cara. Entonces apareció otro hombre detrás de él y luego un tercero. También habían desenfundado y los tres se le estaban acercando despacio.

No tenía hacia dónde correr. El estanque era demasiado pequeño. Cualquiera de los tres la alcanzaría antes de poder cruzarlo o le dispararía por intentar hacerlo. Sin ropa, ni siquiera podía conseguir que se tragaran su identidad de forajido, mucho menos que la tomaran por un hombre. En cualquier momento verían que era una mujer, si no lo habían visto ya.

Tenía a mano las alforjas porque no quería pasearse con la pastilla de jabón mojada en las manos. Estaban prácticamente vacías, sin embargo. Solo contenían munición. Ya había sacado la ropa limpia y la había dejado sobre un arbusto próximo a la orilla del estanque, al lado de la sucia. El resto de sus pertenencias, tanto los utensilios para cocinar como las especias y la crema de jabón que usaba solo cada tres días para que le durara más, estaban en la cabaña. También tenía su dinero. No había tenido que sacarlo de la bolsa, lo que era una lástima porque estaban a punto de robárselo.

A lo mejor aquellos desconocidos se conformarían con eso, o quizá no. Con las armas desenfundadas, no eran amistosos. El miedo la atenazó. Seguramente ya la habrían matado si no hubieran querido algo más de ella.

Estaba demasiado lejos de la cabaña para que Degan la oyera gritar aunque ya se hubiera despertado. Un tiro lo oiría, sin embargo. Había colgado el cinturón con el arma del cuerno de la silla de montar, debajo del chaleco y el abrigo. Sin embargo, tres hombres se interponían entre ella y el caballo.

—Ha llegado la hora de que vuelvas a casa, Max —le dijo el que estaba más cerca.

Se puso rígida y lo observó más detenidamente. Entonces la invadió una oleada de pánico.

—¿Eres Grady Pike?

El hombre no le respondió, pero ella ya lo había reconocido. Llevaba el pelo negro más largo de lo habitual, seguramente porque no se había detenido el tiempo suficiente por el camino para cortárselo, y la miraba ceñuda con aquellos ojos verdes suyos. Saber quién era no le quitó el miedo; le dio más.

Grady Pike era el *sheriff* de Bingham Hill y había sido la marioneta de Carl Bingham. Tenía casi cuarenta años y era *sheriff* desde que ella podía recordar. Carl se había asegurado de ello. En su condición de alcalde, Carl decidía cuándo se celebraban elecciones y si se celebraban, y si alguien empezaba a hablar acerca de presentarse para el cargo de *sheriff* cambiaba rápidamente de idea.

Grady era un tipo simpático de joven. Siempre que la veía por el pueblo le daba una bola de caramelo de las que llevaba en un bolsillo lleno. Cuando ella era niña. Antes de que Carl se topara con obstáculos como ella y empezara a actuar bajo mano para sortearlos. Y todo sin que nadie lo supiera. Pero Grady lo sabía.

El ayudante de Grady, Andy Wager, era el segundo hombre. Bajo y rechoncho, con el pelo y los ojos castaños, de unos treinta años, era otro de los que acataban ciegamente las órdenes. Andy había sido quien había dirigido la patrulla que la persiguió hasta Kansas. No tenía demasiadas agallas, así que tenían que haberle prometido algo especial para que hubiera llegado tan lejos, tal vez el puesto de Grady cuando este se jubilara, aunque no se imaginaba a Grady dejando un trabajo vitalicio.

No conocía al tercer hombre, que parecía más joven, de unos veinticinco años, y era rubio, de ojos azules y cojeaba ligeramente de la pierna derecha. ¿Quizás era un rastreador que los otros dos habían contratado? ¿Cómo si no la habían localizado?

Fue lo primero que les preguntó.

—¿Cómo me habéis encontrado?

—Sal del agua —le dijo Grady.

Max cabeceó.

—No si no tengo un poco de intimidad para vestirme.

Estaba tentando la suerte. Grady no iba a querer perderla de vista seguramente. Pero indicó a los otros que le dieran la espalda e hizo lo mismo. Seguía estando entre ella y el caballo, sin embargo, así que Max salió rápidamente del agua y se vistió.

Con los pantalones y la camisa puestos, volvió a preguntarles lo mismo:

—¿Cómo me habéis encontrado?

Los tres se volvieron hacia ella a la vez.

—Seguramente no lo habríamos hecho si no viajaras con Degan Grant —le respondió Andy.

Degan tenía razón. Habían falsificado la carta de su abuela. Evidentemente, los había llevado directamente hasta Luella. Ella seguramente les había dicho que iba con Degan, o madama Joe les había dado la información . No obstante, eso no explicaba cómo la habían localizado en medio de ninguna parte, en Dakota. Grady y Andy eran hombres de ciudad, no rastreadores.

Grady tenía el ceño fruncido. Por lo visto no aprobaba que Andy hablara con ella. Señaló hacia el caballo de Max con el cañón de la pistola.

—Coge las armas —le ordenó a su ayudante, y a ella—: No hagas preguntas. No nos ha gustado tener que venir hasta aquí y encima ni siquiera estabas en Helena cuando llegamos. No mereces tantos dolores de cabeza, así que mantén la boca cerrada o llegarás a casa encadenada.

Max estaba furiosa. Aquel hombre la había llevado a rastras a casa de Carl aquella fatídica mañana. Estaba segura de que sabía lo que Carl pretendía hacerle, pero la había llevado de todas formas.

—Al menos dime si Carl sigue vivo o ha muerto —le pidió.

—A lo mejor deberías haberte quedado para averiguarlo —masculló Grady—. Cadenas, entonces.

—¡Está bien! —cedió ella.

Andy registró sus alforjas. Había tirado al suelo el abrigo

y el chaleco y se había puesto su cinturón con el arma al hombro.

Max echaba humo cuando se puso las dos prendas. Luego se sentó para ponerse las botas. Se alegró de tener el abrigo. Le daba la impresión de que cabalgarían a toda velocidad para poner tanta distancia como fuera posible entre ellos y Degan. ¿Era posible que se confiaran porque superaban a Degan en número o que creyeran que sus placas impedirían que los matara?

Decidió comprobarlo.

—¿Puedo al menos ir a buscar el resto de mis cosas y despedirme de Degan? —preguntó.

—¡Qué gracia! —dijo Andy.

No parecía divertirse y lo pilló mirando nervioso hacia la cabaña. ¿Habían estado vigilando y esperando a que estuviera sola? Sabían quién era Degan, a qué se dedicaba. No se hubieran arriesgado a apresarla delante de él a riesgo de salir malparados.

—Rica, ¿eh?

Andy tenía su dinero.

—Eso pertenece al banco de Bingham Hills. Wilson Cox me lo dio por error —dijo Max.

—¿Lo has guardado todo este tiempo para devolverlo? —se extrañó Andy.

—Por supuesto.

Andy soltó un bufido.

—¡Sí, claro!

Con el sombrero y las botas puestos, Max miró hacia la cabaña. La mayoría de sus cosas seguían allí, así que Degan no creería que las había dejado por voluntad propia, ¿verdad? ¿O creería que había sacrificado sus pertenencias para que él perdiera el tiempo buscándola por el bosque?

No veía la cabaña entre los árboles, pero si conseguía acercarse Degan la oiría gritar. ¿Le dispararían por la espalda si lo intentaba? Un disparo sí que lo oiría, pero ¿de qué le serviría si ya estaba muerta?

A pesar de todo, tenía que intentarlo. Que Grady no le hubiera dicho lo que le esperaba en Tejas solo podía significar una cosa. Si admitían que la llevaban a casa para colgarla, sabían que lucharía con uñas y dientes durante todo el viaje, y quedaba un largo camino hasta Tejas. Pero ¿de verdad pensaban que sería dócil si no lo sabía? A lo mejor. Las falsas esperanzas te llevan a cometer estupideces, como por ejemplo cabalgar pacíficamente con tus verdugos.

—No querrás que me enfade, Max —dijo Grady agarrándola de un brazo.

¿Era capaz de leer el pensamiento? ¿Sabía que estaba a punto de escaparse? Ya parecía enfadado. Max supuso que ella también lo habría estado si hubiera tenido que viajar hasta tan lejos para recoger a alguien. Sin embargo, había dejado escapar la oportunidad de acercarse a la cabaña. Grady la estaba llevando en dirección contraria.

Vio sus caballos entre los árboles al cabo de un minuto. Había un cuarto hombre con ellos. Cuando se volvió, reconoció a quien había llevado a Grady directamente hasta ella.

—¡Hijo de puta! —le gritó a Jackson Bouchard.

Se abalanzó hacia él, decidida a destrozarlo, pero Grady la retuvo.

Jackson no se había inmutado. El bastardo incluso se encogió de hombros.

—Nunca me dijiste que te buscaba la justicia.

—Claro. Soy una asesina y una ladrona de bancos. Voy por ahí diciéndoselo a todo aquel que quiere escucharme. Y si me escapo, voy a añadirte a mi lista de muertos.

—¿No tendríamos que atarla? —preguntó Jackson.

Andy soltó una risita.

—Usted tiene las cuerdas, señor Bouchard.

Entonces la ataron. Que también la amordazaran la enfu-

266

reció todavía más. Cabalgaron entre los árboles un rato, hasta que estuvieron lo bastante lejos para que no los vieran desde la cabaña cuando salieran del bosque para galopar hacia Bismarck. Mientras montaban, Grady había dicho algo acerca de llegar allí antes de que saliera el tren de la mañana. Si lo conseguían, sabía que Degan nunca los alcanzaría. Eso si lo intentaba.

37

A Degan no le sorprendió haber dormido tanto. Iba a engordar y a volverse perezoso si no se marchaban pronto. No había hecho más que comer y dormir en aquel lugar. Probablemente su cuerpo lo necesitaba, pero Max preparaba demasiada comida. Aunque ella tampoco tenía mucho que hacer aparte de cocinar e insistirle en que comiera y descansara. Se le daba bien insistir y charlar, y seducirlo sin pretenderlo siquiera. Sonrió. Se le daban bien un montón de cosas.

Hacía tiempo que nadie cuidaba de él como ella había hecho. Podría acostumbrarse a eso, podría acostumbrarse a vivir con ella. Ni un instante de aburrimiento. Una vida llena de sorpresas y dulzura y fuertes pasiones. Estar con Max, en la cama o fuera de ella, era como abrazar un fuego incontrolado... o intentarlo. No vivirían en una cabaña rústica como aquella sino en una casa, en la ciudad, en cualquier ciudad. Se acordó de Nashart. ¿Cuántos problemas acarrearía a esa ciudad si aceptaba la oferta del *sheriff* Ross y se instalaba allí?

Amanecía y estaba acostado en la cama mientras la luz entraba despacio en la cabaña. No se oía nada, ni dentro ni fuera, aparte del canto de los pájaros. Eso quería decir que Max aún dormía. Normalmente lo primero que hacía Max era encender el fuego para calentar el ambiente. Esa mañana podía hacerlo él.

Se sentó y vio enseguida que ella no estaba. Cuando salió a buscarla vio que el caballo tampoco estaba, así que se dirigió hacia el estanque. No habría salido a cazar. Tan temprano no. Además, había ido el día anterior y había traído varias piezas. Le había dicho que había visto un búfalo solitario, y había respirado aliviado al enterarse de que lo había dejado en paz. Así que sabía que no tendría que cazar al menos hasta dentro de uno o dos días. Se irían antes, esperaba. Estaba seguro de poder cabalgar con bastante comodidad. Bueno, al menos no se caería del caballo.

Era temprano para que Max hubiera ido a darse un baño, pero ¿en qué otra parte podía estar? De camino hacia el estanque la llamó. Silencio. No se iría ahora que él se había recuperado. No. ¿Cómo podía siquiera pensar tal cosa? ¿La mujer que lo había ayudado tantas veces lo abandonaba cuando le tocaba a él ayudarla? Ella jamás lo habría hecho.

Cuando llegó al estanque, vio inmediatamente las marcas en el polvo, muchas, huellas de botas más grandes que las de Max. De uno o dos hombres, quizá de más. Había demasiadas huellas para determinar cuántos. Se notaba que un caballo, seguramente el de Max, había sido conducido hacia el sur entre los árboles. Como el suelo estaba seco, aquellas huellas podían ser del día anterior antes de oscurecer.

A Degan no le gustó la sensación que tenía. Era una sensación desconocida para él. Fuese de pánico o de terror, no iba a ayudarlo a recuperar a Max, así que se la quitó de encima y volvió a la cabaña. Recogió sus cosas y las de ella, ensilló el caballo e ignoró la más que ligera molestia que sentía mientras recorría la linde del bosque hasta que localizó el punto por el que varios caballos habían salido de él para dirigirse hacia el sur. Galopó en esa dirección.

Llegó a Bismarck justo antes de anochecer. Fue directamente a la oficina del *sheriff* para enterarse de si algún cazarrecompensas había entregado a Max para cobrar la recompensa. No estaba en la cárcel y el *sheriff* había dejado dicho que estaría fuera del pueblo unos cuantos días. Si la había traído un cazarrecompensas, quizá por eso todavía no la había entregado. Era posible que siguiera en el pueblo, esperando a que volviera el *sheriff*.

Lo siguiente que hizo fue ir a la estación. De noche estaba cerrada, pero había un horario pegado al muro. Todas las mañanas salía un tren hacia el Oeste a primera hora y todas las tardes uno hacia el Este. Por lo visto no se enteraría hasta la mañana siguiente de cuántos pasajeros se habían marchado aquel día y hacia dónde. Mientras, podía buscar en los hoteles. Si Max seguía en Bismarck, la encontraría.

Antes llevó el caballo a un establo, lo que fue una suerte. Su caballo conocía el de Max. Se relincharon cuando pasó por delante y Degan examinó más de cerca el castrado zaino. *Noble* no tenía nada de particular aparte de una manchita blanca en el cuello, justo debajo de la crin, que no se le veía normalmente. Sin embargo, él lo había cepillado suficientes veces para haberlo notado.

Llamó al encargado del establo.

—¿Quién ha dejado aquí este caballo? ¿Un hombre o una mujer? —le preguntó.

—Jackson Bouchard.

—¿Con quién iba?

—Iba solo. Ha venido esta mañana con este caballo y este otro. El señor Bouchard siempre deja aquí los caballos. Me ha preguntado si quería comprarle el castrado, pero le he dicho que no. No necesito más caballos de los que tengo.

El pánico que Degan sentía aumentó y, guiado por el instinto, corrió hacia la pensión donde le habían dicho que fuera cuando había preguntado por un explorador después de llegar con Max a Bismarck. No estaba lejos. Degan temía que Max estuviera muerta. No se le ocurría ninguna otra explicación. ¿Por qué ya no necesitaba el caballo? En aquellos momentos, sin embargo, no podía pensar en nada que no fuera ponerle las manos encima a Jackson Bouchard. Max no se fiaba del supuesto medio indio y sabía que Jackson había trabajado con los ladrones de bancos. El tipo no había querido dejar ese cabo suelto. Pero ¿por qué esperar tanto para volver a buscarla? A no ser que hubiera tardado todo ese tiempo en encontrar hombres dispuestos a ayudarlo. No. Si Jackson quería matar a Max, la habría matado cuando habían vuelto a la cabaña, mientras él estaba inconsciente.

No llamó a la puerta. La abrió de una patada en cuanto llegó. Jackson estaba en una bañera pequeña, desnudo. No había nadie más en la habitación. Fue a coger el rifle que tenía en el suelo, a su lado, pero se detuvo cuando vio que Degan ya había desenfundado y le apuntaba al corazón.

—¡No está muerta! —le gritó.

—¿Dónde está?

—En el tren, camino del Oeste.

Degan amartilló.

—Mientes. No habría dejado su caballo.

—¡No tuvo más remedio!

—Desembucha, Bouchard.

—Creía que estabas herido.

—Las heridas se curan. Dime algo que quiera oír mientras estés a tiempo.

—Eran agentes de la ley, un *sheriff* y dos ayudantes. Oí que andaban haciendo preguntas por ahí acerca de ti y de la chica. Los busqué y les pregunté por qué. Me enseñaron el cartel de busca y captura de Max. Era mucho dinero para ignorarlo.

—Así que los guiaste hasta nosotros.

—Hasta ella. No querían vérselas contigo innecesariamente. Cabalgamos toda la noche para que pudieran tomar el tren de esta mañana.

—¿Se la llevan a Tejas?

—Eso han dicho.

—¿Por qué van hacia el Oeste para ir a Tejas?

—Querían subirse al primer tren para no estar aquí cuando tú llegaras. Suponían que irías hacia el Este.

—¿Por qué sigue aquí su caballo?

—Ellos no tenían caballos. Hicieron todo el recorrido desde Tejas en diligencia y en tren, así que no los necesitaron ni creyeron necesitarlos hasta que llegaron aquí. Tardé medio día en encontrar unos cuantos que pudieran alquilar o tomar prestados. No querían comprarlos. Cuando volvimos al pueblo, me entregaron las riendas y dijeron que podía quedarme el de Max como recompensa por haberlos ayudado a hacer su trabajo sin derramamiento de sangre.

—No te lo vas a quedar.

—No, claro que no.

—También me llevaré el dinero que te han dado. No vas a sacar provecho de esto.

—¡Pero si es una forajida!

—No, no lo es, y voy a aclarar ese malentendido. Con tu intromisión solo has conseguido que tenga ganas de pegarte un tiro ahora mismo. Si le han hecho daño, volveré y te mataré. Venga, ¿dónde está el dinero?

—No lo tengo —admitió Jackson—. El *sheriff* no estaba para echarles una mano y en su pueblo no hay telégrafo, pero dijeron que enviarían el dinero aquí en cuanto llegaran a casa.

—Tan ingenuo como despreciable. —Degan le dio la espalda y se marchó.

—¡Eh! ¿Qué hay del dinero que me debes tú?

—Estás de broma, ¿verdad?

No se quedó a esperar la respuesta.

38

—No eres de Bingham Hills, ¿a que no?

Era la primera ocasión que tenía Max de hablar a solas con Saul Bembry; bueno, al menos fuera del alcance de los oídos de Grady o de Andy. Además, por fin le habían quitado la mordaza. Grady se había enfadado bastante rápido porque ella le había gritado. Tampoco le gustaba que le dijera cómo iba a matarlo Degan cuando los alcanzara, así que la mantenía amordazada hasta que tenía que comer.

Estaban en una parada de la diligencia del largo trecho de camino al este de Bozeman. Habían hecho muchas paradas desde que se habían bajado del tren en Billings, no todas ellas en pueblos. Si bien Boulder había crecido alrededor de la parada de la diligencia, junto a aquella solo había una tienda. Tenían un cuarto de hora para comer y hacer sus necesidades antes de que la diligencia partiera con los caballos de refresco y otro conductor.

Habían dejado a Saul vigilándola mientras estaba sentada a la mesa, porque solo le habían atado las manos, no los pies. Grady y Andy habían ido a buscar comida.

—No —le respondió Saul—. Me mudé allí el año pasado con mi mujer y mis hijos. Nunca me había sentido tan en casa en ningún sitio con tanta rapidez. Soy carpintero de oficio.

—Entonces ¿qué haces con esos dos?

—Me trasladé a Bingham Hills porque oí que estaba prosperando, pero ya no era así cuando llegué. Traté de fabricar muebles durante una temporada, pero tampoco había mucha demanda.

A Max aquello no le gustó. Le confirmó que Carl ya no estaba y que Evan no continuaba con los planes de su padre. Incluso era posible que se hubiera marchado del pueblo. Ahora que era rico y se había librado del yugo paterno, ¿para qué iba a quedarse? Además, si el pueblo estaba de capa caída, todos le echarían la culpa a ella también de eso.

—Me dijeron que me quedara, sin embargo —prosiguió Saul—. Me prometieron que pronto se empezaría a construir de nuevo. Hasta entonces, me ofrecieron el trabajo de ayudante del *sheriff*. Aunque no esperaba tener que viajar. Echo de menos a la familia.

Max reprimió un bufido. Él llevaba fuera menos de un mes y ella casi dos años. Ella sí que echaba de menos a su familia. ¿Le dejarían ver a la abuela o la lincharían inmediatamente?

—¿Conoces a mi abuela? Tu mujer seguramente cocina con sus huevos.

El joven sonrió.

—¡Quién no conoce a la viuda Dawson!

—¿Cómo está?

Saul se encogió de hombros.

—La última vez que la vi estaba bien.

Otra prueba de que la carta de su abuela era falsa.

—¿Y Johnny, mi hermano?

—No sé si lo conozco... —Miró de reojo a Grady y a Andy—. Creo que deberías parar...

¿Parar de qué? ¿De preguntar? ¿De preocuparse? ¿De angustiarse? Seguramente de hacer preguntas.

Obviamente, le habían ordenado que no le dijera nada, ni siquiera acerca de su familia. Órdenes de Grady. Y puesto que

Grady se estaba sentando a su lado en aquel momento, ya no podría hacerle preguntas de ningún tipo.

Cogió un pedazo de pan del plato que Andy le había puesto delante y miró hacia atrás, hacia la entrada, como si hubiera oído algo fuera. Había empezado a hacer aquello unos cuantos pueblos antes. Daba resultado. Los ponía nerviosos y habían empezado a vigilar la puerta de cualquier cantina o restaurante donde estuvieran. Era su manera de desquitarse, de recordarles que Degan podía estar siguiéndolos. Aquella posibilidad los angustiaba.

Si los seguía, no podría alcanzarlos. Era algo de sentido común, teniendo en cuenta que no habían sufrido ni un solo retraso. Si Degan había tomado el tren correcto, porque había deducido por alguna razón que Grady se dirigiría hacia el Oeste antes de ir hacia el sur para despistarlo, iba con un día de retraso. No podría superar la desventaja. La diligencia era más lenta que el tren, pero más rápida que un caballo, porque no disminuía de velocidad para dar descanso a los caballos sino que, simplemente, los cambiaban en cada parada. Degan podría adelantar una diligencia, pero solo si dejaba a su palomino e iba cambiando de montura por el camino. No se lo imaginaba haciendo eso. Además, tendría que dormir en algún momento, y la diligencia tampoco paraba para eso. En cada parada un conductor relevaba al que llegaba cansado. Por tanto, lo mirara como lo mirase, seguía habiendo un día entero de camino entre ellos y Degan. Eso si los estaba siguiendo.

Tenía que escapar y ocultarse en algún lugar a lo largo del camino a esperar que Degan pasara o encontrar un modo de retrasarlos. Lo de huir no pintaba bien. Si no estaba sentada con un escolta al lado en las paradas, Grady la agarraba del brazo con su manaza al entrar y al salir. Incluso en la diligencia estaba sentada entre dos de los tres hombres. Grady esperaba que tratara de escapar y se estaba asegurando de que no pudiera.

Terminaba de comer cuando Grady se levantó.

—Arriba, tenemos que irnos —dijo, y volvió a amordazarla.

Mientras Grady la llevaba prácticamente a rastras hasta la diligencia, con Andy y Saul pisándoles los talones, intentó pergeñar un plan. Seguramente llegarían a Butte al día siguiente o aquella misma noche, tarde, y volverían a subir a un tren. En Butte tendría la última oportunidad de escapar. Debería fingir alguna enfermedad antes de llegar allí, aquel mismo día, una por la que Grady se viera obligado a llevarla al médico cuando llegaran a Butte. Si conseguía que perdieran el tren, Degan podría llegar en la siguiente diligencia. Sin embargo, en ausencia de síntomas evidentes como fiebre o vómitos, Grady no picaría. No se le ocurría nada más que un desmayo, aunque el *sheriff* se había vuelto tan despreciable que a Max no le habría extrañado que le pegara para comprobar si fingía.

Grady subió el primero a la diligencia y Andy la metió dentro de un empujón. Grady la sentó entre él y Andy, y Saul ocupó el sitio que quedaba al lado de este último. Delante de ellos se sentaron un hombre moreno trajeado y una mujer con un sombrero grande acompañada de su hijito, que se entretenía jugando con un caballo de madera de juguete. Se les habían unido en la última parada, y no parecía que el hombre viajara con la mujer y el niño. Un vaquero subió también en aquella parada y ató el caballo a la parte posterior de la diligencia.

Como la diligencia iba hasta los topes, eso los retrasaría un poco. El hombre moreno dormía casi todo el tiempo y no hablaba mucho cuando estaba despierto. La mujer había mirado a Max con desaprobación al ver que iba amordazada y maniatada. El pequeño se la había quedado mirando fijamente y le había preguntado a su madre por qué aquel hombre llevaba un pañuelo sobre la boca.

—No lo mires, Tommy. Es un forajido —le había ordenado la mujer.

Grady había asentido.

Ahora el vaquero observaba a Max con interés.

—¿Por qué va amordazado y maniatado?

Grady se limitó a enseñarle la placa.

Max se preguntó si le daría un puñetazo delante de testigos si se desmayaba allí mismo, en la diligencia. El efecto no sería tan dramático como si perdía el conocimiento estando de pie. Le bastaría con derrumbarse sobre Grady o sobre Andy. Llegarían a la conclusión de que le pasaba algo cuando no pudieran reanimarla. Tendría tiempo de volver a hacerlo antes de que llegaran a Butte, por si dudaban aún de que estuviera enferma.

Cuando estuvieran a medio camino entre dos paradas lo intentaría. Sin embargo, alguien había estado esperando el mismo momento. La diligencia frenó hasta detenerse. El hombre moreno ya había desenfundado. Grady miraba por una ventana y Saul por la otra para ver por qué habían parado. Probablemente Max era la única que se había dado cuenta de que el moreno no había sacado el arma en defensa propia; los estaba encañonando. ¿Iban a robarles dentro de la diligencia?

—Tiren las armas —les ordenó el moreno.

De no ser por la mordaza, Max habría sonreído de oreja a oreja. Sin dinero y sin un medio rápido de conseguir más, ¡Grady y sus hombres se quedarían atrapados durante semanas en Butte! Bueno, eso si seguían con vida. Por la cara que ponía Grady, Max comprendió que el *sheriff* se había dado cuenta de lo mismo y que no estaba dispuesto a que le robaran sin luchar.

Grady acercó inmediatamente la mano al arma. Saul ya había tirado al suelo la suya. Andy, por lo visto, había decidido ser el héroe; desenfundó y apuntó. El ladrón le pegó un tiro. Entonces, la mujer, en lugar de gritar, golpeó al moreno

277

sentado a su lado con el bolso. Y le dio exactamente donde pretendía: en la mano con la que sostenía la pistola. El arma no se le cayó, pero por un momento apuntó hacia el suelo de la diligencia y Grady aprovechó para desenfundar y dispararle. Luego bajó de un salto de la diligencia para enfrentarse a quien fuese que los había obligado a detenerse. Saul recogió la pistola rápidamente y salió para ayudarlo. Andy estaba inclinado hacia delante, todavía con el arma en la mano ya floja y apoyada en el asiento. Justo al lado de Max...

—Yo no lo haría —le advirtió el vaquero.

¡Maldita fuera su estampa! ¿Ahora sacaba el arma? Max no sabía si estaba con los ladrones o solo haciendo una buena obra para ayudar a los agentes de la ley. Seguramente lo segundo, puesto que no dijo nada más. La mujer del bolso letal le echó un breve vistazo al vaquero antes de coger en brazos al niño para protegerlo del cadáver de su asiento.

Max se inclinó hacia delante para comprobar si Andy seguía vivo. Lo estaba. Tenía los ojos abiertos y la cara contraída de dolor. Buscó la herida e hizo una mueca. La tenía muy cerca del corazón. Iba a necesitar un médico, siempre y cuando no muriera antes de que encontraran uno.

39

Los ladrones eran solo dos y ambos estaban muertos. Habían atado los cadáveres al techo de la diligencia. Se los entregarían al *sheriff* de Butte para su entierro.

El robo fallido no los había retrasado mucho, apenas veinte minutos. Andy se había desmayado poco después de arrancar de nuevo la diligencia, pero todavía respiraba. Saul ejercía presión sobre la herida con un trapo que la mujer le había dado para detener la hemorragia.

Quedaba otra parada antes de Butte, pero consistía en poco más que una casa con establo. A pesar de todo, se bajó lo suficiente la mordaza como para sugerir que pararan allí para extraerle la bala a Andy. En lugar de responderle, Grady se inclinó a colocarle bien la mordaza. Max se le adelantó. Bastardo. Podía quitarse la mordaza ella misma porque tenía las manos atadas delante, pero cada vez que lo hacía Grady se la apretaba más. Le dolía.

Por fin pilló el mensaje y dejó de hacerlo. La última vez Grady le había advertido que le ataría las manos detrás de la espalda si volvía a quitársela. El único motivo por el que no lo había hecho desde el principio era para no tener que desatarla y atarla cada vez que tuviera que comer, lo que habría sido un engorro.

Llegaron a Butte a la mañana siguiente temprano. Llevaron a Andy al médico en camilla. Saul cogió su bolsa y la de Andy para ir a buscar al *sheriff* e informarle acerca del intento de robo. Grady cogió su maleta y las alforjas de Max con una mano y a ella por el brazo con la otra y siguió la camilla.

Por el camino, Max oyó el silbido del tren. Grady soltó un juramento. Max tenía ganas de reír, estuvo tentada de quitarse la mordaza para poder hacerlo. Seguramente habrían podido tomar aquel tren si los ladrones de la diligencia no hubieran aparecido y le hubieran disparado a Andy.

Grady fue hasta la estación a pesar de todo, tirando de ella, en cuanto el médico empezó a curarle la herida a su ayudante. Aquello la preocupó. No abandonaría a Andy, para tomar el siguiente tren, ¿verdad? Eran amigos y llevaban años trabajando juntos. Claro que no lo abandonaría. Habría sido una canallada demasiado grande incluso para Grady.

El horario del tren estaba expuesto. El próximo no saldría hasta las diez de la mañana del día siguiente. Grady compró tres pasajes. Eso respondía a sus dudas. Iba a marcharse sin Andy. No obstante, aquel retraso sería suficiente para que Degan los alcanzara. Eso si se había enterado a tiempo de en qué dirección se había marchado ella para tomar el siguiente tren en Bismarck. Eso si había tomado las mismas diligencias que ella luego. Eso si la estaba siguiendo. Eran demasiadas condiciones para calmar su ansiedad.

Volvieron al consultorio del médico a esperar noticias del estado de Andy. Cuando Saul se les unió al cabo de un rato, Grady lo mandó a alquilar una habitación del hotel más cercano. Una sola habitación. Max empezó a mascullar debajo de la mordaza. Necesitaba darse un baño. No se había bañado desde que la habían capturado en el estanque, hacía de eso ya una semana.

Grady por fin le bajó la mordaza.

—¿Qué?

—Necesito una habitación para mí sola.

—No.

—Entonces necesito estar sola en la habitación el tiempo suficiente para tomar un baño. Y tú también deberías bañarte. Apestamos.

Eso no podía negárselo. Le colocó de nuevo la mordaza y se la llevó al hotel. Saul ya los estaba inscribiendo en recepción. Grady la dejó con él y con las maletas.

—Que se dé un baño, pero no la dejes sola en la habitación —le dijo al ayudante antes de marcharse a la consulta del médico.

Colorada, siguió a Saul al piso de arriba; sin embargo, el joven estaba incluso más avergonzado que ella. En cuanto les trajeron el agua, cogió una silla, la acercó a la ventana y se sentó a mirar la calle, de espaldas a ella. Podría haberle dicho que no se molestara, que no iba a quitarse la ropa. Lo que se quitó fue la mordaza. Acabó mojando todo el suelo cuando salió de la bañera. Le daba igual. No se disculpó cuando Saul usó una toalla para secarlo.

—Al menos deberías ponerte ropa seca —le dijo.

—No debería estar aquí siquiera —le espetó ella—. Degan ya me estaba llevando a casa, ¿sabes?

—Sí, claro. Jackson Bouchard dijo que el pistolero estaba malherido.

—Jackson es un mentiroso ladrón de trenes. Degan se había recuperado lo bastante para viajar. Íbamos a salir hacia Tejas al día siguiente. Todo lo que habéis conseguido secuestrándome ha sido cabrearlo. Apuesto a que sé lo que va a pasar cuando os encuentre.

Saul se apartó de ella.

—Grant no sabe que hemos venido al Oeste para llegar a Tejas. Grady ha sido más listo que él. Creo que deberías ponerte la mordaza antes de que vuelva.

Max ignoró su sugerencia y se acercó a la ventana, dejando que la brisa cálida le secara la ropa. No tenía sentido mentirle a Saul. Era tan ingenuo como para creerse todo lo que le dijera, pero ¿de qué iba a servirle? Grady era el que mandaba, y no la dejaría sin amordazar el tiempo suficiente para decirle nada. Tampoco la creería si lo hacía. Nada de lo cual importaba. Ya estaba. Se encontraba bajo su custodia, y quizá Degan llegara o quizá no.

40

Grady y Saul le dejaron la cama a Max esa noche. Le sorprendió hasta que vio dónde dormirían ellos. Grady echado delante de la puerta, a pesar de que estaba cerrada con llave, y Saul delante de la ventana. Era su manera de evitar que se escapara mientras dormían. Pero si hubiera habido en la habitación algún objeto contundente con el que golpear a Grady sin despertar a Saul, Max lo habría intentado. No había nada así, sin embargo, al menos nada que no hubiera hecho demasiado ruido al romperse. Así que fue la primera en acostarse y la primera en levantarse.

Saul la acompañó a la planta baja para desayunar mientras Grady iba a ver a Andy. El joven le contó que su compañero había tenido suerte, porque la bala se le había alojado en una costilla en lugar de perforarle el corazón. Tenía una costilla rota y una herida de bala, pero el médico era optimista y le había asegurado a Grady que Andy se recuperaría por completo si se cuidaba. De momento, por tanto, no podía viajar.

Grady, evidentemente, se preocupaba por su amigo, pero algo lo impulsaba a volver a Tejas inmediatamente, y no era ella. En Bingham Hills llevaban esperando su ahorcamiento casi dos años. Unas cuantas semanas más no iban a suponer ninguna diferencia. Sospechaba que era por miedo a Degan que tenía tanta prisa. Tenía que ser por eso.

¿Creía el *sheriff* que Degan lo mataría en cuanto le pusiera los ojos encima, sin hacerle ninguna pregunta? Tal vez. Pero no conocía a Degan. Solo sabía que era un pistolero, peligroso y rápido. Cada cual exageraba y adornaba las historias a su modo, y era posible que Grady hubiera escuchado una de las anécdotas más extravagantes acerca de Degan, con varios cadáveres y el nombre de otros pistoleros famosos a los que supuestamente este había matado. En cualquier caso, el *sheriff* no sabía que Degan se regía por un código de honor que exigía que las peleas fueran justas, ni ella tenía intención de decírselo. Un Grady preocupado le venía de perlas.

El *sheriff* volvió antes de que Saul y ella hubieran terminado de desayunar y los hizo salir del hotel rápidamente. Según los cálculos de Max, faltaba todavía más de media hora para que el tren saliera. Se estaba quedando sin tiempo para elaborar un plan y evitar subir a ese tren. Miró la calle en ambas direcciones, buscando a Degan. Sería fácil verlo. No estaba, sin embargo, y ya veía la estación, el pequeño edificio donde estaban la taquilla y el telégrafo, el andén donde unas cuantas personas esperaban para tomar el tren o se despedían y, más allá, la máquina con los vagones. Degan tampoco estaba allí, y ese era el único lugar en el que suponía que estaría..., si estaba en Butte.

No se había resistido mucho cuando la habían subido al primer tren porque llevaba las manos atadas a la espalda y la mordaza bien apretada. Pero como sabía que era mujer muerta en cuanto subiera en aquel otro, tiró de la mordaza y empezó a gritar y a intentar que Grady le soltara el brazo. La gente salió de las tiendas para ver qué pasaba. Al *sheriff* no le gustó. Max estaba haciendo un espectáculo de los suyos. A punto de darle una bofetada para que se callara, alzó la mano. Sonó un disparo, no cerca de ellos, pero lo bastante fuerte para que Grady se detuviera. Max dejó de gritar e intentó determinar de dónde procedía el tiro. Más adelante, la gente del andén se había dispersado. A Max le dio un vuelco el corazón. Degan se estaba apeando del tren. ¡La había oído gritar! Estaba en el tren asegurándose de que todavía no había subido a ningún vagón.

Echó a correr hacia él, pero había olvidado que Grady la tenía agarrada. La sujetó con más fuerza. Giró sobre sí misma y le golpeó la cabeza con las manos atadas. ¡Dios, qué daño! Sin embargo, el *sheriff* aflojó su presa lo bastante como para zafarse de él. Corrió hacia Degan antes de que Saul intentara detenerla. Quería echarse en sus brazos pero paró de golpe cuando llegó a su lado. No estaba chiflada. No le hacías eso a un hombre como él, sobre todo si en cualquier momento puede verse metido en un tiroteo. En realidad sí que estaba chiflada. No pudo mantenerse apartada de él y le echó los brazos al cuello. Él la abrazó.

—Maxie —le susurró.

Su fortaleza la hizo sentirse a salvo y feliz.

Alzó las manos atadas y las apartó de la nuca de Degan para retroceder y que pudiera verla bien. Él se fijó en la mordaza que llevaba al cuello, encima del pañuelo. Max puso el nudo delante para deshacerlo, pero Degan se lo impidió y lo hizo él mismo.

Max sonreía de oreja a oreja. ¡Había ido a buscarla! Había tenido que viajar como ellos, sin parar para bañarse, afeitarse y cambiarse de ropa, sin tener una noche de sueño decente. Tampoco iba impoluto como siempre, sino polvoriento, como ellos cuando se habían apeado de la diligencia el día anterior. Con lo escrupuloso que era Degan, lo detestaba, seguro, pero a pesar de todo lo había soportado para viajar lo más rápido posible. Para rescatarla.

Seguía queriendo abrazarlo, pero la precaución se impuso.

—Creía que no llegarías a tiempo.

—¿Te han hecho daño?

—No.

—¿Tienen una orden?

—Sí, una orden directa de Bingham Hills.

Degan tiró al suelo la mordaza. Miraba a Grady y a Saul, que se acercaban con tanta cautela que todavía no estaban ni a medio camino.

—En Bismarck compraron cuatro billetes —le dijo a Max—. ¿Dónde está el tercer hombre que iba con ellos?

—A Andy Wager le dispararon. Está con el doctor, aquí, en Butte. Tienen tanta prisa por llegar a casa que lo han dejado.

—¿Fuiste tú?

Max negó con la cabeza.

—Fueron unos ladrones de diligencias. No sobrevivieron al asalto. No he tenido un arma en las manos desde que me marché de la cabaña de Dakota. Tienen las mías. Me gustaría recuperarlas. Y los bastardos se quedaron con mi caballo.

—Aparte de eso, ¿tú estás bien?

—Excepto por las rozaduras de las cuerdas en las muñecas, sí. No podría estar mejor. —Le sonrió.

—¿Cómo han podido tenerte amordazada si llegabas a la mordaza?

—Amenazándome con apretármela más cada vez que me la quitaba —refunfuñó.

—No me diga que usted no querría también que se callara —le dijo Grady a Degan—. No para de hablar.

Max se tensó. No lo había oído acercarse. El *sheriff* había dicho aquello en tono de broma. ¿En serio? ¿Así era como iban a tratar con Degan? Se volvió. No habían desenfundado. Eran listos. Pero tenían que saber que no iban a llevársela.

—No es lo que piensa, señor Grant —prosiguió Grady, inseguro, cuando vio que Degan no decía ni una palabra—. Quieren que vuelva a Tejas por un motivo distinto. Pero eso no es de su incumbencia.

—¿No lo es? Yo diría que me la quitaron a mí.

—Si se trata de la recompensa...

—No.

—Bien, porque todos los cargos contra ella fueron retirados el año pasado.

¡Ah, claro, a él se lo decían!

—¿Y por qué no podíais decírmelo? —le espetó a Grady, furiosa.

—No hacía falta que se la llevaran como hicieron, si eso es cierto —comentó Degan.

—No se ofenda, señor Grant, pero con lo que hemos oído sobre usted, no queríamos encontrárnoslo en pleno campo. Además, no estaba seguro de si nos creería cuando le dijéramos que ya no habrá recompensa cuando vuelva.

—No soy un asesino —dijo fríamente Degan—, y preferiría no empezar a serlo hoy. Así que le sugiero que me diga inmediatamente por qué se la llevaron si ya no estaba en busca y captura.

Grady fue a sacar algo del abrigo. Degan demostró lo rápido que era con un arma. La tenía en la mano antes de que nadie lo hubiera visto siquiera desenfundar.

Grady puso las manos en alto.

—El documento que llevo en el abrigo lo explica —dijo.

Degan no devolvió el arma a la funda.

—Sáquelo y déselo a Max, pero antes quítenle esa maldita cuerda.

Mirando de soslayo a Degan, Saul se adelantó con precaución para cortarle a Max la cuerda de las muñecas. A ella le hizo gracia que Degan se ofendiera tanto por el hecho de que la hubieran atado cuando él había hecho lo mismo. Sin embargo, disimuló. Tanto Grady como Saul parecían tensos. Nada de todo aquello tenía el más mínimo sentido. ¿Habían retirado los cargos contra ella? ¡No podía creerlo! ¿Era libre? A menos que Grady estuviera haciendo un débil intento para que Degan se marchara diciéndole unas cuantas mentiras. Aunque podría haberlo hecho en la cabaña de Dakota si los cargos contra ella habían sido retirados realmente. De hecho, si no había cargos contra ella, esos hombres no tenían motivo alguno para estar allí siquiera.

Grady le entregó el documento a Max, que lo abrió y empezó a leerlo. No avanzó mucho. Miró al *sheriff* con los ojos abiertos como platos.

—¿Carl está vivo? ¡Sabía que ese vejestorio tenía demasiada mala leche para morirse!

—Ten un poco de respeto por tu alcalde y tu tutor —dijo irritado Grady.

Max se puso pálida.

—¿La abuela ha muerto?

—No. Pero el tribunal la ha declarado incompetente para cuidar de ti.

—¡Y una mierda! —estalló Max.

—Es cierto —le aseguró Grady—. Lee el resto del documento legal y entenderás por qué. Ella Dawson permitió que te criaras como un marimacho. Te quiere, nadie lo duda, pero te dejó hacer lo que querías en lugar de educarte como Dios manda. Incluso permitió que te marcharas por tu cuenta. Como no hay ningún hombre adulto en tu familia, el tribunal os asignó un tutor a ti y a tu hermano. A mí me encomendó la tarea de devolverte a casa para que puedas recibir una educación adecuada.

—¿Por qué nombraron a Carl? —le preguntó Max.

—Nadie más estuvo dispuesto a asumir esa responsabilidad.

Max achicó los ojos.

—¿Sabes la edad que tengo, Grady Pike? No necesito ningún tutor.

—Todavía no has cumplido los veintiuno ni estás casada. La ley exige que se ocupe de ti un adulto responsable hasta que seas mayor de edad.

Degan cogió el documento de las manos de Max, pero sin dejar de mirar fríamente a Grady.

288

—No hay que tratar a los tutelados como delincuentes, creo, señor Pike.

—*Sheriff* Pike. Hay que hacerlo si no te acompañan pacíficamente.

—¿Le preguntó al menos si lo haría?

—No me dijo una mierda, Degan —terció Max—, porque sabía que no lo creería.

—Te habrías escapado en cuanto hubieras tenido ocasión si hubieras sabido quién es tu tutor. —Grady se volvió hacia Degan—. El documento es legal, señor Grant.

—¿Tan legal como esos carteles de busca y captura? —le preguntó Degan.

Grady se puso colorado de rabia y de vergüenza.

—¿Por qué me acusaron de asesinato si no había muerto nadie? —exigió saber Max.

—Le disparaste a un hombre y casi murió —le dijo Grady, echando humo. Luego se dirigió a Degan—: Enséñele el documento al juez si sigue teniendo dudas. Sabía que Max lucharía, así que no se lo dije. Así de sencillo.

—Esto también es así de sencillo. Max se queda conmigo —le dijo Degan.

El *sheriff* se puso rígido.

—No podemos volver a casa con las manos vacías.

—No lo harán. —Degan dejó de encañonarlos—. Había terminado mi trabajo en Dakota. En estos momentos iríamos camino a Tejas, y ya casados, si no me hubieran disparado y usted no se hubiera entrometido.

—¿Iba a casarse con ella?

—Voy a casarme con ella.

«Menudo farol», pensó Max, sonriendo con suficiencia.

—Demuéstrelo —lo retó Grady.

—¿Cómo?

—Si esta noche no está casada, se viene con nosotros.

41

—Por si lo dudas, encuentro tu cháchara encantadora —le dijo Degan con su habitual impavidez cuando se alejaban de la estación.

Max se echó a reír. El comentario la relajó definitivamente. No estaba segura de cómo iba a sacarlos Degan de aquel apuro, pero seguro que tenía un plan.

—Tengo tu caballo —añadió él.

Chilló de deleite y le echó otra vez los brazos al cuello. Degan la abrazó brevemente, quizás un poco demasiado fuerte, y la soltó. Sin embargo, siguió con las manos en su cintura. A Max le gustó la sensación, pero sabía que Grady iba detrás de ellos, que los seguía desde que habían salido de la estación. Degan estaba haciendo un papel, sin duda, para convencerlo de que eran una pareja feliz. Aun así no podía mostrarse demasiado afectuoso. Al fin y al cabo, tenía que cuidar su reputación.

Echaron a andar de nuevo.

—¿Cómo recuperaste mi caballo? —le preguntó.

—Bouchard estuvo contento de devolvérmelo.

—¿Contento?

—Se sintió obligado. También se sintió obligado a contarme que Grady estaba tan desesperado por marcharse de Bismarck que había tomado el tren que salía a primera hora hacia el Oeste.

Max sonrió, pero luego gruñó desilusionada.

—Pero no has podido traer a *Noble*, ¿verdad? Si tomaste la diligencia para llegar aquí tan deprisa, no pudiste traer los caballos. No podrían haber dormido.

—El conductor de la diligencia solucionó el problema. Sugirió enganchar una carreta a la parte posterior. Ya lo había hecho otras veces, aunque nunca para recorrer una distancia tan larga. Funcionó. Solo hubo que cambiar de carreta una vez porque no era tan robusta como la diligencia. Y como pagué por todos los asientos, los caballos no tuvieron que tirar de un peso extra.

Max estaba asombrada de que se hubiera tomado tantas molestias y hubiera gastado tanto dinero por ella. Olía a que estaba desesperado, pero ella no se imaginaba a Degan Grant desesperado.

—Creía que no llegarías a tiempo porque estaba segura de que no abandonarías a tu palomino. Me alegro de que encontraras un modo de no tener que hacerlo.

—Iremos a ver a *Noble* cuando me haya bañado.

Ya veían la iglesia y Degan la llevó hacia allí.

—Lo has dicho en broma, ¿verdad? —le preguntó Max.

—Me gusta saber todas las opciones que tengo —le contestó simplemente Degan.

Entraron en la pequeña iglesia con el campanario blanco. No había nadie. Max suspiró aliviada hasta que Degan la cogió de la mano y la llevó a la casa de al lado. Oyó mujeres que hablaban y reían dentro.

Degan llamó a la puerta y abrió una anciana que se sorprendió mucho al verlo.

—¿Es la casa del pastor? —le preguntó él.

—Sí, pero ahora no está. Soy su mujer. ¿En qué puedo ayudarlos?

Dos de las amigas de la mujer se habían acercado a la puerta. Una llevaba en las manos unas agujas de tejer y un ovillo de lana. Por lo visto había interrumpido una reunión de labores.

—Necesito que el pastor celebre un matrimonio —le explicó Degan.

—¿Cómo se llaman?

—Degan Grant y Maxine Dawson.

La mujer abrió todavía más los ojos y una de las amigas le susurró algo al oído. Entonces le sonrió a Degan.

—Mi marido llegará a las cinco. Estoy segura de que podrá complacerlo.

—Estupendo, siempre y cuando nos case antes de que se ponga el sol.

Max sabía que Degan había añadido aquello para que Grady y Saul lo oyeran, puesto que continuaban siguiéndolos a una distancia prudente.

Fueron a buscar un hotel, Max alejó a Degan de aquel en el que había estado la noche anterior con los agentes de la ley. Degan pidió agua para la bañera. En su habitación, se sentó a leer la sentencia de custodia. Grady le había pedido que se la devolviera, pero no le había hecho caso. A Max le gustó saber que no era la única persona a la que Degan ignoraba.

Sin embargo, era una lástima que hubieran descubierto su farol. Seguramente no se lo esperaba.

Se acercó a la ventana y vio a Grady de pie en la acera de enfrente, vigilando la entrada del hotel. Saul seguramente estaba en la parte posterior haciendo lo mismo. No podrían salir del establecimiento antes de que oscureciera sin que los vieran y los detuvieran.

—¿Vas a buscar un juez que lo verifique? ¿Por eso te lo has quedado? —le preguntó a Degan cuando este terminó de leer el documento.

—Estudié Derecho en la universidad, en Chicago, porque mi padre insistió en ello. Quería que fuera capaz de tratar con sus abogados y con los abogados con los que estos litigaban.

—Degan indicó el documento—. No dudo de que sea legal, pero los métodos de Carl Bingham para obtenerlo seguramente no lo fueron.

Max asintió.

—En Bingham Hills no hay un juez permanente, solo uno itinerante que se pasa por allí de vez en cuando y siempre se aloja en casa de los Bingham. Carl tiene a Grady en el bolsillo y seguramente al juez también.

—Si es así o si simplemente le hizo a su anfitrión un favor es irrelevante. Hay que invalidar el documento, donde se especifica cuándo dejará de ser válido, a saber: cuando cumplas veintiún años o cuando te cases. Así que nos casaremos hoy mismo.

—¡No lo habías dicho en serio!

—Pero ahora sí.

—¿Por qué?

—Es la manera más segura de poder llevarte a Tejas y enterarnos de por qué Carl Bingham está tan empeñado en controlarte. No te preocupes, no tiene que ser un matrimonio en sentido literal sino simplemente de conveniencia. No he olvidado tus requisitos para casarte: tener una buena razón y esperar ser feliz, creo que dijiste. Además, podremos «descasarnos» en cuanto nos hayamos enterado de lo que pasa en Bingham Hills.

—¿Te refieres a una anulación?

—Sí. —Dio unos golpecitos con el dedo sobre el documento—. Esto no es más que otra manera de tenerte bajo su control. Bingham debe dejar de codiciar a cualquier precio lo que puedes ofrecerle. Tiene que ser un precio impagable.

—Así que, si estoy casada, fin de la historia.

—Así debería ser.

—O te pondrá una diana en la espalda —no pudo evitar puntualizar Max.

Se quedó de piedra cuando lo vio sonreír.

—Llevo años con una diana en la espalda. Estoy acostumbrado.

Ella no estaba acostumbrada, pero aquel matrimonio provisional podía funcionar, suponía. Hasta entonces habría sido fácil manipularla si cualquiera de los planes de Carl hubiera funcionado. Sin embargo, ahora tendría que vérselas con Degan, y un hombre no trataba a otro del mismo modo que a una mujer. Carl tendría que ser más prudente.

Trajeron el agua. Degan le sugirió que se bañara detrás del biombo mientras él se afeitaba. También le dijo que abriera su zurrón. No contenía comida, pero se alegró de encontrar las pertenencias que había dejado en la cabaña, incluida la falda de flores y la blusa blanca que Degan le había comprado y que podría ponerse para ir a la iglesia aquella tarde.

Comieron en un restaurante cercano, con Grady y Saul sentados a otra mesa. Aquellos dos ni siquiera trataban de disimular que los vigilaban. A Degan no parecía importarle.

—A lo mejor debería invitarlos a unirse a nosotros —comentó.

A Max le pareció que incluso lo divertía la situación.

Degan no los invitó, pero prolongó la sobremesa una hora tomando café y otro postre para ver si los agentes de la ley se marchaban antes que ellos. No lo hicieron.

Después de comer pararon en la oficina de telégrafos. Degan le explicó que tenía que notificar al *marshal* Hayes los forajidos que podía tachar de su lista, ella incluida, ahora que le habían retirado los cargos. Le había mandado a John noticias de Kid Cade antes de marcharse a Dakota, pero no había tenido tiempo hasta aquel momento de comunicarle que Willie Nolan y su banda no volverían a robar ningún tren.

Max estuvo encantada cuando Degan la llevó al establo a ver a *Noble*. El castrado parecía haber soportado bien el viaje, como Degan. Le había preguntado por la herida mientras él se bañaba y ella trataba de no pensar en su desnudez. Le había asegurado que apenas notaba algún que otro pinchazo, aunque, si seguía dolorido, Max no creía que se lo hubiera dicho.

Cuando eran casi las cinco, fueron hacia la iglesia. Max empezó a tener dudas acerca de lo que estaban a punto de hacer, y sus dudas fueron en aumento cuando vio el templo.

—¿Estás seguro de que quieres hacer esto? —le preguntó a Degan.

—Ya te lo he dicho. No es más que una medida temporal que evitará que se derrame sangre.

¿Le dispararía a Grady por ella? Bueno, a matar no, pero seguramente no dudaría en incapacitarlo.

Desde luego no era así como Max se había imaginado su boda, sin su familia y con un revólver al cinto. Aunque no era una verdadera boda... Bueno, lo era, pero no lo bastante como para durar. Eso era lo más importante. Tenía que recordarlo y olvidar la sensación que tenía de casarse apuradamente, como si estuviera embarazada.

A las puertas de la iglesia se había congregado un montón de gente. No entendieron lo que pasaba hasta que se acercaron.

—¡Ahí está! —oyeron gritar a alguien—. ¡Ahí viene el famoso pistolero que se casa hoy!

Los congregados estiraron el cuello para ver a Degan y a su novia. Max se dio cuenta de que era toda una celebridad para aquella gente desde su reciente duelo con Jacob Reed en aquel pueblo. Degan parecía molesto y se abrió paso, tratando de entrar con ella en la iglesia.

Entonces el motivo por el que estaban allí y su secuaz dieron un paso al frente.

—Alto —le ordenó Grady a Degan—. Creo que necesita el permiso del tutor de la chica para esto.

Degan se volvió y desenfundó.

—No, no lo necesito.

La multitud jadeó y retrocedió, pero nadie se marchó. Todos seguían con los ojos puestos en Degan. Grady no se amilanó. Saul, pálido, intentó llevárselo, pero el *sheriff* parecía haber echado raíces.

Tal vez por eso, Degan siguió hablando.

—Estoy haciendo exactamente lo que me ha pedido, *sheriff* Pike: casándome con Max antes del anochecer. Voy a hacerlo ahora mismo, de una manera o de otra.

Era una amenaza implícita. Grady parecía querer decir algo más, pero la gente estaba aplaudiendo a Degan. Max reprimió una carcajada. Grady llevaba mucho tiempo siendo *sheriff*; no estaba acostumbrado a que ignoraran sus órdenes ni sus sugerencias. Sin embargo, Bingham Hills era un pueblo tranquilo. Nadie como Degan había pasado jamás por allí. A Grady le quedaba grande eso de tener que vérselas con un pistolero de aquel calibre, y desde luego no había tenido nunca a una multitud como aquella en su contra.

Pese a la cara de pocos amigos del *sheriff*, Degan dio por zanjada la cuestión y entró con Max en la iglesia. Grady y Saul los siguieron y se sentaron en uno de los bancos delanteros, entre dos mujeres, una de las cuales se secaba las lágrimas, diciendo a cuantos la rodeaban que adoraba las bodas.

La iglesia se llenó rápidamente de personas deseosas de asistir a la ceremonia. Degan le estrechó la mano al pastor.

—¿Por qué de repente tanta prisa por casarse, señor Grant? —le preguntó el hombre después de presentarse.

—Mi novia se ha pasado atada una semana; ahora es libre —repuso Degan, mirando a Grady de soslayo.

Max reprimió la risa al ver que el *sheriff* se ponía rojo como un tomate de la rabia.

El pastor, ajeno a lo que pasaba, empezó la ceremonia.

—Estamos hoy aquí para unir a este hombre y a esta mujer en santo matrimonio. Si alguien tiene algo que objetar, que hable ahora o que calle para siempre.

Max contuvo el aliento, evitando mirar a Grady. Si decía algo, le pegaría un tiro. Oyó un forcejeo detrás y se volvió.

Grady se había levantado, pero las dos mujeres sentadas a su lado lo habían obligado a sentarse de nuevo.

El pastor no se dio cuenta y prosiguió:

—¿Tienen los anillos?

Degan no respondió. Max se maldijo cuando vio la sonrisa de suficiencia de Grady; la boda no iba a poder celebrarse. Por supuesto que Degan no tenía los anillos. ¡Ella tampoco se había acordado de eso!

Entonces, un anciano se levantó.

—Mi mujer y yo estaremos encantados de prestarles los nuestros para la ceremonia. Hay cincuenta años de felicidad en estos anillos.

La gente suspiró aliviada. Max también. Aunque su boda no fuera auténtica, resultaba que quería que se celebrara más que nada en el mundo. Para acabar con los planes de Carl, se dijo, tratando de convencerse. Entonces ¿por qué se emocionó tanto cuando escuchó los votos de Degan?

—Yo, Degan Grant, te tomo a ti, Maxine Dawson, como legítima esposa, para tenerte y protegerte de hoy en adelante, para bien y para mal, en la riqueza y en la pobreza, en la salud y la enfermedad, para amarte y cuidarte hasta que la muerte nos separe.

Cuando ella le hubo repetido los mismos votos a Degan, el pastor los declaró marido y mujer y Degan le dio un beso rápido. Oyó cuchichear a todas las viejas damas. ¡Dios mío! Entonces se llevaron otra sorpresa.

—A mi mujer y sus amigas les gustaría que salieran por detrás —les dijo el pastor—. Por favor, no la desilusionen o jamás dejará de recordármelo. Síganme.

Dijo esto último en voz bastante alta, invitando a todos los reunidos. Degan y Max vieron por qué cuando salieron por la puerta trasera de la iglesia. Habían puesto mesas llenas de comida en el patio y unos violinistas habían empezado a tocar. ¡Las damas de la iglesia les habían preparado una fiesta!

Max estaba emocionada por la consideración y la generosidad de aquellas personas, y también encantada. Había creído que su boda parecería tan falsa como estaba previsto que fuera, pero no estaba siendo así. Todos hablaban y reían y se divertían. Bueno, todos menos Grady. Max vio cómo una dama le hacía apartar la mano de un bofetón cuando intentaba coger un plato de comida. Como se había empeñado en impedir la unión de la feliz pareja, a nadie le complacía su presencia.

Entonces se les acercó. Max esperaba que fuera para despedirse, puesto que evidentemente allí no era bienvenido y lo sabía, pero tendría que haberlo conocido mejor. Sin felicitarlos, lo que no era de extrañar puesto que se habían salido con la suya, y todavía muy disgustado, se limitó a preguntarles si estarían en el tren al día siguiente.

—Suelo considerar una ofensa que alguien me llame mentiroso, *sheriff* Pike.

—Yo no... —le aseguró Grady.

—Sin embargo —lo cortó Degan—, hoy es el día de mi boda, así que haré una excepción. Ya le dije que íbamos a Tejas. Dudar de mi palabra equivale a llamarme mentiroso.

—No dijo cuándo irían —refunfuñó Grady en su defensa.

—Porque es irrelevante y, de hecho, dejó de ser asunto suyo desde el instante en que Max fue declarada mi esposa. Sin embargo, supongo que preferirá visitar a su familia en lugar de hacer un viaje de luna de miel, así que con toda probabilidad partiremos mañana por la mañana hacia el sur. Háganos un favor y no ponga de nuevo en duda lo que le digo.

Max pensó que ver a Grady con las manos atadas era un bonito regalo de boda. Fue un milagro que no se echara a reír, aunque no dudaba de que el *sheriff* y Saul los seguirían hasta Tejas, a pesar de lo que Degan le había dicho a Grady. Sentía demasiada devoción por Carl Bingham y protegía demasiado sus intereses para no hacerlo.

El jolgorio seguía. Cuando Max estaba ya segura de que se habían acercado todos a felicitarlos, se les acercó alguien más.

—¡Que me aspen! —dijo Degan.

Max observó al hombre que se acercaba a estrecharle la mano a Degan. Era alto y guapo, moreno, con los ojos azules.

—¿Lo conoces? —le susurró.

No tuvo que responderle.

—Soy Morgan Callahan —se presentó el recién llegado.

—Lo he supuesto, más que nada —dijo Degan.

Se dieron un apretón de manos.

—Sí, a Hunter y a mí nos dicen muy a menudo lo mucho que nos parecemos. Felicidades por la boda, pero, por favor, no me diga que ha venido aquí por mí.

—No. ¿Por qué piensa eso?

—He oído decir a los mineros de por aquí que estuvo trabajando para mi padre. Sé que detesta que prefiera buscar oro a trabajar con mi familia en el rancho.

—Eso es algo entre usted y Zachary... y no me contrataron para eso.

—Entonces es cierto... ¿Fue para que mi hermano se casara con la joven Warren?

—Diría que Hunter lo hizo por su cuenta.

—Me sorprende. Odiaba aquel matrimonio concertado que colgaba sobre su cabeza. Suponía que no se celebraría a menos que lo llevaran a patadas al altar.

—Créame, nada hubiera conseguido que Hunter renunciara a esa boda. Comprenderá por qué cuando conozca a su mujer.

Morgan sonrió.

—Siento haberme perdido la diversión, pero me he hecho rico e iré a casa a hacerles una visita en cuanto solucione una disputa con una señorita minera de la competencia. Y no, no le estoy preguntando si puedo contratarlo, pero a lo mejor puedo besar a la novia ya que me perdí el beso de la esposa de mi hermano.

—De ninguna manera. —Degan le abrazó la cintura a Max.

Ella no estaba segura de si hablaba en serio o de si era su modo de bromear, pero Morgan soltó una carcajada e insistió.

—¡Yo no soy como Hunter, que las cautiva a todas! Sin embargo, tampoco voy a discutir con el famoso Degan Grant. Que sean muy felices los dos.

Cuando Morgan se alejó, una de las damas tuvo la audacia de acercarse a pedirle a Degan que bailara con su esposa. Max abrió unos ojos como platos, temerosa de su reacción, pero la sorprendió llevándola con las otras parejas que bailaban cerca de los músicos. Tocaban una versión del Oeste de un vals. Era más rápido que los valses tradicionales, pero no tan movido como habían sido casi todas las piezas que habían tocado los violinistas. El ritmo disminuyó un poco cuando se pusieron a bailar y Degan atrajo a Max hacia sí para que apoyara la cabeza en su hombro. Ella sonrió soñadora. Luego bostezó y se rio.

—Estás cansada —le dijo él, que la había oído.

Había pasado por muchas vicisitudes aquella semana, como prisionera de Grady, y había experimentado la montaña rusa emocional del reencuentro con Degan y de convertirse en su esposa, aunque solo fuera nominalmente.

—Un poco —admitió.

—Vámonos.

Por una vez no puso objeciones a su orden. Entre montones de buenos deseos y lágrimas de felicidad de las damas que adoraban las bodas, y un comentario de la mujer del pastor acerca de cómo aquella boda de famosos había triplicado la congregación de la iglesia, Degan se llevó a una soñolienta Max al hotel.

42

—Tu *sheriff* ya sospecha y, como todo el pueblo sabe que nos hemos casado, no vamos a pedir que nos traigan una cama supletoria a la habitación.

Max suponía que Degan ya lo había arreglado para que tuvieran una, como en todos los hoteles en los que habían estado desde el de Bozeman, pero no lo culpaba por haberlo olvidado, con todo lo que había pasado aquel día.

—Puedo dormir en el suelo —le ofreció.

—Compartiremos la cama, siempre y cuando te mantengas en tu lado —repuso él.

Max recordó lo que había pasado aquella mañana en Bozeman, cuando se había despertado y se lo había encontrado desnudo de cintura para arriba, contemplándola. Y el beso... Ojalá no lo hubiera recordado. Ahora no podría pensar en otra cosa, y él acababa de sugerir que podría pasar de nuevo, así que le tomó el pelo para que tuviera claro que no.

—¿Crees que Grady irrumpirá en esta habitación por la mañana para inspeccionar las sábanas?

—No, no creo que tenga ganas de morir.

—No sé. Grady puede ser condenadamente tozudo, sobre todo si se le ha metido en la cabeza que el nuestro es un matrimonio de conveniencia. —Max bostezó, pero siguió bromeando—: Protegeré las sábanas con mi vida. Incluso me las llevaré por la mañana. Aunque debería desvestirme más de lo habitual, por si tiene ganas de morir o por si sube a mirar por la ventana en plena noche. Si lo hace seguramente no lo oiremos.

—¿Intentas hacerme reír?

Max sonrió ampliamente.

—No funciona, ¿verdad?

—Lo de que te desnudes me parece interesante.

¿Ahora era él quien bromeaba? O quizá se le había ocurrido lo mismo que a ella: que nadie más que ellos sabría si habían hecho realmente el amor. El matrimonio todavía podía anularse. Solo tenían que mentir un poco...

Pero iba hacia ella y parecía un poco más decidido de lo normal. Sin saber demasiado bien lo que pretendía, retrocedió unos cuantos pasos, hasta que se quedó sin espacio, con la espalda contra la pared.

—No me tienes miedo y lo sabes, Maxie. ¿Qué estás haciendo, pues?

¿Se estaba divirtiendo?

—No sueles querer estar tan cerca de mí.

—Por una buena razón.

—Entonces ¿qué estás haciendo?

—Hago una excepción para darte lo que no has tenido en la iglesia: un beso de recién casada.

—Pero si me has besado.

—No estaba seguro de que lo hubieras notado. Ha sido un beso muy rápido. Y de este no habrá ningún testigo hostil. He pensado que te gustaría un beso de verdad por este primer matrimonio tuyo.

¿Le recordaba que aquel no sería su único matrimonio al mismo tiempo que quería sellarlo con un verdadero beso? ¿Estaba de broma? Probablemente. No debería haberse burlado de él. Se la había devuelto.

Max apoyó una palma en su pecho.

—Podemos dejar esto como lo que se supone que es, un matrimonio falso.

—Será tan falso como quieras que sea, Max —le dijo Degan en voz baja, y se inclinó un poco más hacia ella—, pero voy a darte ese beso. Considéralo un recuerdo.

¡Como si fuera a olvidar nada que tuviera que ver con él! Pero no pudo esquivar su boca. Tampoco lo intentó con demasiado ahínco. Y enseguida comprendió que en la iglesia no podría haberle dado ni mucho menos un beso como aquel. Con una pierna lo atrajo hacia sí por la cadera. Él se le pegó más e inmediatamente jugó con su lengua, tentándola a responder. No necesitó que la persuadiera. Su cuerpo respondía al de Degan como siempre, con la sensual excitación que la rodeaba, como si tratara de alcanzarlo pero no pudiera. Sus manos lo tocaron, sin embargo. Le puso una en la nuca y se la pasó luego por el pelo. Le metió la otra debajo de la americana, pero todavía llevaba el chaleco. ¿Dejaría de besarla el tiempo suficiente para que pudiera quitárselo?

Dejó de hacerlo mucho más tiempo. Se apartó de ella tan rápido que Max casi perdió el equilibrio.

—Ya está, por si se hallan en el tejado de enfrente mirando hacia aquí —le dijo, con la mirada ardiente pero con el desapasionamiento de siempre.

Max parpadeó varias veces.

—¿No ha sido más que una comedia?

—Claro.

Le dieron ganas de abofetearlo.

—¡Estoy demasiado cansada para jueguecitos!

Se apartó de la pared, se sacó la blusa por la cabeza y la tiró encima de una silla. Luego se quitó las botas y los calcetines. Tuvo que dar saltitos para conseguirlo, porque estaba demasiado frustrada para sentarse. Se desabrochó la falda y la dejó caer al suelo. Se acercó a la cama y apartó las sábanas. Luego se colocó en el centro del colchón y se despatarró como si esperara que se le uniera, aunque antes muerta que darle... Hasta que Degan, desnudo de cintura para arriba, se tendió a su lado.

—Lo de antes ha sido para Grady —le dijo con suavidad—. Esto es para nosotros.

—¿Qué crees que estás haciendo? —balbuceó Max.

La besó.

—Relájate y date la vuelta para que pueda acariciarte la espalda.

Por cansada que estuviera, aquello fue demasiado tentador. Se puso boca abajo para que le hiciera un masaje. Lo disfrutó tanto que se fue adormilando, hasta que Degan la puso boca arriba y volvió a besarla. Despacio, le mordisqueó el cuello, estremeciéndola de los pies a la cabeza. Le besó el hombro mientras le tocaba el pecho, acariciándole el pezón con suavidad hasta que la hizo jadear. No paró, sin embargo. Siguió acariciándola y dejando sobre su piel un rastro de besos. Jugó con la lengua con el otro pezón. Max gimió, ardiendo de deseo, le pasó la mano por el pelo, le acarició la nuca. Degan le besaba los pechos alternativamente, sin dejar de acariciarla.

Le besó el vientre, cubriéndole de caricias las caderas y los muslos. ¿Qué estaba haciendo? ¿Iba a besarle hasta los dedos de los pies? Ya no pudo pensar en nada más, solo disfrutar del placer que le daba con las manos y la boca. La sensación se volvió tan intensa que tuvo que inspirar profundamente y cerrar los ojos, pero cuando él le separó las piernas con suavidad y le besó los muslos, los abrió de golpe. Y cuando llegó al punto más sensible de su cuerpo, llegó al clímax.

Estaba estupefacta, maravillada, encantada, pero demasiado agotada para comprender lo que acababa de pasar.

—Buenas noches, señora Grant —le pareció oír que Degan decía mientras se quedaba dormida.

43

Cole Callahan volvía al rancho al galope. Lo habían mandado al pueblo a buscar un sombrero para su madre. No lo traía. Desde que Allison Montgomery había visitado a sus padres, Mary había deseado un sombrero nuevo tan bonito como el suyo y había encargado uno del Este. Lo mandaban todos los días al pueblo para ver si había llegado. Aquella dama del Este les había causado mucha impresión a sus padres. Ojalá hubiera estado en casa aquel día para conocerla.

Sus padres acababan de volver a caballo del campo para comer. Los vio saliendo del establo hacia la casa y dejó el caballo junto a los suyos. Mary se llevó una decepción cuando no vio la sombrerera atada a su silla, pero estaba seguro de que lo arreglaría con las emocionantes noticias que traía.

—¡Traigo un telegrama de Morgan! —exclamó, sonriente.

Zachary cogió indignado el telegrama cerrado de su hijo.

—¿Después de tanto tiempo ese chico por fin nos hace saber que sigue vivo?

—¿Te preocupaba que no lo estuviera? —le preguntó Mary.

—Por supuesto que no, pero él no lo sabía.

—Sabía que tendría que haberlo abierto —comentó Cole, impaciente—. Papá, ¿a qué estás esperando?

Zachary abrió el telegrama y arqueó las cejas después de leer la primera línea.

—Caramba. Morgan se ha hecho rico. —Luego añadió, con un suspiro—: Esperaba mejores noticias.

Cole se estaba riendo.

—¿Qué hay mejor que eso?

—Que esté dispuesto a renunciar a esa insensatez de buscar oro y que vuelva a casa de una vez por todas.

—Si se ha hecho rico, papá, no seguirá buscando oro. Tendrá un equipo que lo hará por él.

—¿Qué más dice? —preguntó Mary.

Zachary siguió leyendo.

—Creo que se ha vuelto loco. «¿Quién sabía que las espinas podían ser tan agradables?» ¿Qué significa esto?

Mari le arrancó el telegrama de las manos a su marido.

—Habrá descubierto el oro gracias a unas matas espinosas —sugirió.

—O se ha enamorado de alguien que lo saca de quicio —indicó Cole sonriente.

—¿Morgan enamorado? —se burló Mary—. Eso sería maravilloso, pero lo dudo mucho. Con su obsesión por la minería no piensa en casarse. ¿Cuándo tendría tiempo para enamorarse?

—Bueno, alguien que conocemos lo ha tenido —aseguró Zachary, sonriendo—. Lee la última línea, Mary.

—¡Dios mío! ¡Degan se ha casado!

—Parece que Morgan sabe que Degan trabajó para mí. ¿Por qué si no mencionaría su boda? —comentó Zachary.

—¿Bromeas? —terció Cole—. Cualquier cosa que tenga que ver con Degan Grant es una gran noticia que vale la pena divulgar, cosa que yo voy a hacer ahora mismo. —Montó y se marchó al pueblo, gritando hacia ellos—: ¡No me esperéis para cenar!

—Me gustó Allison —dijo Mary mientras iban hacia la casa—. Me alegro mucho de que haya podido atrapar a Degan.

—¿No has leído más allá de la palabra «casado»? —se

burló Zachary—. Morgan dice que Degan se ha casado con una bonita rubia. La señorita Montgomery no es rubia.

Mary arqueó las cejas y suspiró.

—Pues supongo que ahora debería esperar que Allison no lo atrape. ¿En qué estaría pensando ese pistolero para casarse con alguien a quien apenas conoce en lugar de hacerlo con su amor tanto tiempo perdido?

A Max ya no le interesaba el paisaje que se veía desde el tren y eso que solo era su primer día de viaje a Tejas. Era el tercer tren que tomaba después del viaje de ida y vuelta a Dakota, así que la emoción de ir tan rápido se le había pasado. Incluso pensó en echar una cabezada, a pesar de que no estaba cansada.

Al menos no tenía que estar a solas con Degan. Todavía se ruborizaba cuando se acordaba de lo que había pasado en su noche de bodas. Las chicas del burdel no le habían hablado de eso. Degan había notado lo avergonzada que estaba a la mañana siguiente.

—No tienes por qué avergonzarte de lo que pasó anoche —le había dicho—. Los casados lo hacen. Ya te he dicho que este matrimonio será tan falso como tú quieras, y va a ser así hasta que me digas otra cosa.

El tren en el que iban no tenía elegantes compartimentos privados; iban sentados con los demás pasajeros, día y noche. Grady y Saul también iban en aquel tren, los había visto subir en Butte, pero se habían asegurado de no ir en el mismo vagón que ellos, o a lo mejor Degan se había encargado de ello.

La primera etapa del viaje era mucho más corta de lo que creía Max. Llegarían al nudo ferroviario principal de Ogden, Utah, entrada la noche. Allí harían trasbordo y tomarían el tren del Este, que los llevaría hasta el de Tejas.

—Puede que tengamos algunos problemas con nuestro

amigo Pike mañana —le dijo Degan mientras cenaban en el coche restaurante.

Max soltó un bufido.

—No es amigo nuestro. Pero ¿por qué? Esos dos nos han estado evitando.

—Esperan que tomemos el tren del Este mañana, pero estoy pensando en pasar unos días en la zona de Ogden en lugar de continuar inmediatamente.

—¿Por qué?

—Tengo que terminar de ocuparme de unos asuntos.

Max no iba a conformarse con aquella explicación tan sucinta.

—¿Qué asuntos?

—John Hayes me mandó un telegrama a Butte. Me decía que se había enterado por los *marshals* de Estados Unidos de que Charles Bixford había sido visto cerca de Ogden. Es uno de los forajidos a los que John tiene que apresar.

—Me acuerdo de las anotaciones sobre Red Charley.

—Todavía no han podido mandar un *marshal* allí, y los *sheriffs* locales son reacios a enfrentarse a Bixford.

—Así que irás tras él.

—Sí.

El cambio de planes de Degan no le gustó en absoluto. Estaba ansiosa por ver a su abuela y librar a Johnny del yugo de Carl, que imaginaba que soportaba desde que se había firmado aquella maldita sentencia de custodia. No esperaba aquel retraso.

Estuvo rumiando lo que le había dicho Degan y, en cuanto terminaron de cenar y volvieron a sus asientos del vagón de pasajeros, le planteó otras opciones.

—Sé que todavía tienes que capturar a otro forajido para devolverle el favor a tu amigo, pero ¿por qué no persigues al peor de todos? Si mal no recuerdo, hay un par en Wyoming, por donde pasaremos de camino a Tejas, y otros dos en Colorado, por donde pasaremos también. ¿Por qué a Red Charley?

—No tengo que perseguir a ninguno más. Ya hemos tachado a tres.

—¿Porque retiraron los cargos contra mí?

—No. Porque uno de los dos forajidos de Wyoming ha muerto.

Max no le preguntó cómo lo sabía. Tenía que haber presenciado su muerte o estaba implicado en ella. Sin embargo, ahora que sabía que no tenía que perseguir al peor de todos, su decisión la tenía todavía más perpleja.

—No me has dicho por qué —le recordó.

—Porque Charles Bixford mata porque sí, y ya ha matado a un *marshal* que intentó detenerlo. Y porque John tiene familia. Irá tras Bixford si no lo hago yo...

¿Y Degan no tenía familia? No, claro que no. Ella no contaba, y la familia a la que había abandonado tampoco. Un padre de familia como John Hayes sí que contaba. Un amigo. Lo entendía, pero no le gustaba.

—Grady era un verdadero *sheriff* antes de convertirse en el correveidile de Carl —le dijo—. A lo mejor podría ayudarte.

Degan apoyó la cabeza en el respaldo y cerró los ojos. Ella lo interpretó como una respuesta. No quería hablar más del asunto. Si iban a estar juntos más tiempo del que tardarían en llegar a Tejas, tendría que quitarle aquella costumbre tan irritante. Aunque tenía que admitir que Degan había cambiado desde que lo conocía. En el tiempo que habían pasado solos en Dakota se había abierto un poco. No solo hablaban mientras comían y no se quedaba callado tan a menudo, al menos no con ella. Solo cuando decía algo tan estúpido como que tal vez iba a necesitar ayuda.

44

—¿En serio? ¿No te bañas antes?

Degan salía de la habitación del hotel que acababan de ocupar para ir a preguntar por el pueblo. A Max, que se saltara el baño, le dio la impresión de que tenía intención de terminar el trabajo aquel mismo día para proseguir hacia Tejas al siguiente.

—Ogden es grande —le dijo Degan—, pero antes de la hora de cenar puedo enterarme de si Red Charley está aquí. Y cierra con llave.

Max habría salido a hacer unas cuantas preguntas por su cuenta para ayudarlo, pero su recomendación de que cerrara con llave le recordó que Grady y Saul se habían inscrito en el mismo hotel que ellos. Aunque Grady hubiera presenciado la ceremonia de matrimonio, sería capaz de atraparla si la pillaba sola. Carl le había ordenado que se la devolviera. Que llegara a Bingham Hills con Degan significaría que no había hecho su trabajo. Aquella era la primera vez que ella y Degan estaban a solas desde que la había rescatado en Butte.

Se dio un baño y luego se puso a mirar por la ventana, esperando ver a Degan volviendo al hotel. Como no lo vio por ninguna parte, sopesó la idea de salir a ayudarlo. Volvía a tener su arma y la llevaba encima desde que habían dejado Butte. Podría manejar a Grady, siempre y cuando no la pillara desprevenida. Sin embargo, decidió no salir de la habitación porque no quería que Degan no la encontrara al volver.

Entonces vio a un hombre enorme que bien podía ser Red Charley. Tenía la mata de pelo enmarañado y la barba pelirrojas. Mordía un cigarro corto y grueso y llevaba una americana andrajosa encima de un peto de granjero tan viejo que bien podría haber sido el mismo que llevaba cuando se había marchado de Nebraska. Caminaba por el centro de la calle, riéndose cuando la gente se apartaba de su camino.

Un hombre tan enorme no sería fácil de apresar. Un disparo quizá tampoco lo detuviera. Era un tipo tan entrado en carnes que seguramente ni notaría la bala. Y Degan era demasiado honesto. Si tenía que dispararle esperaría que cayera al suelo, no que cargara contra él furioso, como Max imaginaba que el pelirrojo haría.

Esperaba que no fuera Red Charley. Esperaba que Degan no creyera que lo era si lo veía. Pero creyó que lo era. Lo vio salir del porche de un edificio situado más abajo que el hotel. Gritó el nombre de Bixford. Max se agarró al alféizar cuando el hombretón del peto se detuvo y se volvió.

Degan ya había desenfundado. Aparentemente, Charley no iba armado, puesto que no llevaba ninguna clase de cinturón con el peto. No pareció en absoluto preocupado por Degan. Todo el mundo recelaba de él, pero aquel hombre no. Se limitó a sacarse del bolsillo un cigarro sin empezar, lo cambió por el corto, y lo encendió con la colilla antes de arrojársela a Degan. Cayó a sus pies. Entonces fue cuando Max se dio cuenta de que del cigarro salía una mecha corta.

¡Era un cartucho de dinamita! Degan se lanzó detrás de un abrevadero del otro lado de la calle. Sin embargo, la explosión se produjo demasiado pronto. Max palideció. No sabía si Degan se había puesto a tiempo a resguardo o si eso importaba siquiera, puesto que el abrevadero había volado en pedazos. Las columnas del porche de detrás también se habían caído y el tejado se había derrumbado. Las ventanas de la tienda estaban rotas. Y aquel bastardo asesino seguía andando calle abajo, riéndose.

Buscando frenética entre los escombros, Max contuvo el aliento hasta que vio a Degan levantándose despacio. Había agua por todas partes e iba empapado, pero, increíblemente, la parte posterior del abrevadero seguía intacta, aunque las otras tres hubieran desaparecido, y Degan todavía sostenía el arma en la mano.

El primer disparo impactó en la pantorrilla de Charley, que no hizo más que volverse otra vez. El segundo le dio en la mano con la que intentaba coger otro cartucho de dinamita. No pudo meterla en el bolsillo, pero el enorme pelirrojo reaccionó tal como Max había previsto. Red Charley cargó contra Degan. El tercer disparo le destrozó la rodilla de la otra pierna. Aquello no le dolió. Tardó bastante en derrumbarse cuando la pierna le cedió.

Degan podría haberle pegado un tiro en la cabeza. Max lo habría hecho. ¿Quién iba a echar de menos a un asesino como aquel? Pero Degan había desarmado a Bixford al dispararle en la mano e impedirle que causara otra explosión, y Degan no iba a matar a un hombre desarmado, aunque nadie le diera las gracias por dejarlo vivo.

Max bajó corriendo las escaleras y salió a la calle. No dudó en abrazar a Degan cuando llegó a su lado, a pesar de la multitud que se había congregado y entre la que se encontraban tanto el *sheriff* local como el agente de la ley de Tejas.

Llegó a tiempo para oír refunfuñar a Grady.

—Creo que podría haberme dicho que es *marshal*... —Evidentemente acababa de ver la placa que ese día lucía Degan.

—¿Para qué? —repuso este con indiferencia—. Eso da lo mismo, tanto para su tarea como para la mía.

El *sheriff* local intervino.

—Bixford hizo volar una mina en Coalville, al sur. Mu-

312

rieron cinco hombres, pero no estaba seguro de que fuera él. Me enfrenté a él, pero lo negó, así que no pude encerrarlo. Lo tenía vigilado, sin embargo, para que no se marchara de aquí. Un testigo viene de camino para identificarlo, pero llevo tres semanas esperando su llegada. Supongo que puedo comunicarle al *sheriff* de Coalville que ya no lo necesitamos. No teníamos ni idea de que lo buscaran por tantos crímenes en tantos lugares. Le agradezco la ayuda, *marshal*.

Siguieron hablando. Max dejó de escuchar y pegó la oreja al pecho de Degan. Sus latidos la tranquilizaron. La sorprendió que no la apartara y que incluso le abrazara los hombros. Lo estaba avergonzando, abrazándolo en público mientras medio pueblo acudía para comentar la explosión. Sin embargo, nadie parecía tenerle miedo.

Todos le daban las gracias, algo a lo que seguramente no estaba acostumbrado. Le dio la impresión de que nadie de por allí sabía quién era y que quizás habría dado igual que lo hubieran sabido, después de lo que acababa de hacer por su pueblo. A Max le pareció que seguramente encajaría en cualquier parte en cuanto la gente supiera lo estupendo que era tenerlo cerca, pero también que no se quedaría el tiempo suficiente en ningún lugar para enterarse.

—Te he mojado —le dijo cuando la acompañó al hotel, todavía abrazándola.

—¿Es lo único que tienes que decirme? ¡Has estado a punto de volar por los aires! Tendrías que haber disparado primero y luego haberle preguntado si era Red Charley, sin darle tiempo a que te arrojara la dinamita.

—¿Estabas mirando?

—Sí, lo he visto. Y no es así como vas a librarte de mí, muriéndote. Así que no vuelvas a hacerlo.

Sabía lo tonta que parecía, pero no iba a retractarse.

—Lo recordaré —le dijo Degan.

Pero Max tampoco se ablandó.

45

—Si quieres una habitación para ti sola, tendremos que hacerles creer a tus amigos que nos hemos peleado —le dijo Degan al cabo de tres días en voz baja cuando bajaron del tren para pasar una noche en Council Bluffs, Iowa, y fueron a inscribirse en un hotel—. Así que dame un bofetón —añadió más bajo aún.

—¡Y una porra!

—Hazlo, y antes de que salgamos de recepción. Podemos hacer las paces delante de ellos después de la última etapa, antes de llegar a Tejas.

Max no tenía fuerzas para pegarle porque no quería hacerlo. Su inclinación a seguirle la corriente y a ceder a sus deseos la molestó. De hecho, Degan se comportaba como un marido desde que se habían casado, en todos los sentidos menos en uno: dependiendo de si tenían o no público. Sabía que estaba de guasa. Había aprendido a reconocer bastante bien cuándo se estaba divirtiendo. No sonreía, pero su tono y la expresión de sus ojos grises, normalmente fríos, se suavizaba. Habría jurado que interiormente se estaba riendo. Ella no.

Sin embargo, mantuvo la boca cerrada y echó un vistazo al perro de caza Grady, que los observaba mientras se inscribían desde la entrada del hotel. Grady tenía dudas acerca de que su matrimonio fuese auténtico, y se desvivía para demostrarlo. No había sido una suposición descabellada que pudieran vigilar tanto su habitación como lo que hacían en ella. En Ogden, Max había visto a Saul dormido en el tejado del edificio de enfrente con unos binóculos en la mano. Se lo había enseñado a Degan, que se había limitado a encogerse de hombros. Incluso era probable que se divirtiera con aquello. Además, no parecía que hubiera pasado una noche tan infernal como ella compartiendo la cama.

Max había creído que dormir juntos sin tocarse lo molestaría tanto como a ella. Sin embargo, Degan había pasado estupendamente esa noche en Ogden y no estaba en absoluto de mal humor por tener que volver a compartir cama. Qué va. Le divertía que ella ni siquiera le hubiera sugerido tener su propia habitación.

Si las noches no eran tan calurosas como para tener que dejar las ventanas abiertas y las cortinas, no tan finas como para que la mínima brisa las hinchara, no seguirían durmiendo en la misma cama. Supuso que estaba adelantando acontecimientos. A diferencia de las cortinas del último hotel, las de aquel podían ser gruesas.

No fueron directamente a su habitación, así que no pudo comprobarlo; Degan mandó su equipaje arriba. El plan era dar un paseo a caballo antes de asearse para la cena. Max lo estaba deseando.

Los animales no se estaban ejercitando lo suficiente. Habían dado con ellos un largo paseo mientras estaban en Ogden y querían hacerlo de nuevo antes de tomar el tren con dirección al sur al día siguiente. Habían tenido que desplazarse tan al este para conectar con los trenes que los llevarían a Tejas, pero el viaje en el ferrocarril transcontinental solo había durado unos días. Max estaba contenta de tener la oportunidad de ver Council Bluffs, la ciudad que había hecho historia porque era allí donde empezaba la línea que cruzaba el país, ampliando las líneas meridionales que llegaban a Iowa hasta la Costa Oeste. No le comentó a Degan que volvían a estar a solo un día de tren de Chicago. Estaba segura de que ya lo sabía. Si había planeado volver a casa, no lo decía. Aunque no sería antes de terminar el trabajo. De eso estaba convencida.

Hacer correr a los caballos era divertido y tenía una recompensa añadida. Grady se moría de preocupación porque no tenía caballo y no podía seguirlos. Seguían los caminos. Había demasiadas granjas en la zona para no hacerlo.

—Podríamos bajar del tren en una de las paradas para cargar agua de Tejas, antes de llegar a Fort Worth. Solo tardaremos un día más en cubrir a caballo el resto del trayecto en lugar de coger la diligencia para recorrer la última etapa del viaje hasta casa —le comentó Max a Degan cuando refrenaron las monturas para volver.

—Tus amigos también.

—¿Podrías dejar de llamarlos «mis amigos»? No tienen caballos para seguirnos.

—Pike es un *sheriff* de Tejas. Puede tomarlos prestados o confiscar los de la diligencia.

—¿De verdad crees que lo haría?

—Sí. Y preferiría no acampar al raso teniéndolos cerca.

—La alternativa es tomar la diligencia con ellos. No será agradable.

—Pues considera el problema resuelto.

Max sonrió ampliamente.

—¿Vas a dispararles antes de que subamos a la diligencia?

Degan no se dignó responder, pero la miró duramente. Max soltó una carcajada y galopó con él de regreso al pueblo.

En el hotel, Max descubrió que las cortinas de su habitación eran finas. Lo bueno era que tenía baño y agua corriente. Por supuesto que sí, tan al este, pero aun así fue una agradable sorpresa.

Luego se llevó otra. Después de asearse ambos, Degan la

llevó de compras. Encontró una tienda donde vendían ropa interior y complementos de hombre y mujer, incluso prendas confeccionadas, aunque solo para hombre o para niño.

—Es una lástima que no nos quedemos aquí lo bastante para que vayas a una costurera —le comentó Degan.

—Tengo un montón de ropa elegante en casa. Estaré allí pronto, así que no me hará falta más.

—Puede que tengamos un concepto diferente de la elegancia.

No estaba segura de a qué se refería hasta que se acordó de su amiga Allison y de cómo vestía. Puso los ojos en blanco. No, desde luego ella no tenía ropa así. En Bingham Hills habría llamado la atención si se hubiera vestido de aquella manera.

Al final se compró calcetines nuevos y un pañuelo para el cuello. Luego se quedó mirando un expositor cargado de bonitos sombreros. Degan iba a escoger uno, pero Max negó con la cabeza y se alejó. No necesitaba algo frívolo que no podría usar. Sin embargo, se rio cuando, al cabo de un momento, él le encasquetó un sombrero de ala ancha, negro como el suyo pero no tan elegante. Después encontró un cordón fino que puso alrededor de la copa y sujetó con un camafeo. Su modo de improvisar era divertido. Había transformado un sombrero de ala ancha de vaquero en un sombrero de mujer. La emocionó que lo hubiera hecho.

La sorpresa más grande se la llevó cuando Degan le puso en el dedo una alianza antes de salir de la tienda. Incluso se llevó su mano a los labios y le besó el anillo, momento en el que Max se dio cuenta de que había comprado otro para él. Aturullada, miró a su alrededor buscando a Grady o a Saul, pero no estaban, así que no lo había hecho por aquellos dos sino por ellos.

—No tenías por qué hacerlo —le dijo, mirándose el anillo de oro.

—Ya lo sé. Pero ahora a tu enemigo le bastará un simple vistazo para darse cuenta de que estás casada. No tendrás que sacar el certificado de matrimonio para demostrárselo. Además, los hombres te miran demasiado cuando no tratas de ocultar que eres una mujer.

Max se echó a reír.

—¿Quieres que crea que estás celoso?

—No lo he conseguido, ¿verdad?

—Bueno, no sé... Tal vez un poco.

Cenaron en un restaurante elegante, lejos del hotel, donde servían platos franceses, que ella nunca había probado. Grady y Saul no aparecieron, lo que lo hizo incluso más agradable. Max se tomó media botella de vino con la esperanza de que la ayudara a conciliar el sueño. Degan se sirvió una copa y solo se bebió la mitad. Nunca bajaba la guardia. Y nunca tenía problemas para dormir. Sin embargo, no creía que ella tuviera ese problema tampoco aquella noche. Se sentía bastante relajada después de pasar un día tan estupendo. Cuando volvieron a su habitación, incluso descorrió por completo las cortinas e hizo un gesto soez, por si Saul estaba fuera, en alguna parte, con los binoculares. Sonriendo, se lo quitó todo menos la ropa interior y se acostó. Estaba casi dormida cuando Degan se metió en la cama.

Se espabiló de golpe. El colchón era demasiado blando. Se había hundido con el peso de Degan y ella había rodado hacia él. Maldijo entre dientes y se agarró a su lado de la cama.

—Si quieres algo, solo tienes que pedírmelo.

No podía haberle dicho eso, se dijo Max.

—Estoy bien —repuso.

—¿Estás segura?

—¡Sí!

Ya no podía dormir. Le estaba pasando otra vez: notaba aquella expectación estimulante. Había notado el calor del cuerpo de Degan solo un segundo antes de apartarse, pero seguía notando la calidez. La imaginación la traicionaba cuando lo tenía tan cerca. ¿Iba otra vez casi desnudo? No lo había mirado antes de que se acostara y no tenía intención de comprobarlo. Él había apagado las lámparas, pero la luz de las elegantes farolas se colaba en la habitación.

Una hora después seguía mirando al techo, tratando de no apretar los puños. Un paseo le vendría bien. Tenía que hacer algo, lo que fuera, pero lo despertaría si se levantaba. Así era él; se despertaba al menor ruido o movimiento. Por eso Max reprimía las ganas de revolverse y girarse, a pesar de que iba a gritar si no lo hacía pronto. ¿Dormía Degan? No lo sabía. Estaba muy tranquilo, muy quieto, como si esperara algo.

Por fin se volvió hacia él y le dio un codazo.

—¿Podrías hacerme el amor ya? ¡Esto me está volviendo...!

Se le echó encima tan rápido que no pudo terminar la frase. Si no se lo hubiese imaginado haciendo exactamente eso una docena de veces, la habría sorprendido.

—Esta vez no pares —le advirtió.

—Sí, señora.

Degan le estaba sonriendo. ¡Le estaba sonriendo! Lo recompensó con la más hermosa de sus sonrisas y un fuerte abrazo que le causó otro efecto: una maravillosa sensación de calidez que borró su frustración; o casi toda.

46

Max no quería levantarse de la cama. Sentía tanta paz, tanta... felicidad. ¿En serio? Llevaba tanto sin sentirse tan bien que no estaba segura. Suponía que hacer el amor la había librado de la frustración que la había estado acosando. Hacer el amor era bonito; bueno, con Degan más que bonito.

La noche anterior había sido la más especial de su vida, casi como una verdadera noche de bodas. No creía que volviera a sentir ni a ver algo tan maravilloso ni tan dichoso jamás. Y puesto que ella había cruzado el límite al empezar aquello, no iba a retroceder de nuevo al otro lado. Ella y Degan no estarían juntos mucho tiempo. ¿Por qué volver al infierno si podía disfrutar del paraíso con él el tiempo que les quedaba?

Tal vez él tuviera otra idea en mente, sin embargo. Tendría que esperar y ver si se disculpaba por lo de aquella noche. O a lo mejor era ella la que debía disculparse. No, no lo haría. Si Degan no se había dado cuenta de lo que había disfrutado con lo que habían hecho la noche anterior, se lo explicaría detalladamente. Pero por Dios que sería embarazoso.

Degan estaba en el baño, pero había dejado la puerta abierta. Por el ruido que hacía, se estaba afeitando. Max se vistió rápidamente y se acercó a la puerta, pero se ruborizó un poco antes de alcanzarla y una oleada de timidez la invadió al verlo. Iba a medio vestir. Llevaba los pantalones, las botas y el cinturón, pero no camisa.

—¿No vas a dejar que te afeite yo?

Degan la miró.

—Probablemente no —dijo, pero luego añadió—: No es que no me fíe de ti.

—Entonces ¿por qué no?

—Porque uno de los dos no pensará en el afeitado si te acercas tanto a mí.

Ahí lo tenía. Todavía la deseaba y no se disculpaba por lo de la noche anterior. Habría sonreído de no haber sido un tema tan peliagudo. La atracción que sentían el uno por el otro era fuerte, quizá demasiado, sobre todo cuando se descontrolaba. A Degan no debía de gustarle porque siempre quería tenerlo todo bajo control. Pero por la noche no se había quejado. Detrás de una puerta cerrada con llave podía bajar un poco la guardia.

Max indicó la cama.

—Así que eso no cambia nada, ¿verdad?

—Un poco.

—Quiero decir si todavía vamos a anular el matrimonio. ¿A pesar de que ahora vas a tener que mentir?

Degan siguió afeitándose.

—No te preocupes por eso. Mentiré por ti..., si eso es lo que quieres.

Lo estaba haciendo otra vez. Le seguía la corriente, cedía a sus deseos, haciendo que pareciera que solo era cosa de ella que siguieran casados. Supuso que así era. Le había ofrecido casarse con ella después de su primer desliz, y era lo bastante honorable como sacar el mayor provecho si ella quería seguir casada. Pero Max no podía hacerle eso. No habría sido justo si él no quería.

—Entonces no pondré objeciones a compartir la cama, por si te lo estabas preguntando...

Le dio la espalda en cuanto lo hubo dicho, roja como un tomate. Degan le impidió avanzar poniéndole una mano en el hombro. Le recorrió el brazo una agradable sensación y se le puso la piel de gallina. Por el amor de Dios...

—No tienes por qué sentir vergüenza conmigo, Maxie —le dijo con suavidad—. Nunca tendrás problemas por decir lo que pienses. Es algo que me gusta de ti.

¿Le gustaba? Pues entonces daba igual que hablara y que fuera demasiado audaz, como acababa de ser. Evidentemente, él no quería que se sintiera avergonzada por ello.

Estaba a punto de poner la mano sobre la de él cuando le tocó el pelo con delicadeza, acariciándoselo... hasta que se lo alborotó.

—Tenemos tiempo para llevarte al barbero.

Definitivamente, Degan sabía perfectamente cómo hacerla sentir cómoda cuando quería. Se volvió hacia él sonriente.

—Suelen pelarte si no tienes cuidado con ellos. Puedo esperar hasta que llegue a casa. La abuela me corta el pelo perfectamente. —Retrocedió unos pasos antes de añadir con una sonrisa de oreja a oreja—: A lo mejor quieres dejar que use las tijeras contigo. Te prometo que no te cortaré nada que no quieras.

Degan soltó una carcajada.

Max se lo quedó mirando boquiabierta.

—No pongas esa cara —le dijo él.

Ella notó que seguía de broma.

—No es la primera vez que me oyes reír.

—Dos veces no son muchas.

—Me río un montón, solo que no lo has visto.

Se metió de nuevo en el baño para lavarse la cara.

Max se dio la vuelta, sonriendo. Definitivamente su marido estaba bajando la guardia... con ella.

Max creía que su vuelta a Tejas sería más emotiva, más conmovedora. Al fin y al cabo, era su hogar, lo que ella conocía, aquello a lo que había deseado volver. Estaba segura de que la emoción la embargaría cuando volviera a ver a su familia, pero había estado lejos de Tejas el tiempo suficiente para no considerarlo el único lugar donde podría vivir. Echaba de menos a la familia, no Tejas. A pesar de la emoción de reunirse con la familia, a medida que se acercaban a Bingham Hills se iba desanimando.

Sus problemas se resolverían pronto si Degan tenía éxito, pero no estaba segura de querer volver a vivir allí. Tenía muchos buenos recuerdos de aquel pueblo, un montón de gente de allí le gustaba, pero también tenía malos recuerdos. ¿Sería capaz de quedarse cuando Degan se fuera? ¿Volvería a enfrentarse al mismo dilema, al empeño de Carl por obtener lo que quería de ella? Eso en realidad no la preocupaba tanto como tener que separarse de Degan al cabo de poco. Esa era la verdadera razón de su desasosiego. La razón por la que se le había hecho un nudo en la garganta.

Tenía que ignorarlo y fingir estar bien. Degan la observaba atentamente. Sabría que algo iba mal si no se comportaba como siempre. Así que siguió bromeando y tratando de hacerlo reír con su habitual falta de éxito. ¡Pero qué difícil era con lo poco alegre que estaba!

De día hacía un calor sofocante, pero tenían que encender el brasero de la diligencia por la noche. Cuando Degan le había dicho que considerara resuelto el problema de estar atrapada en una diligencia con Grady y Saul, no se le había ocurrido que compraría todos los pasajes para que pudieran viajar solos. Se había estado riendo un buen rato. Conociendo a Grady, sin embargo, seguramente estaría a solo media jornada de distancia de ellos, quizá más cerca, porque Degan había convencido al conductor de que alargara las últimas dos paradas para que sus monturas pudieran descansar.

No era un viaje tan largo entre Fort Worth y Bingham Hills. Duraba menos de dos días. Dejaron la diligencia a unos kilómetros de Bingham Hills para rodear el pueblo a caballo y llegar a la granja sin pasar por él. Max quería reunirse tranquilamente con su familia antes de que Carl se enterara de su regreso.

Entonces vio la casa en la que había crecido. Nunca se había dado cuenta de lo destartalada que parecía desde cierta distancia, que era desde donde estaba viéndola Degan. No lo estaba, sin embargo. Solo necesitaba la mano de pintura que ella no había podido darle.

Era casi toda de madera. Lo único de piedra era la fachada. Se la habían añadido después de que Carl estableciera su derecho de excavación cerca del pueblo. Era de buen tamaño, de una sola planta, y miraba hacia el bosque y el resto de la propiedad en la que su abuelo no había cultivado jamás. A un lado estaba el huerto de verduras y plantas aromáticas de la abuela, y al otro, un pequeño establo donde guardaban sus tres caballos y el carro que la abuela usaba para ir a vender huevos al pueblo. Max siempre había preferido ir andando a hacer las entregas, incluso antes de que el pueblo hubiera crecido en dirección a la granja.

Los gallineros estaban detrás de la casa, junto a la carretera que llevaba al pueblo. Ahora veía por qué a Carl le molestaba tanto la visión de los gallineros que quería hacer algo al respecto. A lo mejor Degan tenía razón y el interés de Carl por ella se debía a su deseo de quedarse con la granja de su familia y poder librarse de ella. Eso significaba que alguien iba a terminar siendo desgraciado. No veía ninguna solución para el problema que pudiera satisfacer a todos.

Entonces vio a su abuela en el patio, yendo hacia la parte trasera de la casa con la cesta de huevos. Era una imagen que había visto centenares de veces, tan familiar para Max, tan reconfortante. No vio a ningún ayudante del *sheriff* cerca. Carl

324

creía haber ganado al conseguir aquella sentencia de custodia y ya no los necesitaba.

—¿Estás llorando? —le preguntó Degan, que estaba de pie junto a ella.

—No. —Rio. Lágrimas de felicidad le surcaban las mejillas—. Te echo una carrera hasta casa.

47

—¡Abuela! ¡Abuela, estoy en casa! —gritó Max, corriendo hacia su abuela.

Dawson se sorprendió tanto al verla que se le cayó la cesta de huevos. Corrió hacia Max con lágrimas en las mejillas.

—¡Por fin! No estaba segura de que llegara este día.

—Yo tampoco. ¡Te he echado tanto de menos! —Max lloraba, fuertemente abrazada a su abuela. ¡Dios! ¡Cómo había echado de menos el olor de aquella mujer, su delicadeza, su amor incondicional!

—Gracias al Señor que estás en casa. ¡Qué preocupada me tenías!

Max no paraba de llorar, ni Ella tampoco, aunque también reían. La abuela la hizo entrar en la cocina por la puerta trasera y enseguida se acercó a los fogones para servir café mientras la nieta se sentaba a la mesa. Echó un vistazo a la habitación. También había echado de menos aquella casa. Contenía todo lo que sus abuelos habían ido acumulando a lo largo de la vida. Todas las paredes estaban llenas de cuadros de Ella. Solía pintar mucho antes de la muerte del abuelo. Luego le faltaba tiempo para eso.

Ella tenía sesenta y pocos años. Se había casado joven y había tenido hijos pronto. Solo Maxwell había sobrevivido lo bastante para darle nietos. La mirada de sus ojos azules seguía siendo penetrante y apenas empezaba a tener canas, difíciles de ver porque tenía el pelo rubio ceniza como Max. Sin embargo, estaba más delgada de lo que Max recordaba y tenía más arrugas que cuando se había ido. Aquellos dos años le habían pasado factura a la familia Dawson.

Ella se sentó a la mesa y le sirvió un pedazo de tarta de melocotón para acompañar el café. Max sonrió. Ella estaba completamente convencida de que la comida no era solo buena para el cuerpo, sino también para el alma. Siempre tenía algún pastel o pasta a punto para servir. El abuelo no había querido cultivar nada en Tejas, pero había plantado un montón de árboles frutales para su mujer.

—¿Cuánto tiempo vas a quedarte? —le preguntó.

—No me iré.

—¿No te ha traído el *sheriff* Pike?

Max sonrió de oreja a oreja.

—Lo ha intentado, pero tengo un buen amigo que me ha ayudado a librarme de lo que planeaba el alcalde —dijo, y luego le susurró—: Degan Grant se ha casado conmigo para que esté fuera del alcance de Carl, pero es un arreglo temporal, hasta que sepamos qué quiere en realidad.

Ella abrió unos ojos como platos, que luego se le llenaron de lágrimas.

—¿Te has casado sin que yo haya podido presenciar la boda?

Se habían cogido las manos. Max se las apretó fuerte.

—No fue una boda de verdad... Bueno, lo fue, pero la celebramos sabiendo que no sería para siempre. Aunque, si Carl no se rinde, tendremos que esperar hasta que yo cumpla veintiún años para anularla.

Ella suspiró.

—Sé lo que quiere el alcalde, pero cuando te fuiste no lo sabía. Hacía mucho tiempo que quería comprar la granja, pero no se me ocurrió que intentaría conseguirla de otro modo, a través de ti. Lo comprendí cuando el tribunal me citó para responder a ese absurdo cargo por incompetencia. Ni siquiera pude decir una sola palabra en mi defensa. Tuve que sentarme allí y escuchar en silencio lo terrible madre y abuela que era.

—¡No lo has sido! —se sulfuró Max.

—Ahora no importa. Has encontrado un modo de malograr sus planes. En el pueblo se rumorea que Carl repartió carteles tuyos fuera de Tejas para que te trajeran de vuelta. Nadie ha tenido agallas para echárselo en cara. —Ella cabeceó—. Les he perdido el respeto a muchos de Bingham Hills. Yo le eché en cara lo de los carteles, pero me dijo que estaba loca e interpuso cargos contra mí.

—Es cierto, abuela. Carl me convirtió en forajida y ofreció una recompensa de mil dólares por mí.

—Desprecio a ese hombre, pero estoy muy orgullosa de ti, Max, por haber sobrevivido sola y encontrado el modo de vencerlo.

—Lo de casarme no fue idea mía sino de Degan, pero sí, a Carl no va a gustarle que alguien haya sido más listo que él y utilizado una sola cláusula del documento que obtuvo con artimañas. Pero ¿por qué se quedará la granja por el hecho de ser mi tutor?

—Le he dado la potestad de casarte con quien quiera, incluso con él o con su hijo, si alguna vez vuelve, y tú no tienes ni voz ni voto.

—Espera un momento. ¿Qué le ha pasado a Evan?

—Se marchó del pueblo poco después que tú, nadie sabe adónde. Creo que se preocupaba realmente por ti, Max, y que detestaba lo que su padre te estaba haciendo. De cualquier modo, una vez casada con un Bingham, Carl sería el hombre de más edad de la familia, lo que le daría derecho legalmente a tomar decisiones en nombre de todos nosotros. Nadie habría pestañeado siquiera si una de esas decisiones hubiera sido derribar esta casa.

—Esto no va a pasar, abuela. Ahora el hombre de más edad de la familia es Degan.

—¿Dónde está ese marido tuyo temporal?

Max sabía que Degan le estaba dando un rato para que estuviera a solas con su abuela y le explicara por qué había llegado con ella.

—Se ha quedado vigilando los caballos. Enseguida lo conocerás. Es pistolero, abuela —le advirtió—, pero no debes tenerle miedo.

—¿Es capaz de plantarle cara al alcalde?

Max se rio.

—Resolver este tipo de problemas es su trabajo, abuela. Pero ¿por qué nunca me dijiste que Carl quería comprarte la granja? ¿Cuándo fue eso?

—Johnny y tú erais todavía unos críos. Fue justo después de la muerte de tu abuelo. Carl me ofreció un precio razonable por la granja, luego un buen precio y después un precio exorbitado.

—¿Nunca te planteaste vendérsela?

—Adoro esta casa, pero más...

No terminó la frase. Degan apareció en la puerta, llenando el umbral con su metro noventa de estatura. Se llevó la mano al sombrero para saludar a Ella antes de quitárselo y, luego, para asombro de Max, le sonrió a su abuela. Max se lo presentó rápidamente, aunque Ella tardó un poco en recuperar la voz. Incluso sonriendo, se notaba a primera vista que era un hombre peligroso.

—Siéntese —le ordenó por fin la mujer—. Sea cual sea la razón por la que ayuda a Max, se lo agradezco.

Max sonreía feliz.

—Me parece que lo primero que está deseando es bañarse, abuela.

—Me has leído el pensamiento —convino Degan.

—Es la segunda puerta a la derecha. Hemos bombeado

agua para la bañera, pero está fría —le explicó Max—. Voy a calentártela.

Se levantó para hacerlo.

—Puede dejar sus cosas en la habitación de mi nieto, señor Grant —le dijo Ella.

Max se volvió hacia ellos.

—No va a compartir habitación con Johnny.

—Está bien, cariño. Johnny no duerme aquí.

—La compartirá conmigo. Tenemos que guardar las apariencias, abuela.

Degan salió de la cocina.

—Cuando lo decidáis me lo decís —les dijo.

Max lo observó marcharse. Evidentemente, no quería participar en la explicación. Max abrazó a su abuela.

—No pasa nada. Ya hemos tenido nuestra noche de bodas —le susurró.

—¡Maxine Dawson!

Max hizo una mueca y decidió que la mejor manera de acabar aquella conversación tan embarazosa sería mintiendo.

—Fue necesario. Grady nos espiaba. Si Carl se entera de que el matrimonio no es auténtico, me veré bajo su yugo y habrá ganado. Lo habrá ganado todo. —Luego admitió, susurrando todavía más—: Además, me... Me gusta compartir la cama con mi marido.

—Entonces ¿vas a seguir con él?

—No, pero...

—Vas a seguir con él —sentenció Ella, categórica.

Max puso los ojos en blanco. Nunca se le había dado bien plantarle cara a Ella. Ya le explicaría después, cuando Degan se hubiera ido, por qué seguir con él no había sido posible.

—¿Dónde está Johnny? —le preguntó.

—En casa del alcalde, creo. Le gusta estar allí. Carl lo tiene engatusado con ropa elegante y criados a su disposición, y está hablando de mandarlo a un colegio del Este en otoño.

—¿Está allí voluntariamente, después de haberle disparado a ese hombre por mí? ¿No está obligado a quedarse por culpa de esa estúpida sentencia de tutela?

—Para él es un cambio, Max, y no se lo reprocho. Estaba muy solo y se aburría desde que te fuiste. No hablaba de otra cosa que de hacerse a la mar, como su padre.

Max frunció el ceño.

—No iba a dejarte aquí sola, ¿verdad?

—No. Iba a esperar hasta que esta pesadilla se terminara y volvieras a casa, de un modo o de otro. El alcalde le aseguró que estarías aquí antes de que él se marchara al colegio. Y viene todos los días a ayudarme con las gallinas, así que lo verás mañana si no antes.

—Pero ahora puede volver a casa. Al entrar Degan a formar parte de nuestra familia, la condenada sentencia de tutela ha dejado de tener validez, tanto para Johnny como para mí.

—No estoy segura de que Johnny quiera volver a casa. De hecho, si cree que has vuelto para quedarte, seguramente se marche al puerto más cercano.

A diferencia de su padre y de su hermano, Max no tenía ningún deseo de visitar otros países. Ya había visto del suyo más de lo que quería ver. Pero Johnny le había contado su sueño de ver mundo. Así que no le sorprendió demasiado la suposición de Ella.

—Decida lo que decida, es lo bastante mayor para vivir por su cuenta, así que no te preocupes por él, abuela.

—Siempre me preocupo, por los dos —refunfuñó la abuela—. Es la costumbre. —Se acercó al fregadero—. Y ni siquiera te has puesto a calentar agua para tu hombre.

¿Su hombre? ¿Cómo iba a convencer a Ella de que Degan no estaba cuando Max deseaba que estuviera?

48

—La abuela te está preparando una cena especial. Ha salido a coger dos gallinas. Sospecho que te considera buen comedor.

Degan se volvió cuando Max se le acercó. Estaban en un extremo del porche, desde donde se apreciaba una estupenda panorámica del pueblo. Max se había puesto uno de los vestidos que había dejado en casa, uno de cuadros azules y verdes que realzaba el color de sus ojos. Estaba guapa incluso con aquel viejo vestido, incluso con el pelo lleno de trasquilones, pero quería verla vestida de seda, solo una vez, antes de...

Dejó de pensar en aquello. Normalmente esperaba con interés seguir su camino, pero aquella vez no.

—Tu abuela me recuerda a Adelaide Miller.

—¿La estás llamando cascarrabias?

—No, solo mandona.

Max sonrió y se agarró a la barandilla del porche, junto a él.

—Puede que un poco. Pero se ganará tu corazón.

¿Igual que Max se lo había ganado? Definitivamente, le había llegado al alma. También había superado sus defensas, lo que no era precisamente buena cosa. No podía mantenerse frío; no con ella.

Volvió a mirar hacia el pueblo y la casa de la colina del

fondo. Como una mansión señorial, dominaba todas las posesiones de su señor. ¿Era un líder con debilidades o un tirano que gobernaba con mano de hierro? Degan no tardaría en saberlo. Alzó la barbilla hacia la casa.

—Supongo que es la residencia del alcalde.

—La llama «mansión».

—Yo no diría tanto.

—Él sí, porque tiene más de cinco baños. La abuela dice que la ha ido ampliando con los años, cubriendo toda la colina. —Luego le advirtió—: Debes tener ojos en la espalda mientras estés allí, Degan. Dios sabe lo que hará Carl cuando se entere de que has desbaratado sus planes.

—¿Te parezco preocupado?

Se lo quedó mirando.

—¿Pareces preocupado alguna vez?

No le respondió. En lugar de eso le revolvió el pelo.

—Todavía no te lo ha arreglado.

—Dale tiempo, todo llegará. Y se ha dado cuenta. Mañana vendrá detrás de mí con las tijeras.

Los dos vieron a Grady Pike acercándose a caballo desde el pueblo. Max se pegó un poco más a Degan. Él le abrazó los hombros. No le gustaba que Pike pusiera tan nerviosa a Max ni el modo en que la había tratado, todo ello en nombre de la justicia inventada de Bingham. Era un milagro que no le hubiera disparado. Desde luego había tenido ganas de hacerlo y seguía teniéndolas.

Grady detuvo el caballo a sus pies, junto al extremo del porche.

—Al alcalde le gustaría hablar con usted, señor Grant. Lo invita a cenar a su casa.

—¿Le gusta hacer de chico de los recados, Pike?

—Es un asunto oficial —insistió Grady.

—No, no lo es. Y esta noche cenaré con la familia de mi esposa. Luego le haré una visita. Dígale que estoy impaciente.

Grady lo miró duramente antes de volver grupas y regresar al pueblo.

—Iré contigo —dijo Max con decisión.

—No, no irás. No tienes el temperamento adecuado para esta reunión. —Aligeró el tono para añadir—: Pero si acabo en la cárcel, puedes rescatarme.

—¡No se atreverá! —protestó ella. Después de mirarlo, añadió—: Lo dices en broma...

—En realidad no descarto ninguna posibilidad. Todo lo que sé acerca de Carl Bingham es lo que tú me has contado, y eres una exagerada. Mira, tienes otra visita.

Max siguió su mirada.

—¡¡Johnny!! —gritó, y bajó corriendo los escalones del porche para reunirse con su hermano.

Degan se apoyó en la barandilla, observándolos. El chico cogió a Max en volandas y dio con ella una vuelta completa antes de abrazarla fuerte. No cabía duda de que eran hermanos. Los dos tenían el mismo pelo rubio ceniza y la misma complexión, que la hacía a ella hermosa y a él bastante guapo. Aunque el chico tenía que ser varios años menor, era unos quince centímetros más alto que ella.

Max se lo comentó.

—¡Mírate! Menudo estirón, hermanito.

—Has estado fuera mucho tiempo.

Su tono de censura le valió un codazo de Max.

—¡No por voluntad propia!

—Lo sé —dijo Johnny, avergonzado—. Esto sin ti ha sido horrible. Esperaba que volvieras el año pasado, cuando el alcalde pasó a ser nuestro tutor.

—Yo no lo sabía y creo que, de haberlo sabido, habría salido corriendo en dirección contraria en lugar de volver. Puede que retirara los cargos contra mí, pero ¿cómo iba a saberlo si no se molestó en retirar los carteles de busca y captura?

Se acercaban al porche y Johnny vio que Degan lo estaba mirando.

—Dios mío, ¿es verdad? ¿Has traído a casa a tu marido?

—¿Quién te lo ha dicho?

—Carl seguro que no —se quejó Johnny—. He oído cuchichear a los criados cuando se ha marchado el *sheriff*.

—La abuela dice que quieres marcharte a un colegio en otoño. ¿Ha sido idea tuya?

—Sí. No es que quiera ir más a la escuela, pero supuse que demostraría el fraude que es Carl cuando se negara a mandarme. No lo hizo, sin embargo, y lo prefiero a quedarme en Bingham Hills. Cualquier lugar será mejor que esto.

—Entonces ¿no te gusta vivir en casa de Carl?

—¿Bromeas?

Max puso los ojos en blanco.

—Tienes a la abuela completamente engañada. Ella cree que te gusta estar allí.

—Finjo muy bien, para que no se preocupe por mí.

—Vamos a aclarar las cosas, Johnny, te lo prometo. No creo que Carl pueda seguir reclamando tu tutela ahora que tenemos un nuevo cabeza de familia. Ven a conocerlo. —Luego le susurró algo que Degan oyó a pesar de todo—: No le tengas miedo. Está de nuestra parte.

49

Degan fue a caballo hasta la cima de la colina. Era bastante empinada, un paseo cansado para alguien de la edad de Bingham, por lo que probablemente habían dejado un carro con dos caballos en la puerta. El hombre había querido vivir a la altura suficiente para vigilar con facilidad el pueblo que había fundado, pero no había tenido en cuenta los inconvenientes. Su casa de dos plantas era de piedra y tenía un amplio porche que cubría de parte a parte la fachada delantera.

Acompañaron a Degan hasta un gran salón. Podría haber sido un salón de Chicago, aunque falto de gusto y un poco ostentoso, pero era evidente que todos los muebles había sido traídos del Este. Seguramente no se le daba mucho uso y lo habían decorado para enseñar e impresionar a los del pueblo.

No dejaron solo a Degan mucho tiempo. Apareció otro criado que lo acompañó al estudio del alcalde. Bingham ya estaba allí.

No era tan viejo como Max le había dado a entender, posiblemente le faltaba poco para cumplir setenta años, pero seguía siendo robusto y tenía pocas arrugas en la cara. Conservaba todo el pelo, completamente blanco, llevaba patillas y en sus ojos de un verde claro no había malicia. A Degan le costó creer que aquel hombre hubiera atemorizado siquiera a Max.

Parecía completamente inofensivo, aunque Degan presintió que era una ilusión, su imagen pública, no su verdadera naturaleza. No era de extrañar que hubiera engañado tanto tiempo a aquel pueblo.

—Creo que podemos saltarnos las presentaciones —dijo, indicando con un gesto displicente la cómoda silla situada frente al escritorio—. Puede que sea usted famoso en todo el Oeste, señor Grant, pero aquí no habíamos oído hablar de usted hasta ahora.

—¿Importa eso?

—Supongo que no. ¿Un whisky?

—No.

En el escritorio había una botella y dos vasos. Carl se llenó uno. Mientras el alcalde tuviera las manos sobre el escritorio, Degan mantendría enfundada el arma. Las amenazas serían inútiles. No durarían cuando se marchara de Bingham Hills. Sin embargo, necesitaba decir una cosa.

—Si hubiera violado a Max, esta reunión sería por una razón muy distinta. Lo sabe, ¿verdad?

Carl se perturbó brevemente.

—No me mataría —le respondió confiado.

—Sí que lo haría.

Perdida la confianza, el tipo demostró su verdadero carácter.

—¡Me disparó! —se quejó, acalorado.

—En legítima defensa. Usted estaba equivocado, alcalde, no ella. Pero estoy aquí porque quiero una explicación. Quiero saber por qué ha tenido que estar lejos de casa cerca de dos años por culpa de usted.

Carl suspiró y se sentó, con el vaso en la mano pero sin beber.

—Estoy acostumbrado a obtener lo que deseo. Por eso fundé este pueblo hace tanto tiempo y lo he convertido en lo que es hoy. Y algún día, mientras viva aún, eso sí, rivalizará con Fort Worth. Controlo lo que pasa aquí. Creí que Max estaría encantada de casarse con mi hijo cuando fuera lo bastante mayor. Habría tenido criados pendientes de ella y todos los vestidos elegantes que hubiera querido, cualquier cosa que su corazoncito hubiera deseado. Ni una sola vez se me ocurrió que despreciaría todo esto. —Hizo un gesto abarcando cuanto lo rodeaba—. ¿Sabe? Podría haber hecho cosas peores para librarme de ese engendro de granja suya, pero no las hice. No soy tan bruto como ella cree que soy. Puede que me dejara llevar un poco al intentar comprometerla y llevarla al altar, pero estaba desesperado.

—¿A qué se debía tanta desesperación?

—La muchacha se había convertido en una belleza. La mitad de los hombres del pueblo estaban enamorados de ella. Algún otro se la habría quedado pronto.

—Se equivoca, ¿sabe? Oblíguela a hacer algo que no quiere hacer y va a luchar con uñas y dientes. Es un hecho que yo mismo he comprobado.

—Bueno, la tozudez abunda en esa familia. Le ofrecí a la viuda Dawson una fortuna por esa granja suya. Incluso le ofrecí desmontarla pieza por pieza y volver a construírsela donde quisiera ella. Esa mujer no es razonable. Ni siquiera quiso hablar de tema. Sin embargo mi oferta sigue en pie.

—Mientras Max no estaba, podría usted haber allanado algunas colinas del sur o convertido el bosque en un parque para construir a su alrededor. ¿No se le ocurrió nada de esto, alcalde?

—Claro que sí, pero esa granja seguiría siendo un engendro como ahora. Se interpone en el camino del progreso. Esto afecta a todo el pueblo, no solo a mí. Amo este pueblo y pocas son las cosas que no haría por él.

—Incluido obligar a Max a casarse con su hijo.

—Habría acabado siendo feliz. Todas las mujeres se enamoran de la riqueza.

Degan negó con la cabeza al oír aquello.

—Entonces ¿la hubiera obligado a conseguir que su abuela le vendiera la granja?

—No habría tenido que hacerlo. Si Max forma parte de mi familia, yo soy el cabeza de esa familia.

—Una posición que ahora me corresponde a mí.

Carl soltó una risita.

—Reconózcalo, señor Grant. Este pueblo es demasiado tranquilo para un hombre de su talento y ambos sabemos que no va a explotar una granja de gallinas.

Degan se rio.

—No lo haré, no.

—No solo quiero la tierra de los Dawson, también quiero a Max. A lo mejor no lo había dejado claro, señor Grant. Necesito a alguien con su coraje y su espíritu en mi familia. Maldita sea. La chica ha sobrevivido casi dos años en plena naturaleza por sus propios medios. Max puede tener la clase de hijos dignos de llevar mi apellido.

Degan hizo un esfuerzo para no sacar el arma.

—Tiene un hijo, si no me equivoco. ¿Qué le ha pasado?

—El maldito loco se fue. Dijo que no quería quedarse atascado aquí, que le pedía demasiado. —Carl gesticuló, frustrado—. Estoy dispuesto a pagarle cualquier cantidad que me pida si firma esos documentos de divorcio que he preparado...

Degan se levantó.

—Max no está en venta. Si alguna vez vuelve a sugerir siquiera que lo está, o si alguna vez vuelve a acercársele, no solo verá lo rápido que desenfundo sino que sentirá la bala.

Rojo de rabia, Carl también se levantó.

—Entonces ¿qué intenciones tiene usted?

—Voy a proponerle algo. —Degan le entregó a Carl una hoja de papel en la que había escrito el precio que creía que Ella pediría por su granja.

Carl lo leyó.

—¿Se ha vuelto loco?

—El total incluye una compensación por los dos años de vida que le ha robado a Max y el peligro que le ha hecho correr por culpa de esos carteles de busca y captura falsos que divulgó.

—Si me avengo a esto, ¿se marchará de mi pueblo y no volverá jamás? —le preguntó Carl, todavía furibundo.

—Tengo intención de llevarme a Max del pueblo una temporada. El resto de mis intenciones no le conciernen a usted.

—Espero que se lleve a sus mujeres, a todas ellas.

—Solo son dos.

—Creía que me incluía a mí en el recuento —dijo Allison Montgomery malhumorada, a su espalda—. Me parece que ya no soy bienvenida aquí.

Degan cerró los ojos. Otra vez no...

50

—¿No estás cansada, chiquilla, después de haber viajado todo el día para llegar aquí?

Max no se volvió cuando su abuela se le puso al lado en el extremo del porche. No podía apartar los ojos del camino del pueblo por el que Degan volvería. Ya había oscurecido. Ya llevaba más tiempo fuera de lo que ella había calculado.

—Estoy cansada, sí, pero no podré dormir hasta que sepamos lo que pasa con el alcalde. Degan se fue a su casa sin propuesta alguna que llevar a la mesa. Puede amenazarlo. Las amenazas funcionarán mientras siga aquí. Pero cuando se marche, Carl volverá a las andadas.

—A menos que obtenga lo que quiere.

Max miró bruscamente a su abuela.

—Eso no es una opción. Carl no va a ganar, no después de todo lo que nos ha... lo que me ha hecho pasar.

Ella le abrazó la cintura.

—¿Te irás cuando tu marido se marche?

—No he pensado lo que haré con tanta antelación. Por culpa de Carl mi matrimonio lleva incorporada una cuenta atrás, pero durará al menos otro año.

—Por culpa de Carl has conocido a tu marido.

Max se sobresaltó al oír aquello. Supuso que era cierto. Luego suspiró.

—No estoy segura de que pueda considerarlo un favor, abuela.

—Bobadas —se burló Ella—. Ya has admitido que deseas mucho a Degan, y eso es algo especial, ¿sabes? Eso demuestra claramente que un hombre te gusta. Eso te dice que tu amor crece.

—¿En serio?

—Bueno, no siempre, pero la mayoría de las veces. Puedes desear a un hombre que no te gusta, pero eso solo abre una caja de gusanos, así que mejor que no pase. Pero a ti te gusta este tipo.

—Sí. Tengo ganas de reír siempre que lo tengo cerca. Y me subo por las paredes de lo mucho que lo deseo. Y temo por él, me asusto muchísimo, cuando se enfrenta a un peligro, como su familia, como...

—Lo amas.

Max volvió a notar un nudo en la garganta.

—Espero que no, abuela, porque no es una sensación demasiado agradable.

Ella rio entre dientes.

—Si no te corresponden, sí, es espantoso, pero si te corresponden, es lo más maravilloso del mundo. Así que asegúrate, cariño, antes de dejar que se vaya.

—No creo que tenga mucho que decidir al respecto. No imagino a un hombre como Degan afincándose en un lugar, y no va a querer que lo acompañe y sea su compinche indefinidamente. Para él soy un trabajo, y cuando acaba un trabajo, se marcha.

—¿Qué siente él por ti?

Max puso los ojos en blanco.

—Tiene gracia que me lo preguntes. Degan es cerrado. Parece que tuviera cerradura. Nadie es capaz de comprender lo que piensa, ni siquiera yo soy capaz.

Ella la besó en la mejilla.

—Voy a preparar una cafetera. Si tu hombre no vuelve pronto, nos hará falta.

—Creo que voy a salir a ver por qué tarda tanto Degan.

—Pues ve con Johnny. No quiero que te acerques sola a Carl Bingham.

Max asintió y entró en su habitación para abrocharse el cinturón encima del vestido. También cogió el rifle, por si acaso. Johnny la esperaba en la puerta principal. Soltó una carcajada cuando ella le tendió el rifle.

—Como en los viejos tiempos, Max —bromeó el muchacho.

—Esperemos que no. Solo quiero asegurarme de que Carl no haya encarcelado a Degan.

—¿Cómo demonios sabías que vendría aquí?

Degan había tardado un momento en reaccionar al desconcierto de ver a Allison en Bingham Hills, aparentemente como huésped del alcalde. Carl no se había molestado en corregir lo que acababa de decir, que ya no era bienvenida, sino que se había limitado a aclararse la garganta y se había marchado precipitadamente de la habitación, dejándolos solos.

—Los detectives privados que contraté son buenos —dijo Allison, acercándose a él—. Aunque uno peca de un poco de exceso de celo desde que se cree enamorado de mí.

Degan la miró sin decir nada, lo que por lo visto la decepcionó bastante.

—Si quieres saberlo, pensó tontamente que si te disparaba en Helena podría llevarte a casa, a Chicago, como yo quería. Me puse furiosa con él, por supuesto. ¡Podría haberme herido a mí ese día!

—¿No fue idea tuya?

—No seas absurdo. Yo te sigo amando, querido. Nunca te haría daño.

—Es una pena que no siempre hayas sido de esa opinión. —Degan ignoró el rubor de sus mejillas—. Vamos directos a la parte sobre cómo te las has arreglado para llegar a este pueblo antes que yo.

—Bueno, mientras uno de mis escoltas se quedaba conmigo para protegerme, Miles, para reparar el fiasco de Helena, prometió seguirte... desde una distancia segura, por supuesto. Te siguió hasta Dakota, donde te perdió, pero volvió a encontrar tu rastro cuando regresaste a Butte. Yo había vuelto a Chicago cuando recibí el telegrama de Miles en el que afirmaba que estabas trasladando un forajido a Bingham Hills. Pude tomar el tren a Fort Worth y llegué unos cuantos días antes que tú. Aunque ojalá hubieras llegado tú primero. La espera aquí, aunque haya sido de solo dos días, ha resultado deplorable.

—¿Y cómo has conseguido que el alcalde te invitara a estar en su casa?

—No lo intenté siquiera. Estaba ansioso por que alguien de mi clase visitara su pueblecito. Aquí solo hay un hotel, ¿sabes?, si se le puede llamar así. Así que no me negué a aceptar su hospitalidad durante mi corta estancia cuando me la ofreció.

—¿Realmente ya no eres bienvenida?

Allison se encogió de hombros.

—Tal vez me he quejado un poco.

Degan arqueó una ceja.

—Está bien —añadió ella—, mucho; pero no imaginas lo aburrido que es este pueblo, y ese viejo pomposo estaba decidido a impresionarme, como si algo de lo que hay aquí pudiera hacerlo.

—Así que el alcalde conocía mi llegada con antelación.

—La vuestra, no solo la tuya. —Soltó una carcajada, dándose cuenta de lo raro que parecía—. Quedé sorprendida de lo fácil que es seguirte. La gente no solo se da cuenta de cuándo llegas a un pueblo, Miles me contó que también se dan cuenta de cuándo te marchas y en qué dirección. Les encanta dar esa información. Por lo visto, eres bastante famoso en todas partes menos aquí, en Tejas. Le di al alcalde Bingham tu nombre cuando le dije que había venido para encontrarme con un amigo, pero no te conocía y no me sentí inclinada a darle explicaciones. Yo solo sabía que esperaba tu prisionera hasta que hoy le he oído hablar con el *sheriff*.

—No es mi prisionera, es mi mujer.

Allison se quedó boquiabierta.

—¿Te has casado con ella? ¿Cómo has podido casarte con una mujer así? ¡No me lo creí cuando Miles me dijo que corría el rumor de que te habías casado en Butte!

—Vete a casa, Allison, y empieza una nueva vida —le dijo Degan marchándose.

Salió de la casa, pero Allison lo siguió.

—Degan, por favor, ya no puedo seguir viviendo sin ti. Tu lugar está en Chicago..., conmigo.

Degan siguió caminando.

—No, no lo está.

—Pero hacíamos muy buena pareja. Sabes que sí. Podemos volver a serlo. —Se le plantó delante para que tuviera que pararse—. ¡Tienes que volver a casa!

—No creerás que sigo enamorado de ti. ¿Cuál es el verdadero motivo para todo esto, Alli? ¿Por qué me has estado siguiendo?

Su rostro denotaba varias emociones: frustración, arrepentimiento, incluso furia. Sin embargo, suspiró.

—Nuestras familias han estado siempre unidas y el escándalo nos ha afectado a todos.

—Que no nos casáramos no puede seguir siendo motivo de habladurías a estas alturas.

—No se trata de eso. Es tu padre. Traté de decírtelo pero no quisiste escucharme. Se ha convertido en el hazmerreír de todos. Lleva años sin salir de casa sobrio, pero cree que puede seguir igual que antes. Le ha costado sus negocios, los clientes, incluso la propiedad, porque no ha hecho frente a los pagos. Estaba demasiado borracho para recordar que tenía que cubrirlos.

—Tiene a Flint.

—Flint intentó ocuparse del negocio por él. Debo reconocérselo. Se esforzó y trató de sustituirte, pero no tiene cabeza para los negocios, como bien sabes. No hizo más que empeorar las cosas, y también se ha vuelto un patético borracho. De tal palo tal astilla. Y todo porque tú diste la espalda a la familia.

—¿Cómo puedes culparme por eso si fuiste tú la razón por la que me marché?

—Ahí está la cuestión, no deberías haberte ido. Eso destrozó a tu padre. Tú eras su orgullo y su alegría. Eras su legado. Cuando te fuiste, dejó de ocuparse de lo importante y su imperio se está viniendo abajo. Solo tú puedes arreglar la situación, Degan. ¿Entiendes ahora por qué tienes que volver a casa?

Degan creía que exageraba. Siempre había sido melodramática.

—Como ya te dije, corté los lazos con mi familia para siempre, incluidos mis lazos contigo. Ya basta de patéticos intentos por reavivar un amor muerto, Alli. Elegiste cuando...

Allison estalló.

—¡He tratado de razonar contigo! ¡He tratado de persuadirte con amabilidad, pero evidentemente el único lenguaje que entiendes es el de las armas!

Sacó una derringer del bolsillo del vestido y lo encañonó. Parecía lo bastante furiosa como para usarla.

—¿Qué pretendes hacer con eso?

Sonaron dos disparos. Cristales rotos. Allison gritó y soltó la pistola al mismo tiempo que Degan desenfundaba. Ella miraba consternada hacia un lado de la casa. Todavía mirando hacia el pie de la colina, Degan vio a Max que subía corriendo sosteniendo el revólver humeante. Su hermano la seguía de cerca. Degan se volvió para ver a quién había disparado Max, temiendo que hubiera sido a Carl Bingham. Sin embargo, el hombre que rodaba de dolor por el suelo agarrándose la mano ensangrentada era joven. Se le había caído un Colt, seguramente el origen del segundo disparo.

—¡Iba a dispararte por la espalda! —gritó Max, acercándose a Degan—. ¿Y qué demonios hace esta aquí? ¿Intenta matarte?

—¡Dios mío, no! —juró Allison, horrorizada.

En aquel momento Carl Bingham salió al porche, atraído por los disparos.

—¿Qué pasa? —preguntó—. ¿Quién ha disparado contra la ventana?

Cuando vio a Max junto a Degan, su indignación se transformó en una amplia sonrisa. Grady, que había salido detrás de él, le puso una mano en el hombro.

—Cuidado —le advirtió—, seguramente ha venido a dispararte otra vez.

Todos lo oyeron, pero en cuanto Max vio a Carl perdió los estribos.

—Has esperado dos años un ahorcamiento, Carl Bingham. ¡Ahora podrás tener dos! —le gritó a su enemigo acérrimo, indicando con el arma a Allison y al herido.

51

Carl bajó los escalones del porche para acercarse a Max.

—Quiero que alguien me cuente de qué van estos disparos, y quiero hablar contigo, Max.

Degan todavía no había enfundado.

—Se lo he dicho, alcalde, le dispararé si vuelve a acercársele. ¿Quiere que se lo demuestre?

A Carl se le contrajo la cara de rabia, pero se paró.

—¿A quién le has disparado esta vez? —le preguntó a Max.

Grady se había acercado al herido y lo ayudó a levantarse del suelo. Max vio que era grandullón y joven. Iba vestido como un tipo de ciudad, trajeado y con corbata de lazo.

—¡A él! —gritó la joven, señalándolo—. Ha estado a punto de dispararle a Degan.

—Miles, ¿cómo has podido? —le reprochó Allison. Parecía enfadada—. ¿Cómo te has atrevido a dispararle a mi amigo?

—Te he visto apuntándolo con la derringer. Solo quería defenderte. Habría sacado el arma. No le necesitas, Allison. —Miles intentó que Grady lo soltara para acercarse a ella, pero el otro lo sujetó—. ¡Es un maldito pistolero! Yo puedo cuidarte. ¡Te quiero!

—No. —Allison negó con la cabeza. Sollozando, se acercó a Degan y estuvo a punto de derrumbarse, pero él la sostuvo.

—¿Qué está pasando? —le preguntó Johnny a Max.

Max no se lo dijo porque no lo sabía, pero notó una punzada de celos al ver a Degan hablándole con suavidad a la desconsolada mujer que tenía entre los brazos.

Los criados de Carl habían salido al porche y le preguntaron si podían hacer algo.

—Parece que la bala de este hombre no dio en el blanco sino en una ventana —oyó Max que Grady le decía a Carl mientras se llevaba a Miles.

—De momento, enciérralo —le ordenó el alcalde—. Ya decidiremos luego cuándo echarlo a patadas del pueblo.

Abrazando todavía a Allison, Degan se acercó a Carl.

—Será mejor que se lleve adentro a su invitada.

—No se aloja aquí —protestó Carl—. Ha estado a punto de dispararle.

—Sí que se aloja aquí y, no, no ha estado a punto de dispararme. Solo intentaba asustarme.

Max vio que Carl arqueaba una ceja con escepticismo. Incluso Grady tenía que haberlo oído, porque volvió la cabeza y puso los ojos en blanco.

—No voy a presentar cargos contra ella ni contra su escolta —prosiguió Degan—. Ha accedido a tomar la primera diligencia que sale del pueblo mañana. Ocúpese de que suba a ella.

—Puede apostar a que lo haré. Tendría que haber visto que me traería problemas —refunfuñó Carl. Cogió del brazo con cautela a Allison, pero mirando a Max.

A Degan le gustó tan poco el deseo que vio en sus ojos como a ella.

—Esta es la última vez que mira a Max Dawson, Bingham —le advirtió al alcalde.

Carl lo fulminó con la mirada y se llevó a Allison a la casa.

Degan se volvió hacia Max y Johnny.

—Vámonos —les dijo.

Max se alegró de oírselo decir.

Johnny regresó al galope a la granja, adelantándose a ellos, para que su abuela no siguiera preocupándose. Degan insistió en que Max montara con él en el palomino y ella lo hizo, pero esta vez llevando ella de las riendas a *Noble*.

—Estás convirtiendo en costumbre eso de salvarme la vida —le comentó él con suavidad.

—Creía que Carl, no tu amiga ni su escolta, intentaría librarse de ti.

—¿Por eso has ido a casa del alcalde?

—Tardabas demasiado.

—Porque no esperaba encontrarme con Allison. Dedujo adónde iría antes de que llegáramos. Bingham le ofreció su hospitalidad, aunque no ha tardado en arrepentirse. Por lo visto Alli es bastante esnob cuando sale de su ambiente natural.

—¿No lo sabías?

—¿Que no es adaptable ni tolerante? No, no lo sabía.

—¿Y huele a rosas?

Degan frunció un poco el ceño.

—Era su perfume favorito, pero ¿por qué...?

—Soñabas con aroma a rosas, ¿te acuerdas? Por lo visto el suyo.

Degan se apretó contra ella. Y Max notó su aliento en la oreja.

—Pareces celosa.

Max soltó un bufido.

—¿De esa sabuesa?

—Buena comparación. Por si te interesa, es mi antigua prometida. Si soñé con ella mientras deliraba de fiebre en Dakota, fue una pesadilla. No es para mí otra cosa ya que eso, una pesadilla que quisiera olvidar.

Max estaba encantada de que por fin le hubiera hablado de su anterior relación con aquella mujer, pero su curiosidad era insaciable.

—¿Fue ella la que puso fin a la relación o fuiste tú?

—Ella. Me la encontré siéndome infiel antes de la boda.

Max hizo una mueca. Lo sentía por él.

—Mejor antes que después.

—Es un modo de verlo.

—Entonces ¿ya no sientes nada por ella? —le preguntó Max, con fingida indiferencia.

Degan arqueó una ceja.

—¿Ahora me crees capaz de tener sentimientos?

Max puso los ojos en blanco.

—Ya sabes a qué me refiero. Y no vas a convencerme de que siempre has sido duro como una piedra. Me parece que ya habíamos acordado que tu falta de sentimientos se debe a tu trabajo. Así que, ¿sigues sintiendo algo por ella?

—Aparte de desagrado y de algún que otro ramalazo de ira, no. De hecho, si no estamos en el mismo pueblo, deja de existir para mí. Así de poco pienso en ella.

Eso era muy significativo. Max tuvo que reprimirse para no sonreír de alegría, consciente de que a él no le gustaría aunque la mujer fuese un mal recuerdo para él.

—Allison me ha apuntado estúpidamente con el arma porque está desesperada. Quiere que vuelva a casa por alguna razón. Sospechaba que su escolta se había hecho ilusiones con ella, pero estaba tan sorprendida como yo cuando me ha disparado.

Max no estaba segura de que aquello fuera cierto.

—¿No tienes idea de por qué está tan empeñada en que vuelvas a Chicago? —le preguntó simplemente.

—No, pero tú me has insistido tanto para...

—Yo no insisto —le espetó Max—, solo sugiero. No es precisamente lo mismo, petimetre.

—Muy bien, tú sugieres. Pero, en cualquier caso, ya he decidido llevarte a conocer Chicago cuando hayamos terminado aquí, y conseguirte un nuevo vestuario.

Max soltó una carcajada.

—Seguramente te gusta malgastar el dinero, ¿verdad?

—¿Por qué? A lo mejor decides que Chicago te gusta y quieres quedarte.

—¿Yo en una gran ciudad? ¿Tú te quedarás?

—No es probable. Ya no estoy acostumbrado a esa vida. Pero supongo que puedo ir a ver cómo está la familia mientras estemos allí.

«No es probable» no era que no. Todo podía cambiar cuando llegara allí y volviera a ver a su familia. Era ella la que no encajaba en su antigua vida, no él. Tal vez debería haber dejado las cosas como estaban.

Llegaron a la granja y guardaron los caballos.

—¿Crees que tu abuela sigue levantada? —le preguntó Degan, caminando hacia la casa.

—Estoy segura de que se muere por saber lo que Carl tenía que decir.

Max también se moría por saberlo. A pesar de todo lo que había pasado en casa del alcalde, ella seguía sin saber qué se habían dicho los dos hombres sobre la orden de busca y captura, la sentencia de tutela y la granja.

—Apuesto a que está en la cocina con Johnny. Ven —le dijo cuando llegaron al porche.

Fue hacia la puerta y le tendió la mano. Fue un error natural. Estaba en casa, de nuevo con las personas a las que amaba. Habría hecho lo mismo con ellas. Ni siquiera se dio cuenta de lo que hacía hasta que Degan se la cogió.

La incomodó con cuánta facilidad lo trataba como a uno más de la familia, como a su marido, y con qué facilidad asumía él aquel papel. Max no quería que se sintiera atrapado por su galantería. Él no esperaba seguir casado con ella, se lo había dejado claro antes de la boda. Entonces ¿por qué iba a llevarla a Chicago? Le gustaba pensar que porque no quería dejar de estar en su compañía, pero lo de comprar ropa era una excusa tonta. A menos que tuvieran que marcharse ambos de Tejas antes de que hubiera más tiroteos. El encuentro de Degan con Carl podía haber sido un desastre. No, en tal caso se lo hubiera dicho enseguida.

Le soltó la mano en la cocina, cuando Ella corrió hacia ellos.

—¡Qué contenta estoy de que estéis bien los dos! Johnny me ha contado lo de los disparos, pero sigo queriendo saber si Carl va a dejarnos en paz.

—Eso ya lo veremos —repuso Degan mientras se sentaban a la mesa—. No le he dado ningún ultimátum. No me corresponde tomar decisiones en nombre de usted, pero desde la perspectiva de los negocios, entiendo sus motivos. Usted es un obstáculo para él. Si un pueblo no crece, acaba por desaparecer. Sin embargo, tú también tenías razón, Max. Carl seguía teniendo la esperanza de que te convirtieras en una Bingham e incluso me ha ofrecido un soborno para que me divorcie de ti. Es un tipo despreciable.

—No oirás a nadie contradecirte en esta mesa —comentó Ella.

Max miró a su abuela.

—Degan le ha dicho a Carl que le disparará si se me acerca otra vez.

Ella sonrió de oreja a oreja.

—Gritarle a ese hombre esta noche me ha sentado muy bien —añadió Max, igualmente sonriente.

—Dudo que siga queriendo casarse contigo después de ver lo bien que disparas —le dijo Degan—. Pero sigue desesperado por tener esta granja. No le he prometido que se la vendería, Ella, pero le he dicho lo que le aconsejaré que pida por ella, incluida una recompensa económica para Max, por lo que le ha hecho. Puedo sacarle lo suficiente para construir una nueva granja donde usted quiera, y del tamaño que quiera, o para vivir donde le plazca. Será suficiente para que viva con mucha comodidad sin tener que volver a trabajar jamás.

—Eso estaría bien —dijo Ella—, siempre y cuando Max esté conmigo o cerca y Johnny tenga su lugar cuando venga de visita.

—¡Pero tú adoras esta granja, abuela! —exclamó Max, poniéndose en pie.

—Os adoro a ti y a tu hermano —la corrigió Ella—. Y sí, incluso adoro todas las cosas que he ido reuniendo a lo largo de mi vida, pero no la madera que nos rodea, pequeña. El hecho es que, cuando el alcalde me ofreció comprarme la granja hace tantos años, yo esperaba que algún día te casarías aquí y vivirías cerca. Por eso le dije que no. No iba a mudarme a un lugar del país donde apenas te viera una vez casada. Además —añadió amargamente—, durante los dos últimos años he dejado de amar este pueblo. Así que si quieres irte, dime cuándo y haré las maletas.

Incrédula, Max se volvió hacia Degan.

—Supongo que esto lo resuelve todo.

Degan no parecía sorprendido.

—Puede venir conmigo a Chicago para ver cómo se vive en la otra mitad del país. Hay muchos pueblos de granjeros en las afueras de la ciudad que podrían gustarle. También puedo sugerirle otros lugares. He pasado por pueblos bonitos durante mis viajes, algunos bastante tranquilos, de hecho.

—¿Se refiere a después de que hubiera pasado usted por ellos?

Degan rio entre dientes.

—Y que no están al mando de un alcalde con planes grandiosos.

—Parece un buen plan —sentenció Johnny, soltando una risita.

52

El alcalde movilizó a buena parte del pueblo para que los ayudara con la mudanza. Max interpretó que los quería lejos del pueblo lo antes posible; Ella lo vio como un intento de enmienda. Al menos no fue a decirles adiós como la mayoría de sus vecinos. Puesto que Max no tuvo que volver a ver a Carl Bingham, se marcharon sin más incidentes. Fue al banco a devolverle a Wilson Cox el dinero que le había dado de más por error y le soltó cuatro frescas. El malhumorado vejestorio cogió el dinero, pero la ignoró. Aun así, sacarse de encima aquel enfado la dejó de buen humor para el viaje.

Hubo lágrimas. De Ella, que había llegado a Bingham Hills cuando no era más que una sola calle, corta además. Conocía por su nombre a todos los del pueblo y eso que ya eran un buen montón. Max empezó a tener dudas acerca de llevársela del lugar en el que había vivido tanto tiempo, hasta que su abuela la abrazó y le susurró que la emocionaba vivir en un sitio distinto y visitar una ciudad tan grande como Chicago tenía fama de ser. Se estaba planteando volver a pintar. Eso hizo suponer a Max que tal vez Ella no quisiera otra granja, ya que Degan le había dicho que era lo bastante rica para no tener que volver a trabajar en la vida.

Cuando la diligencia llegó a Fort Worth, tuvieron que pasar un día entero allí esperando los dos carros en los que irían.

Max creía que iban a necesitar más de dos, pero Ella había decidido dejar todos los muebles y regalárselos a una joven familia que había sido especialmente amable con ella mientras Max estuvo lejos de casa.

Lloró hasta quedarse dormida esa noche. Logró hacerlo calladamente para que Ella no se enterara. De una manera u otra consiguió pasar el resto del viaje sin demostrar lo miserable que se sentía. La emoción de Johnny la ayudó. Degan por lo visto había tenido una conversación aparte con él y lo había convencido de que podía hacerse a la mar en cualquier momento, pero que aquel era el mejor sitio para ampliar su educación si eso le interesaba.

Chicago era un lugar increíble. Max no había imaginado algo así: el ajetreo, el incesante trasiego de gente y los edificios... ¡algunos de cinco pisos! Degan los llevó directamente al hotel. Max se llevó una decepción. Había creído que iba a conocer a su familia durante su estancia en la ciudad. Luego se llevó una sorpresa. Degan iba a quedarse en el hotel con ellos. Su sorpresa fue mayor cuando la acompañó a la habitación y dejó en ella su propia maleta.

—Me parece que habría cambiado de hotel si esta vez no hubiera conseguido tres habitaciones —admitió.

—¿Esta vez?

—En Fort Worth tuvimos que improvisar. Solo tenían dos habitaciones disponibles.

Max se sintió aliviada y feliz. Había creído que no había dormido con ella en Fort Worth porque quería dejar de ser de inmediato su marido. Sin embargo, seguían casados, no solo legalmente, y ella tenía intención de disfrutar de cada minuto hasta que dejaran de estarlo.

Degan se dirigió hacia la puerta.

—¿Adónde vas?

—Los dos vamos a acompañar a tu abuela al banco para que abra una cuenta y encontraros a las dos una costurera.

—¡Pero si acabamos de llegar!

—Lleva tiempo confeccionar vestidos, y en la ciudad los ladrones no son tan fáciles de detectar como en el Oeste. Estaré más tranquilo cuando el dinero de Ella esté depositado en el banco, a salvo, y estoy seguro de que ella también.

Max soltó una carcajada.

—No creo que sepa que lo has traído.

—No iba a dejarlo en el banco de Bingham. Aunque la venta se realizó legalmente y se firmaron las escrituras, pagó cien veces más por la propiedad de lo que valía. Podría acabar arrepintiéndose, si no lo ha hecho ya.

—Solo migajas y una pequeña recompensa por lo que me...

—¿Querías que lo matara?

—¿Lo habrías hecho?

—Ya sabes la respuesta. Es un político, un hombre de negocios... que va desarmado.

—Y tú vas armado con una educación para los negocios. —Max se reía—. Posiblemente es el arma más letal que podías usar contra él. Apuesto a que no se lo esperaba de un pistolero.

—No.

En primer lugar fueron al banco. Para ser una ciudad tan grande, con miles de habitantes, a Max la dejó perpleja que todos los empleados de la entidad saludaran a Degan por su nombre. Todos lo trataban con deferencia, unos cuantos amistosamente incluso, pero ninguno estaba nervioso, a pesar de que iba todavía armado y no se había cambiado de ropa para parecer más de ciudad.

—Deduzco que venías aquí con frecuencia —le dijo Max mientras cruzaban el banco camino del despacho del director.

—Sí.

El director salió corriendo.

—¡Gracias a Dios que ha vuelto, señor Grant! —exclamó—. Su padre lleva años sin asistir a ninguna reunión de la junta y a su hermano le interesa tan poco que le cede su voto a la mayoría. —A continuación le susurró—: No creo que entienda que el voto de la mayoría es el suyo.

—No he venido a una reunión de la junta. He venido para abrir una cuenta para la señora Dawson. Atiéndala por mí.

—Por supuesto, señor.

—Y rápido.

—Comprendo.

Max tiró de Degan mientras el director hacía entrar a Ella en su despacho.

—¿Eres el dueño de este banco?

—Es uno de los que mi familia fundó, sí.

—¿No podrías habérmelo advertido?

—¿Por qué? ¿Habrías escogido otro? Este es solvente. A pesar de la aparente falta de liderazgo que sufre últimamente, los miembros de la junta tienen un interés particular en que así sea.

A Max le parecía que Degan era necesario allí, aunque él no parecía sorprendido de enterarse. Allison Montgomery tenía que haberle contado algo sobre su familia que no había compartido con ella. Max tenía más curiosidad que nunca por conocer a esa familia. Sin embargo, pasaron el resto del día en la elegante tienda de una modista francesa que tenía un pequeño ejército de ayudantes.

Degan la dejó allí con su abuela.

—Sigue sus consejos —le dijo—. Saben exactamente lo que hace falta.

Lo que le hacía falta ¿a quién? Desde luego no a ella. Aquello era malgastar el dinero con frivolidad, en opinión de Max. Pero Ella se lo pasaba bien, y aunque Max no quisiera admitirlo, al cabo de un rato, ella también. ¡Incluso les sirvieron el almuerzo! Trajeron la carta del restaurante de la acera de enfrente y el camarero se quedó para servirles los platos. Tenía que elegir muchas cosas, aunque no se daba cuenta de que habría sido mucho peor si la hubieran llevado al almacén. En lugar de llevarla allí, le iban sacando piezas de tela, y solo unas cuantas para cada vestido. Hubo una pequeña discusión cuando la modista sugirió que el terciopelo solo debía usarse para ribetear. A Max le encantaba el terciopelo y quería toda la ropa nueva de aquel material.

La modista se negó rotundamente.

—Es para el invierno, señora. Vuelva en otoño y le enseñaremos todos los terciopelos.

—¿Y si en otoño no estoy aquí? —Como la modista no tenía una respuesta para eso, Max añadió—: Hágame un vestido de terciopelo o me marcho.

Ganó la discusión.

—Tiene razón, ¿sabes? —le dijo Ella en cuanto la mujer salió de la habitación—. Con el calor que hace, te ahogarás con un vestido de terciopelo.

—Con este calor iba vestida de piel y ante hace unas semanas, abuela. No hay nada más fresco. Pero ¿por qué accede a utilizarlo para las prendas de noche? No quiero dormir con eso.

—Un vestido de noche no es para dormir. Tranquila, pequeña. La gente de la ciudad está acostumbrada a usar un vestido para cada momento del día: vestidos de mañana, de tarde, de paseo, de noche...

Max disimuló la sorpresa.

—¡Qué estupidez! —masculló.

Y entonces le trajeron los sombreros...

53

Los siguientes días en Chicago fueron un torbellino. Degan mantuvo a Max tan ocupada que no tuvo tiempo de preguntarse cuándo iba a ir a casa o si ya había ido. La llevó por la ciudad en una calesa y le enseñó los lugares de interés. Max estaba segura de que podría vivir meses allí, incluso más, sin llegar a ver todo lo que había para ver.

La llevó a restaurantes de comida extranjera que ella no quiso dejar de probar, aunque unas cuantas veces tuvo que beber mucha agua después de comer. Pasearon a caballo por los parques que él solía frecuentar, incluso asistieron al hipódromo, aunque no se quedaron a ver todas las carreras sino solo una. Demasiada gente conocía a Degan y lo acosaba a preguntas que él no quería responder. Hizo un buen uso de la expresión «no lo tengo decidido» aquel día.

¿No tenía decidido ir a casa, quedarse en Chicago, llevarla a ver un abogado? Seguía sin mencionar nada de todo aquello, y Max no se atrevía a sacarlo a colación, porque volvían a compartir cama haciendo más que solo dormir en ella. Max esperaba con impaciencia acostarse a su lado por las noches, notar la calidez y la fortaleza de su cuerpo, alzar la mirada en la habitación a oscuras y ver su cara junto a la suya. Le encantaba tocarlo y cómo la tocaba, y le encantaban los besos. Inevitablemente, se excitaban y acababan haciendo el amor, que

seguía sorprendiéndola con todos sus deleites. No soportaba la idea de renunciar a todo aquello, pero tendrían que hablar del asunto, y pronto. Ella ya le había confesado que
disfrutaba de su primera visita a una gran ciudad, pero que no
le iba a gustar instalarse en ella. Max era de la misma opinión,
pero se habría quedado si Degan se quedaba, y si quería que se
quedara ella.

Habían empezado a llegar los vestidos nuevos y también
cajas de zapatos. Max ni siquiera se había dado cuenta de que
le hubieran medido la talla del pie en la tienda de la modista.
Le entregaron cada sombrero en su propia caja redonda. ¡Los
había comprado todos! Podía colgar los vestidos en el pequeño armario..., bueno, hasta que llegara el resto, pero la habitación del hotel ya estaba abarrotada de cajas.

A Degan no le importaba.

—Tendremos que mudarnos a mi casa si quieres tener espacio para todas tus compras —le dijo sin embargo—. Tiene
vestidores tan grandes como un dormitorio.

—A nadie le hace falta tanta ropa. Me las arreglaré perfectamente, pero ¿estás dispuesto a ir a casa?

Degan asintió.

—Hoy le haremos una visita a mi hermano. Ya se habrá
enterado de que estoy en la ciudad. No quiero que piense que
lo estoy evitando.

—¿Y tu padre?

—Probablemente esté en casa, pero preferiría no someter-
te a ese encuentro. Según Allison, es adicto a la bebida. He
hablado con unos cuantos viejos amigos suyos. No me lo han
confirmado, pero me han dicho que apenas lo ven ya, y uno
me dijo que se ha vuelto loco, que está empeñado en una
aventura comercial de la que es imposible que saque beneficios. Así que no sé muy bien qué creer.

A Max le dieron ganas de abrazarlo fuerte, pero temió que
él lo interpretara como un gesto de piedad.

—Lo siento —le dijo, a pesar de todo, insegura—. Tendría que haber sido un regreso a casa agradable para ti.

—En ningún caso lo habría sido. Solo espero que no sea demasiado tarde para que mi padre se recupere. Ven aquí. Antes de conocer a Flint, tengo que explicarte por qué puede ser un encuentro hostil.

Estaba sentado en una de las dos butacas de la habitación. Acababa de ponerse las botas. Ella ya se había puesto un vestido de paseo. Degan había tenido que abrochárselo porque llevaba los botones en la espalda. La intención de Max era decirle a la modista que no le hiciera ningún otro así hasta que Degan le había dado un beso en el hombro al terminar. A lo mejor no iba a importarle pedirle ayuda.

El vestido era precioso, de seda color lavanda, con una elegante chaqueta a conjunto que formaba parte del polisón, una sombrilla púrpura que no sabía muy bien cómo se abría y un sombrerito adorable con una pluma lavanda. Le costaba apartarse del espejo de cuerpo entero en el que se estaba contemplando admirada. ¡En Bingham Hills no la habrían reconocido!

Se acercó a Degan, que se la sentó en el regazo. No se lo esperaba y, como de costumbre cuando estaban tan cerca, su cuerpo empezó a responder y dejó de pensar, y...

—No es agradable recordar el episodio que acabó con mi compromiso con Allison.

Aquel nombre fue para Max como si le echaran un jarro de agua fría.

—No tienes por qué contármelo si aún te resulta doloroso.

—Ya no, y no me duele desde hace mucho. Creía que la rabia se me había pasado también hasta que Allison se presentó sin que la hubiera invitado para recordármelo.

—¿No estaba solo preocupada por tu familia? Así justificó el estar siguiéndote.

—Sí, todavía no sé por qué. Pero esa noche que el mundo se me cayó encima, llegué tarde a la cena que mi padre daba en casa para celebrar mi compromiso matrimonial con Allison. Llegué tarde porque me entretuve por negocios en el banco y los padres de Allison se habían marchado pronto, enfadados porque ni mi padre ni yo habíamos asistido. No tenía excusa para que llegara tan tarde.

—Entonces ¿por qué lo hiciste?

—Para serte franco, me olvidé de la cena. Si no me hubiera tomado unas copas con un amigo antes de volver, esa noche hubiera podido terminar de un modo muy distinto.

Max se quedó completamente callada. Adelantándose al relato, suponía que Allison tenía que haber estado también furiosa de que Degan olvidara algo tan importante como su cena de compromiso. Pero ¿vengarse engañándolo? ¿No era echar piedras contra su propio tejado? A menos que...

—¡Dios mío! No llegaste a decirle que lo habías olvidado, ¿verdad?

Degan suspiró profundamente.

—No. Cuando llegué a casa era más tarde de lo que creía. En el comedor no había nadie. La mayor parte de los criados se habían acostado. Entonces oí el eco de un grito en la escalera. Me entró el pánico. Pensé que era Allison, que me esperaba y que alguien había irrumpido en la casa y le hacía daño. No era la primera vez que alguien nos robaba de noche. Así que cogí una de las pistolas de mi padre, subí corriendo y le disparé al hombre que la estaba atacando. Creí que la salvaba, pero no era sí. Estaba gritando, pero de placer.

Max le echó los brazos al cuello. Detestaba que estuviera reviviendo todo aquello.

Cuando me fui de Chicago se me pasó por la cabeza que en realidad no la amaba. No era más que un trofeo por el que había luchado y que había ganado. Además, papá quería una Montgomery en la familia. Le daba igual cuál de los dos se casara con ella. Sin embargo, en aquel momento yo estaba destrozado.

—Pero al final se te pasó la rabia. ¿Por qué no volviste enseguida?

—Porque esa noche le disparé a mi hermano... por la espalda. Podría haber muerto. Estuvo a punto de morir. Y además lo detestaba, los detestaba a los dos.

Max apoyó la espalda en él, asombrada.

—Allison te fue infiel... ¿con tu hermano?

—Sí, y luego mi padre empeoró la situación insistiendo en que me casara con ella a pesar de todo. Ya se había anunciado nuestro compromiso. No quería un escándalo. Me sentí traicionado tanto por él como por mi hermano, por las dos personas a las que más quería, por las dos personas en las que creía que podía confiar. Lo único que pude hacer fue marcharme antes de hacerle más daño a alguien.

—El tiempo no ha curado la herida, ¿verdad?

—Al contrario. Yo me he recuperado, pero por lo visto ellos no. Ojalá me hubiera enterado antes de cómo habían reaccionado a mi deserción, pero me marché sin volver la vista atrás.

—Fuiste tú el único traicionado por todos. No tienes por qué culparte de nada.

—¿Consideras tu deber de esposa defenderme?

Max ignoró la extraña sonrisa de Degan.

—¿De verdad crees que lo haría si no lo merecieras? —le respondió con toda franqueza.

—Sí.

Max soltó un bufido, pero más bien por ella porque probablemente lo hubiera hecho.

—Expongo un hecho basándome en lo que acabas de decir, a menos que no me lo hayas dicho todo...

—Es todo. Sabes tanto como yo... ¿Vamos? Quiero verme con Flint pronto.

Se levantó y la puso de pie, pero no le soltó la cintura mientras iban hacia la puerta. Últimamente lo hacía mucho. Mantenía el contacto de un modo u otro. A Max le parecía una actitud muy conyugal. Aunque se negaba a convencerse, no por ello dejaba de alegrarse interiormente.

54

El hogar de los Grant estaba en un bonito barrio, alejado del ruido y el ajetreo del centro. Max esperaba llegar a una mansión, pero no era más que un imponente edificio, igual que el resto de los de la calle. Cuando el mayordomo los dejó entrar, Max se dio cuenta de que el exterior de la casa era engañoso. Por dentro sí que era una verdadera mansión. El mayordomo no reconoció a Degan, pero no les preguntó a quién deseaban ver, como si le hubieran dicho que esperaban visita. Miró la escalera curva situada al fondo de la enorme y bien amueblada entrada, imaginándose a un joven Degan subiendo apresuradamente empuñando una pistola. Esa noche le había cambiado la vida. Sin embargo, había vuelto. Podía volver a integrarse si lo deseaba, y ella seguía sin saber si quería hacerlo. Tenía miedo de enterarse de los planes de Degan para sí mismo, y para ella.

El mayordomo los acompañó a un comedor. Era lo bastante temprano como para que la familia estuviera aún desayunando, pero solo había dos personas sentadas a la mesa, Allison Montgomery y un joven parecido a Degan que Max dedujo que tenía que ser Flint Grant. Iba vestido de manera informal, con pantalones y una bata de brocado, sin camisa.

Allison, tan elegante como de costumbre, miró atentamente a Max.

—Va muy bien arreglada, para ser una forajida —comentó con malevolencia.

—He dejado el arma en el hotel —replicó Max—. ¿Tendría que haberla traído?

Allison soltó una carcajada antes de fijarse en Degan.

—Una coordinación perfecta, Degan. Has conseguido pillarlo antes de que tenga una copa en la mano.

—¿A mi padre?

—No. A tu hermano.

—Degan —lo saludó Flint envarado, y luego vio la pistolera de su hermano—. ¿Has venido a dispararme otra vez por la espalda?

Degan ignoró el comentario e indicó con un gesto de asentimiento a Allison.

—¿Qué está haciendo ella aquí?

—¿Dónde si no debería estar mi mujer? Aunque con frecuencia la mando al diablo, no se va.

Degan se volvió rápidamente hacia Allison. Max lo hizo hacia Degan. A él no le gustaban las sorpresas. Mientras que algunos de los viejos amigos y conocidos con los que se había encontrado desde su vuelta a Chicago le habían dicho a su familia que él estaba en la ciudad, ninguno se había molestado en mencionarle que su hermano se había casado con su antigua prometida. Max suponía que lo creían al corriente de aquella circunstancia.

Degan se dirigió a Allison en un tono ligeramente ácido.

—Podrías haberme dicho que eres mi cuñada en lugar de darme a entender otra cosa.

—Mentí un poco. Estaba dispuesta a intentar o a decir lo que fuera para que volvieras a ocuparte de tus responsabilidades. Decirte que estaba casada con tu hermano habría sido como echar sal en la herida.

—Esa herida ha cicatrizado.

Allisón soltó un bufido.

—No es esa la impresión que me dio cuando estábamos en aquel espantoso establo de Helena y parecías querer matarme.

—Inspira ese deseo en cualquier hombre, ¿verdad, hermano? —ironizó Flint.

—Lo que pasó esa noche no fue premeditado, Degan —dijo Allison—. Tanto Flint como yo habíamos bebido mucho mientras te esperábamos. Si quieres que te diga la verdad, me alegro de que sucediera, porque tú y yo no habríamos durado. Habrías sido como tu padre y el mío, siempre pendiente de los negocios, rara vez en casa, nunca disponible para los compromisos sociales de los que debo ocuparme. Me atraías. En caso contrario no te hubiera dado el sí. Sin embargo, en cuanto acepté casarme contigo empecé a tener dudas. Era a Flint a quien yo necesitaba, no solo para ser feliz sino para seguir siéndolo. Me di cuenta de ello poco después de casarnos, pero luego todo fue de mal en peor porque él empezó a dudar de mi amor.

Flint soltó un bufido.

Degan tampoco parecía impresionado por sus palabras. Max, decidida a que no se le notara que estaba escuchando con avidez la conversación, se sirvió un plato del bufé en el que puso suficiente comida para un ejército. Sin embargo, no se sentó a la mesa. Servirse comida que se desperdiciaría no era de tan mala educación como sentarse a una mesa a la que no la habían invitado.

—¿Dónde está nuestro padre? —preguntó Degan.

Flint se encogió de hombros.

—Casi nunca está en casa.

—¿Por qué no has puesto fin a esto, Flint?

—¿Vas a decirle lo que hacer? ¿Tú? ¿Bromeas, hermano?

—No. Le hace falta ayuda, no tolerancia. No debería haber tenido que volver a casa para verlo.

—Eso es injusto —defendió Allison a su marido—. Flint

se ha desvivido por ocupar tu lugar. Un lugar que no está hecho para él.

—No hacía falta que lo intentara —replicó Degan.

—Claro que hacía falta —murmuró Flint—. Pero no me educaron para ello. Me educaron para casarme bien y tener hijos.

—¿Tienes hijos?

—No. Para eso hacen falta dos que realmente se quieran.

Allison dio un respingo.

—¡Flint!

El menor de los hermanos ignoró a su mujer.

—Papá me obligó a casarme con ella, ¿sabes? Aseguraba que la habíamos perjudicado. Me culpó de haberla seducido cuando, en realidad, fue algo mutuo. Ahora a su familia las cosas le están yendo mal, por eso lucha tan denodadamente por esta.

—Lucho por esta porque te amo —insistió Allison—. Si dejaras de sentirte tan culpable de la marcha de tu hermano, a lo mejor te darías cuenta.

—Si me amaras me escucharías —le reprochó amargamente Flint—. Te prohibí que buscaras a Degan, pero lo hiciste a pesar de todo.

—Estabas demasiado lleno de culpa para enfrentarte a él, pero no ha sido tan terrible como pensabas, ¿verdad? Intentaba ayudar, ayudarte, para que dejaras de atormentarte, porque no estás solo, Flint. Consiga Degan arreglar este desastre o no, no estás solo.

—Por si sirve de algo, Flint, la creo —dijo Degan—. Y te perdono... Os perdono a los dos. Así que no me uses como excusa para no hacer las paces. En cuanto a nuestro padre, puede quedarse aquí en casa hasta superar la adicción o...

—¿Qué adicción? —lo cortó Flint.

Degan miró a Allison, que parecía más exasperada que contrita.

—Ya te he dicho que mentí un poco... —se justificó.

—¿Un poco?

—He conseguido que vuelvas, ¿verdad?

—Entonces ¿no es un borracho?

Flint se echó a reír.

—Bien podría serlo, dada la atención que presta a esta familia —respondió Allison—. Está tan obsesionado con su estúpida nueva aventura que no piensa en otra cosa. ¡Y es una ruina! Sus antiguos negocios se han resentido por culpa de eso, porque no le interesa nada más. Eso no era mentira.

Degan miró de nuevo a su hermano.

—¿Qué me dices de ti?

—¿De mí, qué? ¡Ah! Te aseguro que soy un borracho también. No me sorprende, porque cojo la botella siempre que entra en una habitación donde esté yo. Pero no, bebo más de lo que solía por una buena razón, sin embargo. Supongo que no quieres que salga de casa yo tampoco.

—No deberías decir eso.

Flint suspiró e incluso sonrió conciliador.

—Lo siento, eso ha estado fuera de lugar. Sigo a la defensiva, por lo que se ve. Es una costumbre que he adquirido pero que deploro.

Aquel fue el primer indicio que vio Max de que Flint podía ser el hombre encantador que Degan le había descrito. Entonces Flint se levantó y abrazó a su hermano. Eso acabó con la tensión que reinaba en la habitación. Max pensó que podría seguir así si Allison no abría el pico. De momento, parecía contentarse con que los hermanos Grant se hubieran reconciliado.

—Te he echado de menos, Grant —admitió Flint.

—Veremos si sigues teniendo la misma opinión cuando te haya instruido aceleradamente para ocuparte de lo que queda del imperio de nuestro padre, en caso de que se haya retirado para siempre y quiera perseguir otros intereses. Siempre estaba pendiente de todo. Esperaba que yo lo estuviera. Pero, de hecho, su imperio va solo con la gerencia adecuada. Puedes delegar, Flint. Ni tú ni yo tenemos por qué estar pendientes de todo.

—No vas a quedarte, ¿verdad?

—Lo que acabo de decir es válido tanto si me quedo como si no.

Max comprendió enseguida que acababa de perder la oportunidad perfecta para enterarse de los planes de Degan. ¿No se los contaría ni siquiera a su familia? Se dio cuenta entonces de que la única razón por la que no revelaba esos planes era porque a ella no iban a gustarle. Iba a marcharse sin ella o le pediría que hiciera las maletas. Estaba cantado.

Supo lo que tenía que hacer, pero no lo haría mientras estuviera reunido con su familia. Degan había estado a solas con su hermano un par de horas y salieron riendo de la habitación. Mientras los hombres estaban en el estudio hablando de negocios, Max comió con Allison. Fue una situación bastante incómoda. Aunque de momento eran cuñadas, no tenían absolutamente nada en común aparte de los hombres con los que estaban casadas.

Max tuvo que rumiar un rato más acerca de su futuro porque Degan hizo otra parada después de marcharse de casa de los Grant. Flint le había dado la dirección del nuevo negocio de su padre. Cuando se apearon del carruaje delante del establecimiento, se llevó una sorpresa.

—¿Esto es lo que Allison desdeña tanto? —preguntó, riéndose. Estaba leyendo el letrero del escaparate que anunciaba la última novela del Oeste de la editorial.

—Evidentemente, no cree que las novelas de un centavo puedan dar beneficios.

—Entonces es que no sabe lo populares que son esos libritos. O puede que no se le dé bien la aritmética.

—Las novelas de un centavo llevan en circulación desde hace cierto tiempo. Lo que me sorprende es que mi padre se dedique a publicar solo las ambientadas en el Lejano Oeste.

—¿Te lo ha dicho Flint?

Degan asintió.

—Y también que mi padre sabe que llevo viviendo allí cinco años. Creía que despreciaba todo lo que tuviera que ver con mi nueva vida, incluido el lugar donde vivo.

Max frunció el ceño. Estaba nerviosa y no sabía qué esperar cuando entraron en las oficinas de la editorial. Nunca había conocido a un editor ni a un financiero, mucho menos a nadie que fuese ambas cosas. ¡Y aquel era el padre de Grant! ¿La intimidaría tanto como su hijo mayor, o más incluso?

Había un joven bien vestido sentado a un escritorio, en la antesala.

—¿En qué puedo ayudarlos...? —Se quedó boquiabierto.

—Quisiera ver a Robert Grant —le dijo Degan.

El joven rodeó el escritorio rápidamente.

—Sí, señor. Por supuesto, señor Grant. Por favor, síganme.

Los acompañó a una habitación con el nombre de Robert Grant escrito con letras doradas en la puerta.

—¡Las nuevas entregas van en el quinto montón, no en mi mesa! —ladró una profunda voz de hombre cuando el joven abrió la puerta.

El muchacho invitó a entrar con un gesto a Degan y a Max y se marchó.

El anciano ni siquiera alzó la vista de las páginas que leía. Su mesa estaba llena de paquetes finos de papel de estraza, de los que había montones por el suelo. Con el pelo negro revuelto y las sienes canosas, las mangas arremangadas y gafas, Robert Grant no tenía el aspecto que Max esperaba que tuviera un rico banquero.

—Cuento al menos quince montones —comentó Degan secamente—. ¿Cuál es el quinto, si puede saberse?

Robert alzó la vista con el asombro pintado en el rostro y se puso de pie. Se quitó las gafas.

—¡Degan! Degan Grant, el más famoso de los pistoleros —dijo orgulloso—. Bienvenido a casa, hijo.

Degan estaba desconcertado, sobre todo porque su padre salió de detrás del escritorio y lo abrazó. Max se apartó para dejarles espacio.

—¿Sabes a qué me dedico? ¿No solo dónde vivo?

—Pues claro. Muchas veces me he peleado con mi orgullo —dijo Robert en voz baja—, y, por desgracia, mi orgullo ha ganado siempre. No creía que me escucharas si me ponía en contacto contigo y te pedía que volvieras, dado el modo en que nos separamos.

—Estabas furioso.

—Lo sé, y lo siento de veras. No tendría que haber querido que te casaras con Allison ni que te ocuparas de los bancos por mí. Evidentemente, querías llevar una vida distinta. Mandé investigadores para encontrarte durante el primer año, y varias veces más para mantenerme al tanto de cómo estabas. No sabes lo orgulloso que estoy de que te las hayas arreglado por tu cuenta, de que te hayas convertido en un aventurero, luchando en un entorno tan peligroso y tan duro. Te has hecho bastante famoso.

—Aquí no lo soy.

Max no podía creer lo que veían sus ojos. ¿Se estaba ruborizando Degan?

—Lo serás si dejas que publique tus aventuras. —Robert sonreía de oreja a oreja.

Degan soltó un bufido.

—No soy escritor.

—He publicado doce entregas sobre ti desde que empecé en este negocio, hace ahora tres años. Degan, hay gente que escribe sobre ti fascinantes historias, emocionantes relatos de peligro y audacia, heroísmo y coraje, en la frontera. No sé si están todas ellas basadas en hechos reales, porque los escritores tienden a embellecer las historias, sobre todo el autor de la última que llegó ayer, que te describe casándote con una forajida. Sin embargo, aunque me gustaría publicarlas todas, sean verdad o ficción, no lo haré si no me das permiso.

—Me casé con una forajida.

Max avanzó un paso, sonriendo.

—Seguramente esa debo de ser yo, hasta hace poco buscada por asesinato y por robar un banco, erróneamente, por supuesto.

A Robert se le iluminó la mirada.

—¡Esto es magnífico! Y yo que creía que Calamity Jane era la única mujer que corría aventuras en el Oeste.

—¿Quién? —preguntó Max.

—Martha Jane Canary... Da igual —añadió, puesto que Max seguía sin entenderlo—, tendrás que contármelo todo sobre ti.

A Max le encantó visitar al padre de Degan, le gustó mucho más que la visita a su hermano. Allison había exagerado acerca de Robert Grant, desde luego. Podía poner demasiado entusiasmo en su negocio editorial y pasar todo el tiempo leyendo entregas, pero era evidente que le encantaba lo que hacía.

Cuando volvió con Degan al hotel aquel día, más tarde, no había cambiado de opinión acerca de lo que iba a hacer con su matrimonio. Era demasiado importante para seguir posponiéndolo.

Una vez en la habitación, se quitó la chaqueta para librarse del polisón y poder abrocharse el cinturón con la pistola. Degan arqueó una ceja mientras lo hacía.

—¿Qué haces?

—Tenemos otro careo.

—Creía que habías aceptado que era una mala idea.

—Esto es ahora. Y las apuestas están sobre la mesa. Si ganas, iremos a un abogado y pondremos fin a esto. Si gano, seguiremos juntos para siempre. ¿Listo?

—No.

Max notó el retintín. Esperaba que se echara atrás de nuevo, pero esta vez no lo haría. Esta vez se jugaba demasiado.

—Entonces, prepárate —le advirtió—. Espera un momento.

Se entretuvo sacando las balas del tambor. No iba a permitir que un dedo sudado le disparara por accidente. Él no tendría ese problema: no se ponía nervioso.

Volvió a enfundar y sacudió las manos antes de poner la derecha justo encima del cañón de su Colt. Podía hacer aquello. El resto de su vida dependía de ello.

—Vale. Estoy lista. —Alzó la vista hacia él.

No solo le hablaba con retintín, se estaba divirtiendo.

—Esto no es...

—Uno.

—... necesario.

—Dos.

—Max.

—¡Ahora!

Por una vez fue tremendamente rápida, pero no por eso se quedó boquiabierta. Degan había desenfundado tan despacio como era posible hacerlo. Una sonrisa le iluminó la cara. ¡Quería seguir casado con ella!

Tiró al suelo el arma y cruzó corriendo la habitación para sentarse en su regazo. Cuando él la abrazó fuerte, suspiró de felicidad.

—¿Por qué no me lo habías dicho? —exclamó Max, cubriéndole la cara de besos.

—Porque habías impuesto condiciones que todavía no se daban. No importaba que te amara, Max. Debía dejarte ir si no tenías tus buenas razones para seguir casada conmigo, si eso no te hacía feliz.

—¡Oh, Dios mío! ¡Te quiero tanto! ¿Cómo es posible que no lo sepas, petimetre?

—Ya me equivoqué una vez. No quería volver a suponer que entendía el corazón de una mujer. Pero te habría cortejado en cuanto hubiera solucionado los problemas familiares. No iba a renunciar a ti sin más.

Max le sujetó la cara. Todavía le costaba creer que aquel hombre al que todos consideraban fuerte y frío se hubiera enamorado de ella.

—No tendrás que volver a hacer suposiciones. Bueno..., a menos que te esté tomando el pelo. Pero a ti te gusta que te tome el pelo, ¿no?

—No. —Parecía que lo decía en serio, pero luego añadió—: Aunque me gusta hacerte feliz, así que me aguantaré. Siempre y cuando no te importen las consecuencias.

—¿Qué consecuencias?

Degan la llevó en brazos a la cama. Max se rio cuando la dejó caer sobre el colchón.

—Tendré que tomarte el pelo más a menudo —le comentó.

Pasaron el resto del día y toda la noche acostados. Degan descubrió a una criada que pasaba por el pasillo y encargó que les trajeran comida a la habitación antes de que la cocina del hotel cerrara. Comieron sin levantarse de la cama. Luego alguien llamó inesperadamente a la puerta. Degan se puso los pantalones y fue a abrir. Max se metió debajo de las sábanas. No le gustó demasiado oír a Allison.

—Flint duerme tranquilamente por primera vez en años. Me ha parecido que querrías saberlo.

Degan no abrió la puerta para que entrara.

—Eso podía esperar hasta mañana.

—Quería poder hablar contigo a solas.

—No estoy solo.

—Ya sé que estás con tu mujer. Me refiero a sin que Flint oiga lo que voy a decirte. Nunca ha creído que le amo. La mitad de sus problemas vienen de ahí. La culpa por haberte traicionado es el origen de la otra mitad.

—¿Era él la verdadera razón por la que querías que volviera... a cualquier precio?

—Siento haberte mentido, de verdad que sí. Aunque no es que tu padre no esté como un cencerro... —añadió, riéndose.

—Ni mucho menos. Simplemente ha cambiado un modo de vida por otro, igual que yo. Y es feliz haciendo lo que hace, que es lo único que verdaderamente importa.

—Supongo que sí, aunque seguimos preocupados por él. ¿Sabes que se enfrasca tanto en la lectura de esas historias que pierde la noción del tiempo y que incluso duerme en la oficina la mitad de los días? Ya no habla con sus amigos de siempre, porque consideran ridícula su aventura empresarial. Se ha convertido en el hazmerreír de todos. Es un verdadero escándalo.

—No creo que a él le importe, así que a vosotros debería daros igual.

—¿Por qué no te conté nada de esto para atraerte de vuelta? Te estás divirtiendo, ¿verdad?

Degan soltó una carcajada.

—Un poco.

Allisón suspiró.

—No he venido a hablarte de la extraña afición de tu padre. Estaba segura de que no me ayudarías a solventar el verdadero problema si te contaba que aquel desliz de hace cinco años seguía arruinando nuestras vidas. Por eso recurrí a las mentiras. Flint no podía admitir que me amaba porque te fuiste por su culpa y se detestaba. Gracias por perdonarlo. Hay un mundo de diferencia para él.

—No vamos a quedarnos, Alli, pero no estaremos tan lejos como para no visitaros de vez en cuando.

—Gracias por arreglar las cosas, Degan.

Max sonreía cuando Degan le cerró la puerta a su antigua prometida. Se le daba bien solucionar problemas, incluso familias rotas.

—¿Adónde iremos para no estar tan lejos? —le preguntó.

Él volvió a la cama y la atrajo hacia sí.

—A Nashart, Montana, creo. Conozco gente allí, y me espera un trabajo. Siempre supe que en cuanto hubiera visto Tejas sería el momento de decidir si había algún lugar del Oeste donde podría querer instalarme o si era el momento de volver a casa.

—¿Quieres quedarte aquí?

—No, no más de lo necesario. Siento que ya no pertenezco a este lugar. Puede que haya echado de menos la cocina refinada y dormir en una cama blanda por la noche más de una vez al mes con suerte, pero puedo contratar un cocinero. No echaré de menos una residencia fija a la que regresar a diario. El tiempo que pasé este año con la familia de Zachary Callahan, una familia tan unida, me hizo plantearme si estaba preparado para tener la mía propia. Luego te conocí y todo encajó en su lugar.

—¿A qué te refieres?

Degan la estrechó entre sus brazos.

—Dejé de planteármelo. Supe que sí.

55

—Hunter me dijo en una ocasión que aquí se construye una casa en un solo día si todos colaboran. No creí que fuera cierto, sobre todo una casa de este tamaño.

De pie junto a Degan, que le abrazaba la cintura, Max admiró la casa nueva, pero estaba tan sorprendida como él de que casi estuviera terminada. Era como si cada vez que parpadeaba hubiera otra habitación lista. Todo el pueblo había ido a ayudar al nuevo *sheriff*. Cuando Degan le había contado que tenía trabajo en Nashart, había creído que sería uno de sus encargos temporales, no un puesto permanente de *sheriff*.

—Tendrán que dejarlo ya —dijo—. No nos mudaremos esta noche, después de todo, y la comida está casi lista.

Zachary Callahan había donado un ternero para la barbacoa que se estaba preparando junto a la casa. Habían puesto mesas largas para servir las guarniciones aportadas por otros del pueblo.

—Lo sé —admitió Degan—. Los artesanos no llegarán hasta dentro de uno o dos días para dar los últimos toques, y además falta pintarla y empapelarla. Hay que poner alfombras y traer los muebles. Supongo que a final de semana podremos cenar por primera vez aquí.

Habían pasado unos cuantos días más en Chicago comprando muebles y escogiendo los colores y los estampados para las paredes y los suelos. A Max le habría gustado tener más tiempo para tomar tantas decisiones, pero Degan le había asegurado que podría cambiar cualquier cosa con posterioridad, tan a menudo como quisiera. Se lo había tomado por una de sus bromas, pero no lo era. Quería que aquella casa fuera por completo de su gusto. Ya lo era, simplemente por ser de los dos.

Cinco habitaciones: una para Ella, otra para cuando Johnny estuviera de vacaciones en el colegio y otra para los niños que esperaban tener. Hasta entonces serían para los invitados. El padre de Degan les había advertido durante la cena que había dado para ellos en Chicago que tenía intención de visitarlos. También Flint había expresado su interés por ir a verlos a Montana, pero Max dudaba que Allison quisiera volver jamás al Oeste.

Max le había mandado un telegrama a Luella para contarle dónde podía encontrarla. Recibió una respuesta. Luella se había casado con Big Al y era la copropietaria del Big Al's Saloon. También ella prometía hacerle una visita. Al final tal vez no les bastaran los cinco dormitorios.

La casa estaba al final del pueblo y podrían ampliarla si hacía falta. El jardín era de un tamaño considerable, por si ella quería cuidar un huerto. Degan había incluido un espacio añadido con las paredes casi completamente de cristal. Allí Ella tendría buena luz para pintar. La abuela estaba encantada con Nashart y con Degan.

Max también estaba encantada con Nashart. Era un pueblo tranquillo de gente amable donde podía cabalgar kilómetros si quería e ir a cazar siempre que le apeteciera. Lo sabía todo de la disputa entre los Callahan y los Warren que había acabado a principios de aquel verano. Las dos familias se habían unido y a Max le costaba creer que alguna vez hubieran estado enemistadas. Los jóvenes Callahan y Warren se comportaban como si fueran amigos del alma. Tiffany y Hunter, cuyo matrimonio había puesto fin a las rencillas, estaban tan enamorados que no podía evitar sonreír cuando los veía juntos.

Hunter, sin embargo, tardó cierto tiempo en acostumbrarse. Max nunca había conocido a nadie tan bromista ni que se riera tanto. Su mujer, Tiffany, le gustó de entrada. A pesar de haber tenido una educación completamente diferente, Max la tenía ya por una buena amiga.

—Degan me ponía nerviosa cuando él y yo estábamos con los Callahan —le había confesado la chica—. Eso fue antes de que Hunter descubriera que yo era su prometida. Pero es que Degan olía a peligro. ¿No te dio miedo cuando lo conociste?

Max había sonreído de oreja a oreja.

—No.

—¿De verdad?

—Él también se lo preguntaba. Me gustaría pensar que, en el fondo, yo sabía que estaba hecho para mí. Pero no. Simplemente sabía que no me haría daño.

—Ha cambiado. —Tiffany estaba asombrada—. Tú le has hecho cambiar. ¡Dios mío! ¡Si ayer incluso le vi reír!

Max había sonreído. Degan lo hacía mucho últimamente. El pistolero ya le tenía confianza y con aquella gente también bajaba la guardia, porque los consideraba sus amigos. Aquel lugar ya era su hogar. Max sabía que cuando sientes que perteneces a alguien las cosas son muy distintas.

Unos días después de terminada la casa, se enteraron de que las molduras talladas que Degan quería en la parte superior y en la inferior de todas las paredes iban a tardar más de lo esperado, a pesar de que el artesano se había traído a dos ayudantes y de que el carpintero del pueblo les había ofrecido su taller para trabajar. Todo lo demás estaba listo, sin embargo, así que, a pesar de todo, a finales de semana se mudaron e invitaron a los Callahan a cenar para celebrar la primera noche en su nuevo hogar. La cocinera y sus pinches, así como las dos criadas que Degan había contratado en Chicago, no iban a llegar hasta la semana siguiente, así que Ella se prestó voluntaria para cocinar con ayuda de Max.

Degan se había traído tantas cosas del Este, incluso sirvientas, que a Max le preocupaba que solo se hubiera instalado en el Oeste por ella. Hasta que él le contó que en Montana hacían falta mujeres y que si querían tener criados antes del cambio de siglo... Entonces ella tuvo una idea.

Sam Warren y John Callahan habían presentado su candidatura para ser ayudantes de Degan y este todavía no sabía a cuál escoger.

—Contrátalos a ambos —le sugirió Max.

—En el pueblo no hacen falta tantos agentes de la ley.

—Pues contrátame a mí —pestañeó al decirlo.

Degan le dio una palmada en el trasero.

—Puede que seas buena con un arma y que intimides al más plantado...

—¡No es verdad!

—... pero no podré proteger el pueblo si tengo que protegerte a ti. Además —la abrazó y la besó largamente—, me distraes demasiado.

Max se las había arreglado sola durante tanto tiempo que sabía que le iba a costar acostumbrarse a que alguien se ocupara de ella, aunque adoraba que Degan fuera tan protector. Adoraba su fuerza y su ternura. Adoraba a su marido en todos los sentidos.

Aunque Degan probablemente no necesitaba ayuda, prefería que tuviera ayudantes, porque era tan protectora con él como él con ella. Por suerte, el pueblo era tranquilo, aunque tal vez no siguiera siéndolo por mucho tiempo. Sabía que Degan esperaba problemas. Pensaba que le había confiado precisamente eso a Hunter cuando el vaquero se había pasado por allí el día después de la cena. Se había reunido con ellos en el porche y había oído el final de la conversación.

—Te preocupas demasiado —le estaba diciendo Hunter—. Cuando se divulgue que ahora eres un agente de la ley, y la noticia se difundirá, los buscadores de gloria dejarán de intentar localizarte. Temerán que los metas entre rejas en lugar de aceptar su reto.

En aquel momento Hunter la había visto.

—¡Maxie! —había exclamado—. Me parece que nuestro *Asesino* no está muy contento —le había comentado antes de montar y alejarse cabalgando.

Max había fruncido el ceño.

—¿De qué no estás contento?

Degan había puesto los ojos en blanco.

—No se refería a mí. Hablaba de su regalo de bienvenida para nosotros. ¡Al menos no nos ha traído un cerdo! —Sonriendo, Degan le había puesto la mascota en los brazos.

—¡Oh, qué monada! —había murmurado admirada Max, antes de gritarle a Hunter—: ¡Gracias, Callahan! —Luego le había susurrado a Degan—: Pero vamos a cambiarle el nombre...

—Estoy de acuerdo, porque es hembra.

Ella había soltado una carcajada.

—Tu amigo es raro.

—No, solo es feliz, pero yo también. Nunca pensé que acabaría teniendo todo lo que podría desear en la vida. Gracias por amarme, Maxie.

—No tuve elección, petimetre.